Le maître de la Guilde

Du même auteur
aux Éditions J'ai lu

LONDRES LA TÉNÉBREUSE

1 – La fugitive de Whitechapel
N° 11079
1.5 – De sang et de glace
Numérique
2 – La Bête de l'ombre
N° 11294

Bec

McMASTER

LONDRES LA TÉNÉBREUSE – 3

Le maître de la Guilde

Traduit de l'anglais (États-Unis)
par Tiphaine Scheuer

J'AI LU

Titre original
MY LADY QUICKSILVER

Éditeur original
Sourcebooks Casablanca, an imprint of Sourcebooks, Inc., Illinois

À Michelle, qui l'a aimé la première

1

« Vous avez trois semaines pour retrouver Mercury… ou je vous jure que vous partagerez son sort… »

Au loin, une chaudière cracha un nuage de fumée en vrombissant. Sir Jasper Lynch, appuyé contre le bord d'une cheminée, observait les alentours plongés dans un voile d'obscurité. Les paroles du prince consort résonnaient à ses oreilles.

Tout en étirant lentement ses muscles raides, il fouilla du regard les rues brumeuses en contrebas, à l'affût du moindre mouvement. En tant que maître de la Guilde des Engoulevents – les traqueurs de voleurs –, il avait passé la semaine sur la piste de Mercury, le mystérieux chef révolutionnaire du mouvement humaniste qui empoisonnait la ville de Londres.

Aujourd'hui, il en avait trouvé une.

La présence de Mercury n'avait pas été précisément confirmée, mais la rumeur faisait état d'une cargaison destinée à être exfiltrée clandestinement des enclaves, aux abords de la ville, ce qui avait suffi à éveiller les soupçons de Lynch. Bien que son informateur ignorât ce qu'il contenait, ce chargement bien particulier arrivait tous les mois à la même époque.

Ce n'était pourtant pas difficile à deviner. C'était aux enclaves, à la fois prison et usine, que les mécaniques étaient contraints de travailler l'acier pour rembourser la greffe de leurs prothèses. Cette enclave-ci était en charge de fabriquer des membres à destination de l'armée d'automates qui protégeait l'Échelon.

Des cheminées menaçantes se dressaient à l'horizon, telles des tours de guet perçant l'obscurité. Le son lugubre des cornes de brume résonnait à chaque passage de bateau sur la Tamise. Le monde semblait étrangement figé, enveloppé d'un vaporeux manteau, à l'exception d'un léger mouvement dans l'ombre.

— Là, murmura quelqu'un dans la ruelle en contrebas. C'est eux ? Quelqu'un leur a donné le signal.

Lynch releva subitement la tête.

Des volutes de brouillard tournoyaient autour d'une silhouette située sur le toit d'en face, léchant ses jambes et son manteau. Garrett. D'un brusque geste des doigts, Lynch donna un ordre silencieux à son lieutenant. Quatre autres personnes, qu'il ne distinguait pas, étaient tapies dans le noir. Tout ce qu'il percevait par le biais de son dispositif de communication, c'était un faible raclement sur les tuiles. Fabriqué à partir de fragments de laiton et de cuir, l'émetteur, qui lui transmettait le moindre des murmures de Garrett, tenait à la perfection dans le creux de son oreille. Garrett, quant à lui, recevait ses ordres quelle que soit la distance qui les séparait.

Le son sourd du fer déplacé sur les toits troublait le silence de la nuit. Quelqu'un chuchota et le bruissement cessa. Lynch se raidit, l'oreille tendue.

— Taisez-vous, ordonna une voix froide et basse. Vous voulez que tout le monde nous entende ? Rappelez-vous que ces fichus suceurs peuvent percevoir des paroles à des kilomètres.

Des humanistes, plus aucun doute là-dessus.

Lynch s'accroupit au bord du toit, le cœur battant. Il se pencha, englouti par la pénombre, et repéra immédiatement sa proie. Grâce au virus du besoin qui l'affectait, ses sens étaient incroyablement affûtés. Un sang bleu pouvait ainsi percer les nuits les plus sombres et percevoir le moindre murmure, mais ces avantages ne compensaient pas l'appétit féroce qu'il ne parvenait jamais à assouvir, ni son impitoyable soif de sang…

Trois silhouettes dissimulées sous de longues capes à capuche rôdaient dans l'allée. L'une d'elles, munie d'un bâton lumineux, était celle d'un homme de grande taille, aux larges épaules et aux joues grêlées. Il s'agenouilla devant une bouche d'égout et en sortit une lourde boîte.

Lynch plissa les yeux. Plusieurs personnes se trouvaient à l'intérieur des égouts, mais il n'aurait su dire si elles venaient des enclaves ou si elles appartenaient à ce groupe mystérieux. Il leva une main pour suspendre ses ordres, recula pour se fondre dans l'obscurité et écouta. Si des mécaniques se servaient du système d'évacuation pour faire sortir en fraude la ferronnerie des enclaves, alors le prince consort devait en être alerté.

Un mois plus tôt, les humanistes avaient tenté de bombarder la Tour d'Ivoire, le siège du pouvoir de l'Échelon. L'enquête s'était révélée désastreuse ; la moitié des aristocrates avaient piétiné les preuves et Lynch n'avait qu'un seul témoin en détention, qui refusait de passer à table. Le seul semblant de piste qu'il détenait se trouvait dans sa poche : un morceau de cuir arraché au manteau d'une femme dans l'une des antichambres. Une humaniste, selon lui, impliquée dans l'explosion. Son odeur avait depuis longtemps quitté le lambeau, mais s'il fermait les yeux, il parvenait encore à la faire resurgir dans son esprit. Elle imprégnait sa mémoire comme s'il ne pouvait plus lui échapper.

Peut-être cette femme se trouvait-elle là-dessous ? À cette pensée, son sang ne fit qu'un tour. Il voulait la retrouver – il le devait. Pourtant, au cœur de la nuit, il se demandait parfois si ses motivations étaient bien les mêmes que celles du prince consort.

Lynch déglutit péniblement et s'efforça de chasser cette mystérieuse femme de son esprit. Il avait une tâche à accomplir.

Qu'est-ce que les humanistes pouvaient bien faire ici ? Cherchaient-ils des explosifs ? Une arme pour contrer la redoutable armée d'automates qui patrouillait dans les rues ?

Il devait absolument mettre la main sur cette boîte.

— Dépêchez-vous, pressa le meneur du groupe. On est en retard.

Un homme grogna.

— C'est que c'est rudement lourd, tu vois.

— C'est souvent le cas de l'acier, oui, murmura le premier.

— C'est quoi ? siffla quelqu'un.

Le silence retomba. Lynch se colla de nouveau contre la cheminée en brique.

— Je crois que j'ai vu quelque chose bouger, souffla la même voix. Là-haut. Sur le toit.

— Des Engoulevents ?

— Grouillez-vous, répéta le chef. Il faut y aller. Tout de suite.

Lynch fronça les sourcils lorsqu'il vit l'un de ses hommes filer entre les cheminées. Trop tard. Ils étaient repérés.

Lynch descendit la pente du toit et bondit dans le vide. À la périphérie de son champ de vision, il vit Garrett et les autres se déplacer, puis il atterrit les genoux pliés pour amortir le choc dans la nappe de brouillard qui s'accrochait aux pavés de la ruelle.

Un homme aux épaules dignes de celles d'un boxeur pila devant lui, la bouche ouverte sous l'effet de la surprise. Ses bras s'arrêtaient au-dessous des coudes, complétés par des avant-bras mécaniques alimentés par un encombrant système hydraulique. C'était un travail grossier et rudimentaire, dépourvu de la chair synthétique que les maîtres forgerons de l'Échelon étaient capables de façonner. Du travail d'enclave.

— Les Engoulevents ! s'écria l'homme.

Il propulsa son poing vers Lynch et les tuyaux hydrauliques de son bras sifflèrent dans la nuit.

Lynch saisit l'homme par le poignet et balaya ses pieds d'un coup sec avant de le plaquer face contre terre.

Une ombre fila dans la brume. Lynch discerna brièvement une cape sombre et un pistolet qui étincelait dans la faible lueur phosphorescente du bâton lumineux abandonné au sol.

— Lâchez-le, ordonna le chef d'une voix grave.

Il arma le chien de son pistolet.

Lynch ne distinguait presque rien de son adversaire sous sa capuche. Un masque en satin noir recouvrait son visage et sa gorge, sans laisser paraître un seul millimètre de peau. Et soudain, il *sut*.

— Mercury, souffla-t-il sans quitter des yeux le canon du pistolet.

Une vague fiévreuse s'empara de son corps et des ombres dansèrent dans son champ de vision ; il se laissa un bref instant dominer par la soif et le besoin. *Cet enfoiré se trouvait juste devant lui.*

Lynch perçut le déclic une fraction de seconde avant que l'arme fasse feu. Il roula sur le côté tandis qu'un son creux retentissait. Un Engoulevent apparut derrière lui et se figea au contact de la minuscule fléchette ornée d'une plume bleue qui s'était enfoncée dans sa poitrine. Lexis Hicks, l'une des jeunes recrues. Il chancela, laissa échapper un soupir et s'effondra aux pieds de Lynch. Ses yeux restèrent ouverts tandis qu'il tremblait sur les pavés, le corps aussi raide qu'une planche, momentanément paralysé.

Lynch releva la tête. Les fléchettes à la ciguë dont se servaient désormais les humanistes le forçaient à la vigilance. Le poison neutralisait les sangs bleus pendant cinq à dix minutes, les laissant à la merci des humains. En tant que prédateur, cette soudaine source de vulnérabilité le préoccupait.

Les épaules de Mercury se raidirent, mais il ne perdit pas une seconde. Il pivota sur lui-même et prit la fuite dans la ruelle, sa cape fendant les volutes de brouillard tandis que son ombre s'allongeait.

— Dispersion ! cria quelqu'un.

Des hommes jaillirent des égouts et battirent en retraite au milieu des Engoulevents. Garrett en saisit un au passage et le plaqua contre un mur avant de lui passer les menottes. Les humanistes filaient comme des souris dans les différentes ruelles. Ils n'étaient pas assez nombreux pour tous les rattraper, mais ils pouvaient en capturer quelques-uns. Quant à Lynch, il se contenterait d'un seul. Oh oui. Coupez la tête du serpent et vous les aurez tous...

— Il est à moi, gronda-t-il à Garrett en s'éloignant de son lieutenant.

Il s'engouffra précipitamment dans la ruelle et rattrapa le révolutionnaire en le saisissant par sa cape. Mercury pivota et lui décocha un vicieux crochet du gauche en plein visage. La douleur irradia la pommette de Lynch et sa vue se brouilla l'espace d'une seconde. L'homme devait tenir quelque chose dans sa main. Peut-être un poing américain.

Mercury fit volte-face, se libéra de sa cape et prit la fuite, laissant Lynch le tissu à la main et une faible odeur de poudre dans les narines.

Maudit soit-il ! Lynch bondit à sa suite avec une implacable détermination.

La ruelle aboutissait à une impasse et les murs de pierre qui entouraient les enclaves s'élevaient dans le ciel nocturne. Lynch ralentit quand Mercury se tourna vers lui et le dévisagea à travers les minuscules fentes de ses yeux.

— N'approchez pas, l'avertit le chef révolutionnaire en brandissant son arme.

— Le problème, avec ce nouveau modèle de pistolet à fléchettes, c'est qu'il nécessite un rechargement manuel. Il semblerait que vous soyez à court de munitions. Ou bien vous vous en seriez déjà servi…

Il n'avait aucun doute là-dessus.

Mercury leva le menton en même temps qu'il abaissait son canon.

— Ça ne me rend pas moins dangereux pour autant.

Lynch se frotta la joue et l'ecchymose qui était sans aucun doute déjà en train de s'y former.

— Je n'en attendais pas moins de vous. Avec quoi m'avez-vous frappé ?

— Ce n'était rien qu'une petite tape amicale, milord. (Les mots étaient empreints de sarcasme.) Approchez donc si vous en voulez une autre.

Ils se jaugèrent à distance. La manière de parler de son ennemi intriguait Lynch. Quelque chose le mettait mal à l'aise. Des cris retentirent derrière lui. Il vit le révolutionnaire reporter son attention par-dessus son épaule, puis faire un pas hésitant en arrière avant de heurter le mur.

— Vous n'avez nulle part où fuir, dit Lynch d'une voix douce. Nulle part où vous cacher.

— Il y a toujours une issue. *Au revoir*[1], monsieur.

Mercury se débarrassa du pistolet à vapeur et en sortit un plus lourd de sa ceinture. L'espace d'un instant, Lynch songea qu'il allait lui tirer dessus, mais il orienta son arme vers le ciel et appuya sur la détente.

Un grappin se propulsa dans l'obscurité, rattaché à une corde qui fendit l'air en sifflant. Le métal accrocha la pierre au-dessus d'eux, puis le révolutionnaire tira sur la corde et actionna un bouton situé sur le côté de l'arme.

— Non… s'exclama Lynch en bondissant.

Il effleura des doigts le bout de la botte de Mercury tandis que ce dernier s'élançait dans les airs. Un éclat de rire rauque jaillit dans les ténèbres. Lynch grogna et frappa la pierre du plat de sa main. Il le tenait. Il le tenait et il l'avait laissé échapper.

Il retroussa les lèvres en relevant la tête. Il était risqué pour un sang bleu d'entrer dans les enclaves. Lors des récentes émeutes, des dizaines de mécaniques s'étaient fait piétiner dans les rues par la cavalerie de métal de l'Échelon. Les sangs bleus – ou les suceurs, comme les appelaient les mécaniques – étaient cordialement détestés.

Il plissa les yeux. Lui aussi était dangereux. Il venait de passer une année à traquer cette ordure, tout ça pour laisser Mercury lui filer entre les doigts. Les menaces du prince consort résonnèrent sinistrement à ses oreilles. *Ramenez-moi sa tête. Ou c'est la vôtre qui tombera !*

Certainement pas. Lynch jeta un regard alentour, cala son pied dans une fissure entre les pierres, puis

1. En français dans le texte. (*N.d.T.*)

commença à se hisser au mur à la seule force de ses bras, les muscles tendus.

C'était bien la dernière chose à laquelle Mercury s'attendrait.

L'énorme piston coulissa dans son cylindre en soufflant un nuage de vapeur. La femme connue sous le nom de Mercury acheva son ascension, l'haleine chaude et humide derrière le masque de soie qui recouvrait son visage, les yeux furetant nerveusement autour d'elle.

Ici, dans les enclaves, une lueur chaude et orangée illuminait les poutres d'acier des hangars et les immenses chaudières. Sous terre, l'endroit était parsemé de tunnels dans lesquels vivaient les ouvriers, mais à la surface, l'espace était occupé par les ateliers de travail. Ce n'était pas vraiment une prison – les mécaniques avaient droit à une demi-journée de congé toutes les deux semaines –, mais pas loin.

Les lingots de métal brillaient d'un éclat rouge vif et la poussière de charbon épaississait l'air ambiant. Les mécaniques, ombres silencieuses qui évoluaient entre les vagues de chaleur chatoyantes, devaient également maintenir les chaudières en marche pendant la nuit. Rosalind dépassa l'un d'entre eux en tablier de cuir troué alors qu'il enfournait du charbon dans l'ouverture béante d'une chaudière, et la vapeur brûlante forma une légère couche de transpiration sur sa peau. Quelques gouttes coulèrent entre ses seins et humidifièrent l'intérieur de son gant droit. Elle ne sentait pas sa main gauche, rien qu'une douleur fantôme là où l'acier remplaçait son membre.

Bon sang. Rosalind se débarrassa du grappin après avoir actionné le mécanisme de rappel et commença à tirer sur son gant droit. Son cœur refusait de se calmer et ses gestes étaient animés par une fièvre qu'elle connaissait bien. Il était stupide de s'en réjouir, mais le danger et la mise à l'épreuve de ses nerfs agissaient sur elle comme une drogue dont elle avait été longtemps privée.

Elle n'arrivait pas à croire en sa malchance. L'Engoulevent lui-même, en chair et en os.

Un homme de l'ombre, un mythe. Rosalind n'avait pu apercevoir distinctement son visage dans l'obscurité, mais l'intensité de son expression ne lui avait pas échappé, et elle avait senti la caresse de son regard sur sa peau. Son adversaire le plus redoutable, un homme dont l'objectif était de capturer et de neutraliser les humanistes. Son apparition l'avait secouée et Rosalind n'était pourtant pas une femme que l'on surprenait facilement.

Elle se faufila entre des rangées de courroies munies de prothèses métalliques. Les poils se dressèrent sur sa nuque. Elle savait que ce dernier voyage était risqué, mais elle n'avait pas eu le choix. La loi martiale étouffait la ville depuis l'attaque de la Tour d'Ivoire, mais elle avait besoin des membres que les mécaniques lui avaient promis.

Les sangs bleus les plus éminents, y compris le prince consort et sa reine humaine, étaient réunis ce jour-là, et l'attentat avait porté un coup puissant à l'Échelon. S'il avait réussi, la majorité de ces parasites auraient été rayés de la carte, ne laissant que les classes ouvrières – les humains – pour abolir l'esclavage et sortir du joug de la servitude. Plus de taxes de sang, plus d'armées de Cuirasses pour les opprimer…

Le plan était audacieux.

Si seulement il avait fonctionné.

L'espace d'un instant, Rosalind regretta presque de ne pas en avoir été à l'origine, mais le groupe de mécaniques qu'elle avait sauvés des enclaves enfumées un an plus tôt afin de leur faire travailler l'acier pour son compte avait agi dans son dos. Au cours des six derniers mois, elle les avait exhortés à la patience, alors que les mécaniques murmuraient entre eux qu'elle se montrait trop douce, trop clémente pour mener le mouvement humaniste. Au final, ils avaient pris le problème à bras-le-corps. Rosalind avait tenté d'empêcher l'attaque pour essayer de sauver son jeune frère, Jeremy, que les mécaniques avaient embobiné avec de grands discours. Ils s'étaient servis de lui et l'avaient envoyé livrer la bombe en personne.

L'attentat avait été un désastre. L'Échelon avait désormais pris la mesure de la menace que représentaient les humanistes. Quand la loi martiale avait été imposée et que leurs têtes avaient été mises à prix, Rosalind s'était retrouvée dans l'obligation de disperser les membres encore sous son commandement. Son frère aîné, Jack, et elle avaient dû se cacher tout en se lançant désespérément à la recherche de Jeremy.

Elle n'avait plus aucune nouvelle de lui depuis ce jour, pas plus qu'elle n'en avait des mécaniques qui l'avaient trahie, elle et le reste du mouvement. Il ne lui restait d'eux que le goût amer de la culpabilité dans la bouche. Elle savait pourtant que Jeremy avait voué une admiration sans bornes à leurs leaders, les frères Mendici et Mordecai, mais elle n'avait rien fait pour mettre un terme à son idolâtrie. Elle avait été trop occupée par la cause et par son projet personnel pour réaliser ce qui se passait au sein de sa propre famille.

Le bruit d'une pierre heurtant l'acier retentit avec fracas. Rosalind fit volte-face et scruta les alentours, les poings levés dans un geste défensif. Son regard fouilla les ombres. Il ne l'aurait tout de même pas suivie ici ? Les enclaves étaient dangereuses pour une créature de son acabit.

Mais ses yeux ne rencontrèrent que l'immobilité. Des étincelles jaillissaient au loin d'un poste de soudure à vapeur, mais il n'y avait personne en vue.

Ça ne signifiait pas pour autant qu'il n'était pas là.

Elle recula lentement sans cesser de scruter les environs. Cette impression de danger lui était familière. Elle avait été une enfant espion, un assassin, et ces années de pratique lui avaient appris à savoir quand elle était observée et quand elle ne l'était pas.

— Vous êtes fort habile, déclara une voix froide derrière elle.

Rosalind pivota en brandissant le poing droit. L'Engoulevent s'en saisit brutalement sans sourciller.

— Mais je m'y attendais, murmura-t-il et, pour la regarder, il dut baisser les yeux.

Il maintenait en l'air le bras de Rosalind avec une force cruelle.

— J'vous retourne le compliment, répliqua-t-elle, le souffle court. (D'où avait-il pu sortir ?) Mais c'est pas très malin pour un homme comme vous d'traîner par ici.

Elle tenta de libérer son bras mais il était inébranlable. Une lueur rougeoyante illuminait le visage de son adversaire, soulignant la sévérité de la ligne de ses sourcils et son nez de rapace. Il ressemblait au diable avec ses lèvres dures et cruelles, et ses yeux qui semblaient la transpercer.

Une épaisse carapace de cuir noir – l'armure officielle de la Guilde des Engoulevents – protégeait son torse.

— On sait tous les deux que je peux tuer tous les mécaniques qui risquent de débouler.

Elle remarqua qu'il parlait d'une voix douce, avec un timbre si grave et éraillé qu'il fallait presque tendre l'oreille pour l'entendre. Il ne devait pas avoir souvent à hausser le ton. C'était quelqu'un qui commandait et n'était que rarement déçu.

— Oui, acquiesça-t-elle en pliant son majeur avant d'en tordre l'extrémité.

La lame de quinze centimètres dissimulée dans sa prothèse glissa en silence à travers le gant. C'était l'un des nombreux perfectionnements de sa nouvelle main. Elle pouvait embrocher un homme d'un coup de poing.

— Mais j'parlais pas d'*eux*, reprit-elle. C'est mon territoire ici, pas le vôtre.

Rosalind recula d'un pas pour prendre son élan et précipita sa lame vers Lynch. Celui-ci lui attrapa le poignet et se décala sur le côté, évitant de peu l'arme qui effleura ses côtes au lieu de s'y enfoncer. Il s'écarta, toucha sa blessure et découvrit ses doigts poisseux et noirs de sang. À la lumière, il y aurait distingué une nuance bleuâtre – ce qui expliquait l'origine de leur nom.

Lynch déglutit, puis releva vers elle des yeux pâles et intenses, emplis d'une promesse de vengeance. Le sang de Rosalind se glaça dans ses veines. Elle s'empara du couteau caché dans sa botte et éprouva son contact familier dans sa main.

— Voilà qui n'était pas très malin, souffla-t-il.

Les ombres remuèrent. Rosalind se déplaça et frappa à l'endroit où elle pensait le trouver. Mais une main l'agrippa et un pouce ferme appuya sur le nerf qui courait le long du sien.

— Allez au diable, jura-t-elle alors qu'elle lâchait le couteau, impuissante.

Elle connaissait mille façons de désarmer un homme, mais lorsque l'Engoulevent lui rabattit violemment le bras dans le dos et qu'il la fit pivoter pour la plaquer contre le mur de brique, elle comprit qu'elles ne lui seraient d'aucune utilité. Car il les connaissait aussi.

La force de Lynch la terrifiait en même temps qu'elle la galvanisait. *Voilà un ennemi à ta taille*, songea-t-elle avec un frisson. Un ennemi qu'elle pourrait bien être incapable de vaincre.

Il remonta un peu plus son bras dans son dos et l'immobilisa en appuyant entre ses omoplates. Des points noirs se mirent à valser devant ses yeux mais elle s'efforça de ne pas crier. Elle choisit plutôt de se détendre pour apaiser la douleur, un peu comme quand lorsqu'on masse un muscle noué. Elle était habituée à la douleur, c'était une vieille compagne et, à une époque, elle avait enduré bien pire. Ça ne lui faisait pas peur. Non, elle préférait l'accueillir. Elle savait gérer la souffrance physique, contrairement à la sensation déchirante de désespoir qui s'emparait d'elle chaque fois qu'elle repensait à son frère disparu.

Lynch pressa son corps ferme contre elle et enfonça un genou derrière les siens. Impossible de se dégager, nulle part où aller. Il l'avait adroitement prise au piège. Mais elle avait un autre tour dans son sac, une dernière carte à jouer.

Lynch lui saisit le poignet et écarta sa main métallique du mur pour l'examiner. Il comprima ses tendons pour l'obliger à écarter ses doigts impuissants, puis le tordit dans un sens et dans l'autre. La haine brûlait dans les veines de Rosalind.

— Oui, murmura-t-elle. J'suis un mécanique.

Il passa son pouce sur le surin à l'endroit où il jaillissait du gant et révélait un éclat de l'acier brillant de sa prothèse. Elle n'avait pas pris la peine d'avoir recours à la chair synthétique dont certains se servaient pour dissimuler leur dispositif. Elle n'était jamais assez réaliste, de la bonne couleur ou de la bonne consistance. Et elle ne voulait pas se conformer aux exigences de l'Échelon. Ils pouvaient aller au diable. Elle était suffisamment humaine à son goût, avec tous les droits qu'un humain devait posséder malgré ce qu'on pouvait dire des mécaniques.

Lynch enclencha le dispositif de rétractation et la lame coulissa à l'intérieur.

— Très astucieux, petit. Pas étonnant que vous frappiez comme Molineaux[1].

— Lâchez-moi et j'vous fais une nouvelle démonstration.

Le silence s'étira, puis Lynch éclata d'un rire bref, une sorte de glapissement semblant indiquer qu'il n'avait pas ri depuis longtemps.

Puis son rire mourut aussi vite qu'il était apparu. Il desserra la pression autour du bras de Rosalind et celle-ci s'effondra contre la brique, l'épaule douloureuse.

— Je n'en doute pas.

Il l'attrapa par le pan de son manteau pour la faire pivoter et la saisit par le col.

— Peut-être que vous finirez par m'avoir, mais je ne tiens pas à tester cette théorie. Vous êtes destiné à finir à Chancery Lane.

Les quartiers de la Guilde des Engoulevents. Une fois là-bas, elle ne reverrait jamais la lumière du jour. Sauf sur le chemin de l'échafaud.

— J'ai une meilleure idée, avança-t-elle avec audace. (*Le dernier tour dans son sac…*) Vous et moi… on pourrait trouver un arrangement.

1. Molineaux est un ancien esclave noir de la fin du XVIIIe siècle et du début du XIXe, devenu boxeur professionnel et combattant à mains nues. (*N.d.T.)*

Des yeux gris et froids rencontrèrent les siens. Elle les distinguait plus nettement, maintenant que sa vue s'était habituée aux nuances rouges infernales des lieux, mais elle n'avait pas changé d'opinion : Lynch serait capable de livrer sa propre mère à la justice si celle-ci enfreignait la loi.

En revanche, il y avait toujours un moyen de manipuler un homme. Même un homme comme Lynch devait désirer quelque chose qui était hors de sa portée... il fallait seulement qu'elle découvre quoi.

— Vous essayez de corrompre la mauvaise personne, déclara-t-il d'un ton glacial.

D'une main froide et impersonnelle, il palpa ses bras, ses aisselles et descendit jusqu'à ses hanches. Il trouva les petites bourses attachées à sa ceinture – des poudres et préparations empoisonnées spécifiquement conçues pour blesser un sang bleu. Leurs regards se croisèrent, puis Lynch tira d'un coup sec sur sa boucle de ceinture. Celle-ci coulissa à travers les passants et Rosalind prit une vive inspiration.

— Tout le monde est corruptible, dit-elle. Vous voulez quoi, Lynch ? De l'argent ? Le pouvoir ?

Une lueur de mépris passa sur ses yeux tandis qu'il jetait sa ceinture sur le côté.

— Rien que vous soyez en mesure de me donner. Et si vous bougez les mains, je vous les brise. Même celle en acier.

Sur ce, il s'agenouilla et glissa ses paumes sur l'intérieur des jambes de Rosalind. Elle ne put s'empêcher de tressaillir ; personne, depuis son mari, ne l'avait plus touchée à cet endroit et cette sensation la troublait.

Elle possédait un autre couteau dans sa botte. Il s'en empara et le cala à sa propre ceinture, puis ses mains passèrent doucement à l'arrière de ses genoux, et la pression de ses doigts était juste assez ferme pour la contraindre à retenir son souffle. Plus haut... encore plus haut... puis ses paumes se posèrent juste au-dessous de ses fesses.

— Vous avez oublié un endroit, se força-t-elle à articuler alors qu'il se redressait.

Si elle voulait lui échapper, elle allait devoir se montrer plus maligne que lui, et pour ça, il lui fallait émousser ses sens.

Il laissa ses doigts traîner sur sa hanche.

— Où ça ?

— Plus haut, murmura-t-elle en penchant la tête en arrière pour le regarder dans les yeux. (Ses gants en cuir doux glissèrent sur le lin rêche de son chemisier.) C'est mon meilleur atout.

Il écarta son pouce sur ses côtes, sous son sein. Si proche... Elle préférait garder secret son sexe, mais les hommes se laissaient souvent avoir par le battement séducteur de ses cils. Elle n'éprouvait que du mépris pour ceux que cette erreur avait fait tomber sous sa lame.

— Plus haut, l'encouragea-t-elle.

Son estomac se noua et une chaleur inattendue se propagea entre ses cuisses. Rosalind humecta ses lèvres sèches.

Ne pense pas à ce qu'il est. Sers-toi de lui ; sers-toi de ton corps.

Il écarquilla les yeux en découvrant la courbe légère mais immanquable de sa poitrine. Elle était bandée afin de ne pas la gêner dans ses mouvements, mais Lynch restait un homme. Il savait ce que ça signifiait.

— Surprise, murmura-t-elle.

— Nom d'un chien.

Il retira sa main comme si elle était en feu. Il plissa les yeux mais elle y lut le chaos de ses pensées.

— Vous ! Vous étiez dans la tour. Avec la bombe.

Il la saisit par l'arrière du crâne et empoigna une mèche de ses cheveux, puis il lui pencha la tête en arrière pour exposer sa gorge tandis que Rosalind se débattait vainement.

Elle sentit une barbe rêche contre sa joue et l'effroi la gagna aussitôt. Il posa sa mâchoire sur la peau douce juste au-dessous de son oreille. *Non !* Elle se démena sauvagement et enroula ses doigts d'acier autour de son poignet, mais elle savait qu'elle ne pourrait rien faire pour l'arrêter s'il avait décidé de lui prendre son sang.

— C'est *vous*, murmura-t-il.

Elle réalisa alors qu'il humait son parfum. Il ne s'intéressait pas à ses veines, en fin de compte. Rosalind se détendit en tremblant, l'estomac retourné. *Ayez pitié, Seigneur.* Elle était au moins épargnée de ce viol-là.

Son esprit était en ébullition.

— Comment ça ?

Comment savait-il qu'elle se trouvait à la Tour d'Ivoire le jour où les mécaniques avaient posé la bombe ? Le jour de la mort du duc de Lannister ? La soupçonnait-il d'avoir participé à l'attentat ?

Lynch releva la tête sans lâcher le crâne de Rosalind. Elle aperçut son regard et se figea. *Danger.*

Il sortit un fragment de cuir de sa poche et le tint entre deux doigts.

— Vous avez laissé ça derrière vous. Il était imprégné d'odeurs. La vôtre, celles de deux autres personnes, et celle de la poudre.

Il s'agissait d'un insignifiant morceau de cuir dont elle n'avait même pas remarqué la disparition.

— Et vous l'portez sur vous depuis tout c'temps ? Comme c'est touchant !

— Au cas où j'en oublierais l'odeur.

Rosalind se plongea dans son regard et une sorte d'intuition surgit soudain dans son esprit comme cela lui arrivait parfois. Lynch avait envie d'elle. Elle devina qu'elle était sa petite obsession personnelle. Un mystère, qui excitait son intellect aussi bien que son désir.

— Et maintenant ? murmura-t-elle, convaincue qu'elle le tenait, qu'elle avait trouvé sa faiblesse. Il n'y a toujours rien avec quoi je pourrais vous corrompre ?

Il saisit le message et recula en gonflant les narines. Rosalind s'effondra de nouveau contre la brique en écartant les mains pour se rattraper. Une autre femme aurait pu être vexée de ce rejet, mais elle avait sondé ses yeux et il ne s'agissait pas de répulsion de sa part. L'espace d'un instant, elle y avait même décelé une lueur d'intérêt.

— Vous avez tiré sur le duc de Lannister et tenté de faire exploser la cour. Si vous pensez que je vais passer un quelconque arrangement avec vous, vous vous trompez lourdement.

— J'ai tiré sur le duc, avoua-t-elle. Mais j'ai fait que le blesser. Il étranglait une de mes connaissances.

— Vous niez être à l'origine de l'attentat ?

— J'essayais de l'empêcher.

— Vous me prenez pour un idiot ?

Elle eut l'audace de faire un pas vers lui.

— Si j'avais pensé qu'ça fonctionnerait, j'aurais mené moi-même l'action, mais c'est pas moi qui suis à l'origine de c'plan.

Non, elle s'était lancée à la recherche de Jeremy.

— Ah non ? (Lynch se pencha vers elle, menaçant.) Alors, qu'étiez-vous en train de faire, ce soir ? Qu'est-ce que vous mijotez ?

— À vous d'me l'dire.

Elle releva les yeux derrière les fentes de son masque.

Lynch lui saisit le menton et le caressa à travers le satin noir. Puis il y glissa son doigt et retroussa le masque au-dessus de sa bouche.

— Je veux voir votre visage.

Elle lui attrapa la main.

— Non.

Rosalind saisit l'occasion et lécha le bord de son pouce.

Lynch retira vivement sa main, le regard noir.

— Vous me décevez. Rien de ce que vous pourrez dire ou faire ne me fera changer d'avis. Vous êtes en état d'arrestation, jupons ou non.

Il s'apprêta à lui attraper le poignet mais elle l'esquiva et captura le sien. Les muscles de son bras se crispèrent, mais Rosalind leva lentement sa main sans jamais le quitter des yeux. Elle pressa la paume de Lynch sur sa joue et tourna la tête pour y poser ses lèvres. Lynch lui retourna un regard de froide indifférence, mais son pouls s'était accéléré.

Rosalind fit lentement glisser sa langue sur sa peau.

— Ça vous excite pas ?

Elle se rapprocha encore un peu de lui et retourna son poignet pour embrasser la chair tendre du dos de ses doigts.

— Vous, murmura-t-elle. Et moi. Deux ennemis qui finissent par se réconcilier.

Elle posa son autre main à plat sur sa cuirasse, au niveau de son ventre. Le cuir était poli par le temps et l'usure. D'une douceur incroyable. *Comme sa peau.*

Cette pensée la prit au dépourvu. Elle n'avait ressenti pareille curiosité qu'une fois dans sa vie, et pour son mari, un homme pour lequel elle éprouvait respect et admiration. À ses yeux, Lynch n'était digne ni de l'un ni de l'autre.

À moins que ?

Elle en avait beaucoup appris sur lui au cours des derniers mois. Elle avait découvert le genre d'homme qu'il était, quel adversaire elle affrontait. La réponse l'avait rendue nerveuse. Les gens le disaient froid et implacable. Impitoyable. Même l'Échelon lui prêtait un cœur de fer.

L'homme qui se tenait devant elle était dur. Elle le ressentait instinctivement. Mais cette expression sur son visage… oh, non, il ne s'agissait pas de froideur. Pas du tout.

— Après tous ces mois passés à m'traquer, Lynch, susurra-t-elle d'une voix douce comme une caresse malgré ses méninges qui tournaient à plein régime, voilà qu'vous m'avez enfin capturée. Vous êtes pas curieux ? Vous voulez pas me goûter un peu avant d'me livrer au prince consort ?

Elle retournait ses propres pensées contre lui.

— Non.

Il pencha la tête vers elle, la respiration saccadée.

L'excitation montait en elle. L'anticipation. Elle ne s'était pas sentie aussi vivante depuis des années. C'était comme si elle avait déambulé telle une somnambule pendant tout ce temps, et que la présence de Lynch lui faisait l'effet d'un seau d'eau glacée en plein visage. Elle fit glisser sa main sur les ondulations de sa cuirasse et releva les yeux sans bouger la tête.

— Menteur.

Une vive rougeur colora ses pommettes. Lynch lui jeta un long regard tandis que l'indifférence avait disparu de ses traits. Ses pupilles se coloraient de noir à tel point que Rosalind se retrouva face aux yeux d'un démon dont la raison était dominée par la soif et le désir.

Elle le tenait.

Rosalind se hissa sur la pointe des pieds et plongea ses doigts d'acier dans les mèches sombres de ses cheveux. Elle baissa les paupières, attira son visage à elle et guida sa bouche vers la sienne.

Elle avait déjà embrassé des hommes dans l'exercice de ses fonctions, les avait séduits d'un sourire aguicheur sans jamais ressentir la moindre émotion. Ça n'avait jamais eu d'effet sur elle. Pourtant, elle se surprit à trembler en caressant le corps recouvert de cuir sous ses gants. Ses paroles n'avaient pas seulement séduit Lynch – elle devait aussi reconnaître leur impact. L'excitation provoquée par l'interdit.

L'haleine fraîche de Lynch effleura ses lèvres sensibles. Il résistait.

— Retirez votre masque, l'exhorta-t-il d'une voix rauque en caressant à son tour sa joue tremblante.

— Non.

Elle le sentit reculer, en conflit avec sa raison. En désespoir de cause, elle releva la tête et plaqua sa bouche sur la sienne.

Un frisson parcourut l'imposante silhouette qui l'enveloppait. Lynch se raidit, sous le choc, pendant qu'elle dévorait ses lèvres et les caressait avec sa langue. Il colla son corps ferme contre elle et elle sentit le moment où il capitula. Il prit son visage entre ses mains et lui rendit son baiser comme s'il était au désespoir, cédant à une passion si soudaine qu'elle en fut déstabilisée. Elle devinait le goût de la solitude dans son empressement tandis qu'un sentiment dangereux et inconnu naissait en elle. Un écho à son désir qui lui faisait l'effet d'un coup de poing dans le ventre.

Rosalind se détourna et reprit son souffle dans les cheveux de Lynch, hésitant à faire marche arrière. Mais aussitôt qu'elle put respirer, ses doutes refluèrent.

Il empoigna une mèche de cheveux à la base de sa nuque pour ramener son visage à lui, glissa ses lèvres froides sur son menton, puis le long de sa gorge. Rosalind s'agrippa à son épaule, attentive à ne pas laisser paraître sa vulnérabilité. Si elle se concentrait sur ses caresses, sur chacune des sensations délicates qu'il provoquait en elle lorsqu'il l'embrassait, alors elle serait capable de garder le contrôle.

Un sang bleu. Pourtant, c'était bien un homme qu'elle sentait sous ses mains inquisitrices, et le goût d'un homme qu'elle percevait dans son haleine sucrée. Il intensifia son baiser et força la barrière de ses lèvres avec sa langue, sans plus faire preuve de la moindre retenue. La palpitation entre ses jambes dont elle avait été si longtemps privée devenait presque douloureuse. Huit longues années s'étaient écoulées depuis la mort de Nathaniel, et elle n'avait jamais regretté de n'avoir pas pris d'amant. Elle n'avait même jamais trouvé un homme à son goût. Mais le danger constituait une addiction à part entière et elle se sentait électrisée par l'homme qu'elle tenait dans ses bras. L'Engoulevent. Son ennemi le plus cher. Une entité de l'ombre qu'elle avait pris un immense plaisir à contrecarrer tout au long des six derniers mois.

Un homme auquel elle s'apprêtait à échapper une nouvelle fois.

Son dos heurta le mur de brique. Lynch fit remonter ses lèvres dans son cou et s'empara de nouveau de sa bouche. Elle eut à peine le temps de respirer et de s'agripper à sa chemise que déjà il lui offrait sa langue. Une myriade de sensations surgit en elle ; la saveur de son baiser, son parfum enivrant, le frottement de ses tétons contre le tissu en lin qui les comprimait et la caresse des doigts de Lynch avant qu'il l'attrape par les fesses pour qu'elle enroule ses jambes autour de ses hanches.

Rosalind enfonça les ongles de sa main gantée dans ses épaules. Doux Jésus… elle s'oubliait de nouveau… Elle l'embrassa, lui mordit la lèvre, l'aspira entre ses dents. Il lui serait si agréable de s'abandonner totalement, de céder à…

Non.

Lynch lui plaqua les mains contre le mur, mais elle se débattit.

La tête lui tournait.

— Laissez-moi… laissez-moi vous toucher. Je veux vous sentir.

Ses paroles semblèrent apaiser ses ardeurs et Rosalind perçut l'éclat de ses yeux obscurcis. Elle n'était pas la seule à lutter contre son attirance. Si elle lui laissait ne serait-ce qu'une seule seconde de répit, alors elle risquait de le perdre complètement.

Jamais. Rosalind céda, colla ses hanches contre lui pour éprouver son érection entre ses cuisses, dure comme un roc. Elle laissa son corps chevaucher le sien, ses paumes glisser sur ses épaules pour l'attirer plus près. Elle rejeta la tête en arrière et entrouvrit les lèvres.

Lynch plaqua une main contre le mur à côté de sa tête en frissonnant.

— Vous êtes le diable, murmura-t-il.

Puis il lui mordit avidement la bouche et fusionna de nouveau avec elle.

Rosalind passa les doigts sur les muscles tendus de son cou et les joignit derrière sa nuque. Il fallait seulement qu'elle retire le gant de sa main mécanique. Elle le laissa retomber discrètement puis grogna contre ses lèvres quand elle sentit les mains de Lynch sur ses fesses la coller brutalement contre lui.

Une simple torsion de l'articulation de son annulaire mécanique et une aiguille pointue émergea de l'intérieur. Rosalind sentit l'haleine de Lynch sur ses lèvres et réalisa qu'elle hésitait, qu'elle essayait de gagner du temps. Elle glissa le bras sur son épaule tandis que sa barbe lui irritait la joue.

Encore un instant.

Presque...

À califourchon sur ses hanches, elle rejeta la tête en arrière, les yeux brillants de passion.

— Je regrette presque, souffla-t-elle d'une voix haletante, d'être obligée de faire ça.

Puis elle enfonça l'aiguille dans son cou et lui injecta la ciguë.

Lynch se raidit avant d'être secoué de spasmes.

— *Non !*

Il s'effondra contre elle, s'agrippa aux briques pour essayer de se retenir, les genoux tremblants.

Rosalind reposa les pieds au sol avec légèreté, plaquée contre le mur par le corps lourd et dur. Tant mieux, car elle n'était pas certaine que ses jambes l'auraient portée, à cet instant précis. Elle rattrapa Lynch par les aisselles tandis qu'il marmonnait quelque chose. Des mots qu'elle n'avait probablement pas envie d'entendre.

Elle l'allongea par terre, recula, rétracta son aiguille dans la cavité de son doigt et rajusta l'articulation. Une sensation qui s'apparentait à de la culpabilité s'empara d'elle.

Quelle bêtise ! Quel risque inutile ! Les sentiments n'avaient pas leur place dans son monde. Ni les émotions. Les uns comme les autres pouvaient lui coûter la mort en une fraction de seconde.

Son couteau était fixé à la ceinture de Lynch. Ce dernier la fixait et elle comprit ce qu'il avait à l'esprit.

Il lui suffirait de lui trancher la gorge pour être débarrassée de tous les Engoulevents, ainsi que de la loi martiale. Le coup serait dévastateur pour l'Échelon, qui pourrait bien ne pas s'en relever.

Elle s'empara du couteau et en éprouva la forme familière. Ses doigts se crispèrent inconsciemment sur le manche tandis qu'elle observait Lynch. Ce ne serait pas le premier sang bleu qu'elle tuerait.

Allez, mon petit faucon. Fais-le. Tu es comme tu es, après tout. Qu'est-ce qu'une mort supplémentaire ?

Elle pouvait presque entendre la voix de Balfour au creux de son oreille. Son désir mourut rapidement et un filet de bile remonta dans sa gorge. *Non.* Elle n'était plus sous ses ordres. Plus maintenant. Elle s'était libérée de son joug au moment où elle s'était tranché la main.

Ça n'a pas d'importance. (Ce murmure lui donnait la nausée.) *J'ai fait de toi celle que tu es. Et tu ne pourras jamais y échapper…*

— Non, protesta-t-elle tout bas.

Un bruit de métal résonna et elle réalisa qu'elle avait lâché le couteau.

Lynch fut agité d'une convulsion, un gargouillis dans la gorge. Elle n'arrivait plus à détourner son regard. Elle comprit qu'il savait. Il savait qu'elle ne pouvait pas le tuer. Non, pas qu'elle ne pouvait pas. Qu'elle ne *voulait* pas.

Idiote. Elle secoua la tête et recula d'un pas, piétinant de la vieille limaille répandue au sol. Elle risquait de le regretter. Tactiquement, ce n'était pas le bon choix. L'entraînement qu'elle avait suivi lui dictait de terminer le boulot.

Lynch remua les doigts. Depuis combien de temps était-il neutralisé ? Une minute ? Deux ? La durée d'efficacité de la ciguë dépendait du taux d'hématocrite. Si le sien était élevé, alors il risquait de commencer à reprendre le contrôle de son corps avant qu'elle ait pu prendre la fuite. Cette perspective ne lui était pas vraiment agréable, surtout avec l'expression qu'elle lisait dans son regard.

Rosalind ramassa son couteau et le rangea dans l'étui de sa botte. Des étincelles jaillirent d'un poste à souder situé non loin. Elle s'accroupit pour vérifier que personne n'avait été témoin de la scène. Dans le cas contraire, elle serait contrainte d'achever Lynch.

Laisse tomber le couteau. Contente-toi de partir et de le laisser seul ici. Sans défense.

Une seconde d'hésitation. Ce serait si simple... mais quelque chose l'arrêtait, comme une sorte de culpabilité qui lui était jusqu'alors inconnue. C'était la seconde fois en quelques mois qu'elle laissait la vie sauve à quelqu'un qu'elle aurait dû exécuter. Rosalind jura tout bas et se pencha pour attraper les poignets de Lynch. Elle le tira derrière une chaudière pour le mettre à l'abri des regards.

— J'veux que vous sachiez qu'j'vous ai vaincu, murmura-t-elle en s'agenouillant à ses côtés.

Les yeux de l'homme étincelèrent dans les ombres, et la lueur rougeâtre des chaudières se refléta dans leurs profondeurs. Une promesse de vengeance. Elle hocha lentement la tête. Ceci – ce qu'elle avait entamé, ici, ce soir – ne s'arrêterait pas jusqu'à ce que l'un des deux prenne définitivement le dessus.

— *Je viendrai... m'occuper de toi...*

Il parvenait à peine à parler, mais ces mots la firent frissonner.

Un serment. Une promesse de mort.

Elle tourna les talons et s'éloigna. Le monde était rempli de couleurs vives et l'énergie faisait vibrer son corps tout entier. Elle se sentait vivante, éveillée.

— Alors je vous attends.

« Alors je vous attends. »

Une main se posa sur son épaule et Lynch se réveilla en sursaut. Les vestiges de son rêve se dissipèrent lorsqu'il reconnut le décor de son bureau. Il cligna des yeux et observa les papiers éparpillés qu'il était en train d'étudier, ainsi que l'encre qui tachait ses doigts. Du sang séché était resté incrusté sous ses ongles après qu'il eut nettoyé sa blessure. Malgré le virus du besoin qui avait fait de lui un sang bleu et accélérait la cicatrisation, le coup de Mercury l'avait affaibli.

Garrett recula et haussa un sourcil.

— Vous devez aller vous reposer.

Lynch passa une main sur son visage las et secoua la tête.

— Je dois retrouver Mercury. Un résultat concernant l'analyse de la boîte ?

Garrett se renfrogna et traversa la pièce pour aller s'agenouiller devant le feu. Il se servit du soufflet pour raviver les flammes sur les maigres bouts de charbon et ajouta du petit bois.

— Où est Doyle ? Il devrait prendre soin de vous un peu mieux que ça.

Lynch recula son fauteuil et se leva.

— Il est déjà passé jouer l'infirmière, je l'ai renvoyé. Alors, la boîte ?

— Elle contenait une sorte de mécanisme à vapeur en acier. Un condensateur à distillation, d'après Fitz. Ça peut servir dans toutes sortes de machineries.

Fitz s'y connaissait. Ce jeune génie ne restait jamais de marbre devant une nouvelle invention. C'était un domaine qui le fascinait. Lynch pinça les lèvres.

— Inutilisable, si je comprends bien ?

— Pas sûr. J'ai envoyé Byrnes aux enclaves avec quelques hommes pour se renseigner sur le modèle.

— Ils ne trouveront rien, déclara Lynch en se tournant vers l'armoire à liqueur. Les mécaniques des enclaves sont remarquablement muets ces temps-ci.

— Oui, depuis que le prince consort leur a envoyé la cavalerie il y a deux mois, ajouta Garrett.

Lynch se servit un petit verre de sang en mesurant consciencieusement la dose. Puis il reboucha la bouteille.

— Fais attention à l'endroit où tu te trouves quand tu dis ce genre de choses.

— On est au quartier général de la guilde !

— Et je ne me fais pas d'illusions : le Conseil doit avoir au moins trois espions dans les lieux.

Lynch vida son verre. Le sang frais enflamma ses sens. Sa vue se brouilla et l'espace d'un court instant, le monde fut recouvert d'une pellicule noir et gris. Il reposa lentement le verre. Il en voulait plus ; il en mourait d'envie. Pourtant, il ne se l'autoriserait pas.

— Vous pensez qu'ils ont des hommes au sein de la guilde ?

— J'en suis certain.

Le Conseil en savait beaucoup trop sur ses affaires pour qu'il puisse s'agir d'une simple coïncidence. Lynch se hâta de changer de sujet afin d'aborder celui qui le préoccupait.

— Aucun signe de la femme ?

Garrett vint s'appuyer contre le bureau et croisa les bras, le regard neutre. Trop neutre. Lynch ne lui avait pas demandé ce qu'il avait entendu dans son émetteur ; sa portée était limitée, pourtant la vitesse à laquelle Garrett l'avait retrouvé indiquait qu'il s'était trouvé à proximité.

— Les gars sont rentrés. Aucune trace d'elle. La piste olfactive s'est arrêtée près de Piccadilly Circus. Quelqu'un a jeté une de ces bombes chimiques qu'utilisent les humanistes pour effacer toute odeur.

La petite maligne. Lynch plissa les yeux. Il était tombé dans son piège comme un bleu, et cette histoire lui restait en travers de la gorge. Elle était quelque part dans la nature, sans aucun doute en train de rire dans son dos. Le pire de tout, c'est que ses hommes l'avaient retrouvé avant qu'il ait repris le contrôle de son corps, encore allongé sur le dos et partiellement paralysé. Garrett l'avait couvert en les envoyant sur la piste de la révolutionnaire en fuite, mais ils en avaient bien assez vu.

— Je ne comprends toujours pas bien comment elle vous a eu. Vous êtes loin d'être un pigeon qu'on plume facilement.

Même si la façon de s'exprimer de Garrett imitait fidèlement les manières de l'Échelon, parfois ses racines ressortaient dans le choix de ses mots.

— Alors on est deux, répondit Lynch d'une voix dure et sèche.

C'était une manière d'exhorter Garrett à changer de sujet.

Cette rencontre l'avait frustré. La gent féminine représentait une distraction face à laquelle il s'était longtemps cru invulnérable. Il était dans une colère noire d'avoir été envoûté aussi aisément.

Le sexe n'était qu'une autre forme de soif, et il pensait avoir un contrôle efficace sur ses besoins. Il contrôlait de près la dose de sang que son corps exigeait et mettait une femme dans son lit quand il sentait que son désir l'imposait. Pas une seule fois l'un de ses besoins n'avait pris le dessus. Jusqu'à aujourd'hui.

Et il ne lui avait pas fallu davantage qu'un petit murmure de péché dans l'oreille, que des doigts cajoleurs sur sa cuirasse... Il avait à peine aperçu son visage, rien que ses lèvres sous le bord retroussé de son masque.

Sa mémoire sensorielle lui revint par vagues ; le léger contact de sa main sous son sein, ses longues jambes enroulées autour de ses hanches tandis qu'elle se cambrait contre lui, son souffle chaud qui lui brûlait les lèvres...

Satanée créature. Son corps se remit soudain en éveil et il savait pourquoi.

Il avait couché avec quelques-unes des plus belles femmes que l'Échelon avait à offrir, et il se souvenait rarement de leurs noms. Mais celle-ci le hantait. C'était un mystère. Un défi. Une partie de lui attendait avec impatience leur prochaine rencontre, désireuse de pousser l'aventure plus loin. Cette fois, il aurait le dessus et il avait bien l'intention d'en profiter, de lui faire payer chaque seconde d'humiliation et de la laisser en plan, implorante.

Il avait hâte.

Lynch ferma les yeux et s'efforça de se calmer. Ces pensées étaient pure folie – c'était la soif qui s'exprimait, ses démons personnels. Il était *l'Engoulevent*, nom d'un chien ! Et quand il lui aurait mis la main dessus, il la mettrait en état d'arrestation et la livrerait au Conseil.

Fin de l'histoire.

Quand il rouvrit les yeux, il trouva Garrett en train de l'observer avec perspicacité. Une mèche de ses cheveux couleur noisette lui barrait le front, ce qui attirait inlassablement l'œil des femmes. Ou peut-être était-ce ce sourire que Garrett leur adressait. Il avait son rôle à jouer dans la guilde malgré sa faiblesse pour tout ce qui portait un jupon. Il suffisait de le laisser cinq minutes dans une pièce avec une femme qui refusait de parler pour qu'il ressorte avec ses aveux signés, accompagnés des détails les plus intimes de sa vie.

Garrett connaissait les femmes par cœur. Et il savait quand un homme avait été vaincu par l'une d'elles.

— Si tu souffles un seul mot de tout ça…

Un sourire furtif apparut lentement sur les lèvres de Garrett.

— Ça ne me serait même pas venu à l'esprit, monsieur.

2

Rosalind grimpait les marches du vieil escalier et la flamme de sa bougie vacilla dans l'air froid. Il avait été conçu des années auparavant pour relier la plateforme souterraine à une station abandonnée à la surface. Aujourd'hui condamné, il avait été oublié depuis longtemps, mais Rosalind avait soigneusement arraché quelques lattes de bois pour créer une brèche – un accès à son monde, aux cavernes moisies et aux tunnels obscurs qu'on appelait les Souterrains.

De l'eau gouttait quelque part au loin. Les seuls autres sons étaient le faible frottement de ses bottes plates contre le sol et l'écho du vent qui rugissait à travers les tunnels ferroviaires désaffectés. Rosalind retira le masque étouffant qui recouvrait son visage et l'air frais caressa sa peau. Elle soupira de soulagement.

Elle sentait encore le souffle de Lynch sur sa peau, qui revenait la hanter pour la railler, elle et ses actes.

Ou plutôt sa réaction.

Tu as aimé ça.

Cette pensée déstabilisante la prit aux tripes. Elle n'avait jamais accordé d'intérêt aux hommes, considérant ce déficit comme un soulagement, jusqu'à ce que Nathaniel fasse irruption dans sa vie et l'initie aux délicieux supplices du désir sexuel. Son mari avait été la plus grande lumière de sa vie… et son plus grand chagrin. Si sa mort lui avait bien appris quelque chose, c'était à ne plus jamais se trahir elle-même. Et à ne jamais plus laisser un homme entrer dans sa sphère intime.

Elle y était parvenue. Jusqu'à aujourd'hui.

Elle se força à desserrer les doigts de son masque de satin et le fourra dans sa poche, la mine sombre. Ce soir, elle avait mené le jeu et y avait pris du plaisir. Ça ne se reproduirait plus.

Elle venait d'arriver sur le quai quand la bougie s'éteignit. L'obscurité soudaine neutralisait sa vue mais pas ses autres sens. Elle sentit quelque chose bouger et leva aussitôt un bras pour se protéger. Elle tordit un doigt et sentit la vibration de la lame qui sortait de son articulation métallique…

Un poing la heurta en haut de la poitrine, lui coupant le souffle. Puis une ombre la plaqua contre le mur de brique qui s'effrita autour d'elle.

— T'es morte, annonça une voix rauque avec une pointe de dégoût.

Rosalind pencha la tête tandis que ses yeux s'adaptaient à l'obscurité et haleta, tentant de desserrer l'étau autour de ses poumons. Elle avança imperceptiblement la main et le bout de la lame s'enfonça dans un muscle ferme.

— Et toi, étripée.

Un grognement. Puis Ingrid s'écarta.

— Ça suffirait pas à me tuer.

C'était vrai. Rosalind grimaça. Un révolutionnaire distrait est un révolutionnaire mort. Elle fit rentrer la lame dans sa main mécanique et passa son pouce sur l'acier poli.

— Tu reviens plus tôt que prévu.

— Tu es en retard.

La silhouette sombre qui s'était matérialisée dans les profondeurs du souterrain commençait à prendre forme. Ingrid la dominait en taille, avec son mètre quatre-vingts, ses épaules larges et ses hanches galbées. Elle tenait ce physique de guerrière de ses ancêtres nordiques, bien qu'elle fût plus petite que la plupart des gens de son peuple. Le virus du loupe qui engendrait les loups-garous stimulait la croissance et le développement musculaire. C'est du moins ce que disaient les scientifiques.

Malgré le ton rude employé par Ingrid, Rosalind perçut une pointe de peur dans sa voix.

— Je suis de retour, dit-elle en glissant sa main sur l'avant-bras d'Ingrid.

La femme était comme une sœur pour elle. Une sœur autoritaire et parfois surprotectrice, mais Rosalind avait appris à l'apprécier.

— Disons que j'ai eu une prise de bec aux enclaves. On peut faire une croix sur le nouveau condensateur.

— Qu'est-ce qui s'est passé ?

— Je suis tombée sur les Engoulevents.

Un silence. Puis Ingrid souffla lentement.

— Avec une lame bien aiguisée, j'espère !

— Malheureusement non. Viens. On doit se réunir avec Jack et passer en revue le déroulement de la nuit.

Rosalind bondit sur les rails et Ingrid l'imita. Un rat couina dans le noir et Rosalind sourit tandis que son amie jurait.

— Fichues bestioles, maugréa Ingrid.

Elle resta près de Rosalind, juste au cas où.

— Ils ne viendront pas t'embêter, la rassura Rosalind en disparaissant dans le tunnel obscur et silencieux.

Elles parcoururent quelques centaines de mètres le long des voies abandonnées. Ingrid n'avait aucun problème pour se diriger dans le noir, mais Rosalind devait faire appel à sa mémoire et compter les pas en silence. À tâtons, elle trouva une porte cerclée de fer dans la paroi latérale. Un courant d'air agita ses cheveux avec un sifflement. On aurait dit un cri lointain, mais il s'agissait sans aucun doute de l'un des trains en service dans un proche tunnel.

Certains des habitants qui s'aventuraient en ces lieux prenaient ces sons lugubres pour les plaintes des fantômes de mineurs et d'ingénieurs morts piégés lors de l'effondrement de la ligne qui partait vers l'est. Ou de ceux qui avaient péri trois étés plus tôt, assassinés par le vampire qui avait hanté les Souterrains avant d'être finalement abattu.

Rosalind n'était pas effrayée. Un vampire n'était qu'un sang bleu qui avait mal tourné et elle savait comment tuer ces créatures. Quant aux fantômes… eh bien, elle avait déjà bien assez à faire avec les siens.

Elle se faufila dans le tunnel d'accès, trouva l'échelle de métal et la descendit. Ingrid la suivit et referma la porte en fer derrière elle.

Une lumière vert pâle brûlait en contrebas. Rosalind sauta le dernier mètre et atterrit au fond d'un vieux conduit d'aération. Un immense ventilateur tournait au ralenti et projetait des ombres vacillantes dans la lueur phosphorescente. Un homme était appuyé contre le mur de brique grêlé, les bras croisés sur la poitrine, la mine sombre. Il se détendit dès qu'il la vit.

— Jack, laissa-t-elle échapper avec un soupir de soulagement.

À en juger par le peu qu'elle distinguait du visage de son frère, il semblait fatigué. Un gros monocle de vision nocturne était disposé sur son œil et un masque en cuir dissimulait la moitié inférieure de son visage. La teinte verdâtre de la lentille qui amplifiait la lumière la troublait. Avec cet équipement, il voyait presque aussi bien qu'Ingrid.

Rosalind tendit une main vers lui et s'immobilisa en le voyant tressaillir. Jack n'aimait plus qu'on le touche, même à travers les épaisses couches de son manteau et de ses gants. Rosalind serra le poing. La complicité qui existait entre Jeremy et elle lui manquait – cette façon qu'il avait de passer un bras autour de ses épaules et de l'attirer contre lui en la taquinant parce qu'il avait fini par la dépasser en taille, ou celle qu'elle avait, elle, de lui faire une balayette et de le plaquer au sol avec un éclat de rire. *Tu es peut-être plus grand, mais je serai toujours ta sœur aînée.*

Jack posa sur Ingrid un regard froid.

— Pas de problème ?

— Pas de mon côté, répondit Ingrid.

Rosalind fut à son tour gratifiée du même regard. Elle jeta des yeux noirs à son amie.

— Rien de grave.

— Je suis curieuse quand même, insista Ingrid en faisant quelques pas. Comment, exactement, as-tu réussi à échapper à l'Engoulevent ?

Rosalind serra les dents, fit abstraction de l'air surpris de son frère et rattrapa Ingrid.

— Je l'ai séduit.

— Rosalind ! s'exclama Jack sur ses talons.

Il lui avait suffi de trois pas pour la rejoindre, et le bâton lumineux dans sa main soulignait les traits durs de son visage.

— Dites-moi que vous plaisantez, toutes les deux.

Ingrid rit tout bas.

— Malheureusement non, répondit Rosalind. J'ai perdu la cargaison et cinq hommes.

— L'acier, ça se remplace, répondit Jack.

— Les hommes aussi, ajouta Ingrid.

Mais pas l'argent qui servait à se procurer les deux. Rosalind crispa la mâchoire. L'argent était filtré par le parti politique des Humains D'abord, tout comme les renseignements en provenance de différentes sources au sein de l'Échelon. Le mouvement humaniste existait bien avant qu'elle en prenne la direction à la place de son mari pour tenter de réaliser son rêve ; ce n'était que récemment qu'elle avait commencé à se demander d'où pouvaient leur provenir de pareilles sommes.

Devant eux, un rectangle d'obscurité était percé par une lueur jaune vif. Son chez-elle. Les épaules de Rosalind s'affaissèrent sous l'effet de la fatigue. Après sa rencontre avec Lynch, elle avait dû parcourir les rues pour semer ses hommes, mais maintenant, dans la pénombre sécurisante, son énergie commençait à refluer.

Derrière la porte, une unique bougie trônait sur la table posée à l'entrée. Le mobilier, spartiate, était de la récupération. Ils n'avaient pas besoin de grand-chose pour servir leur cause et ils pouvaient tout abandonner à la hâte en cas de fuite.

Jack referma la porte derrière eux et Rosalind se laissa tomber dans l'un des fauteuils rembourrés. Un ressort saillant l'obligea à ajuster sa position.

Jack croisa de nouveau les bras.

— Je t'écoute.

— Tu ne m'as pas parlé de ta nuit, éluda-t-elle tandis qu'Ingrid allumait la chaudière à gaz pour préparer du thé.

— La tienne m'intéresse plus.

Quand il était de cette humeur, on ne pouvait rien faire pour l'en sortir.

— On s'est fait prendre en embuscade à la sortie des enclaves. Lynch et ses hommes nous attendaient. Quelqu'un les avait sans doute prévenus. (Elle fronça les sourcils.) Je dois découvrir qui ; ça pourrait nous être précieux.

— Il est comment ? demanda Ingrid en relevant les yeux de la théière.

Intense. Rosalind se figea, envahie par un souvenir importun.

— Exactement comme on le dit. Dur et froid. Et très déterminé.

La façon dont il l'avait regardée... comme s'il était capable de mettre le monde à feu et à sang pour la capturer. Elle frissonna.

— Je pense que je n'ai pas fini de le revoir.

— Tu aurais dû l'abattre, dit Jack.

— Je n'en avais pas les moyens, mentit-elle en baissant les yeux. Le mieux que je pouvais faire, c'était le paralyser avec la ciguë. Ses hommes sont arrivés et j'ai dû m'enfuir.

Rosalind sentait le regard de Jack qui la transperçait. Elle releva la tête et adoucit son expression.

— Alors, parle-moi de ta nuit. Tu as eu plus de chance de ton côté ?

Les épaules toujours tendues, il poussa un soupir et jeta un coup d'œil à Ingrid.

— On a intercepté le fiacre qui transportait le rédacteur du *London Standard* à la Tour d'Ivoire. L'évasion s'est déroulée comme prévu et il s'est enfui avec l'aide d'un de nos hommes. Mais un groupe de Cuirasses est arrivé et on a été forcés de se disperser.

Le *London Standard* avait publié une caricature du prince consort, doté d'une tête monstrueuse et déformée, accompagné de sa femme, représentée par une silhouette blafarde suspendue comme une marionnette au bout de ses fils. Il ne recommencerait pas.

— Pas de victimes ?

— Pas de notre côté.

Elle ne le voyait pas, mais elle devina son sourire vicieux derrière le masque.

— Et aucune nouvelle de Jeremy ? demanda-t-elle en adressant à Ingrid un regard d'une désinvolture trompeuse.

Elle avait du mal à se faire à l'idée, mais il était inutile qu'elle se lance à la recherche de Jeremy alors que les aptitudes d'Ingrid étaient bien mieux adaptées à cette tâche. Elle avait passé le mois entier à la suivre maladroitement, ce qui l'avait sans doute freinée. Ce soir, elle s'était forcée à lâcher prise et avait laissé son amie faire ce pour quoi elle était le plus douée.

Ce fut au tour de cette dernière de baisser les yeux.

— Rien. Personne n'a rien vu, il n'y a aucune piste olfactive. (Ingrid inspira profondément puis releva ses yeux de bronze brillants.) Il n'est pas sorti de l'enceinte de la ville, Rosa. S'il y a un espoir qu'il ait survécu…

— Il a survécu, la coupa-t-elle sèchement.

Il ne pouvait y avoir d'autre option. Le contraire voudrait dire qu'elle avait manqué à son devoir, qu'elle avait laissé tomber son petit frère, celui qu'elle avait pratiquement élevé. Le monde se brouilla autour d'elle et une vague de chaleur gagna ses yeux.

Elle sentit la main de Jack se poser sur la sienne et elle le regarda d'un air surpris. Il lui serra brièvement les doigts avant de les relâcher.

— Ce n'est pas ta faute, murmura-t-il avant de se tourner vers Ingrid. Et la tienne non plus. Si vous ne le retrouvez pas, c'est qu'il n'est pas là.

Elle estimait pourtant que c'était bel et bien sa faute. Rosalind avait été trop concentrée sur sa cause pour prêter attention à son frère. Jeremy s'était acoquiné avec les mécaniques, laissé séduire par leurs manières grossières et leurs rires grivois. C'était presque un homme après tout, et elle ne pouvait lui reprocher d'avoir voulu chercher la compagnie des adultes. Ce n'est qu'après sa disparition qu'elle avait réalisé à quel point elle l'avait délaissé.

— Alors, s'il n'a pas franchi les murs, murmura-t-elle en frottant ses yeux fatigués, il nous reste la ville à fouiller.

— Non, trancha Ingrid. N'y pense même pas.

L'enceinte de la ville maintenait la racaille à l'écart et les sangs bleus à l'abri. À l'intérieur, c'était leur territoire, un monde de carrosses étincelants, de manoirs luxueux, de soie et d'acier sur lequel ils régnaient en maîtres.

Rosalind baissa lentement la main.

— Où veux-tu que je cherche d'autre, Ingrid ? La dernière fois qu'on l'a vu, c'était dans la Tour d'Ivoire pendant l'attentat, et les corps ont été comptés et identifiés. J'espérais qu'il s'était enfui avec le peu de mécaniques qui s'en sont sortis, mais parmi ceux qu'on a retrouvés, personne ne sait où est Jeremy.

— Ça nous laisse les sangs bleus, murmura Jack.

— Ou ces fichus Engoulevents, suggéra Ingrid d'un ton sec. (Elle se leva.) Et aucun de nous ne peut s'approcher du quartier général de la guilde.

Les Engoulevents. Rosalind se figea. L'homme qui traquait les mécaniques… et Mercury, précisément. Pourquoi n'y avait-elle pas pensé avant ?

— Si quelqu'un sait ce qui est arrivé aux mécaniques qui ont fait exploser la tour, dit-elle d'une voix calme, ce sont les Engoulevents.

Jack lui jeta un regard tranchant, comme s'il sentait venir les problèmes.

— Qu'est-ce que tu envisages ?

Rosalind fouilla la pièce des yeux.

— Où est mon dossier sur mon seigneur Engoulevent ?

Elle le repéra sur une pile posée sur la table et se hâta de le récupérer.

— Il y avait une annonce… souffla-t-elle sans réfléchir, avant de parcourir les documents.

Des pages et des pages remplies de notes sur Lynch et ses allées et venues. *Connais ton ennemi.*

— C'était il y a plusieurs semaines dans le *London Standard.* (Elle retrouva l'article.) Une annonce pour un poste de secrétaire.

— Non, la coupa Jack en comprenant là où elle voulait en venir.

Ingrid les regarda tour à tour puis fronça les sourcils.

— Le poste est peut-être pris.

— Alors il faudra s'assurer qu'il se libère, dit Rosalind avec désinvolture, que l'idée d'enlever temporairement quelqu'un pour ses besoins ne semblait pas déranger.

— Rosa, c'est insensé, dit Ingrid. On n'a personne pour jouer le rôle. Je ne peux pas m'en occuper, en tout cas pas avec mes yeux.

— Mais moi, si.

Ses mots furent accueillis par un silence de plomb. Ingrid ouvrit grand la bouche de stupeur et Jack fit un pas menaçant vers elle.

— Non.

— C'est ce que je sais faire de mieux, répliqua Rosalind à l'intention de son frère. C'est ce pour quoi Balfour m'a entraînée.

Et c'était peut-être la seule chose pour laquelle elle était douée. Même si elle le détestait, le chef des espions du prince consort avait découvert ses aptitudes et les avait développées très tôt. Il la connaissait d'une manière que Jack lui-même n'était pas en mesure de comprendre. Le seul point sur lequel Balfour s'était mépris, c'était sur ses limites et sur ce qu'il ne pourrait jamais obtenir d'elle, même grâce à la flatterie.

Comme le jour où il lui avait demandé de tuer son mari.

C'était la seule fois où elle lui avait désobéi, et les conséquences continuaient de la hanter chaque nuit ; elle avait sacrifié sa main pour tenter de sauver l'homme qu'elle avait trahi malgré elle. En guise de punition, Balfour avait tué Nathaniel lui-même.

« *Tu es arrivée trop tard,* mon petit faucon[1], *avait murmuré Balfour en nettoyant le sang de ses mains avec un chiffon, avant de la regarder froidement s'écrouler. Je t'avais donné cinq minutes pour prouver ta loyauté.*

Il avait jeté un regard furieux à son moignon ensanglanté.

— Et je sais désormais à quoi m'en tenir.

Il avait jeté le chiffon.

— Viens, avait-il susurré en attrapant son poignet, lui arrachant un cri tandis que sa vue se brouillait. Je vais te fabriquer une nouvelle main, puis tu me serviras de nouveau. »

Mais ce jour n'était jamais arrivé et ce fut Jack qui paya le prix de sa trahison, la peau brûlée à l'acide avant de la sauver des quartiers de guérison où elle gisait, en plein délire. Il était accompagné d'Ingrid, la jeune loup-garou de la ménagerie de Balfour, pour laquelle Rosa avait toujours éprouvé une grande peine, car elle aussi avait connu les barreaux d'une cage.

— Je m'en fiche, trancha Jack en fendant l'air d'un geste brusque. Balfour s'est servi de toi. Et de moi. Il se fichait qu'on revienne de notre mission morts ou vifs, Rosa. Eh bien moi, je ne m'en fiche pas. Déjà que je n'arrive pas à retrouver mon frère, je ne vais

1. En français dans le texte. (*N.d.T.*)

certainement pas regarder ma sœur se mettre dans une situation aussi dangereuse.

Elle ne pouvait plus supporter la culpabilité qu'avait engendrée en elle la disparition de Jeremy, à laquelle s'ajoutait tout ce qu'elle devait déjà à ceux qu'elle aimait.

— Tu ne pourras pas m'en empêcher, déclara-t-elle simplement. Et Lynch, j'en fais mon affaire. Je sais que j'en suis capable.

— Je vais t'enchaîner au…

— Pourquoi es-tu aussi certaine de pouvoir t'occuper de l'Engoulevent ? demanda Ingrid.

Rosalind s'écarta de son frère. *L'esquive valait mieux que l'affrontement.*

— Il est attiré par moi… ou plutôt par Mercury. Je peux m'en servir. Lynch est peut-être un sang bleu, mais c'est un homme avant tout.

— Seigneur, est-ce que tu t'entends ?

Elle ignora Jack.

— C'est parfait. Presque trop parfait. Si je deviens sa secrétaire, j'aurai tout le loisir d'examiner ses papiers à ma guise. S'il est au courant de quelque chose concernant Jeremy et les mécaniques, alors je le découvrirai. Sinon, je disparaîtrai et il ne me reverra plus jamais.

— Encore faut-il qu'il te donne le poste, intervint Ingrid.

— Il le lui donnera. (Jack lui jeta un regard perçant.) Rosa obtient toujours ce qu'elle veut, n'est-ce pas ?

Rosalind posa les mains sur le dossier de la chaise et l'observa sévèrement. Il n'en avait pas conscience, mais elle avait perçu une note de capitulation dans sa voix.

— Alors ça veut dire que je retrouverai Jeremy.

— S'il est là-bas. S'il est toujours en vie.

Rosalind masqua son trouble. Elle se sentait mieux maintenant qu'elle avait un plan.

— C'est vrai. Mais si c'est le cas, je dois le découvrir. Ce sera le seul moyen pour moi d'avancer.

Ingrid fronça les sourcils.

— Tu vas devoir te déguiser.

— C'est l'un de mes talents.

— Même ta taille et ton odeur, murmura Ingrid.

— Trouvez quelqu'un qui a à peu près ma silhouette. « Mercury » pourra faire une apparition pendant que je suis avec Lynch. Ainsi, il ne pourra jamais me soupçonner.

L'expression de Jack se durcit.

— Alors c'est d'accord. Mais on fait ça à notre manière, et tu disparais aussitôt que tu sais qu'il n'est pas retenu prisonnier là-bas.

— Marché conclu, dit-elle doucement en sachant qu'elle avait gagné.

Sir Jasper Lynch fendait le brouillard qui envahissait l'étroite ruelle, son large manteau flottant autour de ses chevilles et sa canne résonnant sur les pavés. Chaque claquement de ses semelles semblait faire écho à la frustration qui lui martelait la poitrine.

Il traversa Crossing Lane et aperçut le bâtiment lugubre qui abritait son équipe. Presque chacun de ses membres était des sangs bleus, mais leur infection avait toujours été fortuite. Seul un descendant issu des meilleures lignées de l'Échelon pouvait accéder aux rites de sang lors de sa quinzième année. Tous les individus infectés de manière accidentelle étaient considérés comme des renégats et devaient s'enrôler chez les Engoulevents, ou prendre un poste chez les gardes Coldrush qui servaient la Tour d'Ivoire. Ou alors il leur restait une dernière option : la mort.

Lynch avait été le tout premier Engoulevent, mais avec le temps, la guilde entière en était venue à représenter son nom. Les Engoulevents étaient légendaires en ville, évoqués comme une menace pour intimider les criminels au même titre que les révolutionnaires.

Pas une seule fois ils n'avaient échoué à attraper leur proie.

Jusqu'à aujourd'hui…

L'agitation qui précédait l'aube ne tarda pas à s'emparer des rues. Un livreur de journaux aux joues rougies par le froid jeta un exemplaire du *London Standard* devant lui.

— Meurtres à Kensington ! Découvrez toute l'histoire ! Un sang bleu perd le contrôle !

Lynch lui glissa un shilling. L'enquête sur le massacre d'Haversham avait été confiée à l'un de ses hommes, Byrnes, une tâche qu'il se serait habituellement réservée s'il n'avait pas dû se concentrer sur la capture de Mercury. Il avait fait tout son possible pour tenir la presse à l'écart jusque-là.

— D'autres nouvelles, Billy ?

Le gamin n'était pas le seul auprès de qui il glanait des renseignements. Ils avaient beau se tenir au grand jour, les petits livreurs passaient totalement inaperçus en ville.

— Les gardes Coldrush ont arrêté le rédacteur du *London Standard* hier, m'sieur. Ils l'ont déniché dans une cave avec deux humanistes et une presse d'imprimerie.

— Quelle honte !

Les yeux de Billy se mirent à briller.

— Pas vraiment. Ils étaient en train de le ramener à la Tour d'Ivoire quand ils se sont fait attaquer. Une bande de types s'est jetée sur les Cuirasses et a réussi à assommer les gardes Coldrush je sais pas comment. C'est des humanistes, qu'ils disent.

Sans doute des fléchettes empoisonnées à la ciguë. Mais le point le plus intéressant restait qu'ils avaient neutralisé les Cuirasses. Il allait devoir découvrir comment ils avaient réussi ce tour de force. Il donna une autre pièce à Billy, ramassa le journal pour donner le change et s'éloigna d'un pas rapide.

La guilde se dressait sur Chancery Lane, flanquée de deux ruelles, comme si les rangées de maisons qui l'entouraient craignaient de toucher le bâtiment. Des gargouilles montaient la garde sur le toit. Chacune de leurs bouches ouvertes abritait une longue-vue qui, par un ingénieux système de miroirs, retransmettait à l'intérieur les images de la rue afin que ses hommes puissent garder un œil sur les alentours sans être vus. Il traversa deux jeux de doubles portes noires et lustrées puis se retrouva dans l'entrée principale. Le décor était celui d'un manoir typiquement londonien dans lequel il était facile de pénétrer – mais dont il était très difficile de s'échapper. S'il actionnait l'alarme, un système de chaînes et de leviers abattait de lourdes barres de fer devant chaque issue.

Un faible craquement à l'étage supérieur lui fit relever les yeux. Il reconnut Garrett au parfum de lotion capillaire qui flottait dans l'air. Il était le seul à en porter.

Lynch avança d'un pas avant de se figer ; une autre odeur avait capté son attention. De la chair fraîche. Du lin. Et une note piquante de citron. Une fragrance féminine.

Son appétit se réveilla. Il avait pris du retard sur ses quantités de sang imparties. Le problème devait venir de là.

La grande silhouette sombre de Garrett apparut en haut des marches dans sa cuirasse noire.

— Je sens la présence d'une femme, déclara Lynch. Qui est-ce ?

Ses hommes connaissaient les règles. Leurs rendez-vous personnels devaient avoir lieu pendant leur temps libre et à l'extérieur de la guilde.

Garrett descendit les escaliers d'un pas sautillant.

— Elle est ici pour vous.

— Pour moi ? s'étonna-t-il.

— Pour le poste de secrétaire. Elle veut s'entretenir avec vous.

— Bon sang, grogna-t-il en retirant son grand manteau qu'il jeta sur une patère. J'avais oublié. Je croyais avoir dit : plus de femmes ! Je veux quelqu'un avec une forte constitution, de la force et du courage.

— Elle a insisté.

— C'est là toute la nature d'une femme.

Garrett acquiesça avec un sourire.

— Cette honnêteté à toute épreuve explique que vous dormiez seul dans votre lit.

Lynch se frotta la barbe. Ça n'avait pas toujours été le cas.

— Ou alors, cela pourrait venir du fait que je n'ai pas *été* au lit depuis… deux, peut-être trois jours. (Il réfléchit.) Définitivement trois.

— Je vais faire monter du sang et du café. Et une assiette de biscuits pour la dame.

Lynch secoua brièvement la tête.

— Ne t'embête pas. Elle ne reste pas. Le sang en revanche… le sang serait très appréciable.

Il monta les marches et s'approcha en silence. C'était préférable pour pouvoir l'observer discrètement. La porte du bureau destiné à la secrétaire s'ouvrit de quelques centimètres. Le parfum entêtant de verveine citron était bien plus fort ici. Il se la représentait en train de tamponner la fragrance sur ses poignets et son cou.

L'interstice lui permit de découvrir une jupe bleu foncé et un bustier agrafé dans un style qui n'était plus à la mode depuis cinq ans au moins. Un châle en velours sombre et épais couvrait de fines épaules et un chapeau dissimulait ses traits. Il n'aurait su dire si elle était jeune ou âgée, jolie ou quelconque.

Ce qu'il put constater, en revanche, c'est qu'elle était en train d'examiner l'immense carte de Londres qui couvrait le mur opposé. Une partie de la ville y était délimitée par de petites épingles reliées entre elles par de la ficelle rouge qui créait une toile d'araignée incompréhensible aux yeux d'un novice. Il s'agissait des endroits où Mercury avait été aperçu ainsi que des lieux où il avait débusqué plusieurs humanistes. Dont certains qu'il avait laissés en paix. Il lui suffisait de savoir où ils se trouvaient. Il avait une proie plus grosse à traquer.

Lynch glissa la main dans la poche de son gilet et en retira la petite bande de cuir qui s'y trouvait. À force de la caresser, il en avait ôté toute trace d'odeur. Mais il lui suffisait de fermer les yeux pour se rappeler son parfum épicé à *elle*, mêlé aux résidus métalliques des enclaves et à une couche étouffante de charbon. Mercury ne portait aucun parfum. Son entrejambe se mit à palpiter au souvenir de cette dernière et Lynch serra les dents. *Qu'elle aille au diable !*

La femme dans son bureau passa ses doigts sur la carte puis pivota pour observer la pièce. Cherchait-elle quelque chose ? Ou s'ennuyait-elle simplement ? Il n'avait pas demandé si elle attendait depuis longtemps, mais il en doutait car ce n'était encore que le début de la matinée. Sous le coup de la loi martiale, personne n'était autorisé à sortir la nuit entre neuf et six heures.

Lynch poussa le battant et se glissa à l'intérieur de la pièce sans un bruit. La femme se figea, comme si elle avait aussitôt ressenti sa présence. Elle pencha la tête sur le côté, ce qui révéla la fine courbe de sa mâchoire pâle ainsi que ses lèvres roses et brillantes. À en juger par le malaise qu'il discernait dans sa posture et la raideur de ses épaules, il devina qu'elle n'avait pas souvent dû se retrouver en présence d'un sang bleu. Elle appartenait sans doute à la classe ouvrière et on lui avait rebattu les oreilles de rumeurs et de superstitions concernant les appétits insatiables des sangs bleus. Ou au sujet des usines que l'Échelon remplissait d'esclaves humains.

— Sir Jasper, dit-elle en se tournant lentement vers lui, et la lumière illumina ses traits délicats.

Des yeux couleur d'obsidienne croisèrent ceux de Lynch qui se figea tout net. Elle semblait à peine avoir passé les premiers feux de la jeunesse, mais… non, en y regardant de plus près, son nez retroussé et ses traits fragiles lui donnaient l'air plus jeune qu'elle ne l'était réellement. Son maintien, en revanche, racontait autre chose.

Lynch lui donnait la trentaine, peut-être.

Il la parcourut des yeux. Sa peau de porcelaine était si pâle et onctueuse qu'elle lui semblait briller dans la douce lueur de l'aube qui filtrait à travers les fenêtres. Elle l'examina à son tour en haussant délicieusement ses sourcils qui ressemblaient à deux arcs cuivrés. Il ne distinguait pas ses cheveux sous le chapeau et la voilette, mais il les imagina sans peine de la même couleur. Elle était si fine qu'elle semblait flotter dans son épais jupon, et elle avait conservé ses gants de chevreau, comme l'exigeaient les convenances. Dévoiler ses poignets ou sa gorge face à un sang bleu revenait à dénuder sa poitrine.

Il en conclut donc qu'elle avait finalement de l'expérience avec les gens de son espèce. Intéressant. Lynch dut revoir le jugement qu'il avait porté sur elle. À en juger par sa méfiance, il pressentit que son expérience n'avait pas été des plus heureuses.

— Comment allez-vous ? demanda-t-elle en arborant un sourire avant de lui tendre la main.

— Venons-en au fait, mademoiselle… ?

— Madame Marberry, répondit-elle en insistant légèrement sur le premier mot.

— Vous êtes mariée ?

— Veuve.

Il fronça les sourcils.

— Je crains que vos services ne soient plus nécessaires. Le poste a déjà été pourvu. Garrett va vous raccompagner jusqu'à…

Son œil fut attiré par une lettre posée sur son bureau, dont l'adresse était écrite à l'encre dorée. Ça signifiait qu'elle venait du Conseil des Ducs. Il s'en approcha.

— Manifestement pas par une femme, répliqua-t-elle d'un ton acerbe. Avec leur faible constitution…

Lynch s'immobilisa en l'observant. Elle avait donc surpris ses paroles dans le hall d'entrée. Il croisa ses yeux sombres et froids. Un défi. Si elle pensait l'embarrasser aussi facilement, c'était mal le connaître.

Elle ouvrit son réticule et en sortit une liasse de papiers.

— J'ai des références de mes deux derniers postes. J'ai travaillé pour Lord Hamilton au Bureau de la Guerre, puis pour Lady Shipton en tant que secrétaire personnelle. Je vous assure, ajouta-t-elle d'une voix traînante, qu'après ça, rien ne peut plus me choquer ou me retourner l'estomac.

Lynch croisa les bras. Il avait déjà eu affaire au cas Shipton. Un sang bleu jaloux et une épouse infidèle dont les penchants avaient même réussi à le surprendre. Il pensait pourtant avoir tout vu.

— Vous avez conscience que vos deux précédents employeurs sont morts ?

— Pas par ma main, je vous le garantis.

Il était face à une petite intrépide. Il se redressa, l'intérêt piqué au vif.

— Ce que je voulais dire, c'est que je ne suis pas en mesure de vérifier vos références.

— Permettez-moi d'être franche... je suppose que vous préférez ça, de toute façon.

Lynch hocha brièvement la tête. Au moins, elle était observatrice.

— Mes précédents employeurs étant morts, comme vous l'avez fait remarquer, cela signifie que je n'ai rien d'autre que deux bouts de papier pour prouver mon aptitude à l'emploi. Ce qui me met face à certaines difficultés. J'ai besoin de gagner ma vie honnêtement, Sir Jasper. J'ai un frère...

Elle hésita, ce qui trahissait peut-être une once d'émotion, la première depuis le début de leur entretien.

— Il est jeune. Et il fréquente un certain type de personnes que je désapprouve. Je voudrais pouvoir louer un appartement en ville, loin de ces mauvaises influences, mais pour le moment, je n'en ai pas les moyens.

Elle avait besoin d'un boulot stable et d'un bon salaire. Lynch plissa les yeux.

— Je ne suis pas insensible, lui dit-il en appuyant sa hanche contre le bureau. Mais j'ai embauché cinq secrétaires au cours des trois derniers mois. Mon travail implique certains détails macabres et des horaires compliqués, et personne ne semble capable de tenir le rythme. Ainsi j'ai passé plus de temps à former de nouvelles secrétaires qu'à travailler, et je n'ai pas envie d'en perdre davantage.

Mme Marberry redressa les épaules.

— J'en suis bien consciente. Garrett m'a informée de la nature du travail. Il m'a dit que vous alliez m'épuiser à la tâche en oubliant mes besoins humains tels que la nourriture et le sommeil, que vous m'emmèneriez partout en ville pour prendre vos notes et examiner des cadavres. Vous avez demandé à votre dernière secrétaire de tenir la tête d'une victime afin que vous puissiez examiner l'angle de l'entaille qui a décapité le corps, et ce fut la raison de sa démission.

Lynch fut décontenancé l'espace d'un instant.

— Et vous êtes toujours là ?

— Alors tout est vrai ?

— Il me semble qu'il a oublié de mentionner d'autres choses, mais en gros, oui. Mes hommes m'ont qualifié d'« impitoyable enfoiré », même s'ils ne savent pas que je suis au courant. C'est loin d'être le pire des surnoms qu'on m'ait attribués. Vous voulez toujours le poste ?

— Sir Jasper...

Mme Marberry se pencha vers lui, totalement inconsciente que son geste faisait bâiller son corsage. Rien n'échappait à Lynch, en revanche. Sa peau douce, ses veines qui y palpitaient... Il changea imperceptiblement de position et détourna le regard. Elle ne représenterait que des problèmes. Il ne devait pas l'engager. Avec sa jolie petite bouche et son menton têtu, tous ses hommes allaient se jeter sur elle.

— Vous ne pouvez ni me faire peur ni me chasser, dit-elle. Vous avez besoin de quelqu'un qui n'a pas peur de vous.

Il planta ses yeux dans les siens, fascinants, tels deux lacs d'une profondeur infinie. Il se demanda brièvement s'ils reflétaient sa personnalité ; renfermait-elle aussi des profondeurs cachées ? Puis il chassa cette pensée qu'il jugea ridicule. Il suffisait de faire preuve d'observation pour prendre la véritable mesure d'un homme – ou d'une femme. Il n'avait encore jamais rencontré quelqu'un qu'il avait été incapable de déchiffrer jusqu'au tréfonds de son âme. Les gens étaient prévisibles.

— Et cette personne, c'est vous ?

Elle le dévisageait ouvertement, comme si elle pouvait lire en lui. Jamais il n'avait été le destinataire d'un regard aussi appuyé.

— Et cette personne, c'est moi.

Par tous les dieux, il sentait venir une source intarissable de problèmes. Et pourtant, il était curieusement tenté. Cette fille avait de la jugeote, à le scruter de la sorte comme si elle le mettait au défi de l'embaucher. Pas la moindre trace de nervosité, même si elle était assez intelligente pour se montrer prudente. Il était ce qu'il était, après tout.

Peut-être pourrait-elle effectivement tenir le coup ? Peut-être durerait-elle plus d'une semaine, contrairement à la dernière, Mme Eltham, celle de l'incident de la tête décapitée.

Mme Marberry se détourna, ses yeux insondables dissimulés sous de longs cils épais. Lynch retint son souffle. Un rien diabolique.

— Vous êtes trop jolie, gronda-t-il.

— Je vous demande pardon ?

Lynch la désigna d'un geste tout en s'écartant du bureau.

— Tout ça… (Il fit un mouvement courbe dans l'air pour englober sa silhouette.) Ça ne marchera pas. J'engage des femmes laides. Des femmes à moustache. Des femmes que mes hommes ne regarderont pas deux fois.

— J'ai peine à croire que je suis le genre de femme à provoquer des émeutes au sein de la guilde.

— C'est précisément parce que vous êtes une femme, dit-il. Je vous parle de quatre cent cinquante hommes. Ils ont à peine le temps et l'occasion de parler à des femmes, et vous voudriez que je leur colle une jolie créature dans les pattes ?

Le regard de Mme Marberry se durcit.

— Aurais-je du souci à me faire ?

— Du souci ? (Puis il prit conscience qu'elle parlait d'agression.) Seigneur, non. Ils n'oseraient pas. Je les ferais éviscérer. Et ils le savent.

— Dans ce cas, votre objection vient du fait que je représenterais une distraction, selon vous ?

Une distraction ? Une fichue catastrophe, oui ! Lynch se renfrogna et s'approcha de la fenêtre à grands pas. Il n'avait jamais réussi à rester en place. L'activité l'aidait à réfléchir.

— Je *sais* que vous seriez une distraction.

— Mais ne serais-je pas tout le temps à vos côtés ? demanda-t-elle en le suivant dans un bruissement de jupons. J'imagine qu'ils n'oseraient pas faire la moindre bêtise devant vous.

— En effet.

Lynch pivota et fut surpris de la trouver sur son chemin. Elle semblait enveloppée dans des kilomètres de tissu bleu marine, avec cette taille cintrée et… cette poitrine ! La robe était modeste, mais il n'y pouvait rien si sa grande taille lui offrait un certain angle de vue.

Peut-être ne faisais-je pas seulement allusion à mes hommes ?

Une sensation de chaleur apparut dans son ventre et il joignit les mains dans son dos. Bon sang, ce serait une erreur. Il avait mille choses à penser et un chef révolutionnaire à retrouver. Il ne pouvait se permettre d'avoir sous le nez une rousse plantureuse et déterminée. Surtout quand elle sentait le citron et le linge propre.

Cette pensée fit naître une image d'elle dans son esprit, allongée sur ses draps, sa peau pâle et sans défaut dénudée rien que pour ses yeux. Il la visualisa en train d'entrouvrir les lèvres de surprise tandis qu'il plaquait ses hanches contre elle.

Lynch sentit son sexe se réveiller, lui rappelant qu'il n'était qu'un homme. Bon sang. Elle lui faisait déjà de l'effet. C'était la preuve s'il en fallait qu'il ne devait pas l'engager.

Mais il avait besoin d'une secrétaire. D'une secrétaire qui n'avait pas peur de lui.

Une légère rougeur colora les joues de Mme Marberry, mais elle refusa de détourner le regard. Il réalisa qu'il était en train de la dévisager.

— Allez-vous m'embaucher ou non ? demanda-t-elle.

Son bon sens lui dictait de refuser. Mais quand il ouvrit la bouche, les mots qui en sortirent le contredirent.

— Oui, se surprit-il à répondre. À titre d'essai. Je suis désespéré.

— Et charmeur, fit-elle remarquer en haussant un sourcil, puis un petit sourire de soulagement flotta sur ses lèvres. Je vais devoir me surveiller de près avec vous.

Je vais devoir me surveiller de près.

D'abord sa désastreuse rencontre avec Mercury, et maintenant sa secrétaire, il devenait clair qu'il avait besoin d'une femme pour se détendre un peu. Mercury l'avait laissé à cran, et maintenant son corps cherchait une délivrance.

— Quel est votre prénom ? demanda-t-il d'un ton brusque.

— C'est tout à fait informel, monsieur.

— Vous verrez que je m'embarrasse rarement de formalités. Je ne vais pas hurler « madame Marberry » chaque fois que j'aurai besoin de vous. C'est trop long.

Elle marqua une légère hésitation.

— Rosa, répondit-elle en formulant doucement le mot de ses lèvres charnues. Je m'appelle Rosa. Et vous ?

Il s'était déjà retourné vers le bureau, déterminé à s'éloigner de son parfum.

— Moi ?

— Comment devrais-je vous appeler ?

— Sir Jasper ira à la perfection.

Lynch finit par lui tourner le dos et Rosalind put enfin prendre une profonde inspiration, autant que le lui permettait ce corset auquel elle n'était pas habituée. L'autre nuit ne lui avait pas rendu justice, entre l'obscurité et la lueur rougeâtre des enclaves. Elle avait bien remarqué sa stature et son regard pénétrant. On disait que même de grosses brutes passaient aux aveux face à lui, et que les femmes défaillaient.

Ce qu'elle ne s'était pas attendue à trouver, c'était un homme d'une telle beauté froide, avec des cheveux sombres bien coupés qu'il écartait de son visage d'un geste impatient. Il portait une barbe de plusieurs jours et ses sourcils semblaient figés dans un froncement perpétuel.

Rosalind l'observa et la chair de poule gagna ses bras. Leur rencontre avait laissé une empreinte sur son corps. Elle s'était longtemps crue insensible aux hommes, en particulier aux hommes dangereux, mais elle avait été idiote de mettre Lynch dans le même panier que les autres sangs bleus.

Elle laissa glisser son regard de ses larges épaules à ses mains jointes dans le dos. Des épaules dans lesquelles elle avait planté ses ongles pendant qu'elle goûtait à la peau douce de son cou. Une petite étincelle d'excitation s'alluma dans son bas-ventre. Elle déglutit et serra ses poings. Voilà ce qu'elle n'avait osé avouer à son frère ou à Ingrid : Lynch était peut-être attiré malgré lui par Mercury, mais à la vérité, délicieuse et cruelle ironie, elle était elle aussi tombée dans le piège.

Rosalind jeta un œil intéressé à la pièce puis fit un pas en avant. Ce soir, elle serait capable de s'en rappeler presque chaque détail. Elle examina le mur équipé de cette fichue carte. Elle n'était pas stupide et savait ce que représentaient toutes ces petites punaises, car elles indiquaient les cachettes d'une douzaine d'humanistes au sein de la population. Certains avaient été débusqués et arrêtés, mais un grand nombre d'épingles signalait la présence d'humanistes parfaitement inconscients que leur identité avait été compromise.

Cette carte lui en avait beaucoup révélé sur l'Engoulevent. Il était patient, pour commencer, et suffisamment intelligent pour ne pas les faire sortir de leurs trous. Le fil rouge formait une toile d'araignée, et Rosalind avait le sentiment qu'il l'avait tissée lui-même.

Dans l'attente qu'une petite mouche, une certaine révolutionnaire, se prenne les pattes dedans.

Fort heureusement, elle avait décidé d'infiltrer la guilde. Maintenant qu'elle connaissait le piège, elle allait pouvoir prévenir les personnes concernées, ou peut-être s'en servir à son propre avantage.

— Sir Jasper, articula-t-elle. C'est assez long aussi.

L'Engoulevent lui jeta un regard dur par-dessus son épaule, comme s'il était surpris qu'elle lui adresse la parole. Ses yeux d'un gris glacial lui coupèrent le souffle et elle eut brusquement l'impression que la pièce autour d'eux avait disparu et qu'ils se retrouvaient seuls au monde.

Une désagréable sensation de malaise montait en elle ; il lui semblait qu'il pouvait déceler le moindre de ses secrets. Et elle était pourtant sacrément douée pour cacher ses secrets.

La lumière joua sur l'arête de son nez.

— Alors va pour Lynch.

— Quand voulez-vous que je commence ?

Rosalind tritura le bout de ses gants, une habitude dont elle n'avait jamais réussi à se départir.

— Vous ne voulez pas discuter de votre salaire, d'abord ?

Il baissa les yeux sur ses doigts et Rosalind les força à s'immobiliser.

— J'ai déjà posé la question à votre homme, Garrett.

— Dans ce cas, dès que...

Il releva brusquement la tête et dirigea son regard aiguisé vers la porte. Des ombres passèrent dans ses yeux, signe que la faim le tenaillait, signe du prédateur vorace qui rôdait sous la peau sophistiquée de tout sang bleu. Signe du besoin.

Rosalind se figea. Un pistolet était calé contre sa cuisse, armé de missiles de feu qui explosaient à l'impact, et un fourreau d'aiguilles imbibées de ciguë fixé à son poignet. Mais elle frissonnait malgré tout de peur.

Malgré l'allure et l'attitude de gentleman de Lynch, quoique teintées d'une certaine brusquerie, jamais elle n'oublierait qui il était réellement.

La porte s'ouvrit et un homme plus âgé, chauve et vêtu d'un blouson de cuir, entra en trombe. Il s'arrêta net en l'apercevant et se mit à rougir.

— Pardon, mademoiselle. (Elle perçut un léger accent irlandais. Il se tourna vers Lynch.) Je savais pas qu'il y avait quelqu'un.

— Doyle, voici ma nouvelle secrétaire, répondit Lynch. Mme Marberry.

— Encore une ? s'étonna Doyle en haussant un sourcil. (Après un bref signe de tête dans sa direction, il reporta son attention sur son maître.) Ça vient d'arriver. Encore des mauvaises nouvelles.

Il sortit une lettre de son blouson et la jeta vers Lynch, qui la rattrapa en plein vol.

— Sois plus précis.

— Park Lane, répondit Doyle. C'est un bain de sang. Lord Falcone a trucidé toute sa famille. Femme, enfants, esclaves… tous les domestiques. Lord Barrons veut vous voir immédiatement.

En tant qu'héritier du duc de Caine, Barrons se reporterait directement au Conseil des Ducs, malgré leur amitié. Lynch fronça les sourcils.

— C'est le deuxième incident en une semaine. Byrnes a tout juste commencé à passer en revue les faits pour l'affaire Haversham.

— On dirait bien que c'était pas un incident isolé, finalement, fit remarquer Doyle en haussant les épaules.

— Nom d'un chien, jura Lynch en arpentant la pièce. Je n'ai pas le temps pour ça.

— Je crois pas que cette excuse conviendra à Sa Royale Pâleur, répliqua sèchement Doyle. Surtout quand c'est les aristos qui se mettent du sang plein les mains. Ce serait peut-être différent si c'étaient seulement des renégats.

Intéressant. Rosalind observa tour à tour les deux hommes en se demandant si Lynch allait corriger son employé pour insubordination, mais il garda une expression froide et neutre.

Un désaccord dans le monde des sangs bleus ? Elle ne bougeait plus, le cerveau en ébullition. Tout ce temps, elle avait cru que son ennemi était unique, mais si elle pouvait utiliser cette information pour réussir à retourner les Engoulevents contre l'Échelon, alors elle détiendrait une arme puissante entre les mains.

Lynch et Doyle semblaient l'avoir oubliée.

— Excusez-moi, intervint Rosalind, mais... que se passe-t-il ?

Lynch lui jeta un regard perçant.

— Nous avons une scène de meurtre, Rosa. Nous allons voir si vous êtes apte à ce poste. Récupérez le nécessaire d'écriture et suivez-moi. Je dois voir les corps tant qu'ils sont encore frais.

3

Rosalind serra les mâchoires tandis que le fiacre amorçait un nouveau virage. Elle agrippa la sangle de l'écritoire contre elle pour ne pas la lâcher.

Lynch se laissait ballotter. Ses longues jambes envahissaient l'habitacle. Assis en face d'elle, il parcourait une liasse de feuillets et fronçait les sourcils de temps en temps. De manière générale il l'ignorait, mais lui jetait parfois un bref regard qui lui brûlait la peau. Elle n'aimait pas être confinée avec lui dans un endroit aussi étroit. Il était trop imposant, sa force et sa présence dominaient l'espace.

Et son imagination n'arrangeait rien puisque, dans l'obscurité de la voiture, elle ne pouvait que repenser à l'effet de son corps ferme pressé contre elle. Le goût de ses lèvres et l'intensité de son désir avaient éveillé quelque chose tout au fond d'elle. Un besoin. Tout juste éveillé et à peine assouvi. Un besoin de chair, de péché, de baisers mouillés et de caresses.

Elle s'était efforcée d'oublier ce souvenir, mais il l'imprégnait. Elle avait été folle de l'embrasser. Elle était folle, même maintenant, d'en vouloir davantage.

— Qui étaient les Haversham ? demanda-t-elle.

Lynch releva à peine les yeux.

— Lord Haversham, son épouse Lady Amelia et leurs trois enfants. Une ramification mineure de la

Maison de Goethe. Ils ont été retrouvés lundi matin par leur fils aîné qui rentrait d'un club de jeu. Toute la maisonnée avait été abattue, les humains inclus, et Haversham s'était tiré une balle dans la tête.

— C'est *lui* qui les a assassinés ?

— C'est ce qu'on soupçonne. Il avait deux litres de sang dans le ventre et on a retrouvé de la peau lui appartenant sous les ongles de son épouse, sûrement le signe d'une lutte. Il avait avec lui son couteau de saignée et la lame correspond aux marques retrouvées sur les domestiques et sur… les enfants.

Rosalind assimila l'information. Au ton de sa voix, il semblait réciter les faits de manière mécanique, pourtant à la fin… elle songea qu'il n'aimait pas du tout la partie concernant les enfants.

— Pourquoi aurait-il fait une chose pareille ?

Malgré son sentiment personnel vis-à-vis des sangs bleus, ça lui semblait curieux. Il avait certainement entretenu une quantité d'esclaves suffisante pour assouvir sa soif de sang, donc cela n'avait aucun sens ; à moins qu'il ait été proche de la Disparition graduelle, lorsqu'un sang bleu perd ses couleurs et commence à se transformer en prédateur cruel aveuglément guidé par sa soif.

— Ce n'était pas la Disparition graduelle, si ?

Cette idée la déstabilisait. Elle savait ce qui arrivait quand un vampire rôdait dans la ville.

Lynch secoua la tête.

— Son hématocrite était stabilisé à soixante pour cent.

On pouvait donc écarter cette hypothèse. Le stade du virus se mesurait avec l'hématocrite, et la majorité des membres de l'Échelon gardait le leur à l'œil. C'était la loi, une loi imposée au Conseil des Ducs après la vague de vampires sanguinaires survenue un siècle plus tôt. Tout sang bleu qui atteignait les soixante-quinze ou quatre-vingts pour cent était surveillé de près.

Un taux plus élevé et la sentence de mort par décapitation était prononcée.

— Doyle a dit qu'il y avait des enfants, ici aussi.

Au cours de sa vie, Rosalind avait vu suffisamment d'horreurs pour estimer qu'elle avait des nerfs d'acier – en vérité, elle avait même été à l'origine de certaines d'entre elles. Mais les enfants… les enfants, c'était autre chose.

— Oui, confirma Lynch d'une voix mortellement douce. Falcone en avait deux. Un garçon et une fille. (Il l'observa un long moment.) Vous pouvez attendre dehors si vous le souhaitez.

— Ce ne sera pas nécessaire.

Elle devait se rendre utile auprès de lui.

— Je n'aurai pas moins d'estime pour vous. (Le gris austère de ses yeux s'assombrit.) Personne ne devrait voir des enfants dans cet état-là.

— Et votre ancienne secrétaire ?

— C'était différent. La victime était un adulte, un toxico de sang. Il avait battu son esclave une fois de trop et elle lui a tranché la gorge dans son sommeil.

— Tranché la gorge ? Je croyais qu'il avait été décapité.

Un sang bleu pouvait se remettre de presque n'importe quelle blessure, sauf celle-là.

— Elle s'est servie d'un grand couteau, répondit-il, avec une force considérable, et de manière répétée.

Rosalind en tira lentement ses propres conclusions. Il fallait qu'elle en apprenne plus sur cet homme – sur son adversaire. Elle ne pouvait malgré tout nier la vive curiosité qui s'emparait d'elle.

— Les enfants vous troublent ?

— Vous seriez surprise de découvrir que j'éprouve parfois des émotions et que je les exprime. Je ne suis pas un robot.

Il aurait aussi bien pu lui demander si elle désirait boire une tasse de thé. Rosalind détourna les yeux vers la fenêtre et les rues noyées dans le brouillard. Elle ne voulait pas sympathiser avec lui. Lynch était l'ennemi. Elle avait entendu des rumeurs selon lesquelles l'Échelon lui-même le trouvait froid et cruel. Un cœur d'acier. Pratiquement un mécanique, raillaient-ils.

À l'évidence, il avait aussi eu vent de ces rumeurs.

— Comment faites-vous ? demanda-t-elle malgré ses intentions et sa bonne volonté. Comment arrivez-vous à faire ce travail ?

Lynch reposa les papiers sur ses genoux.

— J'y parviens parce que je suis doué dans ce que je fais. Je suis le meilleur. Pour chaque agression de femme, pour chaque meurtre d'enfant, je sais que je peux retrouver le coupable, peut-être même l'empêcher de s'en prendre à quelqu'un d'autre. Et j'arrive à… me fermer comme une coquille. C'est un de mes dons, ajouta-t-il doucement. J'essaie de ne pas penser à eux comme à des humains. Ils ont disparu au moment où j'arrive auprès d'eux. Ce sont des corps. Rien d'autre que des corps. Tout ce que je peux faire pour eux, c'est leur rendre justice.

Voilà une chose qu'elle comprenait parfaitement. Les émotions l'avaient elle aussi quittée depuis longtemps. Il était facile de… les mettre de côté, tout simplement. De ne pas y penser. De se concentrer sur une cause.

Le mystère Lynch s'épaississait. Qui était donc cet homme ? Une entité des ombres, son adversaire dans la partie d'échecs métaphorique à laquelle ils se livraient. Il fallait qu'elle apprenne à le connaître, mais pourtant chaque réponse l'humanisait un peu plus, et ça ne lui plaisait pas.

Il n'avait rien de comparable avec l'Échelon. Avec Lord Balfour.

Ce n'est pas un cœur d'acier, songea-t-elle, *mais un rempart d'acier*. Érigé pour le protéger. Et elle réalisa que ce serait la façon dont elle le ferait tomber. Cet homme n'était pas insensible, ce qui signifiait qu'elle pouvait jouer avec ses faiblesses.

Lynch baissa les yeux.

— Vous triturez vos gants. Est-ce que je vous rends nerveuse ?

Rosalind cessa aussitôt de tirer sur le tissu.

— Non.

Peut-être. C'était sa fichue façon de l'observer. Elle avait affronté de nombreux adversaires, souvent la pointe d'un couteau, mais quelque chose chez Lynch l'agaçait. Il ne s'agissait pas de peur. Elle avait abattu assez de sangs bleus pour savoir qu'ils n'étaient pas infaillibles. Mais… quelque chose… pourtant… quelque chose qu'elle ne parvenait pas à identifier la perturbait.

— C'est une vieille habitude.

Elle joignit les mains sur ses genoux et reporta son attention vers l'extérieur. Par la fenêtre, les rues défilaient, comme une tapisserie sans fin de briques, de mortiers et de brouillard. Les lampes à gaz brillaient au coin des rues. Et le regard que posait Lynch sur elle constituait presque une pression physique, palpable. Elle se surprit à remuer sur son siège, exhortant son corps à se calmer. Elle avait eu moins de difficultés sous l'identité de Mercury, dissimulée par son masque.

— C'est peut-être la perspective de ce qui nous attend. De ce que nous allons voir.

Elle perçut un mouvement furtif dans sa vision périphérique. Rosalind retira vivement sa main qu'il s'apprêtait à toucher.

Lynch se figea et ses traits se durcirent.

— Je cherchais seulement à vous apporter du réconfort.

Sa main gauche. Sa main mécanique. Le cœur de Rosalind battait sourdement dans sa poitrine.

— Je suis désolée.

Elle la reposa sur ses genoux. Un seul contact et il risquerait de sentir l'acier de ses articulations. C'était une chance que les convenances exigent qu'elle garde ses gants en toutes circonstances en sa présence – sauf au cours du dîner, mais elle avait bien l'intention de prendre ses repas en privé.

— Je n'aime pas qu'on me touche les mains, expliqua-t-elle. Aucun problème partout ailleurs.

L'espace d'un bref instant, le regard de Lynch dévia vers son décolleté. Puis il le détourna. Elle aurait tout aussi bien pu avoir rêvé, mais soudain ses nerfs étaient de nouveau à vif.

Il l'avait observée comme un homme face à une femme. Rosalind prit soudain conscience de ce qu'elle venait de dire. Son esprit dériva un instant, imagina ses mains sur elle. Son corps réagit, ses tétons durcirent sous le taffetas rigide de sa robe, et un frisson d'émotion parcourut sa colonne.

— Dans ce cas, je ne vous toucherai plus, reprit Lynch. Vous avez ma parole.

Rosalind ne voulait pas le repousser. Il fallait qu'il l'ait dans la peau, qu'elle puisse apprendre ses secrets, le genre d'homme qu'il était.

— Ce n'est pas contre vous, dit-elle en énumérant mentalement, à toute vitesse, une liste de mensonges plausibles pour se justifier, avant d'en choisir un qui n'était pas si éloigné de la vérité. Mon père… (Elle baissa les yeux sur ses genoux.) Ce geste est associé à quelque chose de douloureux.

Les traits sévères de Lynch s'adoucirent.

— Je vois. Toutes mes excuses, alors.

Le fiacre prit un nouveau virage et Rosalind dut s'agripper pour ne pas basculer. Lynch se raidit à peine, contractant ses cuisses puissantes. Le cuir souple de son pantalon grinça.

— C'est de la folie, souffla-t-elle. On aura de la chance si on arrive en vie sur les lieux du crime.

— Je vous rassure, Perry conduit toujours comme ça. Je préfère la vitesse à la prudence. Je dois analyser la scène avant que les hommes de l'Échelon viennent piétiner toutes les preuves.

Elle s'agrippa à la sangle du fiacre.

— Des membres de l'Échelon seront présents ?

— Barrons peut-être, l'héritier du duc de Caine. La convocation venait de lui et il a l'esprit curieux. Et je suis sûr que les gardes Coldrush du prince consort seront également présents pour lui faire un rapport.

L'endroit allait fourmiller de sangs bleus. Mais Lord Balfour ne serait vraisemblablement pas présent. Elle laissa échapper un soupir de soulagement. Elle n'était plus l'enfant et la jeune femme qu'il avait connue mais, bien qu'il la croie morte, il la reconnaîtrait aussitôt.

— Que...

C'est alors que le monde ralentit autour d'elle, les pneus crissèrent et des jurons retentirent. Rosalind laissa échapper la sangle et fut projetée en avant.

Elle s'effondra sur le sol du fiacre, entre les jambes de Lynch, tandis qu'une main ferme la rattrapait. Elle sentit un muscle puissant sous ses doigts avant de réaliser où ils étaient posés exactement, et elle les retira vivement.

Lynch lui agrippa le bras et son corps se raidit alors qu'ils réalisaient tous deux le caractère suggestif de leur position. Ses iris se décolorèrent et l'obscurité engloutit ses pupilles.

Le démon s'éveillait au fond de lui.

Rosalind se figea. Elle sentit soudain frotter contre sa peau le pistolet sanglé autour de sa cuisse, comme pour lui rappeler combien il lui serait difficile de l'atteindre en cas de besoin. Elle avait découpé un trou dans les poches de ses jupons pour se permettre un accès direct à l'arme, mais le tissu s'était enchevêtré autour de ses jambes.

Il la lâcha d'un geste brusque et posa ses doigts raides sur le siège.

— Je ne vous ferai aucun mal.

Sa voix était dure, totalement dénuée de la moindre intonation. Il inspira profondément et détourna les yeux avant de les fermer.

— Seulement, faites des gestes lents. (Un tic crispa sa mâchoire.) Je voudrais vous aider, mais je ne crois pas que je devrais vous toucher, là, dans l'immédiat.

Rosalind n'avait nulle part où s'appuyer. Elle jeta un œil lugubre sur sa cuisse et se força à y poser sa main droite. La voiture à vapeur se remit en mouvement et elle enfonça un peu plus ses doigts dans son muscle contracté.

— Je suis désolée, murmura-t-elle.

Il n'avait pas rouvert les yeux. Sa respiration, plus régulière, s'était calmée. Sous contrôle. Il se forçait à contenir ses pulsions, ses désirs.

— Moi aussi.

Un sourire crispé. Comme s'il ne pouvait se permettre davantage.

Rosalind parvint à se mettre à genoux et son regard se retrouva au niveau de son torse, sa cuirasse rigide moulée sur son corps laissant apparaître sa musculature de façon presque obscène. Au-dessous, il portait une chemise noire et un long manteau en cuir sombre recouvrait l'ensemble.

L'odeur du cuir prédominait. Un sang bleu n'avait pas d'odeur corporelle, mais certains aimaient s'en créer à l'aide de parfums ou d'après-rasage. Garrett, lui, empestait, et cela correspondait à l'image qu'elle avait de lui. Aucune surprise de ce côté-là. Lynch, en revanche... ne sentait rien qu'une légère nuance de café, ainsi qu'une note presque cuivrée.

Celle du sang.

Il rouvrit les yeux, comme s'il se demandait ce qui lui prenait tant de temps. Rosalind retint son souffle et se releva, manquant se jeter carrément sur son siège. Le noir s'était dissipé, ses démons étaient maîtrisés. Le spectacle était impressionnant. Elle avait rarement vu un sang bleu se contrôler de cette façon.

— Ça n'arrive pas souvent. Mais je n'ai pas dormi depuis plusieurs jours et je n'ai pas eu le temps de... me nourrir avant de partir.

Son corps tout entier était tendu, et sa voix si basse qu'elle devait tendre l'oreille. Un soupçon d'embarras ? De honte ? Rosalind le dévisagea et l'air quitta progressivement ses poumons. Troublée, elle s'apprêtait à se battre ou à fuir. Mais le danger était passé. Alors pourquoi cette sensation persistait-elle ?

— Vous devriez peut-être toujours emporter une petite fiole avec vous, suggéra-t-elle d'une voix rauque.

— Excellente suggestion.

Le murmure de sa voix la fit frissonner. Elle se força à détourner le regard et à le reporter sur la vitre. Au-delà, le monde était plongé dans un voile de brume, troué par les lueurs des lampes à gaz qui défilaient. La maçonnerie des maisons s'enrichissait au fur et à mesure du trajet et des clôtures en fer ornementales venaient entourer de petits jardins.

Ils étaient presque arrivés. Soudain, Rosalind n'en pouvait plus d'attendre. Elle voulait sortir de cette fichue voiture, s'éloigner de lui. Ce n'était pas la peur qui motivait son envie, mais plutôt le trouble inconfortable qu'il avait semé dans son esprit.

Le fiacre ralentit et le grondement de la machine à vapeur s'arrêta en sifflant tandis que la chaudière exhalait. Rosalind posa sa main sur la vitre sans tourner la tête. Elle savait qu'il l'observait. Elle sentait son regard sur sa peau et cela engendra de légers frémissements le long de son échine. Cette pensée faillit lui arracher un rire teinté de panique.

Pense à Nate. Elle ferma les paupières pour tenter désespérément de se représenter son mari. Il avait hanté ses pensées pendant des années, mais à présent elle ne parvenait pas à le retrouver – rien qu'une vague silhouette, l'ombre du sourire qui avait ravi son cœur.

— Je ne vous ferai jamais de mal, dit Lynch.

Il devinait à coup sûr sa nervosité à l'immobilité de son corps. Mais il en avait mal interprété la cause.

Elle rouvrit les yeux et remarqua que son haleine créait de la buée sur la vitre.

— Je le sais.

Elle ne le laisserait pas lui faire du mal. Rosalind prit une lente inspiration, son corset lui rentrant dans les côtes, et elle arbora un sourire sur son visage.

— C'est ce fiacre. Je n'aime pas les petits espaces confinés. Pas sur une longue durée, en tout cas.

Elle sentit son regard pénétrant la transpercer.

— Ne pas vous toucher les mains. Ne pas vous enfermer. (Un léger hochement de tête.) Je tâcherai de m'en souvenir.

La voiture s'arrêta enfin et la porte s'ouvrit. Rosalind se contenait à grand-peine. Elle souhaitait si désespérément sortir de là qu'elle frôlait la crise d'angoisse. Les murs semblaient se resserrer autour d'elle.

Garrett apparut et fut surpris de la trouver si vite dans l'encadrement de la porte. Il lui offrit son bras par réflexe, avec un sourire hypocrite au bord des lèvres. C'était un homme dangereusement beau, mais bien trop coquet à son goût. Son goût qui semblait plutôt la porter vers quelqu'un de plus sombre…

Rosalind ignora son bras tendu et descendit, soulagée d'être enfin libérée. Elle lissa ses jupes qui se déployèrent autour de ses jambes.

Garrett baissa les yeux, comme pour observer son bras. Il était clair qu'il considérait la situation comme une chasse, et elle était la proie. Chacun de ses affronts ne faisait que renforcer cette idée.

— Elle n'aime pas qu'on la touche, expliqua Lynch en mettant pied à terre avec une légèreté et une grâce redoutables. Sur les mains, du moins.

Leurs regards se croisèrent. Était-ce l'imagination de Rosalind, ou y avait-il bien une pointe d'amusement dans la ligne dure de sa bouche ? Un adoucissement, ou peut-être un soupçon de chaleur, qui couvait dans ses yeux glacials ?

— Très bien.

Garrett fit un pas de côté avec un sourire étincelant. Un seul coup de son poing métallique et toutes ces jolies petites dents blanches seraient éparpillées sur les pavés, songea Rosalind avec amusement, et il lui sourit en retour, sans doute persuadé qu'il était en train de gagner sa cause.

Puis la chaleur disparut du regard de Lynch comme si elle n'y avait jamais existé.

— Venez. (Il claqua des doigts et prit la direction de la maison.) Garrett, cesse donc d'essayer de séduire ma secrétaire, et concentre-toi sur le boulot.

Madame Marberry, si vous voulez bien faire ce pour quoi je vous paie et arrêter d'user de vos artifices féminins.

Il n'y avait plus trace du moindre adoucissement.

Rosalind l'observa en plissant les yeux, puis empoigna ses jupes et se précipita à sa suite.

— Vous ne m'avez pas encore payée pour quoi que ce soit. Et croyez-moi, je n'ai aucun intérêt à exercer mes « artifices féminins ».

Il s'arrêta brusquement devant la porte d'une imposante résidence éclairée de l'intérieur. Rosalind faillit lui rentrer dedans. Lynch pivota sur lui-même et dit :

— Garrett aime les femmes, madame Marberry. Ne vous imaginez pas que vous serez la seule.

— Eh bien, je vous remercie, Sir Jasper. (Elle battit des cils d'un air pétri de sarcasme.) Je ne m'en étais absolument pas aperçue.

Lynch plissa les yeux.

— Vous vous moquez de moi.

— Vous me prenez pour une idiote.

Un nouveau regard brûlant la déstabilisa.

— Je n'aime pas les femmes qui se croient plus malignes que moi.

— Je ne me crois pas plus maligne que vous. (En sa faveur, elle parvint à ne pas insister sur le mot « crois ».) Et il semblerait que vous détestiez les femmes en général.

— C'est faux. Seulement, je ne leur vois pas grande utilité.

Cette fois-ci, elle sentit ses joues rougir.

— Au-delà de l'évidence ?

Il posa les yeux sur ses lèvres.

— Madame Marberry… C'est précisément ce que je cherche à éviter avec mes hommes.

— Je croyais que c'était « Rosa » ? Maintenant je suis Mme Marberry ?

Il la gratifia d'un long regard ferme.

— Vous êtes toujours Mme Marberry. Pour moi. Vous n'êtes Rosa que par souci de commodité.

Elle scruta les alentours.

— Et nous sommes seuls, Sir Jasper.

Seuls sur le perron de cette maison de ville géorgienne, avec le vent qui soulevait les pans de son long manteau, enveloppant Rosalind comme un cocon d'intimité. Elle prit une courte inspiration. C'était ce qu'elle avait décidé, songea-t-elle, pour découvrir la faiblesse de cet homme. Et à en juger par sa façon de l'observer, il semblait bel et bien trouver une utilité aux femmes. Ou peut-être à une certaine rousse en particulier.

Maintenant qu'elle était sortie du fiacre, il lui était bien plus facile de sourire, de jouer à Rosa Marberry. Elle se glissa dans son rôle comme dans une seconde peau et chassa ses pensées troublantes.

— Je ne crois pas que mes prétendues tendances perverses incommodent *vos hommes* un tant soit peu.

Mais lui, certainement. Elle baissa ses paupières aux cils épais. Ça l'aidait de penser à lui comme à un homme et non comme à un sang bleu, de prétendre qu'il était simplement humain.

Et si elle le regardait comme un homme, elle devait admettre qu'elle était face à un beau spécimen. Pas étonnant qu'elle éprouve une curieuse attirance. Cette pensée apaisa sa nervosité. Ça ne signifiait rien. Le silence de Lynch était troublant. Quand elle releva les yeux, elle vit une émotion passer sur ses traits, si fugace qu'elle ne put la déchiffrer. Elle réalisa que c'était un observateur. Toujours aux aguets, toujours à réfléchir. Restait à espérer qu'il ne serait pas capable de voir clair dans son jeu.

— Je vais vous le dire une fois, déclara-t-il doucement. Si je vous soupçonne d'entretenir des relations inappropriées avec l'un de mes hommes, vous serez immédiatement relevée de vos fonctions.

— Alors je ne suis pas autorisée à leur faire ne serait-ce qu'un sourire ?

Il s'immobilisa.

— Bien sûr que si.

— Car c'est tout ce dont il a été question, répliqua-t-elle laconiquement. En tant qu'homme, Garrett ne représente pas le moindre intérêt pour moi. Il est trop souriant et porte beaucoup trop d'eau de Cologne à mon goût. (Elle rassembla sa jupe.) Maintenant, si le sujet est clos, pouvons-nous y aller ?

Lynch pinça les lèvres.

— Suivez-moi, Rosa. Si vous sentez que vous allez vomir, merci de ne pas le faire sur les corps.

Il la devança et pénétra à l'intérieur de la maison. Rosalind humecta ses lèvres et soupira en observant ses larges épaules dans l'encadrement de la porte, surmontées par l'élégant lustre suspendu au plafond. Elle soupira de frustration et lui emboîta le pas. Cet homme était exaspérant.

4

— Nom d'un chien, murmura Garrett, debout dans l'entrée, en tournant sur lui-même pour examiner la scène.

Lynch se déplaçait lentement et examinait avec minutie chaque centimètre de la pièce. L'une des servantes gisait dans le grand escalier. Lord Falcone l'avait manifestement rattrapée alors qu'elle tentait de s'enfuir. Elle était allongée en travers des marches couvertes de moquette, vêtue de sa charlotte et de son tablier, une plaie béante au cou, provoquée par des dents émoussées et non par une lame nette. Une véritable boucherie.

Le majordome avait presque atteint la porte avant d'avoir été abattu à son tour. Une mare de sang imbibait le tapis sous son corps. Lynch fronça les sourcils.

— Cela ressemble à l'affaire Haversham, murmura-t-il. À ce stade, Falcone avait seulement pour but de les tuer. Il s'était visiblement déjà rassasié à l'étage.

Lynch s'agenouilla et posa le doigt dans la flaque gluante répandue sous le majordome. Sa vue se brouilla momentanément, son odorat s'aiguisa et il se mit à saliver. Il voulait porter son doigt à ses lèvres, mais ses longues années d'expérience l'en dissuadèrent.

Derrière lui, Rosa griffonnait furieusement ses déclarations sur son calepin. Sa peau était pâle et ses lèvres pincées, mais son visage ne trahissait aucun autre signe de dégoût – ou alors elle le dissimulait à la perfection.

Il se frotta le bout des doigts et tourna la tête vers les escaliers. Une lueur dorée inondait les murs. Falcone n'avait pas pris la peine de moderniser sa demeure, en passant aux lampes à gaz par exemple. Il en allait ainsi pour certains des sangs bleus les plus âgés.

Perry se glissa en silence dans la pièce, ses cheveux sombres lissés en arrière sous une capuche.

— C'est un bain de sang, murmura-t-elle en échangeant un regard inquiet avec Garrett.

Elle gonfla ses narines pour humer l'air, l'odeur du sang. En tant que membre de la Main de Lynch – les cinq personnes qui composaient l'élite de son équipe –, elle se devait d'être présente sur la scène de crime. Perry avait certains dons – en dehors de la conduite effrénée de fiacres dans des virages en épingles à cheveux. D'une seule inspiration, elle pouvait situer le quartier précis de Londres d'où était originaire l'homme en face d'elle.

— Trouvez Falcone, ordonna Lynch. Et je veux son hématocrite détaillé pour demain matin.

Si Falcone s'était approché de la Disparition graduelle, Lynch devait le savoir.

La silhouette mince de Barrons apparut au sommet des marches, se mouvant avec la grâce d'un épéiste. Il était entièrement vêtu de velours noir, la seule note colorée de sa tenue consistant en une broche rubis épinglée sur le foulard blanc qui ornait son cou.

— Barrons, le salua Lynch avec un signe de la tête pour lui manifester son respect.

Barrons se retrouvait souvent impliqué dans les affaires qui nécessitaient un esprit inquisiteur. Leurs chemins se croisaient régulièrement dans ce genre de circonstances ; le prince consort devait sans nul doute souhaiter rester informé.

— Falcone est là-haut, lança Barrons avec une inflexion qui dénotait sa bonne éducation. Il est encore en vie.

— Encore en vie ?

Lynch se rua dans les escaliers, suivi d'un bruissement de jupons et du parfum citronné auquel il ne pouvait plus échapper.

— Pour ainsi dire. J'ai réussi à le maîtriser et à l'enfermer dans le bureau. Je vous préviens, ce n'est pas joli à voir, déclara Barrons en déviant son regard vers Rosa par-dessus l'épaule de Lynch.

— C'est rarement le cas, répondit ce dernier.

Par instinct, Barrons éprouva brièvement le besoin de se positionner devant elle, les poils hérissés. Il n'affichait pas le regard d'un homme qui convoite une jolie femme, mais quelque chose dans son examen glaça le sang de Lynch. Il se tourna donc vers elle pour l'aider à gravir les trois dernières marches.

Rosa l'observa un moment, puis posa sa main droite dans celle qu'il lui tendait. Il se rappela, trop tard, son aversion pour le contact, mais déjà les doigts chauds et fins de Rosalind glissaient sur les siens, et il éprouva la douceur du cuir de chevreau de son gant.

— Barrons, voici Mme Marberry, ma nouvelle secrétaire, déclara-t-il.

— C'est un plaisir, répondit Barrons en hochant la tête.

Rosa lui sourit, mais Lynch eut la sensation qu'elle n'était pas sincère.

— Le plaisir est pour moi, mon seigneur. Jamais je n'aurais pensé côtoyer un membre du Conseil des Ducs en personne.

Barrons l'étudia un instant avant de détourner les yeux.

— Un membre honoraire, ma chère. Je siège à la place de mon père jusqu'à son rétablissement.

Lynch ne fit aucun commentaire. Le duc de Caine était affligé d'une mystérieuse affection depuis de nombreuses années. Ses chances de guérison étaient faibles et Barrons le savait.

Il était de notoriété publique que le virus du besoin était possessif et ne tolérait aucune autre maladie dans le corps de son hôte. Certains n'hésitaient pas à jeter cette théorie au visage de Barrons. Il le savait. Après tout, cet homme était loin d'être idiot.

Quel que soit le mal dont souffrait son père, il conservait les rumeurs à ce sujet sous bonne garde.

Barrons désigna le bureau d'un geste.

— On ferait peut-être mieux d'aller voir Falcone. Vos hommes peuvent s'occuper des corps. Ils sont par là.

Il désigna la bibliothèque et les chambres derrière lui.

Lynch aurait voulu voir les corps *de visu*, mais Falcone représentait pour lui un plus grand intérêt.

— Je n'ai jamais eu l'occasion d'examiner correctement Haversham. Il s'est tué avant notre arrivée, sûrement par culpabilité.

— Je ne suis pas certain que Haversham ait eu suffisamment de contrôle sur sa raison pour éprouver un sentiment tel que la culpabilité.

— Alors vous pensez qu'il a été assassiné ? J'ai examiné le corps moi-même. Les plaies d'entrée et de sortie semblaient concorder avec la thèse du suicide et on a retrouvé des marques de brûlure sur ses mains et sa mâchoire. J'ai pu sentir l'odeur d'autres personnes sur sa peau, mais j'ai supposé que c'étaient celles de ses victimes.

— Je le répète, je ne crois pas que Haversham ait eu la faculté de se suicider.

Ils s'avancèrent dans le couloir moquetté. Une seule chandelle brûlait dans un bougeoir et plus ils avançaient, plus l'obscurité régnait.

— À quoi dois-je m'attendre ? s'enquit Lynch. Falcone est-il proche de la Disparition graduelle ?

— Il a à peine quarante ans !

— Il n'y a aucune condition particulière à la Disparition graduelle, contra Lynch. Le virus colonise parfois un homme plus vite que les autres. J'ai déjà vu un vieillard de quatre-vingts ans avec un hématocrite à trente-trois pour cent.

— Il ne présente aucun signe d'albinisme, répliqua Barrons. Sa peau a une brillance saine, ses cheveux sont encore châtains et ses yeux noisette. Si son hématocrite était élevé, son teint aurait déjà dû commencer à pâlir.

Des cris étouffés commencèrent à lui parvenir aux oreilles. Lynch fixa des yeux la porte fermée du bureau.

— Comment l'avez-vous maîtrisé, exactement ?

— Avec une flèche de ciguë, répondit Barrons. Ça l'a paralysé à peine une minute.

— Une minute ? s'exclama Rosa.

Lynch l'avait presque oubliée. Presque. Les deux hommes se retournèrent.

— Mes excuses, reprit-elle. J'ai lu des articles sur ces nouvelles préparations à la ciguë dans un journal scientifique. Je croyais qu'elles paralysaient un sang bleu pendant près de dix minutes…

Aucun journal scientifique n'oserait parler d'une chose pareille. Lynch plissa pensivement les paupières et la parcourut des yeux. Les brochures de propagande imprimées par les humanistes, en revanche, c'était une autre histoire. Sa secrétaire avait-elle des penchants humanistes ? Ou faisait-elle simplement partie de ces nombreux Londoniens curieux qui lisaient les prospectus qu'on leur distribuait ?

Il connaissait un homme, un de ses informateurs, qui vouait une fidélité extrême à l'Échelon et qui aimait lire ces brochures en dépit de sa loyauté. Jovan trouvait amusante la caricature du prince consort, représenté comme un vautour pâle et boursouflé rôdant au-dessus de la reine.

— La durée de la paralysie dépend du stade du virus dans son sang, expliqua Barrons. Plus l'hématocrite est élevé, moins la paralysie dure. En fait, je l'ai même testée sur moi. Il m'a fallu quatre minutes et demie pour commencer à retrouver le contrôle de mes membres.

Ce qui signifiait que Barrons avait un hématocrite élevé. Lynch classa cette information pour plus tard.

— Alors comment diable Falcone a-t-il réussi à se remettre aussi vite si son hématocrite est encore bas ? demanda Rosa, les sourcils froncés.

— Telle est la question, dit Barrons. Il n'y a aucune explication. En fait, il n'y a absolument aucune explication à son état.

Ils s'arrêtèrent tous trois devant la porte du bureau, de laquelle s'échappaient des bruits sourds et étouffés. Puis le tintement du verre brisé retentit.

Barrons posa la main sur le pistolet à fléchette à sa ceinture.

— Je l'avais attaché au fauteuil mais je pense qu'il vient juste de se libérer, avoua-t-il. Prépare-toi à tout.

Il tendit le bras vers la porte, l'ouvrit et se glissa à l'intérieur. Lynch leva sa canne-épée et jeta un regard à Rosa.

— Restez là, ordonna-t-il avant de suivre Barrons.

S'il laissait l'héritier du duc de Caine se faire tuer, alors ses propres jours seraient comptés.

La pièce était plongée dans le noir et le silence, un vent léger soufflait à travers les voilages des fenêtres. Les débris du fauteuil gisaient sur un tapis devant le bureau, avec des bouts de corde éparpillés dans des flaques de sang.

Barrons se rua vers la fenêtre.

— Bon sang ! jura-t-il. Il s'est s'enfui !

Les poils se dressèrent sur la nuque de Lynch.

— C'est une catastrophe. S'il disparaît dans la nature, il va provoquer une hystérie collective, commenta Barrons. Il faut l'arrêter avant qu'il commette un acte irréversible.

— À qui a-t-on affaire exactement ? demanda Lynch, conscient de tout ce que le jeune lord avait préféré taire devant Rosa.

— À un sang bleu qui se comporte comme s'il était entré en phase de Disparition graduelle, alors que ce n'est pas le cas. Dis-toi que tu affrontes un vampire, Lynch, et tu ne seras pas loin de la vérité.

Lynch s'immobilisa. La perspective de se transformer en pareille créature était l'unique peur d'un sang bleu. Un vampire pouvait tuer des centaines de personnes avant d'être abattu ; c'était déjà arrivé. Mais l'Échelon s'était spécialisé dans le contrôle de ce genre de situations. Si un seigneur parvenait d'une manière ou d'une autre à fausser ses résultats sanguins, les signes révélateurs de la Disparition se mettaient malgré tout à apparaître sur son corps : il commençait par empester la pourriture, puis se transformait lentement en créature décharnée, aussi pâle qu'un asticot, et devenait ensuite quadrupède.

Barrons se dirigea vers la porte, mais Lynch hésita. Il sentait quelque chose. Quelque chose de suave, comme de la crème glacée ou de la brioche au sucre.

Une goutte de sang s'écrasa au sol.

— Barrons, souffla-t-il. Je ne crois pas qu'il se soit enfui par la fenêtre.

Arrivé devant la porte, l'interpellé tourna vivement la tête. Lynch leva lentement les yeux, imité par Barrons. Ce dernier n'avait pas besoin de savoir ce qui avait attiré l'attention de l'Engoulevent pour comprendre où se trouvait Falcone.

Barrons dégaina et Lynch se projeta sur le côté quand l'homme qui fut Falcone se laissa tomber du plafond en plâtre. Il atterrit à la place exacte qu'occupait Lynch une seconde plus tôt et, tandis qu'il se relevait, la créature se jeta sur Barrons.

Un coup de feu éclata dans la pièce sombre, aveuglant Lynch momentanément. Il ne distinguait que deux obscures silhouettes qui s'empoignaient, puis Barrons chuta en poussant un cri.

Lynch avait lui aussi sorti son pistolet mais il n'y voyait pas assez clair pour en faire usage. Il bondit en avant, s'empara de Falcone et le tira en arrière de toutes ses forces pour le dégager du lord à terre. Une odeur de sang flottait dans l'air. Il la sentait sur sa langue, dans ses narines. Il n'eut pas le temps d'évaluer les dégâts car Falcone se dégagea aussitôt de son emprise en faisant preuve d'une force dont seule une créature de ce genre était capable, et il se jeta sur lui.

Un violent coup lui fit lâcher son arme qui glissa à terre. Lynch serra les dents en découvrant que son bras avait presque été arraché. Il évita une nouvelle offensive et finit par distinguer franchement son adversaire.

Une expression de rage tordait les traits de Falcone, ses yeux étaient comme fous, sans plus la moindre trace de l'homme qu'il avait été. Du sang coagulé maculait ses cheveux et ses vêtements, et sa main était munie de griffes acérées. Lynch eut une fraction de seconde pour l'examiner avant de devoir parer un coup au visage.

Il brandit sa canne-épée et parvint tant bien que mal à contrer Falcone une première fois, puis une seconde, sans parvenir toutefois à reprendre l'avantage. Il était d'une incroyable rapidité et chacune de ses attaques se répercutait dans l'avant-bras de Lynch. Il sortit l'épée de la canne, mais Falcone balaya l'air et le désarma d'un simple geste.

— À l'aide ! s'écria Barrons en se relevant péniblement.

Un filet de sang coulait de sa bouche et son torse était dans un sale état. Il tenta de se redresser et de s'asseoir contre le mur tapissé de velours.

En l'entendant, Falcone tourna la tête vers lui et Lynch en profita pour saisir sa chance. Il bondit, attrapa la créature à bras-le-corps et, faisant appel à sa force considérable, la plaqua à plat ventre sur le sol puis lui tordit le bras dans le dos.

La porte s'ouvrit et une lumière aveuglante envahit la pièce.

Lynch tressaillit et Falcone commença à se soulever sous lui. Rosa se rua à l'intérieur, un pistolet entre les mains, le visage sombre, les yeux rivés sur lui.

— Sortez ! hurla-t-il. Sortez de la maison !

Falcone se cabra et les tendons de son épaule menacèrent de rompre. Lynch sentait sa prise glisser et l'horreur lui vrilla les tripes quand il vit Rosa rester plantée là, bouche bée.

— Allez-vous-en ! s'écria-t-il tandis que Falcone roulait sur lui-même et le projetait sur le côté.

Lynch heurta le mur et en eut le souffle coupé. Il eut juste le temps de voir Rosa s'enfuir dans le couloir tandis que Falcone se lançait à sa poursuite dans un mouvement que la vitesse rendait flou.

— Perry ! Garrett !

Il prit appui contre le mur pour se relever et se précipita vers la porte. Il avait mal au flanc, peut-être à cause d'une côte fêlée. Mais il n'avait pas le temps d'y songer. Il devait stopper la créature avant qu'elle égorge Rosa.

Cette pensée lui provoqua une sensation de brûlure dans la poitrine. Une fois de l'autre côté de la porte, il vit un pan du manteau de Falcone battre dans son dos tandis qu'il disparaissait dans les escaliers. Hors champ, Rosa poussa un cri et un coup de feu se fit entendre.

— Nom d'un chien ! résonna la voix de Garrett dans l'entrée.

Des cris retentirent tandis que Lynch remontait le couloir en courant. Il ne savait pas ce qui se passait. De nouveaux coups de feu éclatèrent. Perry appela Garrett en hurlant, puis les tirs cessèrent. Lynch enjamba la balustrade et se propulsa dans l'air, parcourant la scène d'un œil acéré. Rosa trébucha sur la dernière marche et s'étala de tout son long. Garrett était à terre et se tenait la poitrine. C'était peut-être uniquement grâce à lui que Rosa était encore en vie : Falcone s'était arrêté pour l'attaquer en premier.

Lynch atterrit brutalement sur le sol en marbre de l'entrée et le choc se répercuta dans ses jambes. Falcone ne lui prêta aucune attention, il se jeta sur Rosa et la plaqua à terre. Sa tête heurta le sol et le pistolet qu'elle tenait encore lui échappa des mains.

Non !

De rage, la vue de Lynch s'assombrit aussitôt. Au fond de lui resurgit le démon – sa part la plus sombre et avide. La seconde d'après, il dégageait la créature de Rosa et la projetait contre le mur, mais Falcone parvint à rebondir avec une grâce athlétique.

Lynch s'empara d'un couteau sans même s'en rendre compte. Falcone lui décocha un coup violent, mais Lynch brandit la lame qu'il lui enfonça dans le torse. Comme s'il avait compris ses intentions, Falcone s'écarta. Lynch se saisit de lui et le plaqua violemment à terre. Le manche en os de son couteau étincela dans la lueur dorée et il s'agenouilla, en se servant de son genou pour maintenir la créature en place, puis il saisit sa tête et lui brisa le cou.

Le silence retomba, seulement rompu par le sifflement qui s'échappait de la gorge de Garrett.

Lynch se dégagea en chancelant. Les ombres dans son champ de vision commençaient à refluer. Il se sentit soudain étourdi. Rosa se remit sur pied, la bouche ouverte sous l'effet du choc.

— Restez là, gronda-t-il en pointant un doigt sur elle.

Un dernier regard sur Falcone – il ne se relèverait pas, cette fois – et il s'approcha en titubant de Garrett.

Perry, agenouillée auprès de lui, tentait d'endiguer le flot de sang qui s'écoulait de sa blessure au torse.

— C'est grave ? demanda Lynch.

Non, pas Garrett... Il n'était qu'un jeune garçon quand Lynch l'avait recueilli. Débrouillard et plein d'un charme factice dont il se servait pour se protéger, il avait passé son temps sur les talons de Lynch pour essayer de l'égaler, sans cesser de lui poser mille et une questions, ce qui l'avait toujours rendu fou.

Il tendit la main et tourna la tête de Garrett sur le côté, ce qui lui arracha une grimace.

— Je vais survivre, souffla-t-il. Tu imagines toutes les femmes éplorées que je laisserais derrière moi ?

Elles... ne s'en remettraient pas, ajouta-t-il avec un sourire ensanglanté.

Perry retira son manteau et l'appuya contre ce qu'il restait du torse de Garrett. Lynch vit le sang qui palpitait dans une artère et son regard s'emplit d'horreur. Le cœur. Falcone avait touché son cœur. Il n'y avait pas moyen plus sûr pour tuer un sang bleu.

— Il a besoin d'un médecin, déclara Perry d'un ton dénué d'émotion, ce qui ne signifiait pas pour autant qu'elle n'en ressentait pas. (Elle releva des yeux brillants.) Et vite.

Lynch se redressa et regarda alentour.

— Où sont passés ces fichus gardes Coldrush que Barrons a amenés avec lui ?

Personne n'avait la réponse.

— Rosa, j'ai besoin que vous alliez chercher de l'aide, dit-il en essayant d'établir les priorités dans son esprit.

Lynch appréciait suffisamment Barrons pour ne pas souhaiter le voir mourir, mais au-delà de ses propres considérations, il savait surtout que la disparition de l'héritier du duc de Caine serait une catastrophe monumentale. Garrett quant à lui... Garrett, c'était personnel.

— Je m'occupe de lui, monsieur, murmura Perry en lisant sur son visage le dilemme auquel il était en proie.

Il hocha brièvement la tête.

— Barrons est à terre. Je dois aller voir s'il survivra. Rosa, faites envoyer un médecin, n'importe qui, même une fichue sage-femme fera l'affaire.

Ses jupes bleu marine serrées dans ses mains gantées, Rosa le dévisageait avec des yeux d'un noir liquide, immobile.

L'effroi l'avait-elle paralysée ?

— Qu'y a-t-il ?

— Vous saignez, expliqua-t-elle en pinçant les lèvres, une lueur de défi dans les yeux. Abondamment.

Il porta une main à sa gorge et l'humidité qu'il sentit sous ses doigts confirma les dires de Rosa. La pièce empestait le sang – en majorité celui des autres, Dieu merci. Mais cette odeur… Lynch retint un grognement et sortit sa langue pour humecter ses lèvres. C'était le seul signe qui trahissait sa confusion, mais il n'échappa pas à Rosalind.

— J'ai vu pire, répondit Lynch en tirant sur le col de son manteau en cuir. Dépêchez-vous, avant que les autres se vident de leur sang, ajouta-t-il en désignant la porte. Ensuite, assurez-vous de rester à l'extérieur jusqu'à ce qu'on ait la situation bien en main.

Lynch ne voulait plus la voir ici. Il ne voulait pas de nouveau risquer sa vie et, à cet instant, avec la façon dont elle le regardait et l'odeur enivrante du sang, c'était *lui* qui risquait de perdre le contrôle.

Frissonnant sur le perron de la demeure, Rosalind resserra sa cape autour de ses épaules. De nombreux Engoulevents avaient fait leur apparition au cours de la dernière heure, ainsi que deux médecins et quantité de gardes Coldrush pour sécuriser la maison. Une foule de curieux se pressait derrière leurs silhouettes impassibles, désespérant d'en apprendre davantage sur les événements.

— C'étaient des humanistes ? demanda un sang bleu, son haut-de-forme dodelinant parmi la foule.

— Un vampire ? s'écria un autre en agitant sa canne.

Leurs voix étaient teintées de panique et un murmure parcourait la foule. Rosalind recula à l'abri des rosiers grimpants qui encadraient l'entrée et enfonça son chapeau sur sa tête. Personne n'était au courant de sa présence en ces lieux, mais elle se sentait vulnérable. Elle était entourée d'un trop grand nombre de sangs bleus – on aurait dit que la moitié de l'Échelon était présente, vêtue de ses habituels velours et soieries flamboyants. Malgré l'heure, les femmes s'étaient coiffées de chapeaux aux plumes tapageuses et Rosalind aperçut plusieurs perruques blanches et visages poudrés – des sangs bleus assez âgés à en juger par leur apparence, ceux qui s'attachaient encore à la mode du passé. Ou, peut-être, qui cherchaient à dissimuler les effets de la Disparition graduelle. Qui sait ?

— Rosa ?

La voix de Lynch l'arracha à ses réflexions. Rosalind pivota sur elle-même, le cœur battant. Elle avait l'habitude de garder la tête froide dans les moments de tension, mais à présent qu'une vive émotion s'était emparée d'elle, elle semblait incapable d'apaiser les battements de son cœur. Falcone avait été si *proche*... Il avait planté son regard dément et assoiffé de sang dans le sien. Elle avait perçu son souffle rauque lors de la poursuite dans le couloir, persuadée qu'elle ne s'en sortirait pas, qu'il allait la rattraper... Puis Garrett avait relevé ses yeux agrandis sous l'effet de la stupeur, avant de dégainer son arme et de coller une balle dans la poitrine de Falcone.

Il lui avait sauvé la vie. Une seconde de plus et Falcone lui tombait dessus. Mais le coup l'avait à peine ralenti. Rosalind avait dégringolé les marches et Garrett s'était jeté sur le sang bleu enragé.

Il n'était pas étonnant qu'elle n'éprouve que du mépris pour les sangs bleus après tout ce qu'ils lui avaient fait, mais Garrett avait risqué sa vie pour elle sans l'ombre d'une hésitation. Ça ne lui plaisait pas. Ça ne cadrait pas avec sa vision du monde.

Lynch avait tenté de nettoyer à la hâte le sang sur sa peau et de se recoiffer, mais la même anxiété fiévreuse qui brûlait dans la poitrine de Rosalind se reflétait dans les yeux brillants de Lynch.

— J'ai besoin de vous. Venez.

Rosalind le suivit à l'intérieur et sortit son calepin et son stylo de son petit sac. Deux gardes Coldrush étaient stationnés à l'entrée de la maison ; l'odeur fétide de la mort en imprégnait l'air dans la lumière de cet après-midi sinistre. Elle tourna les yeux vers l'endroit où Lynch s'était propulsé par-dessus la balustrade et le revit atterrir avec légèreté, les pans de son long manteau flottant autour de lui, le regard glacial, avant de se jeter sur Falcone. Et de le tuer, avec une efficacité et une résolution qui lui avaient fait froid dans le dos. Sa façon de se mouvoir ne lui avait pas échappé non plus ; quelqu'un lui avait enseigné un style de combat brutal. Falcone avait beau être plus fort et plus rapide, Lynch savait comment neutraliser un homme de quelques coups incisifs du tranchant de sa main.

Rosalind observa un instant les étincelles de lumière renvoyées par le lustre au-dessus de sa tête. Lynch avait encaissé une chute de six mètres comme s'il avait descendu une seule marche du perron. Un frisson parcourut son échine.

Danger.

Les sangs bleus étaient supérieurs aux humains en termes de puissance et de rapidité, mais ça ne signifiait pas toujours que l'équilibre des forces était inégal. Lors d'un combat au corps à corps, un assassin entraîné pouvait abattre un sang bleu qui, lui, manquait de pratique. Mais quelqu'un comme Lynch ? Impossible.

S'il venait un jour à réaliser qui elle était, Rosalind n'avait pas intérêt à rester dans les parages pour découvrir qui des deux l'emporterait.

— Là, dit Lynch en désignant le corps dans les escaliers.

Quelqu'un avait recouvert le cadavre de Falcone d'un drap qui avait collé à son corps ensanglanté.

— Prenez note. Nous avons analysé l'hématocrite de Falcone avec le spectromètre en laiton portatif ; il s'est révélé être de cinquante-trois pour cent. Remarque : demander l'hématocrite de Haversham à notre retour.

Un manteau avait été posé sur le corps du majordome. Rosalind fronça les sourcils.

— Est-ce que vous couvrez les corps, d'habitude ?

— Non.

Alors il l'avait fait pour elle. Elle immobilisa brièvement la pointe de son stylo au-dessus du papier, puis inscrivit à la hâte le reste de sa phrase.

— D'après ce que je peux déterminer, Falcone se trouvait dans la salle à manger avec sa famille quand la… crise… est survenue, poursuivit-il en levant la tête vers les escaliers. Son verre était presque plein, mais le niveau du décanteur montre qu'il avait bu un litre de sang. Il n'aurait pas dû être en manque. Son hématocrite indique qu'il était loin d'approcher la phase de Disparition graduelle. Dans ce cas, quelque chose a déclenché la crise. Une influence extérieure ? Une toxine ? Le sang qu'il a bu avait-il été contaminé ? Ou est-ce qu'une maladie jusque-là inconnue qui affecterait les sangs bleus…

— Attendez, le coupa-t-elle en tentant de griffonner ses mots sur son calepin tout en grimpant les marches à sa suite. Qu'est-il arrivé à Garrett ? Et au fils du duc ?

Lynch lui accorda à peine quelques secondes de répit.

— Par ici, lui indiqua-t-il en remontant le couloir. Barrons reprend ses esprits dans la chambre de Falcone avec les médecins. Heureusement, ses blessures sont déjà en train de guérir malgré leur gravité. Quant à Garrett, il est dans la cuisine. Doyle est arrivé avec le reste de mes hommes et il essaie de le recoudre.

— Est-ce qu'il va s'en remettre ?

Elle n'aurait pas dû s'inquiéter de son état. Après tout, ça ne serait qu'un sang bleu en moins, dont le monde n'aurait plus à se préoccuper.

Lynch ferma les paupières.

— Garrett est plus fort qu'il n'y paraît, mais il a perdu beaucoup de sang. Perry a dû lui donner un peu du sien.

Il entra dans une pièce et Rosalind le suivit en tenant ses jupes regroupées dans une main. Elle songea qu'il n'avait pas l'air de se soucier de l'état de Garrett. En vérité, à en croire le peu d'émotion qu'il manifestait, Garrett aurait pu n'être qu'un vulgaire inconnu trouvé dans la rue.

— Là, dit-il en désignant la salle à manger. (Deux corps gisaient sous la nappe en lin ensanglantée.) C'est ici qu'il prenait son dîner.

Rosalind trébucha sur le seuil et plissa les yeux devant les petites silhouettes étendues. Si petites… Sa gorge se noua et son visage pâlit. Des fragments de porcelaine jonchaient le sol et le contenu d'une carafe renversée sur la table en acajou gouttait par terre à un rythme régulier.

— Ça sent comme… dans une boulangerie, murmura-t-elle en déglutissant pour ravaler le filet de bile qui remontait au fond de sa gorge.

Elle ne pouvait plus les regarder. Qui pouvait donc assassiner ses propres enfants ? Quelle sorte de monstre était capable d'une chose pareille ?

Un sang bleu, murmura une petite voix dans son esprit.

Lynch observait la scène comme pour s'en imprégner.

— En effet. Et Falcone dégageait la même odeur. (Il se tourna vers elle pour ajouter quelque chose, puis s'interrompit.) Rosa ?

Elle releva les yeux et il lui sembla discerner de l'inquiétude sur ses traits.

— Je...

Les mots moururent dans sa bouche et elle plaqua une main gantée sur ses lèvres. Elle ne se sentait pas bien. Elle n'arrivait pas à se débarrasser de l'image de ces petites formes tordues sous le linge sanguinolent.

Elle perçut un mouvement flou, puis sentit une main lui saisir le coude. Lynch plaça son corps imposant entre elle et les cadavres et la poussa ensuite hors de la pièce, dans le couloir éclairé par une lumière aveuglante. Les murs vacillaient. Une porte s'ouvrit devant elle. Elle se déplaçait comme une marionnette dans la poigne de Lynch, la gorge brûlante.

Lynch ouvrit une fenêtre et l'y guida. L'air frais balaya l'odeur douceâtre et écœurante de ses narines tandis qu'elle s'agrippait au rebord de la fenêtre pour prendre une profonde inspiration. Il posa timidement la main au creux de son dos, comme s'il craignait sa réaction.

— Je n'aurais pas dû vous amener ici, dit-il d'une voix douce. Toutes mes excuses.

Rosalind secoua la tête et déglutit péniblement.

— C'est moi qui suis désolée.

Malgré ses efforts, elle ne parvenait pas à chasser cette image dans les recoins de son esprit où rôdaient ses souvenirs les plus sombres. Elle était imprimée derrière ses paupières, lui brûlait l'estomac et la gorge.

Elle sentit une main froide décrire de petits cercles au creux de son dos. Rosalind se pencha en avant pour respirer l'air charbonneux de Londres. Tout valait mieux que cette odeur de sucré.

Comme pour se distraire de ses pensées, elle se concentra sur le contact de Lynch. Elle retint sa respiration.

— Vous n'avez pas à vous excuser, répondit-il, et son souffle frais souleva les boucles sur sa nuque.

Rosalind prit alors conscience de sa proximité, de ses jambes pressées contre son buste et ses jupes. Une certaine nervosité s'empara d'elle. Elle n'avait pas oublié l'expression de ses yeux quand il avait tué Falcone – il avait aimé ça et léché le goût du sang sur ses lèvres. Voilà qui aurait dû l'écœurer encore davantage, pourtant elle ne parvenait pas à assimiler ce monstre à l'homme qui se tenait derrière elle et dont les doigts effectuaient des gestes apaisants sur sa peau.

Elle ne pouvait rester insensible à cela. Elle n'avait pas véritablement envie de lui, alors que la scène précédente hantait encore son esprit, mais elle se détendit grâce à ses caresses et pencha la tête tout en savourant avec culpabilité le réconfort que lui procurait sa présence. Elle préférait ne pas se demander pourquoi cette proximité lui donnait une telle impression de… *sécurité*.

Elle s'était si longtemps isolée des autres depuis la mort de son mari… Elle n'avait pas besoin du contact apaisant d'un homme ou de sa présence pour la réconforter. Elle était suffisamment forte.

Rosalind se redressa. Il fallait qu'il arrête de la toucher. Elle n'aimait pas ça.

— Je vais bien, monsieur.

Elle sentit sa paume hésiter et frôler le taffetas de sa robe.

— Tant mieux.

La disparition soudaine de sa main lui laissa une sensation de froid. Mais elle réalisa qu'il ne s'agissait que de la brise qui soufflait par la fenêtre. Le corps parcouru d'un frisson, elle chercha quelque chose, n'importe quoi, pour débarrasser son esprit du tourbillon d'émotions qui la submergeait.

— Qu'allez-vous dire à la foule ? demanda-t-elle en examinant les sangs bleus regroupés en contrebas.

— Que nous menons l'enquête, répondit-il d'une voix de nouveau dure. Ils n'ont pas besoin d'être au courant de toute l'affaire.

Les doigts de Rosa se crispèrent sur le rebord de la fenêtre.

— Si vous ne leur dites rien, ils soupçonneront le pire. Ils hurlent déjà au vampire. (Elle secoua la tête.) Il y a eu beaucoup de monde dans la maison : les gardes Coldrush, Lord Barrons, les médecins... Vous ne pourrez pas tous les réduire au silence. Je pense qu'il vaudrait mieux donner certains détails à la presse, juste de quoi apaiser les craintes.

— Vous avez raison, murmura-t-il. C'est très judicieux de votre part, Rosa.

— Les gens ont peur de ce qu'ils ne comprennent pas, reprit-elle en jetant un coup d'œil par-dessus son épaule, avant de regretter aussitôt ses paroles.

Lynch la dévisageait, les mains jointes dans le dos. Dans la lumière froide de l'après-midi, son regard était intense.

— En effet. (Il pencha lentement la tête.) Prenez votre temps. Je vous attendrai dans l'entrée quand j'aurai fini de parler aux journalistes.

Elle attendit d'entendre le cliquetis de la porte qui se refermait derrière elle pour laisser échapper son souffle. Un coup d'œil à l'extérieur lui dévoila la foule qui aboyait derrière la clôture en fer, la peur et la fureur gravées sur les traits de chacun. L'espace d'un instant, les visages lui parurent presque humains, puis elle pinça les lèvres et plissa les yeux.

Il n'y avait rien d'humain chez un sang bleu, absolument rien. Elle ne devait jamais l'oublier, quelle que soit son opinion sur Lynch.

Elle se détourna et capta du coin de l'œil une silhouette solitaire appuyée contre un mur au coin de la rue, les bras croisés.

Camouflé sous un chapeau rabattu sur les yeux et enfoui dans le col d'un épais manteau qui dissimulait sa gorge et sa mâchoire, Rosa n'eut malgré tout aucun mal à reconnaître Mordecai. Le chef des mécaniques qui avaient tenté de bombarder la tour.

La satisfaction qui ourlait ses lèvres était parfaitement identifiable – ce sourire suffisant lui avait toujours donné la chair de poule. Que faisait-il donc ici ? Venait-il inspecter son œuvre ? Ou bien se délectait-il simplement de la détresse de tous ces sangs bleus ?

Ses doigts de fer s'agitèrent inconsciemment à l'intérieur de son gant. Il y était pour quelque chose, elle en était persuadée. Il avait sa part de responsabilité dans ce qui était arrivé ; c'était à cause de lui si les deux petits corps gisaient sous la nappe blanche…

Il était la raison pour laquelle elle ne parvenait pas à retrouver son frère Jeremy.

Rosalind se mit en route sans même s'en rendre compte et dévala les escaliers jusqu'à l'entrée. Ses talons résonnaient sur le carrelage lisse. Elle ouvrit la porte et s'immobilisa sur le perron. Elle rassembla ses jupes d'une main, frustrée. Il avait disparu. La foule l'avait avalé et la bloquait à l'entrée. Il lui était impossible de s'y frayer un passage, d'autant que l'idée de se retrouver cernée par tant d'ennemis lui nouait la gorge.

Je te retrouverai. Elle plissa les paupières. Elle lui ferait regretter d'avoir envoyé son frère livrer la bombe.

5

La brume s'éternisait dans les ruelles, rôdant dans les recoins et sur les perrons, là où ne soufflait aucune brise. Rosalind resserra son châle autour de ses épaules et traversa la foule du soir à bonne allure. Elle frissonna. C'est certainement à cause du silence, songea-t-elle, à cause des voix étouffées et de la façon dont chacun évite de croiser le regard de l'autre. La loi martiale régissait la ville depuis l'attentat à la bombe, les Cuirasses surveillaient le moindre coin de rue et les rumeurs concernant les humanistes allaient bon train. Le malaise était général. Elle-même n'en était pas épargnée malgré ses prétendus nerfs d'acier.

Un rapide coup d'œil à sa montre de poche lui indiqua qu'elle devait presser le pas. Il était presque huit heures et demie et il lui fallait être rentrée avant neuf heures. Si on la surprenait dehors, c'était l'arrestation assurée.

Quinze minutes plus tard, elle sortit sa clé devant l'entrée de l'appartement qu'elle louait mais la porte s'ouvrit devant elle.

Rosalind plaqua sa main sur sa poitrine. Sur le seuil, Ingrid lui jeta un regard noir.

— Bon sang, Ingrid ! Tu veux que je fasse une crise cardiaque ou quoi ?

— Une crise cardiaque ? répéta Ingrid d'une voix rauque. Toi ?

Rosalind se fraya un passage à l'intérieur. La porte claqua derrière elle et elle entendit Ingrid la verrouiller tandis qu'elle retirait ses gants, un doigt après l'autre. Elle détestait être obligée de les porter ; sa main droite devenait trop lisse, ce qui l'empêchait d'empoigner correctement un pistolet. Mais si quelqu'un apercevait sa main mécanique, les autorités seraient aussitôt alertées. Il ne s'agissait clairement pas d'une œuvre des enclaves.

Les prothèses n'étaient jamais bon marché et il fallait parfois une quinzaine d'années aux mécaniques pour finir de payer leur dette en trimant dans les enclaves. Après s'être débarrassés de cette obligation, ceux-ci finissaient souvent par y revenir, en tant qu'homme – ou femme – libre. Pour une personne dotée de ce dispositif perfectionné, les rues de Londres n'étaient plus les mêmes. L'Échelon les considérait comme des sous-hommes, ce qui, par conséquent, les privait des droits dont bénéficiaient la plupart des humains.

Rosalind se demandait parfois si elle n'aurait pas préféré ne pas être équipée de cette main de substitution. Mais elle n'avait pas eu le choix. Cette particularité la faisait sortir du lot et, dans son monde, c'était dangereux. Cela dit, il était indispensable pour un assassin d'avoir ses deux bras en état de marche.

Rosalind se débarrassa de ses gants et plia ses doigts d'acier. *Tu n'es plus un assassin.* Pourtant, parfois, c'était encore l'impression qu'elle avait. Il lui arrivait de se réveiller en pleine nuit, en nage, le visage d'une victime imprimé sur sa rétine. C'était le seul moment où elle ne pouvait se protéger de ses souvenirs.

Ils avaient été cinq au total. Tous des ennemis de Balfour. Au moins, elle avait eu la satisfaction de savoir qu'il s'agissait de sangs bleus. Malgré tout…

Elle chassa ses pensées dans un recoin de son cerveau soigneusement verrouillé et se tourna vers le salon. Le feu était nourri et jetait une lueur gaie sur les fauteuils rembourrés aux dossiers recouverts de napperons en dentelle flétrie, ainsi que sur la table en acajou disposée entre eux. L'ameublement de son logement était spartiate, mais elle ne vivait pas réellement ici. Il ne s'agissait que d'une façade pour sa mission.

Le silence s'étira et elle jeta un regard distrait par-dessus son épaule. Ingrid était appuyée contre le montant de la porte, les sourcils froncés.

— Tu es nerveuse. Je le sens.

L'inconvénient de vivre avec un loup-garou, c'était que rien, ou presque, n'échappait à ses sens aiguisés. Rosalind retira sa cape et son chapeau à plumes, qu'elle jeta sur un fauteuil.

— Je suis fatiguée. On m'a traînée jusqu'à Kensington, aller-retour, en haut, en bas, et je rentre sans avoir pris le moindre déjeuner ou rafraîchissement digne de ce nom. Cet homme est une machine – une machine bien huilée qui se tue à la tâche.

Elle se laissa tomber dans le fauteuil libre en oubliant totalement ses manières distinguées. Lynch avait fait preuve d'une force imparable aujourd'hui, son esprit formant des raisonnements logiques qu'elle-même avait eu du mal à suivre. Il remettait tout en question, vérifiait chaque centimètre des scènes de crime. Il n'avait repéré qu'une seule anomalie, la présence de deux petites balles de métal, dans la salle à manger, qui ressemblaient à celles avec lesquelles les gamins jouaient dans les rues. Étrangement, l'odeur douceâtre et écœurante persistait autour d'elles, alors qu'il semblait évident qu'elles appartenaient aux enfants.

Ingrid s'approcha, tira un tabouret et s'y installa.

— J'ai quelque chose pour toi.

Elle sortit une petite boîte rectangulaire de son gilet et la tendit à Rosalind. Elle était si légère qu'elle semblait vide.

Rosalind l'ouvrit. Un gant fin d'une matière presque translucide reposait sur du papier de soie froissé. Le travail était exquis ; de fines veines de coton bleu transparaissaient à travers la couche extérieure de peau synthétique, et des cicatrices lisses qui ressemblaient à d'anciennes brûlures venaient altérer le dos de la main. De petites écailles ovales étaient enchâssées au bout des doigts, l'extrémité recouverte de demi-lunes blanches et le reste d'une teinte rosée.

— De la peau synthétique, murmura-t-elle. Où as-tu trouvé ça ?

— Il y a un homme à Clerkenwell qui connaît quelqu'un qui fait ce genre de choses. Je lui ai demandé de m'en fabriquer une.

— Ça a dû te coûter une fortune. (Rosalind releva les yeux.) Ingrid, comment as-tu pu payer ça ?

Elles se fixèrent des yeux et les iris dorés d'Ingrid se dilatèrent.

— Je me suis fait un peu d'argent dans les Fosses, avoua-t-elle.

— Ingrid !

Les Fosses étaient des repaires célèbres de l'East End où des hommes combattaient – entre eux ou contre des bêtes. Parfois, la lutte prenait fin quand l'un des concurrents perdait conscience. Parfois, non.

Leur interdiction officielle n'avait pas arrêté Ingrid. C'était même plutôt l'inverse. Mais elle devait quand même protester.

— Tu n'es pas invulnérable.

— Le combat m'aide à garder mon sang-froid, dit Ingrid. Et je n'aime pas savoir que tu n'es pas préparée, parée à tout. Si l'Engoulevent demande à voir tes mains, alors qu'est-ce que tu feras ?

Rosalind referma lentement le couvercle sur le gant.

— De toute façon, ça ne tiendra pas devant un regard minutieux.

— Non. Mais tout ce que tu as à faire, c'est de le laisser entrevoir une partie pour qu'il ne puisse avoir aucun soupçon.

— Merci, murmura Rosalind.

Ingrid hocha la tête d'un air bourru. Elle n'avouerait jamais qu'elle s'inquiétait, mais elle était tracassée et ça risquait de la mettre sur les nerfs. Quand elles s'étaient rencontrées, Ingrid n'était encore qu'une petite fille emprisonnée dans une cage de la ménagerie de Balfour. Rosalind avait été bien nourrie et soignée, mais elle avait été un pion en formation, tout aussi seule qu'Ingrid à bien des égards. Toutes deux s'étaient liées d'amitié et Balfour avait fini par laisser Ingrid sortir de sa cage de temps à autre pour se battre en duel contre elle. Bien sûr, l'opposer à un adversaire plus fort et plus rapide qu'elle, mais non entraîné, n'avait été qu'un moyen de tester ses capacités.

Cependant, il avait sous-estimé le lien que les deux filles avaient tissé.

Ingrid se racla la gorge.

— Aucune nouvelle de Jeremy ?

— Je n'ai même pas eu l'occasion de chercher. Il y a eu un massacre. (Rosalind ne savait comment le qualifier autrement.) Lord Falcone a trucidé sa famille et a ensuite essayé de s'en prendre à nous.

Elle lui relata brièvement les événements de la journée pendant qu'Ingrid lui retirait ses bottes. Puis celle-ci enfonça son pouce dans le talon de Rosalind dont les yeux se voilèrent. Elle était tentée de laisser ses paupières se fermer, mais le souvenir du visage de Mordecai lui revint à l'esprit. Elle avait été entraînée à toujours finir un rapport quel que soit l'état dans lequel elle se trouvait.

— J'ai vu Mordecai là-bas. Il était dehors, il observait la maison.

Ingrid se figea, puis ses pouces reprirent lentement leur massage.

— Est-ce qu'il avait un rapport avec tout ça ?

— Je ne sais pas. (Rosalind se frotta le front.) Je commence à me dire qu'il avait quelque chose derrière la tête quand ils ont rompu les liens, quelque chose qu'ils n'ont pas estimé nécessaire de partager avec nous.

— Une arme ?

— Quelque chose qui transforme un sang bleu en vampire. (Elle avait réfléchi plusieurs fois à cette possibilité au cours de la journée.) Je n'ai jamais rien entendu de ce genre. Mais que serait-il venu faire là, sinon ? Et comment s'y est-il pris ? Est-ce qu'il s'agit de poison ? D'une toxine dans l'air ou dans le verre de sang de Falcone ? D'une injection, peut-être ? (Elle secoua la tête.) Non, ce n'était pas dû à une injection. Lynch a soigneusement examiné le corps cet après-midi, au quartier général. Cela ne lui aurait pas échappé.

— Peut-être que si.

Rosalind laissa échapper un rire sans joie.

— Tu ne le connais pas. Il est d'une minutie et d'une rigueur… tu n'as pas idée. (Elle plissa les paupières.) Je ne devine pas la moitié des pensées qui lui passent par la tête. Il ne laisse rien transparaître, mais je sais qu'il cogite. Tout le temps.

— Est-ce qu'il te soupçonne ?

Rosalind repensa aux événements de la journée et à la façon dont Lynch l'avait observée.

— Je ne pense pas, répondit-elle. Il était absorbé par l'affaire. Et jamais il ne suspecterait sa jeune et jolie secrétaire d'être son adversaire. Il est attiré par moi.

Pourquoi avait-il fallu que ce détail lui échappe ? Ingrid fronça les sourcils.

— Je sens de nouveau ta nervosité à plein nez.

Rosalind se leva et fit tournoyer ses jupes autour de ses chevilles.

— Bien sûr que je suis nerveuse. C'est un sang bleu.

— Tant que tu ne l'oublies pas, lança Ingrid.

— Je ne risque pas.

Le visage de Nathaniel flotta dans l'esprit de Rosalind et un pincement au cœur vint accentuer sa gêne. Elle éprouvait encore son absence chaque nuit, quand elle se glissait sous ses couvertures et qu'il n'était pas là. Les journées passaient encore, mais les nuits... À ce moment-là, elle n'avait rien pour détourner ses pensées.

Les sangs bleus le lui avaient enlevé pour toujours. Pas tant par la main de Balfour que par un décret du Conseil. La menace du mouvement humaniste les avait tant terrifiés qu'ils avaient décidé d'assassiner un homme inoffensif et rêveur.

Elle, en revanche, n'était pas inoffensive. Grâce à eux. Nathaniel avait été un orateur, pas un combattant. Il aurait mené sa guerre dans les tribunaux et lors de rassemblements. La sienne aurait lieu dans les rues, les Cuirasses contre l'armée d'immenses Cyclopes de métal qu'elle était en train de fabriquer dans les Souterrains.

— Je vais retrouver Jeremy, déclara-t-elle d'une voix sans émotion. Puis je terminerai mon projet de Cyclopes et je détruirai l'Échelon. Je n'oublierai jamais, jamais ce qu'ils m'ont pris.

— Et Lynch ?

Rosalind joignit les mains dans son dos et regarda le mur d'un air absent. Cette fois, une nouvelle image se superposa à celle de Nathaniel. Celle d'un visage aux traits sculptés, au nez aquilin et au regard perçant.

— Je m'occuperai de lui, répondit-elle calmement. D'une façon ou d'une autre.

Lynch ouvrit la porte et se glissa dans la pièce. Le bloc opératoire était petit, uniquement équipé du matériel de chirurgie basique. Le virus du besoin guérissait pratiquement toutes les blessures à l'exception de la décapitation, ce qui expliquait que la guilde n'ait pas investi dans un équipement massif, d'autant que les fonds du Conseil couvraient à peine les salaires et l'entretien.

Le son d'une respiration rauque résonnait dans l'air. Dans le silence de la nuit, on aurait dit que tous les hommes du bâtiment pouvaient l'entendre.

Une boule phosphorescente baignait la pièce d'une lueur verdâtre. Étendu sur le lit étroit, le drap remonté jusqu'au menton, Garrett dormait d'un sommeil agité.

Il n'avait pas la moindre goutte de sueur sur le front – un sang bleu ne transpirait pas – mais la pâleur de sa peau indiquait qu'il avait de la fièvre.

Perry somnolait, avachie dans le fauteuil situé à côté du lit, la tête posée dans sa main. La porte se referma derrière Lynch avec un cliquetis et elle ouvrit aussitôt les yeux en portant instinctivement la main sur le couteau posé à côté d'elle.

— Monsieur.

Lynch lui fit signe de rester assise, puis s'approcha du lit et observa le blessé. Le docteur Gibson lui avait fait des rapports fréquents au cours de la soirée, mais il posa la question malgré tout :

— Comment va-t-il ?

— Il vous a demandé, répondit-elle avec un léger ton de reproche.

Lynch hocha la tête. Il était venu parce qu'il y était obligé – et parce qu'il n'aurait pu penser à rien d'autre – mais il n'avait aucune envie d'être là. Un sang bleu affligé d'une blessure telle qu'il devait rester alité avait peu de chances de se relever. Et Garrett… bon sang, Garrett était l'un des siens.

— J'aurais dû…

Il s'interrompit. Il ne savait pas quoi dire. *J'aurais dû emmener un autre membre de l'équipe. J'aurais dû arrêter Falcone. J'aurais dû être plus rapide…*

La vérité était difficile à admettre.

— J'ai échoué.

— Pas plus que moi. J'étais là, monsieur, j'ai vu Falcone arriver et… je m'y attendais pas. Je suis restée figée. Mais pas Garrett. Si j'avais été plus rapide, à une seconde près, il n'aurait pas…

— Tu serais à sa place en ce moment, la coupa Lynch. Est-ce que sa respiration s'est améliorée ?

Perry secoua la tête et ses mèches sombres ondulèrent autour de son visage. Elle les coupait délibérément court afin que personne ne puisse la saisir par les cheveux et, au fil des ans, il lui était arrivé d'apercevoir ses racines blondes, ce qui lui avait appris qu'elle les teignait.

— Non, monsieur, répondit-elle d'une voix faible, brisée.

Lynch l'observa et vit que ses yeux gris foncé brillaient. Il s'immobilisa, l'estomac noué. Mince alors… Il oubliait souvent qu'elle était une femme. Perry faisait toujours son travail et n'opposait jamais de résistance. Elle ne s'opposait jamais à quoi que ce soit, en réalité.

Elle était venue le trouver neuf ans plus tôt, l'estomac vide, alors qu'elle n'était qu'une enfant abandonnée et tremblante, ses longs cheveux teints tombant sur ses épaules. On pouvait déceler chez elle un léger accent aristocratique et, même s'il connaissait certains de ses secrets, il n'en avait jamais fait mention. Perry n'était pas le seul Engoulevent à se cacher de son passé.

Perry était sûrement un accident. Les femmes n'accédaient jamais aux Rites de Sang, par peur que le virus ne triomphe de leurs délicates constitutions. La seule autre exception était la duchesse de Casavian, et elle avait bénéficié de l'appui d'une grande maison.

Perry s'était coupé les cheveux dès la première nuit, avait accepté l'uniforme qu'il avait dû lui proposer à cause d'une pénurie de vêtements civils et n'était jamais repartie.

— Je suis désolée, monsieur. (Frémissante, elle prit une profonde inspiration.) Garrett est mon partenaire. Je me sens tellement… impuissante !

— Je sais. (Il serra son épaule.) Si quelqu'un est capable de survivre, c'est bien lui, cette satanée tête de mule.

Puis il grimaça en mesurant la portée de ses paroles.

— Je sais, dit-elle avec un faible sourire. Seulement, je déteste le voir dans cet état.

— Je déteste voir n'importe lequel de mes hommes dans cet état.

Il avait formé la guilde quarante ans plus tôt. Un paquet d'hommes avait perdu la vie au cours de cette longue période. Le Conseil s'en fichait. Ils n'étaient que des renégats, après tout. Mais ces renégats constituaient son équipe, chacun d'entre eux, sans exception. Lynch fronça les sourcils en sentant le muscle ferme de l'épaule de Perry sous sa paume. Il réalisa qu'il lui arrivait rarement de toucher qui que ce soit, désormais.

Ce n'était pas le cas, autrefois. Il partageait ses repas avec ses hommes, riait avec eux, mais il avait arrêté au fil du temps, et eux aussi. Et, lentement, il avait cessé de s'attabler en leur compagnie. Il s'était plongé dans son travail, jusqu'à ce que les noms des morts ne signifient plus pour lui qu'un nouvel échec – et rien de plus.

Alors pourquoi l'état de Garrett l'affectait-il autant ?

La réponse lui apparut aussitôt. Garrett refusait de prendre ses distances, et son humour ravageur parvenait à anéantir la résolution de Lynch à garder les siennes. *Mince alors, m'sieur, comme vous êtes chic ce soir ! Dites donc, faites un petit sourire et la moitié des femmes de la noblesse de la ville vont se mettre en rang devant vous.*

Perry pencha la tête contre sa main, comme si elle trouvait du réconfort dans sa caresse.

— Je n'arrive pas à croire qu'il ait fait ça. Garrett disait toujours que l'héroïsme n'était bon que pour les idiots.

— Il essayait peut-être d'impressionner quelqu'un.

— Mme Marberry, dit Perry en fronçant les sourcils.

La perspective d'une relation entre Garrett et sa secrétaire assombrit l'humeur de Lynch.

— Eh bien, la seule autre possibilité, c'est toi ou moi – et je ne pense pas qu'il ait envie de mettre l'un de nous dans son lit.

Perry s'immobilisa.

— Non, monsieur. Je ne pense pas.

Elle remonta ses genoux contre sa poitrine et posa son menton dessus. Lynch retira la main de son épaule.

— Je suis désolé.

— Ne le soyez pas, monsieur. Vous avez raison, après tout.

Un sourire se dessina sur ses lèvres, comme si elle essayait de le rassurer, mais son regard gris restait perdu dans le vague.

— Vous n'êtes pas du tout son genre, reprit-elle.

Lynch manqua s'étouffer.

— Je l'espère bien.

Elle lui tapota la main.

— Vous devriez aller vous reposer. Je monte la garde.

C'était l'occasion qu'il attendait. Lynch se redressa, même si le repos était bien la dernière chose qu'il avait à l'esprit. Il en avait désespérément besoin, mais il avait trop à faire. La culpabilité ne le quittait pas. Il jeta un coup d'œil à Garrett. Non. Ce n'était pas ce soir qu'il trouverait le sommeil.

— Fais-moi savoir s'il y a le moindre changement, dit-il doucement.

— Promis.

Perry savait précisément à quoi il faisait allusion. Elle glissa sa main sur celle de Garrett, comme si elle cherchait inconsciemment à le maintenir du côté des vivants.

Lynch prit congé. De l'autre côté de la porte, il percevait encore le sifflement de la respiration de Garrett. Il s'éloigna, le cœur serré. Les chambres de repos. Il détestait ces fichues chambres de repos.

6

Les paupières douloureuses, Lynch releva la tête quand la porte de son bureau s'ouvrit d'un coup. Sa vue s'ajusta lentement et il cligna des yeux, puis observa les papiers éparpillés sur son bureau ; il avait passé la nuit à griffonner ses réflexions pour tenter de trier les événements de la veille. *Les balles mécaniques. Le résidu collant sur le rebord. L'odeur douceâtre que dégageait le corps de Falcone.* Et, souligné trois fois : *Que fabrique Mme Marberry avec un pistolet ?*

Doyle se dirigea directement vers le feu pour l'alimenter, ce qui créa un nuage de fumée dans la pièce.

— Vous avez l'air d'avoir passé trois nuits d'affilée dans une étable…

— Loin de là, répliqua Lynch en écartant ses cheveux de son visage. (Il avait dû s'assoupir.) Je connais l'odeur d'une étable.

Il se leva et se dirigea d'un pas mal assuré vers l'armoire à liqueurs située dans un coin de la pièce. L'une des carafes était remplie d'un sang épais et visqueux. Sa vue s'aiguisa l'espace d'un instant et les couleurs s'estompèrent. Il ôta le bouchon d'une main tremblante et se servit un petit verre.

Puis il but le sang, les yeux tournés vers le ciel gris et matinal au-dehors. Le liquide lui brûla la gorge et éveilla dans son ventre un désir semblable à la chaude caresse d'une femme. Lynch se força à reposer son verre et à reboucher la carafe. Il se rationnait avec rigueur ; c'était un mal nécessaire. Peu importait que sa soif reste inassouvie, il ne se permettait jamais davantage que la dose requise. C'était l'une des quelques méthodes qu'il appliquait pour contrôler ses besoins singuliers. La méditation en était une autre.

— Comment va Garrett ? demanda-t-il à voix basse.

— Il respire toujours, répondit Doyle en s'essuyant les mains sur son pantalon avant de se retourner.

Il affichait une expression insondable. Ils n'en parlaient jamais ouvertement entre eux, mais chaque Engoulevent connaissait les risques du métier. Au fil des heures, l'espoir grandissait de le voir guérir grâce au virus du besoin. Il allait peut-être survivre. Peut-être.

— Tenez, murmura Doyle en sortant une lettre de sa poche. Elle porte le sceau doré.

Le Conseil. Lynch s'en empara et rompit le sceau avec l'ongle de son pouce. Il parcourut les lignes et son visage se décolora.

— Qu'est-ce que c'est ? demanda Doyle.

— Une convocation, répondit-il en se dirigeant à grands pas vers les pièces qui jouxtaient son bureau. À onze heures à la tour.

Doyle le suivit.

— Ah, alors, ce ne sont pas de bonnes nouvelles ?

— Je ne sais pas bien.

La dernière fois qu'il avait reçu une convocation, elle était accompagnée d'une menace. Ça sentait la signature du prince consort à plein nez. Un rappel de son pouvoir absolu ? Ou quelque chose de bien plus sinistre encore ? Il commençait à en avoir assez d'être manipulé comme une marionnette.

— Fais seller mon cheval.

— C'est déjà fait, répondit Doyle.

— Alors j'aurai besoin de deux jeunes pour m'escorter…

— Ils vous attendront aux écuries.

Doyle se retint de lui adresser un regard qui en disait long. Il connaissait son travail.

— Deux des dernières recrues, reprit-il. Ils sont encore tellement novices qu'ils font dans leur froc rien qu'en entendant votre nom.

— Tant que ça n'arrive pas dans la salle du Conseil.

Lynch versa une cruche d'eau chaude dans sa cuvette de rasage et s'acquitta rapidement de cette tâche. Doyle n'était pas loin de la vérité. Avec ses yeux injectés de sang et sa barbe sombre et épaisse, il ressemblait plus à un scélérat qu'au respectable maître de la Guilde.

Doyle ouvrit son placard et s'empara du manteau en velours que Lynch portait à la cour, ainsi que d'une chemise blanche qui avait été amidonnée à l'excès.

— Vous feriez mieux de vous préparer dans ce cas. Le gilet gris ? Ou le noir à carreaux ?

— Le noir.

Lynch retira sa cuirasse puis son maillot de corps. Il se déshabilla entièrement et fit une toilette rapide.

— Je veux les rapports de la nuit dernière sur mon bureau à mon retour, ordonna-t-il. Et les résultats d'autopsie de Falcone du docteur Gibson. Si tu peux, refais passer son sang au spectromètre. Je sais que son hématocrite était normal, mais je veux voir s'il y a eu une évolution. Le virus du besoin a tendance à survivre dans les tissus pendant quelques jours après la mort. Et envoie Byrnes questionner de nouveau l'héritier de Haversham.

Doyle lui lança sa chemise. Lynch se sécha puis s'habilla sans tarder. Le blanc immaculé du vêtement constituait la seule note claire de sa tenue. Doyle lui tendit ensuite un foulard de soie noire que Lynch noua rapidement autour de son cou.

— Oh, reprit Lynch sur le pas de la porte, Mme Marberry sera là à neuf heures. Montre-lui mon bureau et demande-lui de commencer à retranscrire mes notes dans le dossier officiel. (Il marqua une pause.) Veille à ce que quelqu'un lui fasse monter du thé ou... quelque chose.

Il avait réalisé, la veille au soir, qu'il ne lui avait presque rien donné à manger de la journée.

Doyle hocha la tête.

— Comptez sur moi.

Lynch rouvrit la bouche. Puis la referma. Doyle lui adressait un regard d'une patience à toute épreuve. Cet homme était à ses côtés depuis quarante ans, comme pouvaient en témoigner ses cheveux gris. Il n'était peut-être qu'un simple humain, mais il connaissait son travail.

— Très bien, fit Lynch. Je serai de retour dès que possible.

Lynch pénétra dans l'atrium de la Tour d'Ivoire et adressa un signe de tête aux membres du Conseil déjà installés.

Seuls deux fauteuils restaient inoccupés. Barrons était vraisemblablement encore souffrant après l'agression de Falcone et le fauteuil du duc de Lannister avait été enveloppé de tissu noir depuis son assassinat.

Cette marque de deuil était un simulacre. Lynch avait la preuve que le duc était au courant de l'attentat à la bombe avant qu'il se produise, pourtant il n'en avait rien dit. S'il n'avait pas été tué pendant l'attaque, le prince consort l'aurait fait exécuter malgré tout. Alors même que le fauteuil du Conseil restait désormais vide, le prince consort avait dissous la Maison de Lannister.

Lynch plongea la main dans sa poche et effleura machinalement le morceau de cuir qui s'y trouvait. *Celui de la femme.* Trois autres personnes étaient présentes dans la pièce quand le duc avait trouvé la mort, et Mercury en faisait partie.

Ignorant l'homme qui se trouvait au centre du cercle de laiton découpé dans le carrelage – Sir Richard Maitland, cette espèce de lèche-bottes –, Lynch s'approcha et se tourna vers les membres du Conseil. L'hostilité entre les Engoulevents et les gardes Coldrush avait toujours été vive et rien n'aurait fait plus plaisir à Lynch que de pousser le maître des gardes du haut de la tour.

Le visage du prince consort était inexpressif et la reine, debout à côté de lui, avait posé sa main sur son épaule, le regard perdu dans le lointain. Aucun des autres membres du Conseil ne laissait transparaître le moindre indice quant à leurs intentions.

— Sir Jasper, Sir Richard, déclara le jeune duc de Malloryn en s'avançant.

Malgré son jeune âge, Malloryn était duc depuis qu'il avait atteint la majorité une dizaine d'années auparavant. La Maison avait été presque anéantie par l'assassinat de son père, mais Malloryn l'avait tirée hors des ténèbres avec une détermination acharnée.

— Le Conseil a décidé que la gestion du problème humaniste devait avoir la priorité, en particulier la capture de son chef révolutionnaire, Mercury. Puisqu'il semble y avoir peu d'avancées en la matière et que vous n'avez mis la main sur aucun de ces individus, vous serez désormais tous les deux sur l'affaire.

La mâchoire de Lynch se crispa. Ils se trompaient, mais ils n'avaient pas besoin de le savoir. Pas encore. Pas avant qu'il ait réuni toutes les pièces du puzzle.

Le fait de poster davantage d'hommes dans les rues ne garantissait en aucun cas le succès de l'opération. En réalité, ça ne faisait que lui compliquer la tâche. Mais le spectacle devait beaucoup leur plaire depuis leur précieuse Tour d'Ivoire, si éloignée des rues que Lynch arpentait.

— Avez-vous quelque chose à dire, Sir Jasper ? demanda le prince consort en rivant ses yeux incolores sur lui.

— Non, Votre Grâce. (Il lui adressa un petit hochement de tête.) Quelle raison aurais-je de m'opposer à votre infinie sagesse ?

Débrouillez-vous avec ça.

Le prince consort plissa les paupières.

— Il nous a également été conseillé de fournir une récompense pour cette capture, reprit Malloryn. À ce titre, celui qui nous livrera Mercury sera plus que convenablement rétribué. Et si vous y parvenez, votre statut de renégat sera révoqué ; vous vous verriez donc attribuer les mêmes privilèges qu'un membre de l'Échelon.

À côté de lui, Sir Richard inspira brusquement et l'air siffla entre ses dents. Lynch tourna vivement les yeux vers l'estrade. Il savait que Barrons avait œuvré en coulisse et qu'il était à l'origine de cette nouvelle.

Les questions se bousculèrent dans sa tête. Maitland frémissait presque d'excitation à côté de lui. Il posterait tous ses hommes jusqu'au dernier dans les rues pour les inonder de gardes. Cela créerait un tumulte sans fin, et les citoyens craindraient de s'aventurer dehors.

Et Mercury... Lynch retint sa respiration. Si Maitland lui mettait la main dessus, Lynch le tuerait. Il se rembrunit à cette perspective.

— Ne croyez pas pour autant que ma précédente injonction soit révoquée, Lynch, déclara froidement le prince consort. Elle tient toujours.

— Bien sûr, acquiesça-t-il en luttant pour conserver son calme.

La soif plantait ses griffes en lui et il sut que ses yeux s'étaient assombris. Ils avaient remarqué son trouble et se posaient des questions.

— Il me reste encore près de deux semaines.

Sa voix lui sembla très lointaine, comme un bruissement dans ses oreilles.

— Y a-t-il une date butoir dont je n'aurais pas été informé ? demanda Maitland en avançant d'un pas.

Ses paroles parvinrent à Lynch comme dans un écho. Quelle imprudence de présenter son dos à l'ennemi... Il l'observa. Il ne lui faudrait qu'une seconde pour lui rompre le cou. Même un sang bleu ne pourrait se remettre d'une blessure pareille.

Il laissait la soif diriger ses pensées, ses émotions. Il aurait voulu arracher la tête suffisante de Maitland avant qu'il ait l'occasion de se lancer aux trousses de Mercury.

Avec un effort suprême, Lynch brida ses pulsions et se força à faire le vide, en particulier à chasser de son esprit la révolutionnaire avec laquelle il avait un compte à régler. Trois petites inspirations contrôlées et les ombres quittèrent ses yeux, s'attardant à la lisière de son champ de vision, comme s'il n'était pas parvenu à se débarrasser entièrement de ses pensées envahissantes. Ça ne lui était jamais arrivé auparavant.

Le son lui revint d'un coup, et le monde étincela soudain de lumières trop intenses. Le duc de Bleight l'examinait attentivement. Ce dernier ne portait presque aucune fanfreluche et ne se préoccupait pas de poudrer ses cheveux à l'instar de la majorité des membres de la cour. Ils étaient naturellement blancs et de profondes rides entouraient ses yeux de prédateur.

Jamais ils ne pourraient devenir alliés. Quand Lynch avait plaidé sa cause devant le Conseil quarante ans plus tôt, Bleight avait été le seul à voter contre sa proposition de former la Guilde des Engoulevents.

À mort le renégat, avait-il déclaré sans ambages. *Je ne lui vois aucune utilité.*

Bien évidemment qu'il ne lui voyait aucune utilité ! Lynch avait représenté une menace et Bleight n'aimait pas laisser la vie à un ennemi, même si celui-ci n'était alors âgé que de quinze ans.

— Essayons de faire preuve d'équité ? suggéra Bleight avec un petit sourire malicieux. (Il espérait sans aucun doute que Lynch échouerait.) Deux semaines pour tous les deux ?

— Pour l'amour du sport, acquiesça très sérieusement le duc de Goethe.

C'était l'un des rares ducs qui forçait l'admiration de Lynch ; ils avaient autrefois été au même niveau, avant que la mort de son cousin propulse Goethe au pouvoir. Sa barbe noire soigneusement taillée était désormais striée de fils argentés et ses yeux, auparavant aussi sombres que l'obsidienne, avaient commencé à s'éclaircir – signes qu'il était entré dans la phase de Disparition graduelle. Il ne devait lui rester qu'une dizaine d'années avant que la couleur quitte son corps définitivement.

— Deux semaines. (Un sourire mielleux se dessina sur le visage de Maitland.) J'aurai retrouvé Mercury en moitié moins de temps. (Il fit un rapide salut.) Avec votre permission, Votre Grâce ?

Maitland contourna Lynch, le regard enflammé par l'ambition, et le prince consort lui adressa un petit signe de tête.

— C'est appréciable de voir un homme aussi enthousiasmé par sa mission, déclara-t-il.

— Il a besoin de partir vainqueur, grogna Lynch. Était-ce là tout ce que vous désiriez de moi ? J'ai du travail.

— Je n'en doute pas, répondit le prince consort. L'attaque de Falcone ?

Sa façon de prononcer cette phrase mit Lynch en alerte. Le prince consort n'était pas le seul dont l'œil brillait avec intérêt. Chaque membre du Conseil s'était immobilisé avec une attention accrue. Ou avec une expression de peur.

— Je pense que les affaires Falcone et Haversham sont liées. Je ne possède aucune information sur la cause de leur état qui pourrait expliquer leur soudaine soif de sang, mais les dépositions des témoins et mes propres conclusions dressent un parallèle entre les deux cas.

— Alors c'est donc vrai ? murmura la duchesse de Casavian aux cheveux couleur flamme. Ils étaient tous deux dans un incontrôlable état de soif de sang ?

— Ils se sont comportés comme s'ils étaient en pleine phase finale de Disparition graduelle, répondit-il. Cependant, leur hématocrite s'est avéré plutôt bas. Je pense que quelque chose a exacerbé leur condition.

— Les rapports indiquent que c'est l'un de vos hommes qui a tué Falcone, déclara le prince consort. C'était l'un de mes cousins éloignés.

— Il avait assassiné toute sa maisonnée. Je n'avais pas le choix. S'il était parvenu à s'enfuir, nous aurions dès ce matin été submergés par des mouvements de panique.

Le prince consort baissa les yeux. Compte tenu de l'état des relations entre l'Échelon et les classes ouvrières, il ne faudrait pas grand-chose pour déclencher une émeute, et il le savait très bien.

— Je veux un compte rendu de l'affaire, ordonna le prince consort. Mercury doit être votre priorité, mais je ne peux pas laisser cette folie devenir une épidémie. Vous ne pensez pas qu'il s'agit d'une sorte de maladie qui affecte les sangs bleus, si ?

— Non. (Il avait envisagé cette possibilité.) Les attaques sont survenues trop rapidement. Au dire de tous, Lord Haversham avait passé une soirée agréable à l'Opéra avec son épouse avant de la mettre en pièces. Il n'affichait aucun symptôme d'une quelconque maladie, pas le moindre signe indiquant qu'il n'était pas dans son état normal. Selon moi, il y a eu l'influence d'une espèce de toxine ou de poison, bien que je n'aie aucune preuve concluante.

— Vous la trouverez.

— En effet.

Les deux hommes s'adressèrent un hochement de tête mutuel.

— Dans ce cas, je vous libère. Je veux votre rapport avant demain matin.

— Comme vous voudrez.

7

Un feu brûlait au coin de la rue, bien qu'il n'y eût personne pour s'y réchauffer. La nuit était tombée, et avec elle le décret brutal de la loi martiale. Les Cuirasses sillonnaient la ville par troupes et leurs bottes de fer résonnaient au loin sur les pavés.

Lynch arpentait les rues plongées dans le noir en ignorant le froid mordant, son long manteau tournoyant autour de ses chevilles. Trois nuits déjà et aucun signe de Mercury. Après la réunion du Conseil, il avait renforcé les patrouilles d'Engoulevents dans la ville pour contrer le flot de gardes Coldrush. D'un côté, il était presque soulagé que Mercury soit allée se terrer. Il préférerait se trancher la gorge que de voir cette femme entre les mains de Maitland.

Lynch jura dans sa barbe en entendant les pas lourds d'une légion de Cuirasses non loin. Il s'agrippa au bord d'une gouttière et se hissa jusqu'au toit de la maison la plus proche ; cela lui donnerait une bonne vue d'ensemble sur la ville et le mettrait à l'abri des regards. Il ne voulait pas avoir Maitland sur le dos et ne pouvait prendre le risque qu'il découvre les pistes qu'il possédait sur Mercury.

Un ou deux Engoulevents iraient sûrement faire leur rapport au Conseil ou même à Maitland directement ; ainsi allait le monde. Mais s'ils espéraient trouver quoi que ce soit au sein de la guilde, ils se trompaient cruellement. Ses informations importantes, il les gardait dans sa tête, là où personne ne pouvait y accéder.

Il traversa les toits d'un pas vif et aperçut le mur des enclaves qui se dressait devant lui. La dernière fois qu'il l'avait franchi, son monde avait été ébranlé par un bout de femme protégée par un masque. Il voulait désespérément lui mettre la main dessus et exiger sa vengeance.

Il sauta et atterrit avec légèreté dans la rue puis se dirigea vers le corps de garde. Un gars costaud vêtu d'une veste aux manches coupées s'approcha, le regard sombre.

— Hé là, z'êtes pas censé être dehors la nuit…

Lynch ouvrit son manteau et lui laissa apercevoir le cuir noir de son armure.

L'homme s'inclina. Une lueur de révolte s'alluma dans ses yeux avant qu'il baisse la tête.

— Mes excuses, mon seigneur…

— Je ne suis pas un seigneur. (Lynch passa devant lui en direction de la guérite.) J'ai besoin d'avoir accès à vos dossiers.

Le garde releva la tête d'un coup.

— Ah, monsieur, je suis pas censé vous laisser passer sans autorisation du Conseil.

Lynch le regarda droit dans les yeux.

— Les clés, exigea-t-il d'une voix calme.

L'homme pinça les lèvres, marmonna quelque chose et jeta un œil inquiet autour de lui.

— Je veux pas d'ennuis.

Il retira la chaîne qui pendait autour de son cou et tendit la clé dans sa paume.

Lynch s'en empara et se tourna vers le poste de garde.

— Vous ne m'avez jamais vu ici.

À l'intérieur, il fut saisi par les relents de vieux café et de jambon congelé. La pièce était plongée dans la pénombre, mais il se déplaça sans peine, puis sortit de sa poche le bâton lumineux qu'il emportait toujours avec lui.

La salle des archives, située juste derrière la pièce principale, était toute en longueur et remplie de meubles de classement. À l'intérieur, des dossiers listaient les noms des mécaniques, leurs descriptions et leurs numéros de série, accompagnés d'une photographie de piètre qualité. Lynch dépassa les documents consacrés aux hommes et s'arrêta devant ceux des femmes. Il posa son bâton lumineux au sommet du casier puis déverrouilla le premier tiroir.

D'après la loi, chaque mécanique devait être enregistrée. Mercury se trouvait forcément quelque part là-dedans. Tout ce qu'il lui fallait, c'était trouver une femme d'environ un mètre soixante-dix avec une main gauche mécanique. Une commande spéciale, équipée d'une lame et d'une aiguille, et sans doute plus.

Alors, il la tiendrait.

Si seulement il savait ce qu'il allait faire d'elle.

La porte du sanctuaire de Lynch était verrouillée.

Rosalind l'observa tandis qu'elle pliait une lettre avec soin et scellait son enveloppe. Il n'y avait eu aucune trace de Lynch au cours de ces deux derniers jours. La pièce était imprégnée de sa présence ; un tas de paperasse en désordre, un spectromètre en laiton posé dans un coin pour mesurer son hématocrite, l'armoire à liqueurs contenant ses fioles de sang et cette satanée carte au mur ; mais l'homme restait aussi insaisissable que le vent.

Elle ne savait pas si elle devait s'estimer heureuse ou non. Elle avait ainsi eu tout le loisir de fouiller dans ses papiers à la recherche d'une trace de son frère – ou même des mécaniques – mais elle était toujours en proie à la même frustration.

Le côté sombre et avide de sensations fortes de Rosalind, qui lui servait à jouer le rôle de Mercury, la démangeait comme un cilice. Cette inactivité commençait à l'énerver. Forcée de faire profil bas à cause de l'acharnement de Lynch à débusquer Mercury, elle restait chez elle tous les soirs, oisive, pour tenir son rôle de veuve éplorée. Et elle n'avait même plus la consolation de pouvoir jouer au plus malin avec lui en lui tenant tête, étant donné qu'il était absent toute la journée.

Rosalind reposa les deux lettres qu'elle préparait et s'approcha de la fenêtre en tapotant le coupe-papier contre sa jupe. Le soleil de fin d'après-midi perçait péniblement les nuages gris et baignait le monde d'une teinte mélancolique.

Elle tint à peine une minute. Elle tourna lentement la tête vers la porte du bureau privé de Lynch. Elle n'y avait trouvé aucune référence à Jeremy, mais peut-être n'avait-elle pas assez cherché.

Ou peut-être était-elle seulement trop impatiente.

À cette heure de la journée, la guilde était calme et la plupart des Engoulevents avaient gagné leur lit en vue de la nuit qui les attendait. Rosalind s'approcha de la porte et y colla son oreille. Les appartements de Lynch n'étaient accessibles que par son bureau privé, il n'y avait donc aucun risque qu'il y soit entré par une autre porte. Après un dernier coup d'œil autour d'elle, elle inséra le coupe-papier dans la serrure.

La petite pointe grinça contre le fer. Rosalind inclina la tête pour écouter chaque cliquetis, cherchant son chemin comme le ferait un aveugle avec le corps d'une prostituée. La pointe s'enfonça et elle retint son souffle, puis elle la tourna prudemment, très prudemment…

Un déclic.

La serrure céda.

Un frisson parcourut son échine et elle humecta ses lèvres en jetant un dernier coup d'œil dans le couloir. La vague de chaleur qui déferla dans ses veines lui donna presque le tournis.

Elle se glissa rapidement de l'autre côté du battant. Les lourds rideaux drapés étaient tirés et la pièce plongée dans l'obscurité. Rosalind écarta l'un des deux et un rayon de lumière jaillit dans le bureau, illuminant les grains de poussière qui tourbillonnaient dans le faisceau projeté sur le tapis turc.

Elle laissa ses yeux s'adapter à la pénombre puis regarda autour d'elle en faisant machinalement tourner le coupe-papier entre ses doigts. Le bureau de Lynch était plus vaste qu'elle ne l'avait imaginé en se fiant à la taille du sien. Elle devait se hâter, mais malgré sa détermination, son regard fut irrésistiblement attiré vers la porte située de l'autre côté de la pièce. La chambre à coucher de Lynch. Elle fut assaillie par la curiosité. Elle savait qu'il n'était pas là. Elle fut tentée par la serrure, mais c'était de la folie.

Non. Rosalind ferma les paupières et prit une profonde inspiration.

Elle fourra le coupe-papier entre ses seins, sous la structure rigide de son corset, puis se hâta d'aller tirer les rideaux en se forçant à ne pas réfléchir. Il allait sentir sa présence ici, mais elle pourrait lui fournir une explication, prétexter une porte non verrouillée et le désir de faire un peu de rangement. Compte tenu de la rigueur avec laquelle elle avait classé ses documents dans son propre bureau, il la croirait sans peine.

Mais son parfum dans ses appartements privés serait impossible à justifier.

Comment, monsieur, mais j'avais seulement envie de voir où vous dormiez – si ça vous arrive seulement –, de voir votre lit, vos draps, votre manteau jeté négligemment sur le dossier d'un fauteuil. De toucher le tissu délicat de ses vêtements, de passer les doigts sur le cuir épais de sa cuirasse…

De laisser le masque de Mercury bien en vue sur son oreiller.

Rosalind réprima un rire nerveux. Elle n'oserait pas. Cette idée était ridicule… stupide. Mais elle la fit frémir.

Reste concentrée sur ta mission. Le sourire disparut de ses lèvres et elle se força à se rappeler la discipline que lui avait enseignée Balfour alors qu'elle n'était encore qu'une enfant. Sa moindre parcelle d'humour s'envola et elle se dépêcha de s'approcher du bureau de Lynch.

Cette monstruosité dominait toute la pièce, noyée sous des montagnes de papiers. Cet homme semblait incapable de se séparer du moindre document, mais elle s'était vite rendu compte qu'il pouvait mettre la main sur celui qu'il cherchait en moins d'une minute. Parfois, elle se surprenait à déplacer les choses rien que pour le mettre en colère – une autre de ses étranges pulsions. Elle n'aurait pas dû se livrer à de tels jeux, mais elle ne parvenait pas à s'en empêcher.

Rosalind fouilla parmi les piles qui recouvraient le bureau et passa chaque feuille en revue. L'éventail des sujets la fascinait : théories scientifiques, traités sur les plantes rares et la distillation de poisons, magnifiques brochures représentant des fleurs exotiques à l'aquarelle dont elle n'avait jamais entendu parler, et croquis anatomiques qui auraient donné la nausée à Ingrid…

Cependant, il n'y avait rien sur son bureau qui ait le moindre rapport avec son travail. Une orchidée reposait sur le rebord de la fenêtre, sa tête blanche et striée de rose penchée sur le côté. Rosalind pianota sur la surface en acajou et observa le décor qui l'entourait. Un mur était entièrement occupé par des étagères dont elle s'approcha.

— Je suis curieuse de voir le genre de livres que vous lisez…

Elle fit glisser le bout de ses gants sur les tranches en toile de lin et parcourut les titres.

Des ouvrages scientifiques sérieux et ennuyeux. Davantage de livres sur les plantes. Des monologues poussiéreux traitant de terres étrangères ou de guerres anciennes. Une étagère entière dédiée à l'Empire chinois. Et, tout au bout, un mur entier d'intrigues policières. Comme c'était prévisible ! Un sourire apparut sur ses lèvres et elle sortit un livre pour en examiner la couverture. Elle serait sûrement capable de résoudre l'énigme dix bons chapitres avant le protagoniste.

Une drôle de sensation la fit soudain tressaillir. Rosalind figea ses doigts sur l'ouvrage. Elle sut, sans avoir besoin de se retourner, qu'il était en train de l'observer.

La peur et l'excitation d'avoir été prise sur le fait lui glacèrent le sang. Elle entrouvrit les lèvres et reposa le livre à sa place, à l'affût du moindre son qui pourrait trahir sa présence et lui permettre de le localiser dans la pièce.

Il n'y en avait aucun.

Rosalind se retourna lentement et pressa son dos contre les étagères. Lynch était appuyé contre le chambranle, les bras croisés, les yeux plissés avec une expression songeuse qu'elle fut incapable de déchiffrer. Son instinct lui dictait de fuir ou de se battre, mais elle conserva son calme et planta ses yeux dans les siens.

— Il me semble que ceci est mon bureau, déclara-t-il d'une voix froide et dénuée d'émotion. Dont la porte a été verrouillée ce matin.

— Vous devez vous tromper, répliqua-t-elle. La poignée s'est enclenchée du premier coup.

Aucune trace de doute n'apparut sur le visage de Lynch.

— Et vous testez souvent mes… poignées de porte ?

Il s'écarta du seuil et commença à retirer son manteau. Le velours noir glissa de ses épaules et révéla une chemise blanche qui l'éblouit un instant. Des bretelles collaient le tissu à sa peau.

Puis il le jeta négligemment sur un fauteuil poussiéreux recouvert de journaux. Rosalind le suivit des yeux en pinçant les lèvres.

— Les portes fermées font des cibles tentantes.

Elle récupéra le manteau et alla l'accrocher près de la porte tout en caressant le luxueux tissu. Elle n'y décela aucune chaleur corporelle. Sa peau devait être froide, songea-t-elle, comme de la soie.

— Et j'ai trié tous les papiers dans mon bureau.

— *Votre* bureau ? répéta-t-il en haussant un sourcil.

Elle ignora son trait d'ironie et lissa le velours d'un air absent.

— Je voulais ranger un peu ici.

— Ravager mon sanctuaire soigneusement désordonné, vous voulez dire ?

Un sourire se dessina sur les lèvres de Rosalind.

— Je suis une femme, c'est ce que je fais.

— Si je voulais quelqu'un pour régir ma vie, je me serais marié.

Il secoua la tête et se dirigea vers son armoire à liqueurs située près de la fenêtre.

— Si vous aviez appris l'art de la séduction, vous auriez sans doute pu trouver quelqu'un qui accepte de tenir ce rôle.

Elle jeta un regard à la bouteille dans ses mains. Du sang. Elle avait été témoin de la flamme que la soif allumait dans les yeux de Balfour et des autres sangs bleus de son entourage. Toute humanité les quittait, ne laissant guère que des monstres remplis d'une noirceur démoniaque.

Lynch se servit une dose mesurée et l'avala d'un trait. Rosa fut incapable de détourner le regard des muscles de sa gorge qui ondulaient, de ses doigts qui serraient le verre d'un geste avide. Puis il fit claquer le récipient sur la table et reboucha rapidement la bouteille.

Juste de quoi tenir sa soif en respect. Comme si le geste n'avait jamais eu lieu, il tira négligemment sur son foulard blanc avec une moue absente. Mais il avait dû percevoir le malaise de Rosalind. Il s'arrêta devant son bureau, le col de sa chemise déboutonné, le foulard à la main.

— Mes excuses. Je n'ai pas pensé à me retenir.

Rosalind s'efforça de bouger.

— Vous ne l'avez jamais fait jusque-là. Je ne verrais pas l'intérêt de commencer maintenant.

Avec une expression prudente, il s'assit sur le bureau et y jeta le foulard. Il croisa de nouveau les bras dans une position familière.

— Dites-moi… avez-vous trouvé quelque chose d'intéressant ?

— Quelque chose d'intéressant ?

— En fouillant dans mes affaires.

Elle crut l'espace d'un instant qu'il l'avait prise en défaut. Puis elle réalisa que de légers sillons s'étiraient au coin de ses yeux gris et que l'ombre d'un sourire se dessinait sur ses lèvres dures. Son cœur se remit à battre et son sang afflua dans ses veines.

Et cette sensation lui plut beaucoup.

— J'ai trouvé de nombreuses choses intéressantes, répondit Rosalind en contournant le bureau pour passer derrière lui.

Il tourna la tête pour la suivre des yeux, puis s'arrêta, et elle comprit qu'il la suivait par le son. Ses épais cheveux noirs étaient coupés très court et effleuraient à peine le col amidonné de sa chemise. Rosalind observa ses larges épaules d'un œil appréciateur.

— Vous êtes un homme intéressant.

— Pourtant, vous avez peur de moi, murmura-t-il.

— Non, je ne...

— Je le sens. Dans votre odeur, dans votre voix, dans votre façon de reprendre votre souffle. (Il jeta un regard voilé par-dessus son épaule.) Vous ne pouvez rien me cacher, madame Marberry.

C'est ce que vous croyez. Elle sourit sans cesser de marcher.

— Madame Marberry ? railla-t-elle. Par moments, je me demande pourquoi vous m'appelez ainsi.

Il était doué pour se maîtriser. Il ne bougea pas d'un millimètre et continua de l'observer avec une lueur dangereuse dans les yeux.

— C'est votre nom, lui rappela-t-il de sa voix rocailleuse.

Rosalind se rapprocha. Il était si dangereux... mais de nouveau elle ressentit ce frisson familier qui lui donnait envie de faire des folies. Elle fit glisser ses doigts sur le bureau, tout près de sa cuisse.

— J'aime quand vous m'appelez Rosa.

Cette fois-ci, elle l'avait eu. Elle vit ses cuisses se crisper imperceptiblement. Rosalind releva les yeux et lui sourit.

Lynch lui rendit son regard, le corps d'une immobilité anormale. L'immobilité d'un prédateur qui observe sa proie. Les muscles tendus, le souffle court. Rosalind fit un autre pas et sa jupe effleura innocemment les mollets de Lynch.

— Qu'est-ce que vous êtes venue faire ici ? demanda-t-il.

— Vous rendre fou. (La stupeur lui fit relever les yeux et le sourire de Rosalind s'agrandit.) Avec vos documents, précisa-t-elle. Je voulais profiter de votre absence pour tout ranger. Vous avez une véritable obsession pour la paperasse.

— Certains objecteraient que vous aussi.

— J'aime que les choses soient en ordre.

— J'aime que les choses soient à l'endroit où je les ai laissées, répliqua-t-il d'une voix légèrement éraillée.

Elle commençait lentement à le comprendre. Malgré le désir qui enrouait sa voix, il n'avait pas fait le moindre geste vers elle.

Leurs regards se croisèrent. Tout à coup, son souffle frais contre sa gorge et la sensation de ses doigts qui enveloppaient ses fesses lui revinrent en mémoire. Une partie d'elle avait envie de malmener sa froide maîtrise, de provoquer son désir et de le laisser en plan, comme elle l'avait fait dans les enclaves.

Une pensée troublante.

Rosalind le gratifia d'un sourire pour dissimuler son désarroi et se détourna. L'ourlet de sa jupe glissa sur les bottes de Lynch. Son sourire s'effaça aussitôt qu'elle lui eut tourné le dos.

— Comment va Garrett ce matin ? demanda-t-elle, comme si de rien n'était.

— Il se remet. (Derrière elle, Lynch laissa échapper un long souffle qu'elle perçut à peine.) Dieu merci. J'ai cru pendant un moment… (Il s'interrompit, puis se reprit.) Mais le docteur Gibson m'a dit qu'il allait récupérer, si ce n'est un peu plus lentement que d'habitude.

À sa grande surprise, elle fut sincèrement heureuse de l'apprendre.

— C'est une bonne nouvelle. Et le reste de votre matinée ? Je vous croyais parti pour la journée.

— Oui, manifestement. Vous avez rédigé ces lettres ?

Rosalind posa les mains sur le dossier du fauteuil et regarda par-dessus son épaule.

— Sur mon bureau.

— Parfait. Il y a aussi certains dossiers là-bas. Pouvez-vous me les apporter ? J'ai besoin que vous preniez quelques notes.

Quand elle se retourna, elle le trouva penché sur son bureau en train de fouiller parmi ses piles de papiers, comme pour voir ce qu'elle avait déplacé. Les faibles rayons du soleil tombaient sur sa peau pâle et sur sa barbe rugueuse. Des ombres obscurcissaient ses yeux, ce qui rendait leur couleur grise presque cristalline. Elle était prête à parier qu'il avait passé toute la nuit dehors. À sa recherche. Enfin, à celle de Mercury.

Cette pensée aurait dû la faire sourire, mais elle fronça les sourcils.

— Avez-vous dormi au moins un peu ?

Il haussa un de ses sourcils sombres, mais ne prit pas la peine de relever la tête.

— Vous visez toujours le rôle de l'épouse ?

Rosalind ravala la réplique qui lui vint à l'esprit.

— Je m'inquiétais seulement, monsieur. Vous avez une mine affreuse, mais à l'avenir, je m'abstiendrai de m'informer de votre bien-être. Mes excuses.

Elle se dirigea vers son bureau, d'une surface plus modeste, et vit immédiatement les dossiers sur le meuble. Il avait dû les y déposer quand il avait réalisé qu'elle se trouvait dans le sien.

À son retour, Lynch se carra dans son fauteuil et la regarda.

— Je suis désolé, dit-il. Vous m'avez surpris à un mauvais moment. Je ne suis pas dans mon assiette et je suis épuisé.

Rosalind posa les dossiers sur son bureau. Elle ne s'était pas attendue à des excuses. Mais elle ne s'était pas non plus attendue à une telle maîtrise de sa part, à ses exquises manières et à sa politesse à toute épreuve. Il représentait une véritable énigme qu'elle prenait plaisir à essayer de déchiffrer.

Beaucoup trop de plaisir.

— Ce n'est pas grave, répondit-elle à son grand étonnement. Avez-vous avancé sur l'affaire ?

— Non, sur aucune des deux.

Il ferma les paupières et se pencha en arrière, puis passa les mains dans ses cheveux. L'espace d'une seconde, le masque tomba et son visage exprima des émotions. La frustration se mêlait à l'épuisement, et elle se surprit à être tentée de tendre la main pour le toucher. De poser la paume sur sa joue et de tourner son visage vers elle.

Ébranlée, elle choisit de demander d'un ton acide :

— Aucune des deux ? Lord Haversham, vous voulez dire ?

Lynch rouvrit les yeux. La lumière se refléta directement dedans, ce qui leur conféra une teinte bleu-gris, et Rosalind sentit sa poitrine se comprimer. Une étincelle de désir. Elle se détourna et lissa ses jupes.

— Pas Haversham, non, répondit-il calmement. Avez-vous entendu parler des humanistes ?

Rosalind prit un air indifférent.

— Les humanistes semblent être le seul sujet de conversation ces temps-ci. Les gens s'inquiètent de ce que l'Échelon a l'intention de faire d'eux, et si cela va venir bouleverser leur petit monde.

— Je dois les retrouver le premier, dit-il d'un air sombre. Avant qu'ils puissent passer à l'acte.

— Je ne doute pas que vous les retrouverez, dit-elle, bien qu'elle n'en pensât pas un traître mot – pas si elle pouvait l'en empêcher.

— Vous avez raison, bien sûr. Seulement, cela demande beaucoup de temps, du temps dont je ne dispose pas. (Il se leva, les lèvres pincées.) Venez. Asseyez-vous. J'ai besoin que vous preniez des notes. J'ai une écriture épouvantable.

— J'avais remarqué.

Il la suivit des yeux tandis qu'elle s'approchait. Ce confinement ne plaisait pas à Rosalind, qui trouva refuge dans son fauteuil. Lynch se dirigea vers la cheminée éteinte et joignit les mains dans son dos. Cette pose eut pour effet d'attirer le regard de Rosa sur les muscles de son dos et sur la façon dont son pantalon épousait la forme de son postérieur. Elle mordilla l'extrémité du stylo sans perdre une miette du spectacle. Elle aurait été idiote de ne pas en profiter, après tout. *Je ne fais que chercher ses points faibles*, songea-t-elle avec un sourire d'autodérision.

Et elle n'en trouvait aucun.

— Annie Burke. Matricule 1097638, déclara-t-il soudain. Le bras gauche entièrement remplacé par un système biomécanique hydraulique fabriqué par Craven. La main est d'un modèle standard…

Il continua, mais le stylo de Rosalind s'immobilisa et celle-ci regarda sa feuille. Son esprit se vida.

Le petit malin. Il cherchait donc une mécanique ? Il ne cherchait pas au bon endroit, bien sûr, mais tout de même, la ténacité de cet homme la tracassait.

— Rosa ?

Elle leva les yeux. Lynch l'observait par-dessus son épaule. Il avait manifestement entendu l'interruption du stylo sur le papier.

— Excusez-moi, murmura-t-elle en griffonnant à la hâte ses derniers mots. Je me demandais comment vous pouviez vous rappeler tout ça.

— J'ai une excellente mémoire, répondit-il. Il y a des années, un incendie a ravagé notre premier bâtiment et détruit toutes mes notes. Depuis, je mets rarement par écrit les choses importantes.

La pointe du stylo s'enfonça dans le papier en créant une tache d'encre. Rosalind jura en silence. *Qu'il aille au diable.* Elle avait passé des jours à passer ses dossiers en revue pour rien. Elle s'était demandé où il rangeait les informations capitales. Maintenant, elle le savait. Dans sa tête. Et elle n'avait donc aucun moyen de les atteindre.

À moins... Il allait devoir lui en parler. Et si elle jouait bien son jeu, il se pouvait qu'il mette Rosa Marberry dans la confidence.

— Pourquoi cette personne vous intéresse-t-elle ? demanda-t-elle avec audace.

— J'ai étudié les dossiers de toutes les femmes mécaniques des enclaves et il s'est avéré qu'aucune d'elles ne correspondait à celle que je cherche. Ce qui signifie qu'elle doit être ailleurs.

L'accent sévère de sa voix la prit au dépourvu.

— Une fois que vous aurez pris note de mes réflexions, je les compilerai pour en faire une description de cette femme et de ce que je sais de sa main biomécanique. Puis j'enverrai Byrnes sillonner les enclaves pour interroger tous les forgerons.

— Une femme ? demanda-t-elle d'une voix légère.

Il posa son regard sur elle, comme s'il venait de prendre conscience de sa présence.

— La chef des humanistes, Mercury.

— Vous semblez quelque peu… épris d'elle.

Elle inscrivit négligemment quelques lettres sur la feuille avec un effort de concentration extrême.

— Elle s'est moquée de moi. Je ne tolérerai pas d'être tourné en ridicule. C'est tout.

Non, ce n'était pas tout. Ce n'était pas rien de le dire. Rosalind releva les yeux sans bouger la tête et perçut l'intensité de son regard dirigé vers la fenêtre. Il pensait à Mercury. Elle le devinait à la tension soudaine de ses mains et de ses épaules.

Un léger sourire flotta sur ses lèvres et elle baissa de nouveau les yeux.

— Poursuivons-nous ?

La lueur des chandelles vacillait dans l'obscurité, illuminant le plafond de sa chambre. Lynch étira les bras et posa ses mains sous sa tête, les yeux braqués vers les ombres qui dansaient au-dessus de lui. Il avait désespérément besoin de dormir, mais il n'y parvenait pas. Il était obsédé par le goût des lèvres de sa révolutionnaire et par la façon dont elle s'était tortillée contre lui, ses jambes enroulées autour de ses hanches.

Son sexe gonfla et le pan de sa chemise de nuit tourmentait sa peau sensible. *Merde.* Il grimaça et retira les mains de sous sa tête. Il ne trouverait jamais le sommeil s'il ne s'en occupait pas. C'était déjà assez difficile comme ça pendant la journée. Sa rencontre avec Mercury l'avait plongé dans une écume de frustration et de désir, et maintenant, voilà que Mme Marberry flirtait avec lui. S'il ne se contrôlait pas, il risquait d'exploser, déchiré par l'envie et le besoin, alors qu'il devait garder toute sa raison.

Il s'empara de son sexe d'un geste brutal et le plaisir soudain qui comprima ses testicules lui arracha un sifflement. Il ferma les yeux, rejeta la tête en arrière et repensa au moment, dans la ruelle, où Mercury l'avait embrassé, avait plaqué son petit corps souple contre lui et plongé sa langue dans sa bouche. Puis, une fois la stupeur passée, la manière dont elle s'était frottée contre lui et comment il l'avait collée au mur pour posséder sa bouche.

Il jouit avec un halètement, bien trop rapidement. Il retomba sur le matelas et laissa échapper un grognement tandis que son corps était parcouru de frissons, son désir à peine assouvi. *Sorcière.* Il se lécha les lèvres et maudit son nom. Il était déjà dur de nouveau, en proie à un désir semblable à un brasier qu'il était incapable d'étouffer. Aucune femme ne lui avait jamais fait cet effet-là, pas même Annabelle.

Lentement, il recommença à caresser sa peau moite. Il voulait se débarrasser de ce besoin, de cet appétit. Peu importait ce que ça lui coûtait.

Puis il la traquerait jusqu'à la retrouver et ferait le nécessaire.

8

— Vous êtes sûr que la femme n'était pas enregistrée dans les archives ? demanda Caleb Byrnes, les bras croisés, appuyé contre la banquette du laboratoire.

Les rayons du soleil qui traversaient les fenêtres décoloraient le bout de ses cheveux bruns et faisaient étinceler ses yeux d'un bleu azur. Une impitoyable ordure. Et dangereux, en plus. Mais au moins Lynch savait qu'il pouvait lui faire confiance pour accomplir sa mission ; Byrnes était une force de la nature et savait traquer une proie. Il faisait preuve d'un acharnement et d'une concentration extrêmes. En réalité, il aimait peut-être un peu trop ça.

— Certain, répondit Lynch d'un air absent en feuilletant l'un des livres de Fitz.

L'histoire des biomécaniques. Une lecture terriblement ennuyeuse, mais c'étaient les schémas qui l'intéressaient.

Une odeur de fumée flottait dans l'air, sûrement une expérience de Fitz qui avait mal tourné. Des balafres et des petites marques de brûlures recouvraient la banquette bosselée contre laquelle il était appuyé. Ce laboratoire était souvent l'épicentre d'explosions et d'incendies mineurs.

— T'as déjà vu sa seigneurie se tromper ? railla Doyle.

Lynch tourna une page et s'immobilisa. Puis il leva le livre et leur montra un feuillet.

— J'ai à peine entrevu sa main, mais elle avait quelque chose de ce genre intégré au mécanisme.

— Une lame de Carillion ? s'étonna Fitz. Ça va nous aider à resserrer le champ de recherches. Il n'y a qu'une poignée d'artisans en ville qui savent en fabriquer correctement.

Il sourit avec une expression de rare excitation. Des brûlures gommaient la ligne de ses sourcils et les manches du costume de tweed qu'il portait étaient rongées par l'acide. Il avait trouvé sa vocation ici, parmi les inventions et les appareils étranges, alors qu'il n'était encore qu'un jeune sang bleu renégat.

Lynch se sentit frémir. Il se rapprochait de Mercury. Il le savait.

— Je veux leurs noms.

— Le problème, c'est que... murmura Fitz en s'emparant du livre pour examiner le schéma. Ils font partie du Conseil.

— Et comment diable un révolutionnaire peut-il avoir eu recours à l'un des maîtres forgerons ? demanda Byrnes.

Comment, en effet ? Lynch se creusa les méninges.

— Qu'est-ce qui conduit une femme à détester les sangs bleus au point de vouloir tous les détruire ?

C'était sa force, son don, de prédire les gestes et les intentions de ses adversaires.

— Elle est entrée en contact avec l'Échelon, j'en suis certain, reprit-il. Peut-être que la clé, c'est précisément la perte de sa main ?

Il fronça les sourcils. Il pouvait ordonner à ses hommes d'interroger les membres de l'Échelon au sujet d'une jeune humaine qui avait perdu sa main, mais cela risquait de soulever des questions indésirables. Il devait *lui* la retrouver, et non la jeter entre les mains de quelqu'un d'autre.

— Vous pensez que c'est l'un d'eux qui lui a coupé la main ? s'enquit Doyle avec une moue. Ça me semble un peu faible, comme motif, pour vouloir tous les exterminer.

— Qui sait comment chacun peut réagir ? Cela pourrait représenter un motif suffisant pour certains, répliqua Lynch en arpentant le petit laboratoire.

— Si c'est un membre de l'Échelon qui l'a privée de sa main, alors quelqu'un l'a aidée à se greffer un membre mécanique, remarqua Byrnes. Je songe de nouveau à un sang bleu. Les maîtres forgerons ne sont pas donnés et le seul marchand qui aurait pu leur en fournir un n'aurait jamais été en contact avec eux.

— Peut-être qu'on ne leur a pas *demandé* de le créer, suggéra Lynch.

— Ce qui nous ramène encore une fois à un sang bleu. (Byrnes fronça les sourcils.) Et l'opération a dû avoir lieu dans le plus grand secret, ou alors des rumeurs seraient remontées jusqu'à nous. Les maîtres forgerons ne fabriquent pas de membres mécaniques pour de simples humains.

— Aucun maître forgeron n'a été déclaré enlevé ou disparu au cours des vingt dernières années ?

— Je vais vérifier, promit Byrnes.

On frappa à la porte et tous quatre se retournèrent. Perry ouvrit le battant d'un coup de hanche et poussa un fauteuil roulant dans la pièce, dans lequel était affalé Garrett, l'air totalement indigné par la situation.

— Nous voilà, monsieur. Il m'a fallu un peu plus de temps que prévu pour aller le chercher, déclara Perry.

— Elle m'a pratiquement installé de force là-dedans, lâcha Garrett d'un ton sec. Je suis tout à fait *capable* de marcher.

— Pas avant que le doc l'autorise, répliqua Doyle. Et ton souffle ?

— Je vais bien.

Des flammes couvaient dans son regard. Après une blessure aussi sérieuse, son hématocrite avait augmenté dramatiquement, comme si son corps avait été incapable de combattre le virus qui essayait de le guérir.

Lynch échangea un regard avec Doyle. Il allait devoir garder son second à l'œil. Son hématocrite approchait désormais les soixante pour cent, et une telle hausse en un si court laps de temps risquait de provoquer chez lui de brèves pertes de contrôle. Garrett n'avait pas l'habitude de combattre un tel niveau d'appétit.

— Et tes points de suture ? s'enquit Doyle.

— Ça gratte comme la variole d'un marin.

— Je les ai retirés ce matin, ajouta Perry en ignorant son regard noir tandis qu'elle le faisait rouler jusqu'aux côtés de Lynch. Tu as froid ? Tu veux une couverture ?

— Je vais t'enterrer dans le jardin si tu n'arrêtes pas immédiatement.

Frustré, Garrett plaqua sa main sur son front et écarta ses cheveux.

Perry ricana.

— Comme si tu en étais capable. Même au meilleur de ta forme, c'est moi qui te fais mordre la poussière neuf fois sur dix.

— Il suffit d'une fois…

— Assez, coupa Lynch d'une voix calme.

Tous deux se turent aussitôt.

— J'ai besoin de toi sur pied, dit-il à Garrett. Et si ça implique de supporter les soins de Perry, alors tu vas devoir t'y faire.

— En plus… (Un petit sourire se dessina sur les lèvres de Byrnes.) Elle peut pas s'empêcher d'en faire toute une histoire et de s'agiter dans tous les sens, c'est dans sa nature.

— Dois-je déceler une allusion sexiste dans tes propos ? demanda Perry, les paupières plissées.

Si Lynch n'intervenait pas, ces deux-là étaient capables de se sauter à la gorge en moins d'une minute. Il leva une main et leur jeta un regard perçant à tous les deux.

— Concentrez-vous, ajouta-t-il en plantant le doigt sur le livre. Fitz, quelle est la différence entre le travail des enclaves et celui des maîtres forgerons ?

— Les enclaves ne fabriquent pas de chair synthétique, expliqua le jeune scientifique. Ça a tendance à se déchirer facilement dans leurs métiers.

— Elle ne s'est pas encombrée de ce détail…

— En revanche, l'ajout de la lame de Carillion traduit plutôt le travail d'un maître forgeron. On sait tous que la salive d'un sang bleu contient des composants chimiques qui peuvent refermer une coupure – ou l'entaille d'un couteau de saignée – sans transmettre le virus, expliqua Fitz. C'est comme ça qu'ils arrivent à créer des membres biomécaniques. Ils peuvent faire fusionner les tendons ou les tissus musculaires avec la prothèse en se servant de la salive d'un sang bleu. L'intérieur du membre est greffé au corps comme s'il en faisait partie intégrante, et chaque contraction du muscle crée la flexion dans la main d'acier. Ça devient vraiment une extension du corps.

— Et le travail des enclaves ?

— C'est bien plus grossier. Là-bas, ils n'ont pas accès à la salive de sang bleu. La main fonctionne grâce à des rouages internes qui actionnent le mécanisme et les tuyaux hydrauliques dans le bras. C'est de la mécanique – pas de la *bio*mécanique. Niveau précision, ça n'a rien à voir.

Lynch se gratta le coin des lèvres.

— C'est du travail de maître forgeron, j'en suis sûr. Elle avait un usage total de sa main et de ses doigts.

— Alors on dirait bien qu'on a quelques maîtres forgerons à interroger, déclara Byrnes avec un sourire exalté.

— Vous vous mettez là-dessus avec Perry, leur dicta Lynch.

Perry se tourna vers lui. Garrett et elle travaillaient toujours ensemble ; Byrnes préférait opérer seul.

— Vous entrez sur le territoire de l'Échelon, précisa-t-il, même s'il prenait rarement la peine d'expliquer ses ordres. Il vous faut quelqu'un pour assurer vos arrières. Restez discrets, mais je veux savoir si un maître forgeron a créé ce genre de prothèse, disons… au cours des dix ou quinze dernières années. La main avait une taille normale, donc elle devait être adulte quand on la lui a greffée.

Sa décision de séparer Perry de Garrett les empêcherait de s'entre-tuer. Il avait déjà assez mal à la tête.

Lynch leur adressa un signe sec du menton.

— Vous pouvez y aller.

Plus tard dans l'après-midi, Lynch retourna dans son bureau, désormais désencombré. Il retira son manteau et le jeta sur le fauteuil. Il marqua une pause et parcourut la pièce du regard. Les traces de l'intrusion de Mme Marberry étaient omniprésentes. Depuis qu'il l'avait surprise ici deux jours plus tôt, elle avait marqué la pièce d'une quantité de manières subtiles.

Il avait été bien trop occupé pour l'en blâmer, mais il posa néanmoins un regard dur autour de lui.

Les étagères étaient impeccables et dépoussiérées, l'orchidée posée sur le rebord de fenêtre avait trouvé une place plus chaude. Près de la cheminée, les traductions d'un ancien document tibétain sur lequel il travaillait avaient disparu, tout comme sa paperasse éparpillée.

Il tourna les talons et se dirigea vers le bureau ensoleillé de Rosalind. Elle était penchée à sa table, occupée à noter quelque chose avec application, tandis que de la vapeur s'échappait d'une théière posée à côté d'elle. Les rayons du soleil doraient le cuivre intense de sa chevelure et soulignaient les fines boucles qui tombaient sur sa nuque.

— Madame Marberry !

Il inclina son imposante silhouette vers elle.

Le stylo s'immobilisa. Rosa releva lentement les yeux, comme si elle avait perçu l'effort de maîtrise dans sa voix. Elle planta son regard sombre et solennel dans le sien.

— Sir Jasper, répondit-elle de cette manière posée qui lui était propre et qui mettait les nerfs de Lynch à rude épreuve. Que puis-je faire pour vous ?

Reculant de quelques pas – avant de l'étrangler –, il pointa le doigt vers son bureau.

— Qu'en avez-vous fait ?

— Qu'ai-je fait de quoi ?

— De toutes mes affaires ! Mes papiers, mes traités, ce fichu document tibétain qui vaut plus que votre vie ! Tout !

Elle posa son stylo.

— Le meuble de rangement derrière vous était vide. J'y ai rangé tous vos papiers. Si vous regardez, vous les trouverez classés par ordre. Quant au document tibétain, je ne sais absolument pas de quoi vous parlez.

— Les papiers devant la cheminée.

— Ces piles de pattes de mouches qui étaient éparpillées sur le canapé, les fauteuils et le tapis ?

Un « oui » sortit des dents serrées de Lynch.

Elle écarquilla les yeux.

— Oh, fit-elle. Je ne pensais pas que c'était important.

Le sang se mit à marteler furieusement les tempes de Lynch. Il ferma les yeux et appuya sa langue contre son palais, en comptant en silence jusqu'à dix.

— Ce document était rédigé avec du sang, déclara-t-il, par un ancien savant tibétain. Il est *irremplaçable*. On dit que les origines du virus du besoin sont cachées dans les transcriptions. Qu'en avez-vous fait ?

Quand il rouvrit les yeux, il vit que ceux de Rosalind étaient ronds comme des soucoupes. Ses lèvres tremblaient et il sentit monter la pointe d'un remords, mais elle finit par retrousser légèrement les lèvres et il réalisa qu'elle n'avait pas peur. Au contraire, elle essayait de contenir son amusement.

— Madame Marberry !

— Je suis désolée. Je ne devrais pas être aussi cruelle. Je les ai précautionneusement placés sur l'une des étagères, à l'abri de la lumière.

Elle laissa échapper un éclat de rire qu'elle tenta de cacher de sa fine main gantée.

— Excusez-moi, mais je ne vous ai jamais vu dans… dans un tel état !

Elle pouffa à nouveau en se penchant en avant. Le geste fit jaillir quelques boucles cuivrées de son chignon.

Le son balaya le corps de Lynch qui se figea, la bouche entrouverte. Elle lui riait au nez. Cette satanée femme se moquait de lui !

Rosa releva la tête et l'expression de son visage lui provoqua une série de gloussements. La colère quitta Lynch aussi vite qu'elle était montée et il secoua la tête. Fichue bonne femme. Lynch jura dans sa barbe et quitta la pièce. Il s'enferma dans son bureau et s'approcha de l'étagère. Elle avait dit vrai. Les documents étaient bien là, soigneusement empilés à côté de ses récits sur l'Empire chinois.

Il entendait encore ses rires à travers la porte.

Comme transpercé par le son, il s'immobilisa et l'écouta. Malgré la situation, il ne put empêcher un petit sourire d'apparaître sur ses lèvres. Elle tentait le diable tous les jours et elle le savait. Sa petite secrétaire guindée avait un côté vicieux.

Tu voulais quelqu'un qui n'ait pas peur de toi.

Avec un soupir, il alla s'asseoir à son bureau. L'acajou verni brillait dans les ombres de la fin d'après-midi. Lynch braqua son regard dessus. Il ne se souvenait pas de la dernière fois qu'il avait vu cette surface. Cette propreté le perturbait. La présence de la responsable le perturbait encore plus. Il jeta un nouveau regard brûlant vers la porte. Le profond décolleté de la robe vert foncé qu'elle portait ne lui avait pas échappé non plus.

Il était tout à fait inacceptable de séduire sa secrétaire, mais c'était pourtant ce qu'il était en train d'envisager. Il se frotta la mâchoire et s'efforça de maîtriser son corps. La frénésie avec laquelle il se prenait en main, la nuit, ne lui était d'aucune aide. Mercury avait mis le feu à ses désirs endormis et maintenant, il en était réduit à envisager Mme Marberry comme substitut.

Ou pas vraiment. Mme Marberry faisait son propre effet ; elle n'était le substitut de personne.

Un bruit attira son attention et il se figea, concentrant ses instincts prédateurs vers le bureau de Rosa.

— Lynch !

Un petit coup fut frappé à sa porte et Byrnes passa la tête à l'intérieur de la pièce. Ses traits basanés étaient tendus et éclaboussés de sang.

— Il y a eu un nouveau massacre à Kensington.

— Où ?

Lynch sentit toute sa gaieté le quitter quand son deuxième bras droit ouvrit grand la porte. Derrière lui, Mme Marberry écarquillait les yeux.

— Au… 75 Holland Park Avenue, répondit Byrnes d'un ton lugubre.

Il savait, autant que les autres, ce que signifiait cette adresse.

Lynch fut happé dans un tourbillon glacial qui le prit totalement au dépourvu. *Non.*

— Alistair ?

— J'ai dû l'achever, monsieur. Je ne pouvais pas… je n'arrivais pas à l'arrêter.

Non. Le monde se rétrécit autour de lui et Lynch déglutit péniblement.

— Et Lady Arrondale ?

Il était parvenu à s'exprimer d'une voix calme et neutre. Dénuée d'émotion. Alors qu'à l'intérieur, c'était comme si le monde venait d'exploser.

Un bref signe de tête.

— Je suis désolé, monsieur.

— Vous auriez dû rentrer chez vous, lui dit Lynch avec un regard empli d'une réticence manifeste devant la demeure qui lui faisait face.

En ce début de soirée, toutes les lumières de la rue étaient allumées et des dizaines d'Engoulevents arpentaient les lieux.

Il avait été hors de question pour Rosalind de rentrer chez elle. Elle devait tout autant que Lynch trouver les mécaniques qui se cachaient derrière ces massacres.

Lord Arrondale était l'héritier du duc de Bleight, mais elle soupçonnait dans cette affaire des implications plus profondes qu'il n'y paraissait. Sur le chemin, Lynch était resté de marbre, mais il se mouvait avec une raideur plus prononcée encore que d'habitude. Dans le fiacre, il avait consulté plusieurs fois sa montre de poche et n'avait pas prononcé un mot. Il portait la tension sur ses épaules comme une cape, et l'expression vide et lugubre de son visage l'avait mise mal à l'aise.

— Je vais bien, monsieur, répondit-elle avec un regard sondeur.

Ils s'étaient vaguement disputés quant à sa venue sur les lieux du crime, mais il avait été trop préoccupé pour lui imposer sa volonté. Rosalind avait promis de se rendre utile en prenant des notes, alors qu'en réalité elle voulait à tout prix savoir s'il s'agissait d'une nouvelle attaque des mécaniques. Elle baissa la voix.

— Est-ce que vous connaissiez Lord Arrondale ?

Lynch lui jeta un regard glacial. Ses pupilles engloutissaient ses iris et les ombres sculptaient sinistrement ses joues. L'espace d'un instant, elle eut l'impression de regarder le visage du démon qui vivait en lui, et elle retint son souffle.

— C'était mon cousin, annonça Lynch en tournant de nouveau les yeux vers la demeure.

Rosalind put enfin respirer. Elle frotta ses doigts contre sa jupe. Elle savait qu'il était né au sein de l'Échelon mais elle n'avait jamais cherché à connaître les détails de son histoire. Selon la version officielle, Lynch avait été écarté en tant que renégat et s'était fait une place dans le monde en tant qu'Engoulevent. Elle n'avait jamais entendu parler de sa famille ou de sa Maison, car plus rien de tout cela n'avait d'importance.

Byrnes s'approcha d'eux, la mine assombrie par la lumière de ce début de soirée. Il ondulait avec une grâce mortelle et ses yeux bleus rivalisaient de froideur avec ceux de Lynch. Un foulard rouge était enroulé autour de son cou, et une longue épée calée dans son dos.

— Le lieu est sûr. J'ai fait prévenir le duc de Bleight.

— Quand il arrivera, demande à l'équipe de le faire patienter et préviens-moi, dit Lynch. Ne lui donne aucune information qu'il ne soit obligé de connaître tout de suite. (Lynch jeta un regard perçant à Rosa.) Si je vous dis de vous en aller, vous ne discutez pas. Vous sortez directement par l'arrière et vous allez trouver un de mes hommes. Vous lui demandez de vous ramener à Chancery Lane et de vous protéger à tout prix.

— Qu'est-ce que vous ne me dites pas ? l'interrogea Rosalind en soulevant sa jupe pour le suivre.

Elle sentit la peau synthétique qui recouvrait son membre mécanique frotter contre l'intérieur en cuir de chevreau de ses gants. Ce soir, elle avait prévu de lui laisser entrevoir un petit morceau de sa main, juste de quoi lui assurer qu'elle était bien réelle. Ça ne tiendrait pas contre un examen plus attentif, mais dans l'obscurité, et à une distance calculée…

Bien sûr, il avait d'autres choses en tête. Ce soir, l'opportunité ne se présenterait peut-être pas. Lynch lui tint la porte.

— Bleight me déteste. Il y a eu une affaire, quand j'ai été déclaré renégat, entre Alistair et moi. S'il est accablé de chagrin, il est très probable qu'il tente quelque chose contre moi – ou qu'il aille jusqu'à m'accuser. Ça pourrait aller loin.

Rosalind observa son corps ferme séparé d'elle par un simple souffle. Elle sentait l'odeur du sang par la porte ouverte. Lynch devait le sentir aussi. Il avait la mâchoire crispée.

— Vous avez votre pistolet ? demanda-t-il à voix basse.

Elle acquiesça d'un signe de tête.

— Ne vous en servez pas à moins que je vous y autorise.

Puis il posa la main au creux de son dos et la guida vers l'intérieur.

Le hall était plongé dans le silence. On aurait presque dit que la maison était aux aguets. Chaque craquement du parquet sous les pieds de Rosalind lui arrachait une grimace. Contre toute attente, la présence de Lynch derrière elle la rassurait.

Il l'orienta vers une autre porte.

— Par ici, murmura-t-il.

Rosalind se pétrifia dès qu'elle aperçut le corps étendu par terre. Son esprit mit quelques secondes à donner un sens à la confusion qui régnait, à la mare de sang qui imbibait les tapis et au visage figé dans un cri de la femme âgée, décédée, allongée par terre. On lui avait arraché la moitié de la gorge et sa robe couleur lavande avait été déchirée en plusieurs endroits. À en juger par le sang pourpre qui recouvrait ses doigts, elle avait tenté de se défendre.

Rosalind sentit des mains rassurantes glisser sur ses épaules et elle se détendit. La mort ne lui avait jamais fait peur ; elle avait traité avec elle sans grands remords mais, dans son cas, toujours par sens du devoir. Ça n'avait rien de personnel. Alors que dans la situation présente… cette femme avait été simplement assise devant son bol de soupe, peut-être un sourire aux lèvres, à écouter son mari lui raconter sa journée… Les contrats de mariage au sein de l'Échelon n'étaient rien de plus que des transactions, mais la femme portait de jolies perles et son parfum flottait encore dans l'air. Ses cheveux blond argenté étaient soigneusement bouclés et réunis sur une épaule et, à en juger par les roses étalées sur la table, ils avaient peut-être été en train de fêter quelque chose.

Rosalind se laissa aller contre le corps ferme derrière elle, comme engourdie.

— Attendez dehors, lui dicta Lynch d'une voix douce.

Rosalind pivota et se prit les pieds dans le tapis. Être déchiquetée par un sang bleu hors de contrôle et se vider ainsi de son sang constituait sa plus grande peur. Elle fit une pause sur le seuil, s'appuya contre le chambranle et jeta un coup d'œil par-dessus son épaule.

Lynch s'agenouilla à côté de la femme, le regard sombre, une ligne dure à la place des lèvres. Avec un soupir, il plaça sa paume à plat au-dessus de la tête de la victime et lui ferma lentement les paupières. Il laissa sa main flotter quelques secondes supplémentaires, comme pour cacher son visage. Puis il serra le poing et le plaqua contre son torse.

Rosalind fut frappée par l'intimité de cet instant. Elle hésita à l'entrée de la salle à manger. Il connaissait la victime. Il y avait si peu d'expression sur ses traits qu'on aurait pu le croire indifférent, mais quelque chose dans l'aura de chagrin qui l'entourait trahissait une douleur presque physique.

Il poussa les assiettes et retira la nappe blanche de la table. Il s'agenouilla de nouveau, ramena les mains de la femme sur sa poitrine, puis déposa délicatement la nappe sur son corps. Elle se teinta aussitôt de rouge et les bords trempèrent dans la flaque formée sous sa tête. Lynch se retourna lentement, sans plus d'émotion apparente.

— Lady Arrondale, dit-il en guise d'explication.

Puis il retourna dans le couloir et passa devant chaque porte sans s'arrêter. De petites éclaboussures de sang foncé parsemaient le sol en damier et le mur portait la trace de curieux renfoncements, comme si quelque chose l'avait percuté. Près des escaliers, le sol en marbre était maculé d'une large traînée écarlate, et la rampe en acajou sculptée avait été arrachée. Les débris jonchaient le sol.

Byrnes apparut au sommet des escaliers.

— Il est là-haut. Il ne me semblait pas approprié de le laisser dans cet état. En sachant que Bleight est en route.

Lynch hocha la tête et grimpa les marches deux par deux.

— Comment l'as-tu tué ?

Byrnes lui jeta un regard perçant. Ses yeux azur brillaient de la lueur de la soif, comme s'ils distinguaient quelque chose que lui ne voyait pas. Du sang avait séché sur sa main droite et sur sa manche.

— Je n'arrivais pas à l'écarter de Lady Arrondale. Elle avait réussi à s'enfermer dans la salle à manger et elle hurlait. J'étais en train de rentrer après avoir interrogé le chef de la guilde des maîtres forgerons quand je l'ai entendue. D'après ce que j'ai vu, Arrondale a tué tous les autres avant de s'en prendre à elle. (Il pinça les lèvres.) J'ai posé mon pistolet à l'arrière de son épaule et j'ai tiré pour attirer son attention. Malheureusement, il était trop tard pour Lady Arrondale.

Lynch observa les traces de sang par terre et la peinture morcelée au mur.

— Une seule fois ?

— Je n'ai pas eu le temps de tirer un deuxième coup. Il s'est retourné et je suis tombé. On a atterri ici... (Byrnes pointa le doigt en contrebas.) J'avais perdu mon pistolet.

Il releva les yeux et les braqua sur Lynch.

— J'ai dû lui arracher le cœur. Il essayait de m'étriper. (Il haussa les épaules.) Bon sang, il était déchaîné.

Lynch jeta un dernier regard circulaire à la scène, puis tourna les talons.

— Montre-le-moi.

Ils avaient emporté le corps dans la chambre principale à l'étage. L'air empestait l'odeur écœurante du sang et Rosalind déglutit. Ils entrèrent. Quelqu'un avait tiré un drap sur le corps et Lynch alla l'écarter. Ce dernier bloquait la vue à Rosalind et elle n'en fut pas mécontente. Elle avait eu son compte de spectacles macabres pour la soirée.

Lynch relâcha le drap et se retourna, les traits baignés par la lueur des chandelles.

— Je veux ton rapport sur mon bureau demain matin. Tu ferais mieux d'y aller. Si Bleight te voit, il va vouloir ta tête...

Un cri résonna à l'extérieur. Tout le monde pivota vers la fenêtre et Lynch écarta le rideau.

— Vas-y, dit-il. Par-derrière, et rentre à la guildc. Emmène un garde.

— Le duc ne va quand même pas attaquer qui que ce soit..., murmura Rosalind.

Bleight était un vautour qui siégeait au Conseil et semblait constamment à la recherche d'une proie, mais son dossier disait qu'il était autrefois l'un des plus prudents du Conseil, cherchant parfois la bagarre mais la déclarant rarement.

Lynch lui jeta un regard dur quand Byrnes quitta la pièce.

— Ne me quittez pas d'une semelle. Essayez de passer inaperçue. (Il jura tout bas et lui saisit le bras.) Je n'aurais jamais dû vous emmener ici.

— Lynch ! rugit quelqu'un.

La voix provenait de l'intérieur de la maison.

Lynch resserra ses doigts sur son bras, puis jura de nouveau et se dirigea vers la porte.

— Ôtez vos sales pattes de moi, sale cabot ! (La voix vibrait de colère.) Lynch ! Espèce d'enfoiré, où est mon fils ? Où est mon satané fils !

Lynch s'approcha des marches.

— Lâchez-le.

Sa voix résonna dans le hall.

Rosalind restait le plus possible dissimulée dans l'ombre. En contrebas, le vieux duc de Bleight se dégagea de l'emprise de deux Engoulevents. Ses hommes vêtus de livrées vermeilles l'avaient suivi et l'entrée n'était plus qu'un flot de rouge et de noir. Le noir dominait le rouge, mais de peu.

Des dizaines de sangs bleus… Rosa parcourut l'entrée des yeux. Elle ne reconnaissait aucun visage. Ses épaules se détendirent légèrement.

— Espèce de fumier ! hurla Bleight. C'est une vengeance ! C'est toi qui es derrière tout ça ! Tu voulais tout ce qu'il avait !

Lynch avança d'un pas et tira légèrement sur les gants en cuir doux qu'il portait.

— Votre Grâce, déclara-t-il d'un ton perçant, vous souhaitez peut-être qu'on en discute en privé ? Le corps de votre fils a été transporté dans la chambre. Si vous…

— Je ne discuterai de rien avec toi, siffla Bleight en s'élançant dans les escaliers. Sors. Sors d'ici avant que je te tue.

Le vieux duc posa la main sur la garde de son épée. Son visage déjà pâle avait encore blanchi sous l'effet de la tension et ses yeux brillaient d'une lueur malveillante.

Au-dessous, une demi-douzaine d'hommes se raidirent en percevant la menace. Rosalind se redressa et se concentra sur le duc. Elle sentit des gouttes de sueur froide se former autour de sa jarretière, là où était dissimulé son pistolet.

Il dégaina, et la lame siffla contre son fourreau avant de fendre l'air. Au-dessous, deux Engoulevents bondirent vers les marches, mais Lynch fit un pas décidé en avant, la main levée.

— Je vais partir, Votre Grâce. Mais si vous voulez bien envisager de garder certains de mes hommes sur place afin d'examiner le...

— Dehors !

Bleight brandit son épée et le bord tranchant de la lame étincela.

Lynch esquiva le coup et la pointe de l'arme s'encastra dans l'élégante rampe au sommet des escaliers. Bleight grogna et tira dessus pour la libérer, avec une force étonnante pour son âge.

Lynch serra les lèvres et recula en tendant les mains devant lui d'un geste qui se voulait apaisant.

Que diable fabriquait-il ? Pourquoi ne répliquait-il pas ? Rosalind l'avait vu en action ; le duc n'avait pas la moindre chance.

Ce dernier pivota furieusement et donna un nouvel assaut mais Lynch parvint à s'écarter et heurta le mur dans son dos. Il croisa brièvement le regard de Rosalind et plissa les paupières en guise d'avertissement. Rosalind réalisa qu'elle avait fait un pas en avant et machinalement plongé la main dans sa poche.

— Elle est à vous ? demanda Bleight d'une voix douce mais menaçante.

À cette distance, Rosalind distinguait ses pupilles noires qui menaçaient d'engloutir ses iris. Elle eut l'impression que son corset rétrécissait, et elle serra les doigts autour de la poignée de son pistolet à travers le trou découpé au fond de sa poche. S'il amorçait un seul geste vers elle, elle lui ferait exploser la tête.

— Non, la dissuada Lynch.

Elle crut un instant qu'il s'adressait au duc, puis elle remarqua qu'il avait rivé ses yeux sur elle.

Elle comprit aussitôt. Si elle tuait le duc, elle serait exécutée avant l'aube. Rosalind caressa la détente avec hésitation. Faire confiance à Lynch ? Ou agir ? Elle oscillait au bord du précipice, plongée dans le regard fou du duc. Elle ne pourrait l'arrêter à temps s'il décidait de l'attaquer ; un sang bleu était tout simplement trop rapide pour elle.

Elle retira lentement sa main en inspirant profondément. Faire confiance à Lynch allait à l'encontre de tous ses instincts, mais elle n'avait pas le choix.

Bleight se retourna vers elle en grognant et il fendit l'air de son épée. Rosalind fit un bond en arrière, s'emmêla les pieds dans les pans de sa jupe et chuta. La lame étincela d'un éclat sinistre dans la lumière bleuâtre en décrivant un arc de cercle dans sa direction.

Lynch s'interposa et saisit le duc à bras-le-corps. Un sifflement de douleur retentit et du sang éclaboussa son visage. Le duo tituba contre la rampe qui émit un craquement sonore.

— *Non !*

Elle tendit le bras pour saisir le manteau de Lynch, mais sa main ne rencontra que de l'air, puis ils disparurent. Elle s'approcha du bord en entendant le bruit sourd de leur chute. Elle regarda à travers le trou dans la rampe et vit Lynch enfoncer son coude dans le visage du duc. Il avait réussi à reprendre l'avantage et bloquait la main armée du duc contre le sol. Il saisit Bleight à la gorge et s'accroupit sur lui avec un grognement sinistre.

Les Engoulevents comme les hommes du duc avaient reculé pour former un cercle autour d'eux. L'un des gardes vêtus de rouge s'avança et Lynch releva les yeux, l'air féroce.

— Ça suffit !

Il plaqua de nouveau la main du duc contre le carrelage. L'épée lui échappa et heurta le sol avec un cliquetis. Lynch se redressa et l'éloigna d'un coup de pied. Il recula en vacillant et pressa sa main sur son flanc.

Du sang gouttait à terre.

Rosalind retrouva ses esprits et dévala les marches. Elle revit l'instant où il avait bondi devant elle pour la protéger. Il avait encaissé le coup qui lui était destiné.

Elle ne sut déchiffrer l'émotion qui s'empara d'elle. Lynch lui jeta un regard dissuasif et Rosalind ralentit. La couleur sombre de sa cuirasse l'empêchait de déterminer la gravité de sa blessure. Elle ne pouvait pas l'interroger, là, devant le duc et ses hommes. Un seul signe de faiblesse et Bleight se jetterait sur eux.

— On s'en va, ordonna Lynch. (Il adressa un bref signe de tête à ses hommes.) Je veux les rapports préliminaires terminés pour demain matin.

Il fit signe à Rosalind de le rejoindre puis posa la main au bas de son dos – un geste presque protecteur – et l'attira près de lui.

Bleight lutta pour se redresser en crachant du sang.

— Je te ferai décapiter…

Lynch pivota vers lui et le duc tressaillit. Quelques-uns de ses gardes s'approchèrent en portant la main à leurs armes. Tous les yeux étaient braqués sur lui.

— Si vous faites un seul autre geste contre l'un des miens, vous m'affronterez dans l'atrium. Je vous le promets.

Puis Lynch saisit Rosalind par le bras et la poussa vers la porte.

9

— Vous saignez beaucoup ?

Lynch s'adossa à la banquette du fiacre aussitôt que la portière se fut refermée, les plongeant dans l'obscurité. Il entendait Perry, à l'extérieur, qui grimpait sur le fauteuil du conducteur en ordonnant aux gens de s'écarter du chemin. Elle mit les chaudières en marche et un bourdonnement gronda sous leurs pieds.

— Lynch ?

Il reporta son attention sur Mme Marberry qui s'agenouillait sur le siège à côté de lui. Il n'aurait pas dû se sentir aussi faible… fichu Bleight. Il inspira en tremblant et écarta la main de sa blessure avec une grimace. L'odeur du sang assaillit ses narines et il se mit à saliver abondamment. Le monde tanguait légèrement et le contact du corps chaud à côté de lui constituait son seul point d'ancrage.

Un corps chaud, tentant. Les couleurs quittèrent sa vision et la gorge pâle de Rosa se teinta de la patine argentée du clair de lune. Le démon qui vivait en lui remonta instantanément à la surface et menaça de le consumer. Le désir lui faisait l'effet d'un coup de couteau au creux de son ventre noué par la faim. *Nom de Dieu.*

Il la saisit par le haut du bras avec l'intention de la repousser. Le muscle sous sa paume se crispa, mais Rosa ne fit pas un geste pour s'écarter. Lynch se dressait au-dessus d'elle, submergé par son subtil parfum de citron et de linge propre.

Il frissonna, puis émit un son guttural alors qu'il tentait désespérément de se maîtriser.

— Tenez, dit-elle en sortant quelque chose de son réticule.

La voiture à vapeur se mit en mouvement avec le sifflement d'une bouilloire. Le son d'un flacon qu'on débouche attira son attention, puis Rosa lui pressa le goulot sur les lèvres.

Le sang se répandit sur sa langue. Lynch lui saisit le poignet, surpris, puis inclina la bouteille. Il avait besoin de sang. D'une grosse quantité de sang, de quoi recentrer son esprit et brider le démon qui l'habitait.

Il vida le contenu et se laissa retomber contre le dossier moelleux de la banquette, haletant. Rosa récupéra le flacon et le reboucha.

Il sentait le poids de son regard sur lui. Le monde sembla s'estomper jusqu'à former une bulle autour d'eux, emprisonnant leurs souffles légers dans cet intérieur sombre. La douleur de sa blessure reflua tandis que le virus du besoin agissait. Grâce à son taux d'hématocrite, il ne resterait pas même une cicatrice au petit matin.

— Merci, dit-il.

Rosa laissa échapper un soupir.

— C'est moi qui devrais vous remercier. Ce coup m'était destiné. (Elle se pencha vers lui et palpa maladroitement son torse.) Laissez-moi jeter un œil.

— Ça guérira.

Elle retira les gants de ses mains pâles et chercha les fixations de sa cuirasse pour les détacher. Le faible clair de lune suffit à lui laisser entrevoir le dos balafré de sa main gauche et sa peau plus pâle à cet endroit. *Mon père…* Soudain, il aurait voulu savoir ce que l'homme lui avait fait, mais il ne posa pas la question. C'était la première fois qu'elle ôtait ses gants devant lui et, quand il releva les yeux, il comprit qu'elle avait conscience de son regard appuyé sur ses doigts.

Rosa s'empressa de défaire une autre fixation. Elle sentit ses joues s'échauffer, gênée par l'attention que Lynch lui portait. Il se fichait pas mal de ces cicatrices et comptait bien respecter son silence à ce sujet.

Il ne put retenir une grimace quand la cuirasse s'ouvrit. Conçue pour arrêter les chocs ou les coups de couteau, elle avait constitué une faible défense contre l'épée de Bleight.

— Pourquoi a-t-il fait ça ? demanda-t-elle d'une voix douce.

Elle saisit son maillot de corps à deux mains et le déchira pour exposer sa peau.

La fraîcheur de l'air fit frissonner Lynch et il sentit son sang froid battre dans sa hanche. La lame l'avait touché assez haut, juste sous les côtes.

— Fait quoi ?

Il sentit ses doigts sonder l'entaille.

— Pourquoi vous a-t-il attaqué ? Pourquoi pensait-il que vous aviez un rapport avec la mort de son fils ?

— Je vous l'ai dit, Alistair et moi étions cousins. (Elle toucha un point particulièrement sensible et Lynch grimaça en silence.) Bleight est persuadé depuis longtemps que je brigue la position d'Alistair en tant qu'héritier de la Maison.

— Voilà qui me semble bien éloigné de la vérité.

— C'était la vérité, expliqua-t-il en guettant sa réaction dans la lumière vacillante des lampes à gaz qui défilaient sur la route. Autrefois.

Le silence de Rosalind lui fut presque insupportable. Une expression de curiosité passa sur ses traits.

— Bien sûr. Vous étiez le cousin de Lord Arrondale, ce qui fait de vous le neveu du duc.

— Troisième dans l'ordre de succession au duché, dit-il avec un sourire amer. Mon père et Bleight n'ont jamais été amis. Mon père est né une heure après lui et il ne l'a jamais oublié.

Rosalind passa son pouce sur la peau nue de son flanc.

— Il voulait que vous soyez duc ?

— Il m'a poussé à entrer en compétition avec Alistair dans tous les domaines, pour faire mes preuves. Alistair était l'héritier par droit d'aînesse, mais je pouvais le déchoir si je le décidais. Tout ce que j'avais à faire, c'était le provoquer en duel devant la cour une fois atteinte la majorité requise. Et le tuer.

Ce souvenir était comme un coup de poignard. Il aurait tout fait pour son père, mais pas ça. Il baissa les yeux sur les doigts qui caressaient machinalement sa hanche.

— Je ne sais pas pourquoi je vous raconte tout ça.

— Vous êtes affaibli, dit-elle en esquissant un sourire. Et je tire profit de l'instant.

Elle se rassit avec un soupir et remonta ses jupes sur ses jambes.

Le spectacle coupa le souffle à Lynch. Ses jupons blancs et vaporeux rayonnaient dans le clair de lune, laissant apparaître des mollets gainés de bas. Elle saisit le bord de ces derniers et en déchira une large bande.

— Qu'est-ce que vous faites ? demanda-t-il.

— Je ne compte pas abuser de vous, vous pouvez vous détendre !

Elle roula le tissu en boule et arracha une autre bandelette sans se soucier du regard de Lynch rivé sur ses chevilles.

Rosa rabattit sa jupe et se pencha vers lui. Les ombres enveloppaient le haut de son corps, mais il distinguait toujours le léger contour de sa poitrine. Elle appuya le tampon de fortune contre ses côtes, puis glissa ses bras autour de sa taille et fit passer la longue bande de tissu dans son dos avant de la nouer avec une expression déterminée.

Tout ce temps, elle se mordillait inconsciemment la lèvre. Lynch ne la quittait pas des yeux, figé. Il sentait la proximité de son corps. Dans l'obscurité, elle n'était plus qu'ombre et chaleur, attisant son désir, ses rêves. Il sut aussitôt que, lorsqu'il se retrouverait enfin seul, il fantasmerait sur elle dans cette position.

Cette pensée le frappa. C'était Mercury qui occupait son esprit, nuit après nuit, pourtant quelque chose chez cette femme l'attirait irrésistiblement. Une sorte de… tendresse.

Sa propre secrétaire. Bon sang ! S'il était l'un de ses hommes, il se serait lui-même pendu par les pieds.

Un cheveu fin effleura sa joue dans la pénombre du fiacre, doux comme de la soie et légèrement citronné. Occupée à soigner sa blessure, Rosa remarqua à peine qu'il tournait la tête et humait son parfum. Quel que soit celui qu'elle utilisait, il l'imprégnait comme si elle s'était baignée dedans. Il parvenait à peine à discerner son odeur naturelle. Sa bouche se dessécha. Il mourait d'envie de presser son visage contre sa gorge et de se délecter de son essence.

— Voilà, murmura-t-elle en nouant les extrémités de la bande.

Dès qu'elle eut achevé sa tâche, elle enfila de nouveau ses gants, comme si elle se sentait vulnérable sans eux.

— Ça devrait tenir jusqu'à ce qu'on arrive à la guilde.

Lynch déglutit.

— Merci. Vous êtes très efficace.

— Dans tous les domaines ! (Elle lui adressa un doux sourire, et le clair de lune argenté se refléta brièvement sur ses yeux sombres. Puis elle baissa lentement le regard.) Vous connaissiez Lady Arrondale.

Il ne s'agissait pas d'une question.

— Annabelle ?

À sa pensée, son désir s'éteignit aussitôt.

— Vous avez fait preuve de beaucoup de tendresse avec son corps.

Lynch se redressa. *Annabelle.* La culpabilité lui laissait un goût amer dans la bouche.

— C'était l'épouse de mon cousin.

Il sut que la brusquerie de sa voix ne lui avait pas échappé et il se maudit. Il n'aimait pas parler de lui ; l'histoire avait été étalée dans tous les journaux à l'époque. Chaque journaliste avait pris sur lui de formuler son opinion, mais très peu s'étaient approchés de la réalité. Peu importait... Il soupçonnait Bleight pour qui la vérité importait peu, d'avoir été à l'origine de la moitié de ces fichues rumeurs.

Soudain, l'intimité provoquée par le confinement du fiacre et la curiosité de Mme Marberry le mirent à cran.

— En quoi est-ce que cela vous intéresse ? l'interrogea-t-il.

— Eh bien...

Elle chercha ses mots, sentant ses joues s'empourprer. Il regarda la couleur se répandre sur sa gorge et son visage.

— Je n'encourage pas la curiosité inutile, poursuivit-il.

Ses paroles auraient pu la heurter. Elle planta ses magnifiques yeux dans les siens.

— Ça m'intéresse parce que j'ai l'impression que vous n'avez pas reçu qu'un seul choc aujourd'hui. Je voulais… je voulais vous apporter du réconfort, rien de plus.

Elle s'écarta de lui, s'appuya contre la portière et porta son regard sur l'extérieur.

— Vous prétendez donc ne pas être curieuse ?

Elle baissa les paupières et ses cils papillotèrent sur ses joues pâles. Lynch contempla la courbe de sa nuque. Il avait envie d'y poser les lèvres, de se repaître du parfum citronné de sa peau et de goûter au sel de son corps.

Lynch se figea de nouveau, rattrapé par son appétit. Le sang se mit à bourdonner dans ses veines. *Rien qu'un avant-goût… la sentir sous lui, la pointe de la lame sur sa gorge, le sang chaud dans sa bouche, ses faibles protestations…* Elle représentait une tentation qu'il n'aurait jamais dû accueillir sous son toit. Il avait contenu ses envies pendant quarante ans, et elle piétinait ses efforts comme s'ils ne valaient rien. Cette pensée le troubla.

Je dois combattre cette attirance.

— Si, je suis curieuse, admit-elle. Bien sûr que je le suis. Mais mes motivations ne sont pas vulgaires.

— Votre curiosité est donc purement personnelle ?

Un silence s'étira durant lequel il se surprit à l'observer de nouveau, les doigts crispés sur le rebord de la banquette.

— Oui, purement personnelle.

Elle détourna les yeux.

Il comprit qu'il n'était pas le seul à être affecté par la situation. Il se força à penser à Annabelle, étendue par terre, un sentiment de trahison gravé sur ses traits.

Cela fonctionna aussi bien que s'il avait reçu un seau d'eau glacée en plein visage.

— Je vous l'ai dit, reprit-il simplement. Alistair et moi étions en compétition dans tous les domaines.

— Vous l'aimiez ?

— Je ne sais pas. J'avais quinze ans. (Il émit un rire bref et sans joie.) J'étais obsédé par elle, avec la farouche fascination propre à un adolescent. Je voulais remporter son cœur. Ni Alistair ni moi n'avions envie de pousser notre rivalité jusqu'à nous battre en duel, alors c'est Annabelle qui est devenue le trophée.

— Et il a gagné ?

Nouveau silence. Celui de Lynch, cette fois. Il ferma les yeux ; l'image d'Annabelle était gravée derrière ses paupières. Il ne l'avait pas revue depuis des années. Le poids du temps imprimé sur ses traits l'avait surpris mais il avait reconnu sans mal les lignes élégantes de ses pommettes et ses lèvres faites pour sourire. La culpabilité lui vrilla l'estomac. La culpabilité et les regrets, le chagrin…

— Je vous présente mes excuses, murmura Rosalind. Je n'avais pas réalisé l'importance qu'elle avait encore pour vous.

— Je ne l'avais pas revue depuis plus de trente ans, répondit-il. (C'était une vieille blessure, mais les événements semblaient en avoir arraché la croûte.) On m'a dit qu'il était bon avec elle.

Rosa sembla soudain en proie à une lutte intérieure. Elle tendit lentement le bras et posa sa main sur la sienne. L'approche restait timide mais pleine de tendresse, comme si elle s'était forcée à effectuer ce geste.

— Avec mon mari… commença-t-elle avant de s'interrompre. Ce n'était pas de l'amour… du moins, pas au début. En fait, j'avais décidé de le pousser à m'épouser dans un but précis. (Elle lui coula un regard, comme pour voir de quelle manière il accueillait sa confession.) Je déteste ce souvenir maintenant qu'il a disparu. Il m'aimait tellement ! Et moi je regrette… tant de choses.

Lynch lui caressa le pouce à travers le cuir de chevreau, attentif.

— Les sentiments s'estompent mais la culpabilité ne disparaît jamais, poursuivit-elle tristement. Quand il a réalisé ce que j'avais fait… je l'ai vu sur son visage, vous comprenez ? À cet instant, il m'a détestée. Mais s'il avait survécu, cela n'aurait eu aucune importance. Du moment qu'il aurait été en vie…

Elle se tut et il écouta son souffle.

— Qu'est-il arrivé selon vous ? reprit-elle dans un murmure. Si votre cousin aimait sa femme, comme vous le dites, qu'est-ce qui a pu le conduire à l'assassiner ?

— Je ne sais pas. (Le regard de Lynch dériva vers la fenêtre. Il serra les doigts de Rosa avec une étrange sensation de vulnérabilité.) Mais j'ai bien l'intention de le découvrir.

Ils dépassèrent un parc et des rangées de lampes à gaz percèrent l'obscurité. Alors qu'il baissait de nouveau les yeux sur la main de Rosa, quelque chose attira son regard et Lynch releva brusquement la tête. Là, debout près d'un bosquet d'arbres, se tenait une silhouette familière, enveloppée d'une cape de soie noire.

Mercury.

Son cœur bondit dans sa poitrine et chassa son chagrin, immédiatement relayé par une sorte d'euphorie.

— Arrêtez la voiture ! s'écria-t-il en s'emparant de la poignée.

La silhouette masquée lui adressa un baiser de la main avant de disparaître dans le bosquet. Lynch bondit hors du fiacre sans en attendre l'arrêt. Il atterrit en titubant et plaqua une main sur son flanc. *Satanée blessure.* Le moment était mal choisi pour que son corps le lâche !

— Monsieur ?

Perry coupa les chaudières et se pencha vers lui en essayant de percer l'obscurité du regard.

— Mercury, expliqua-t-il en désignant le parc. Je l'ai vue au milieu des arbres. Rattrapez-la !

Il retira ses doigts ensanglantés de son flanc. Inutile de la poursuivre lui-même. Une vague de frustration le submergea.

Perry se précipita dans la rue en direction du parc.

Dans un bruissement de tissu, Rosa apparut à ses côtés. Elle se glissa sous son bras pour l'aider à se tenir et l'observa intensément.

— Que se passe-t-il ? (Elle baissa les yeux et pâlit.) Vous avez rouvert votre plaie.

— Ça guérira.

Il suivit Perry des yeux. De l'autre côté du parc, un moteur rugit et une voiture à vapeur s'écarta du trottoir.

— Merde !

Il était prêt à parier jusqu'à son dernier penny que Mercury se trouvait à l'intérieur. Perry allait la perdre et il était incapable de conduire le fiacre lui-même pour se lancer à sa poursuite.

Rosa appuya sa main gantée contre ses côtes.

— Vous devez vous reposer.

— Je ne vais pas mourir, répliqua-t-il d'un air absent.

— Non, mais à ce rythme, vous allez finir alité plusieurs jours, rétorqua-t-elle sèchement.

La voix dure de sa secrétaire attira son attention. Perplexe, Lynch la laissa le morigéner et le raccompagner dans la voiture. D'un air furieux, elle souleva son maillot de corps et examina le bandage.

— Ce n'était vraiment pas le moment, murmura-t-elle comme pour elle-même. Ça n'a pas l'air dramatique. Le saignement diminue. En revanche, si vous refaites un geste brusque, vous allez me mettre très en colère. Asseyez-vous et ne bougez plus jusqu'à notre arrivée.

Personne n'avait envie de discuter avec une femme qui employait ce ton. Lynch s'affala sur la banquette en cuir.

Perry reparut à la porte, le souffle court.

— Je les ai perdus, monsieur. Un chauffeur l'attendait, il portait une eau de Cologne très semblable à celle de Garrett. Il avait une sorte de masque sur le bas de son visage. Et une grande femme se tenait à l'arrière du fiacre, sûrement une servante. Elle a aidé la femme masquée à monter.

— Ce n'est pas ta faute, dit Lynch en plissant les yeux dans la direction où avait disparu Mercury. Ils avaient prévu leur coup.

Mais pourquoi ? Il ne saisissait pas. Mercury avait fait en sorte d'être vue. Cherchait-elle à faire passer un message ? À le tourner en ridicule ? Ou alors, sa présence était-elle liée à la mort d'Alistair ?

— Vous voulez que je les pourchasse ? demanda Perry.

— Vous pouvez faire ça ? s'enquit vivement Rosa.

— Perry est capable de suivre des pistes olfactives comme personne, pas même moi, admit-il avant de secouer la tête à son intention.

La plupart des membres de son équipe étaient en train de rentrer à la guilde. Il n'allait certainement pas envoyer Perry seule à la poursuite des révolutionnaires – pas si peu de temps après avoir failli perdre Garrett.

— Une fois de retour à la guilde, tu emmèneras trois hommes et vous verrez si vous pouvez retrouver leur trace, murmura-t-il en se radossant. Ne les affrontez pas et ne vous séparez pas. Tu pourras me faire ton rapport dans la matinée.

Quelle que fût l'intention de Mercury, il avait d'autres priorités pour cette nuit.

Lynch n'avait pas pu examiner le corps d'Alistair, pas plus que sa maison, et il savait que Bleight ne l'y autoriserait plus.

Fitz avait recousu sa plaie puis il s'était installé à son bureau, quelques heures plus tôt. Le regard perdu dans la pénombre, Lynch passa de nouveau l'affaire en revue. Il avait lui-même examiné Haversham et Falcone. Il n'avait trouvé aucune trace de piqûre sur eux, ni de poison ou de toxine dans leur verre, et aucune preuve dans la maison n'expliquait ce déchaînement de folie.

Hormis cette odeur poisseuse et douceâtre qu'il avait remarquée dans les deux demeures.

Il écarta les cheveux de son visage et observa la surface de son bureau. Il n'avait pas les idées en place ce soir. Il arrivait à peine à réfléchir tant il était accablé de chagrin. Chaque fois qu'il poursuivait une idée, elle lui échappait et se dissolvait dans le brouillard de ses pensées. L'affrontement avec Mercury continuait à surgir dans son esprit malgré l'attention qu'il devait porter à Alistair.

Pour quelle raison était-elle apparue ce soir ? L'avait-elle suivi depuis la maison d'Alistair ? Avait-elle un lien avec sa mort ? Si c'était le cas… il serra les poings. Si c'était le cas, il ne ferait preuve d'aucune pitié.

On frappa un coup vif à sa porte.

Perry. Il le sut à sa façon d'attendre une réponse.

— Oui ? lança-t-il en jetant un coup d'œil à l'horloge.

Elle ne s'était absentée que trois heures. Elle n'apportait certainement pas de bonnes nouvelles.

Perry se faufila à l'intérieur, les cheveux et les cils humides de bruine.

— On les a perdus, déclara-t-elle. J'ai retrouvé leur piste sur quelques rues, et puis il s'est mis à pleuvoir.

— Dans quelle direction allaient-ils ?

— Les quais de l'East End.

Lynch observa sa manière de joindre ses mains dans son dos.

— Tu as autre chose à me signaler ?

Perry soupira.

— Quand j'ai perdu leur piste, je suis retournée à Holland Park Avenue. J'ai réussi à détecter le parfum de l'homme dans la ruelle d'en face. Il ne s'est jamais approché de la maison, mais je suppose qu'il vous surveillait.

— Il n'avait rien à voir avec l'attaque, dans ce cas, murmura Lynch. Ce qui signifie que c'était moi qui les intéressais. Mais pourquoi ?

— Je ne saurais dire, monsieur. (Elle inspira lentement.) Il y a autre chose. La grande femme sur la banquette arrière était un loup-garou. J'en mettrais ma main à couper. J'ai envoyé deux hommes vérifier le registre pour voir s'ils peuvent l'identifier.

Intéressant. La loi avait permis la libération de tous les loups-garous depuis le traité passé avec la Scandinavie, mais ils devaient s'enregistrer dans chacune des villes qu'ils traversaient.

— Parfait.

Les pièces du puzzle commençaient à se mettre en place. Lynch s'était toujours montré patient ; la toile d'araignée frémissait et le piège se refermerait bientôt sur Mercury. Il sentit une pointe d'excitation naître dans ses tripes.

— Tu as l'air épuisée, dit-il. Va te reposer. Tu as bien bossé cette nuit.

Perry n'alla pas jusqu'à sourire de ce rare éloge, mais elle hocha la tête et prit congé.

Lynch observa de nouveau son bureau et aperçut un morceau de vélin plié, posé à côté de son encrier.

Le parfum de Rosa en émanait, lui évoquant des journées de printemps ensoleillées, des éclats de rire et des draps frais. Malgré son humeur, il sentit ses épaules se détendre. Il avait voulu une secrétaire qui n'aurait pas peur de lui, il n'avait désormais plus la moindre idée de ce qu'il allait faire d'elle.

Fais attention à tes désirs…

Il était évident qu'elle n'avait pas peur de lui et il était forcé de reconnaître l'ingéniosité dont elle avait fait preuve en apportant avec elle une bouteille de sang. Ce n'était pas le seul aspect de sa personnalité qui forçait son admiration, mais il valait mieux pour lui ne pas y penser.

De l'ongle de son pouce, il déchira le rabat du feuillet et le parcourut. Le clair de lune qui filtrait par-dessus son épaule lui procurait juste assez de lumière pour déchiffrer l'écriture penchée.

Cher monsieur,

On dit que la propreté conduit à la sainteté, ce qui explique votre manque de considération à cet égard. J'ai donc pris sur moi de vous sauver du péché. Vous trouverez vos papiers classés dans mon bureau, triés, rangés par ordre alphabétique et bien à plat.

Je vous serais reconnaissante de les garder en l'état, même si j'ai peu d'espoir.

Avec tout le respect que je vous dois,

Mme Marberry.

Elle avait dû rédiger le mot plus tôt dans l'après-midi. Et lui, dans son état, n'avait rien remarqué.

Lynch articula son nom en silence et la ligne de sa bouche s'adoucit. Fichue femme. Son audace le stupéfiait.

Elle avait réussi à le distraire, au moins un instant.

Un manque de considération, en effet. À ce sujet, il savait précisément qui manquait de considération, que lui et les siens aient été ou non excommuniés. Les propos de Rosa trahissaient son éducation bourgeoise ; l'Échelon avait tourné le dos à une Église qui les désavouait et les considérait comme des démons. Comme par représailles, la foi prenait ces temps-ci une ampleur surprenante parmi les plus défavorisés. Les églises avaient été détruites sur ordre de l'Échelon, mais Lynch avait entendu parler de rassemblements secrets dans des lieux obscurs.

Manque de considération. Il fronça les sourcils et reposa la lettre, puis ouvrit ses tiroirs pour essayer de trouver où elle avait rangé ses affaires.

Satanée bonne femme.

— Ça ne t'est pas venu à l'esprit de me demander s'il fallait que Mercury fasse une apparition ce soir ? gronda Rosalind en remontant à grands pas la ruelle sombre et humide.

— C'était ton idée, lui rappela Ingrid. Pour empêcher sa seigneurie de te soupçonner, tu t'en souviens ?

Rosalind pinça les lèvres.

— Il était blessé.

— Exactement. J'ai senti l'odeur du sang sur lui quand il est sorti de la maison.

Il y eut un long silence et Rosalind se rendit compte qu'Ingrid s'interrogeait sur les motifs de sa préoccupation.

— Je savais qu'il ne pourrait pas se lancer à notre poursuite, murmura Ingrid. C'était l'occasion parfaite de coller une cape et un masque à Molly. On a seulement profité de la situation.

Ce qui était précisément ce qu'elle aurait fait à la place d'Ingrid. Rosalind ralentit en approchant d'une porte. Qu'est-ce qui n'allait pas chez elle, bon sang ? Lynch n'était pas grièvement blessé… pourtant, elle avait éprouvé un curieux malaise en voyant son sang sur ses doigts. Quoi qu'il en soit, le stratagème chasserait les éventuels doutes qu'il pourrait entretenir si elle gaffait par accident. *Ne réagis pas, agis*, avait toujours dit Balfour.

Rosalind brandit la lampe à gaz et franchit une porte.

— J'aurais seulement préféré que tu me préviennes, murmura-t-elle.

Les ombres se dissipèrent et d'immenses statues de forme humaine apparurent dans l'obscurité. La lumière se refléta sur les plaques d'acier et sur la fente de l'œil en verre vide de la créature en face d'elle.

— Cent douze, annonça Rosalind en observant les rangées d'automates. Et ça ne suffit toujours pas.

— D'après nos calculs, chacun de nos Cyclopes vaut quatre Cuirasses de l'Échelon, dit Ingrid avec un haussement d'épaules.

Elle cala un cigare entre ses lèvres charnues et gratta une allumette. Le soufre se consuma aussitôt dans le sous-sol glacial avant qu'Ingrid l'éteigne en secouant la main.

La femme se moquait du froid et ne portait qu'une chemise d'homme aux manches retroussées et un pantalon serré. Son chignon de cheveux sombres et épais soulignait ses pommettes. Elle tira une bouffée de son cigare et en souffla la fumée avant de poser sa main nue sur le bras en acier d'un Cyclope.

Rosalind soupira.

— Et ils en ont un millier de leur côté.

— On y arrivera.

— À la longue, oui.

Elle serra les dents. Depuis que les mécaniques avaient abandonné la cause humaniste et disparu dans la nature, la production clandestine de Cyclopes était au point mort. Elle pouvait se montrer patiente mais elle était à court d'idées. Et maintenant que Lynch avait découvert sa route d'approvisionnement de contrebande en provenance des enclaves, elle ne savait vraiment plus comment agir.

— Est-ce que tu as trouvé un forgeron dans les enclaves ?

— Mordecai nous a manifestement coupé l'herbe sous le pied. Je n'en ai pas trouvé un seul qui accepte de nous aider.

— Alors on va chercher ailleurs. Et enlever l'un des maîtres forgerons de l'Échelon s'il le faut.

Ingrid s'étouffa avec la fumée de son cigare.

— Tu es folle ? Ils sont mieux surveillés que la culotte d'une vierge, là-bas.

— Où, alors ? demanda-t-elle sèchement en pivotant sur elle-même pour observer les géants silencieux et immobiles.

Élaborés d'après les plans des Cuirasses, ils avaient été conçus de manière que leur épaisse carapace puisse s'ouvrir et accueillir un humain afin de contrôler le monstre de métal de l'intérieur, ce qui les dotait d'une grande dextérité et d'une précieuse maniabilité. Avec leurs canons enchâssés dans chaque bras, ils pouvaient cracher du feu grégeois avec précision, et jusqu'à six mètres.

— J'ai besoin d'hommes pour les manier, reprit-elle. Et d'hommes pour les construire. Pour l'instant, je n'ai ni les uns ni les autres.

— Tu as toujours eu la patience qu'il fallait.

— C'était avant la disparition de Jeremy !

Rosalind jura tout bas et heurta le Cyclope le plus proche. La douleur qui résonna dans sa main lui apporta la clairvoyance dont elle avait besoin. Elle était en train d'échouer, elle le savait ; elle avait laissé tomber son frère, fait défaut à Jack et Ingrid à travers ce curieux adoucissement envers l'ennemi, et elle n'avait pas réalisé le rêve ultime de Nate, qui consistait à rétablir les droits de l'homme en Grande-Bretagne. D'une certaine façon, parler de lui avec Lynch, ce soir, avait hissé sa culpabilité jusqu'à de douloureux sommets.

— Vous avez fait le tour de la guilde ?

— Ouais. Aucune trace de l'odeur de Jeremy. Je suis aussi allée en ville...

— Ingrid ! la coupa-t-elle en se tournant vers son amie. Tu prends trop de risques. Il suffit qu'un sang bleu croise ton regard et toute la ville saura ce que tu es.

Comme pour la défier, Ingrid leva les yeux et laissa la lumière se refléter dans ses iris dorés.

— Les lois contre les loups-garous ont été abolies. Et ils sont suffisamment nombreux à débarquer de Manchester et des Fosses pour qu'on n'en remarque pas un de plus.

— Ça ne veut pas dire que tu es en sécurité pour autant.

Les sangs bleus étaient les ennemis naturels des loups-garous. Même la force surhumaine d'Ingrid ne lui serait d'aucune aide s'ils l'attaquaient en nombre.

— Promets-moi que tu ne prendras plus de tels risques. N'approche plus de la ville !

Ingrid redressa les épaules et une lueur d'indignation brilla dans son regard.

— J'ai autant de droits que toi, grogna-t-elle. J'ai caché ces fichus yeux plus de la moitié de ma vie, ici dans l'obscurité. Maintenant que les sangs bleus ont signé une trêve avec les clans de loups-garous scandinaves, je n'y suis plus obligée. Et je ne le ferai plus. Ça me tue d'être enfermée dans ces satanés tunnels.

Rosalind prit sa main entre les siennes – c'était l'une des seules à oser ce geste quand Ingrid était de cette humeur. Sa peau était brûlante. Le virus du loupe qui affectait Ingrid n'avait pas pour seul effet de la doter de sa force surhumaine.

— Je sais, répondit Rosalind d'une voix douce. Seulement, je m'inquiète ; cette trêve est encore trop récente. Les habitudes des sangs bleus sont tenaces et certains d'entre eux sont si âgés qu'ils vivent encore dans le passé. Si tu vas à la surface, emmène plusieurs hommes avec toi. Ou même Jack.

Ingrid jeta son cigare par terre et l'écrasa, le visage inexpressif. Cette impassibilité indiquait à Rosalind son niveau de contrariété. Ingrid avait depuis bien longtemps appris à maîtriser son tempérament par peur de blesser quelqu'un, et ce contrôle sur elle-même se lisait dans la raideur de ses épaules.

— On fait la paix ?

Ingrid lui jeta un regard maussade, puis hocha la tête. Rosalind lui prit brusquement la main et la serra avec ses doigts d'acier. Ingrid gonfla les narines, puis finit par serrer à son tour. Les secondes s'égrenèrent, puis Ingrid la repoussa tout en jurant tout bas.

Rosalind heurta le mur et éclata de rire ; c'était un vieux rituel qui ne manquait jamais d'apaiser le tempérament sauvage d'Ingrid. Elle plia ses doigts métalliques et sentit le muscle se contracter dans son avant-bras, à l'endroit où les câbles d'acier étaient reliés aux tendons.

— Si tu m'as cassé la main, tu vas devoir m'en financer une autre, la prévint Rosalind avec un sourire.

Ingrid leva les yeux au ciel.

— J'irai enlever un maître forgeron.

Ce rappel fit disparaître son allégresse. Elle s'écarta du mur.

— Viens. On ferait mieux d'aller à la recherche des mécaniques. Je vais avoir besoin de dormir un peu cette nuit si je veux assurer auprès de mon cher Engoulevent demain matin.

Cette perspective fit naître en elle une émotion, une sensation d'anticipation fiévreuse.

Elle était si distraite qu'elle ne remarqua pas le regard appuyé que lui jeta son amie.

10

Rosalind entra dans son bureau en bâillant. Elle avait passé la moitié de la nuit à la recherche des mécaniques. Pour autant, elle n'avait trouvé aucune trace d'eux nulle part, ni chez les forgerons ni dans les fonderies ou dans les enclaves, où ils étaient susceptibles de travailler l'acier. En revanche, les rumeurs des massacres perpétrés en ville circulaient partout.

Elle referma la porte et cligna des yeux. Quelque chose clochait.

Son impression se confirma aussitôt. Son bureau était recouvert d'une multitude de dossiers et de piles de paperasse qui menaçaient de s'écrouler.

Le coupable n'était nulle part en vue.

Il avait trouvé son mot. Rosalind fit un pas en avant tout en observant cette scène de dévastation. Avec tout ce qui s'était passé la veille au soir, elle l'avait presque oublié.

C'était sans doute sa faute, mais elle avait été incapable de se retenir la veille – encore ces impulsions auxquelles elle ne parvenait jamais à échapper.

Surtout, ne pas s'énerver, songea-t-elle en examinant la montagne de documents, tout en essayant de réprimer son instinct de vengeance. C'était Balfour qui lui avait inculqué cela et elle avait beau le détester, elle allait se servir des leçons qu'il lui avait apprises pour maîtriser ses pulsions.

Mettre de l'ordre dans ce chaos, en revanche… elle ne pouvait y couper. Elle soupira et saisit la première feuille de la pile. L'écriture était à peine lisible, rédigée avec impatience, comme si Lynch n'était pas parvenu à retranscrire les mots assez vite.

Mme Marberry,

Puisque vous semblez manquer d'occupations, j'ai trouvé pour vous quelques anciennes affaires à classer. Certaines d'entre elles – les fichiers de 1863, je crois – font référence à une vague d'étranges empoisonnements survenus en ville. Je veux ces dossiers sur mon bureau pour midi. Vous trouverez également la liste des forgerons. Recoupez-les avec les dossiers métallurgiques de la guilde pour voir qui est capable de créer des membres biomécaniques. Les dossiers de la guilde sont… quelque part dans la pile.

Bien sincèrement,

Lynch

P.-S. : *Je pèche rarement et, quand je le fais, c'est tout à fait intentionnel. Je n'ai aucun besoin de salut.*

Rosalind entrouvrit les lèvres devant l'immense désordre qui lui faisait face, puis un faible sourire y apparut. S'il pensait qu'elle en resterait là, il se trompait. Elle plissa les yeux puis s'empara d'une feuille et d'un stylo.

L'horloge posée sur la cheminée sonna midi.

Rosalind reposa le dernier des dossiers et l'observa longuement. Elle n'avait pas vu Lynch de toute la matinée, ce dont elle aurait dû se réjouir. Ça lui laissait le temps de réfléchir à la prochaine étape de son plan pour retrouver les mécaniques et Jeremy.

Jeremy. Il devait bien y avoir une trace de lui quelque part, quelqu'un qui aurait entendu quelque chose... Elle ne pouvait s'imaginer qu'il avait péri dans l'attentat. Elle le saurait, n'est-ce pas ? Elle l'avait pratiquement élevé...

C'était la première fois qu'elle envisageait réellement cette possibilité. D'après les journaux, tous les corps avaient été retrouvés et identifiés. Mais si les journaux n'avaient pas eu accès au compte total des corps ? Et si, pour une raison ou une autre, le véritable nombre de morts avait été gardé secret ?

Son rythme cardiaque s'accéléra. Le corset auquel elle ne s'habituait pas lui enserrait les côtes comme un poing énorme qui se rétrécirait lentement autour d'elle, et elle sentit une brûlure à l'arrière de ses yeux. *Non, ne pleure pas.* Elle se leva et s'approcha des doux rayons du soleil qui filtraient par la fenêtre. *N'y pense pas. Continue. Continue de le chercher. Tu finiras par le retrouver.*

Rosalind frotta les doigts de sa main factice et éprouva chacun des raccords lisses à travers ses gants de satin qui montaient jusqu'aux coudes. Elle éprouvait parfois une douleur, comme si son membre était toujours présent.

Le monde continuait de tourner en contrebas, des hommes en manteau et capuche, des femmes arborant de sobres capots et des robes aux couleurs sombres. Il était bien loin, le cœur de la ville, où l'Échelon se pavanait dans ses parures de paon. Les gens qui circulaient sous ses yeux étaient de simples humains appartenant à la classe moyenne. Des gens comme elle. Ceux pour qui elle se battait. Ceux pour qui elle se sacrifiait.

Au point d'en avoir délaissé son petit frère, lui murmura la voix de la culpabilité. Elle s'était tellement impliquée dans les plans des Cyclopes qu'elle ne lui avait plus accordé une seconde, concentrée sur la dette qu'elle avait envers Nate.

Pourquoi n'arrivait-elle pas à le retrouver ? La douleur dans sa poitrine devint si oppressante qu'elle éprouva soudain des difficultés à respirer.

Agis. Passe à l'action.

Ses émotions pouvaient la paralyser et si elle ne parvenait pas à s'en débarrasser, il valait mieux qu'elle se change les idées.

Rosalind inspira lentement pour se calmer. Lynch était la solution. Elle devait s'introduire dans sa tête et découvrir ce qu'il savait sur Jeremy et sur l'explosion de la tour.

Peu importait ce qu'il lui en coûterait d'obtenir cette information.

L'observatoire était frais malgré le soleil automnal qui brillait à l'extérieur. Lynch s'approcha du mur nord, avec sa carte des étoiles et la manivelle qui permettait d'ouvrir le toit sur les cieux. Il saisit le manche, le débloqua d'une pichenette et tira sur le levier pour l'actionner. Le procédé avait été laborieux, nécessitant toutes sortes de manœuvres, jusqu'au jour où, dix ans auparavant, Fitz avait jeté un œil au système et l'avait mécanisé.

Une bonne chose, songea-t-il en sentant sa plaie fraîchement recousue tirer douloureusement sur la peau de son flanc. Il relâcha le levier. Lynch avait assuré à ses hommes qu'il était en forme, mais un seul regard avait suffi à Doyle pour lui ordonner de prendre un jour de repos.

Il observa d'un regard perçant les béchers situés de l'autre côté de la pièce et le goutte-à-goutte régulier de la distillation. L'observatoire ne servait pas seulement à l'étude des étoiles ; en réalité, à cause du brouillard londonien, il n'était que rarement utilisé ainsi. À la place, il était devenu son laboratoire et son refuge. Lynch n'était là que pour s'efforcer d'arrêter de penser au travail.

Avec un grincement métallique, le dôme de laiton s'ouvrit comme une fleur qui offre ses pétales au soleil. Une brise fraîche agita le revers de son manteau et le soleil inonda le sol en pierre de l'observatoire, juste devant Lynch. Celui-ci fit le tour de la pièce et plongea le regard dans le liquide pâle du premier bécher. Un poison rare sur lequel il travaillait depuis des mois ; il pouvait entraîner une transe catatonique et presque mortelle.

Il n'avait trouvé aucune trace de Mercury, que ce soit dans les rues ou dans ses rêves. Non, la nuit dernière avait été une véritable torture, une torture de son propre fait, surchargée de rêves fiévreux remplis de toutes sortes de péchés, avec pour protagoniste la tentation humaine qui était actuellement en train de trier ses dossiers et l'empêchait d'accéder à ses appartements.

La bouche de Lynch se durcit. Il ouvrit le distillateur que Fitz avait conçu pour lui. La petite chaudière se mit en route et l'eau contenue à l'intérieur commença à frémir. Moins de cinq minutes suffiraient pour que la vapeur envahisse ce coin de l'observatoire et y distille doucement son poison.

Des pas silencieux attirèrent son attention, trop silencieux pour qu'ils puissent appartenir à l'un de ses hommes. Les premières traces d'un parfum citronné parvinrent à ses narines.

Pas déjà. Il n'était pas encore prêt. Il jura dans sa barbe et se retourna à l'instant précis où Mme Marberry apparaissait dans la pièce, munie d'un plateau. Un rayon de soleil illumina sa silhouette et elle écarquilla les yeux de surprise en constatant que le toit était ouvert. Elle avait beau se contenir, ce fut pourtant l'expression la plus sincère qu'il ait eu l'impression de voir sur ses traits.

Authentique, songea-t-il, avant de se demander aussitôt pourquoi ça lui plaisait.

— Bonjour, dit-il en notant que sa robe grise lui allait comme un gant.

Des boutons en velours noir couraient de son cou à sa taille, où le tissu moulait ses formes avant de s'évaser jusqu'au sol. Il put apprécier son buste et les formes douces de son postérieur ainsi mis en valeur quand elle tourna sur elle-même en levant les yeux. Sa bouche s'assécha. Des mèches d'un rouge cuivré s'échappaient de son chignon et venaient caresser son cou gracile. Dans les rayons du soleil, c'était une créature de feu et sa peau de porcelaine paraissait presque éthérée.

Il avait envie de lui arracher sa robe et de la déshabiller entièrement. Les couleurs disparurent lentement de sa vision et Lynch dut se forcer à détourner le regard et à inspirer calmement. Son pouls battait frénétiquement dans ses oreilles, un lancinement sourd qui servait d'avertissement à n'importe quel sang bleu.

— Doyle m'a dit que vous aviez demandé que je monte un plateau dans l'observatoire, se justifia-t-elle en déposant celui-ci sur le bureau encombré.

Elle lui tourna ostensiblement le dos pour examiner le contenu de la pièce avec le plus grand intérêt.

— Qu'est-ce que ça peut bien… commença-t-elle.

Lynch releva la tête juste au moment où elle s'apprêtait à saisir un objet flanqué de piques posé sur l'un des établis.

— N'y touchez pas ! s'exclama-t-il en bondissant vers elle.

Il l'attrapa par la taille alors qu'elle effleurait du doigt les épines d'acier du hérisson métallique. Une simple pression faisait jaillir ses épines dans tous les sens.

Rosa se retrouva plaquée contre Lynch, qui empoignait le tissu sergé et le velours chaud de sa robe à pleines mains. Rosa s'agrippa à son foulard, une expression dure et effrayée sur le visage, avant que ses traits finissent par s'adoucir de nouveau.

— Mince alors, dit-elle, le souffle court, vous m'avez fait peur.

Elle serrait toujours son foulard de sa main gauche. Lynch se racla la gorge.

— Vous m'étranglez.

Elle le relâcha aussitôt. Lynch s'apprêtait à lui saisir la main droite mais il s'interrompit.

— Puis-je ?

Elle considéra avec hésitation sa paume tendue, puis y posa lentement ses doigts.

— Que se passe-t-il ? Qu'est-ce que j'ai fait de mal ?

Il inclina sa main et toucha le bout de ses gants. Rosalind retint son souffle et Lynch s'arrêta pour la regarder.

— Les épines sont gorgées de curare, un poison très dangereux d'Amérique du Sud. (Il tira lentement sur le gant.) Je dois m'assurer qu'elles ne vous ont pas entaillé la peau.

Elle se figea, rétive, et il la sentit trembler sous son bras passé autour de sa taille.

— Je l'ai à peine touché, murmura-t-elle.

— S'il vous plaît.

Sa main était petite et pâle, sa peau douce. Lynch la retourna lentement pour examiner le bout de ses doigts intacts. Il fut aussitôt soulagé et lui caressa la paume.

— Pas de coupure.

— J'aurais pu vous le dire moi-même.

Sa voix ne tremblait plus, mais quelque chose dans son intonation retint l'attention de Lynch.

Elle observait son pouce avec des yeux méfiants, les paupières mi-closes. Lynch cessa sa caresse en prenant soudain conscience de l'intimité du geste. Les veines bleues de son poignet étaient exposées devant lui, vulnérables – comme une tentation, un défi. Elle se raidit en comprenant où était posé son regard.

Il la relâcha.

— Je ne prends pas directement mon sang à la source, déclara-t-il en reculant d'un pas.

Rosa porta la main à sa poitrine et croisa ses yeux sombres.

— Ah non ?

Il secoua la tête et s'approcha du plateau posé sur son bureau, le cœur battant à tout rompre. Dans le monde gris qui l'entourait, Mme Marberry ressemblait à une lueur chatoyante dont les battements de cœur frénétiques exaltaient le prédateur qu'il était.

Quelqu'un – Doyle, sans aucun doute – avait jugé bon de lui fournir du vin de sang. Il se servit un petit verre qu'il avala d'un trait. Il avait l'impression de sentir le poids du regard de Rosa sur sa nuque.

— Je suis un renégat, madame Marberry. J'achète mon sang aux usines de drainage – ou ce qu'il en reste, du moins.

Il s'agissait du sang récupéré par le biais des taxes que l'Échelon avait imposées à la population plusieurs années auparavant. Il reboucha lentement la carafe.

— Je n'ai pas les moyens d'entretenir un esclave.

— Mais vous avez sûrement…

— Non, la coupa-t-il fermement. Je n'ai jamais bu directement à la veine.

Un lourd silence s'abattit sur la pièce. Lynch reprit ses esprits et se retourna pour lui faire face. Rosa se tenait toujours le bras et la curiosité qu'il décelait souvent chez elle brûlait dans ses yeux.

— Vous voulez savoir pourquoi ? demanda-t-il, et sa vision fut soudain débarrassée de son filtre grisâtre.

Rosalind rougit.

— Bien sûr que non.

— Surprenant, fit-il remarquer, presque pour lui-même. Vous avez montré peu de retenue par le passé, sauf quand vous êtes directement concernée ou que vous faites référence à moi comme à un sang bleu.

Il perçut le léger tressaillement qu'elle ne parvint pas à dissimuler et refusa de céder à la culpabilité.

— Vous n'aimez pas penser à moi ainsi. (Cette fois-ci, elle ne laissa rien transparaître, mais il savait qu'il avait touché un point sensible.) Vous m'avez rendu très curieux d'en apprendre davantage sur votre passé, Rosa. Ainsi que sur vos penchants humanistes.

Le sang quitta le visage de Rosa.

— Mes quoi ?

Intéressant. Il récupéra son verre et s'empara de la carafe. Il s'assit sur le canapé, posa les pieds sur la table et se servit un autre verre. Rosa n'avait toujours pas bougé, mais une tension émanait de tout son corps, comme si elle se préparait à fuir à tout moment. Sa main nue agrippait le gant comme une bouée de sauvetage.

— Vous lisez les brochures, ajouta-t-il, la prenant en pitié. Vous en savez assez sur le sujet pour me faire penser que vous sympathisez avec la cause humaniste, si ce n'est plus. Très peu d'humains connaissent la ciguë, ses effets et ses applications.

Je soupçonne également qu'un incident impliquant un sang bleu est survenu dans votre passé.

La couleur était revenue aux joues de Rosa.

— Et pourquoi soupçonnez-vous une chose pareille ?

— À cause du pistolet, répondit-il sans ménagement. De votre peur de moi, de mes hommes, de votre aversion pour le contact physique et de votre gêne à partager un espace confiné avec moi. La seule fois où vous n'étiez pas effrayée de vous retrouver dans le fiacre en ma compagnie, c'est lorsque j'étais blessé et, par conséquent, dans votre esprit, vulnérable.

Elle le dévisagea comme un animal acculé.

— Je n'ai pas peur de vous.

Lynch haussa un sourcil.

— Vraiment pas, insista-t-elle en serrant les poings.

— Alors vous êtes très méfiante. Ce qui m'amène à suspecter que vous avez eu des démêlés avec un sang bleu.

Elle enfila son gant comme elle aurait enfilé une armure.

— Mon père était un sang bleu, déclara-t-elle. Ma mère était son esclave, mais elle s'est enfuie à… à la naissance de mon petit frère. Malheureusement, elle est décédée. La vie dans la rue ne lui a pas réussi et on a dû apprendre à se débrouiller, ce qui explique que je porte un pistolet. Les vieilles habitudes ont la vie dure.

Elle ferma les paupières un instant.

— Mon père nous a retrouvés quand j'avais dix ans, alors j'ai… un grand respect pour les sangs bleus et ce dont ils sont capables. C'est tout.

C'était peut-être la vérité, mais elle n'avait pas tout dit. Si son père était un sang bleu, alors elle possédait des origines distinguées. *De qui pouvait-il bien s'agir ?* Il s'efforça de chasser cette pensée ; il verrait ça plus tard. Il savait faire preuve de patience, et tout ce qu'il savait d'elle lui indiquait qu'il allait en avoir besoin.

Lynch sirota son vin de sang, conscient que ce spectacle la perturbait.

— Votre père vous a fait du mal… ?

— Monsieur, répliqua-t-elle d'un ton glacial, cette conversation me semble inconvenante. Vous n'avez aucun droit…

— De fouiner ? Il se peut que je partage votre curiosité, mais plutôt que de m'introduire dans des pièces fermées à clé – je m'interroge d'ailleurs sur vos méthodes – je vous interroge directement.

Le regard qu'elle lui jeta était loin d'être amical.

— Je ne me suis pas introduite par effraction ; la porte n'était pas verrouillée.

Lynch se redressa et reposa son verre.

— C'est un vilain mensonge, dit-il. Mais vous êtes si douée que vous seriez capable de me faire douter.

Elle observa un nouveau silence prudent. Il désigna le fauteuil en face de lui.

— Asseyez-vous. Pourquoi ne pas cesser de tourner autour du pot ?

— J'ai du travail.

— Je vais très généreusement vous accorder une heure pour le déjeuner.

Elle hésitait toujours.

— Et je vous échangerai une vérité contre une vérité, ajouta-t-il, sachant que la curiosité était son point faible.

Il souleva la cloche qui recouvrait le plateau et révéla un assortiment de petits sandwichs au concombre, de gâteaux aux épices et de biscuits. Une théière fumait à côté.

— En plus, je n'ai pas demandé toute cette nourriture rien que pour moi, c'est évident. J'ai fait preuve de négligence en ce qui concerne vos repas depuis que vous avez commencé à travailler pour moi.

— Ça m'est égal.

— Ce que vous voulez dire, répondit-il en la regardant par-dessus le plateau, c'est que vous ne souhaitez pas vous dévoiler.

Il vit une flamme rebelle s'allumer dans ses yeux.

— Je dirige quatre cent cinquante Engoulevents, madame Marberry. N'attisez pas trop ma curiosité. Je vous préviens que vous éveillez déjà mon intérêt, même si je doute que c'était là votre intention.

Elle s'assit, mais la raideur avec laquelle elle se percha au bord du fauteuil trahissait son humeur. Lynch se radossa et étira ses longues jambes devant lui. Il avait des dizaines de questions la concernant et chacune de ses réponses évasives faisait naître en lui d'autres interrogations.

— Mangez.

— Je n'ai pas faim.

Il l'examina.

— Si, vous avez faim.

— Êtes-vous toujours aussi perspicace, monsieur ?

— J'ai eu de nombreuses années pour apprendre à déceler les mensonges. (Il se pencha en avant pour lui servir une tasse de thé.) Thé au citron, murmura-t-il. Avec un sucre, il me semble ?

Mme Marberry le contempla longuement.

— Vous savez comment j'aime boire mon thé ?

— Rien ne m'échappe, Rosa.

L'utilisation de son prénom était délibérée. Il ne s'agissait pas d'un interrogatoire – pas encore – mais certaines de ses questions à son sujet nécessitaient une réponse. Certains… doutes. Et il avait tout intérêt à profiter de son temps – de son repos forcé, pour ainsi dire – pour satisfaire sa curiosité.

— Merci, murmura-t-elle en s'emparant de la tasse et de la soucoupe.

Elle les posa sur ses genoux comme s'il s'agissait d'une barrière entre eux. Bien. Il voulait la mettre mal à l'aise. Il voulait qu'elle lui révèle ses secrets.

À sa manière de poser ses mains de chaque côté de la tasse, on aurait dit qu'elle cherchait à se réchauffer.

— Puis-je commencer, dans ce cas ? Étant donné que je vous ai déjà dévoilé de nombreux éléments de ma vie.

Il écarta les bras et pencha la tête.

— Je pense que tout n'était pas exact, mais en tant que gentleman, je vous autorise à commencer.

— C'est trop aimable. (Elle but une gorgée de son thé, le regard songeur.) Vous étiez amoureux d'Annabelle. Avez-vous déjà aimé une autre femme ?

Elle attaquait fort. Elle cherchait à le mettre sur la défensive. Lynch la gratifia d'un sourire indolent.

— Non. J'ai retenu la leçon la première fois, Rosa. Je ne suis pas très désireux de renouveler l'expérience.

Elle plissa les paupières.

— Mais c'est…

— Mon tour, la coupa-t-il. Vous n'avez pas nié mon allusion à vos penchants humanistes. Je trouve ça curieux.

— Hmm. (Elle trouva refuge dans sa tasse de thé.) Il me semble que ce n'est pas une question.

— Êtes-vous une sympathisante humaniste ?

Elle reposa sa tasse sur sa soucoupe avec un tintement et examina l'assortiment de sandwichs.

— Je suis humaine, monsieur. Évidemment que j'ai des penchants humanistes. (Elle croisa son regard, et il décela en elle une émotion qu'il n'aurait su déchiffrer.) Vous ne pouvez pas comprendre. Vous avez des droits. Moi pas. Chaque homme et chaque femme en ville se demande secrètement si les choses s'arrangeraient en cas de victoire des humanistes.

— Je possède des droits, vous dites ? répéta Lynch comme pour lui-même. Il faudrait peut-être que je le rappelle au prince consort la prochaine fois que je le verrai.

Rosa laissa planer sa main gantée de satin noir au-dessus du plateau.

— Je n'oublie pas que vous êtes un renégat. Mais vous ne vivez certainement pas dans la crainte de vous faire agresser dans la rue pour votre sang.

Sa main plongea et s'empara d'un des petits pains.

— Je ne suis pas assez forte pour repousser un sang bleu, poursuivit-elle. Je pourrais me vider de mon sang dans un caniveau sans que personne ne lève le petit doigt. Alors oui, j'ai de la sympathie pour le mouvement humaniste.

Elle mordit dans le sandwich, l'air totalement à son aise. Mais elle avait remis son gant. Les convenances exigeaient pourtant qu'elle les retire en sa compagnie lors des repas.

Il classa cette information pour plus tard, en se demandant pourquoi elle se pensait plus en sécurité avec ses gants. Pourquoi ne portait-elle pas la même attention à sa gorge dénudée qui laissait apparaître le morceau de dentelle noire qui torturait autant Lynch ?

— J'aimerais que vous ne me regardiez pas manger, murmura-t-elle en s'essuyant les lèvres avec une serviette en papier.

Ce n'était pas ce que je faisais. Il baissa les yeux. Un échiquier était posé sur la petite table d'appoint à côté de lui. Il le désigna d'un geste.

— Vous savez jouer ?

— Un peu.

Elle s'amusait à ses dépens. Il libéra un espace sur la table et y déposa l'échiquier.

— Ça vous donnera une impression d'intimité.

Et à lui, un aperçu approfondi du mystère de sa personnalité. Il disposa rapidement les pions sur la surface en bois laqué.

— Vous ne prenez pas les noirs, monsieur ?

Il observa le plateau.

— Ce sont les blancs qui commencent. (Il dévoila ses dents dans un rictus qui ressemblait peut-être à un sourire.) Je suis un homme. Alors j'attaque.

— Très percutant, comme appréciation, répliqua-t-elle en le regardant placer son premier pion. C'est un coup agressif… mais il y en a de pires… Je pense que vous essayez de me cacher votre véritable objectif. Et ça – elle lui jeta un petit sourire dangereux –, ça vous ressemble beaucoup, bien plus que d'énoncer de pareilles futilités.

Lynch se surprit à sourire.

— Touché.

— Je suppose donc que vous avez une autre stratégie en tête, reprit-elle en examinant l'échiquier avec intérêt.

Sa main délicate plana au-dessus de son cavalier avant de revenir sur un pion. Elle le plaça directement devant le sien. Un défi pour voir s'il allait mordre à l'hameçon.

Il déplaça son cavalier dans une position menaçante. Elle avait voulu l'attaquer mais s'était retenue. Intéressant.

— J'ai toujours une autre stratégie en réserve.

— Hmm.

Elle rapprocha sa chaise et se pencha sur l'échiquier en posant son menton dans sa main.

— À mon tour. Que vouliez-vous dire quand vous avez annoncé au duc de Bleight que vous le verriez dans l'atrium s'il retentait quoi que ce soit contre vous ou l'un des vôtres ?

— Il a toujours redouté mon ambition, répondit Lynch en observant attentivement les doigts de Rosa. (Le cavalier au centre.) Et il commence à se faire vieux, sans autre héritier direct que quelques vagues cousins lointains. L'idée que je puisse le défier pour le duché est la seule chose qui le tienne en échec.

— Envisageriez-vous réellement de le défier ?

— Je suis un renégat, Rosa. (Il s'agissait d'une seconde question mais il feignit de ne pas s'en être rendu compte et avança son cavalier pour la contrer.) Je ne peux porter aucun titre ni occuper de poste dans la société. Il devrait le savoir, mais il est trop aveuglé par sa peur.

Elle fit glisser un pion sur l'échiquier comme si ce coup était sans importance.

— Et s'il rompt ce pacte, vous le défierez ?

— Oui, répondit-il fermement en capturant son pion.

Elle faisait presque preuve d'imprudence dans son jeu. Il fronça les sourcils. De l'imprudence ou une tentative pour l'endormir ?

— Je le lui ai dit et, par conséquent, je tiendrai parole. Je ne peux pas me permettre de revenir dessus.

— Vous ne manqueriez pas à votre parole, même si vous le pouviez, n'est-ce pas ? demanda-t-elle en relevant les yeux.

Ils brillaient d'une émotion intense qu'il n'aurait su interpréter.

— Je vous admire pour ça, mon seigneur. Vous n'êtes pas l'homme que je m'attendais à rencontrer.

— Lynch, corrigea-t-il en soutenant son regard. Je ne suis pas un seigneur.

— Mais vous auriez pu l'être. (Son expression s'adoucit.) Vous devez les haïr pour ce qu'ils vous ont pris.

Un sourire crispé apparut sur les lèvres de Lynch.

— Ce qu'ils m'ont pris ? Qu'est-ce qui vous fait croire que ce choix n'était pas le mien ?

Elle renversa sa tour, surprise.

— Je... je ne comprends pas.

— Non ? Vous n'avez pas entendu l'histoire ? Vous devez bien être la seule.

Il tendit la main et ramassa sa tour, effleurant ses doigts. Rosa tressaillit mais le laissa faire.

— Permettez-moi, murmura-t-il.

Le démon s'emparait de lui. Il redressa la tour et glissa son petit doigt sous celui de Rosa. Le contact du satin était d'une chaleur et d'une douceur exquises contre sa peau. Il baissa les paupières en imaginant sa main fine caresser des parties plus intimes de son anatomie. En l'imaginant s'agenouiller devant lui, entièrement dévêtue à l'exception de ses gants. Ses magnifiques cheveux cuivrés tomberaient le long de son dos dénudé et effleureraient le sommet de ses cuisses. Cette pensée lui assécha la bouche.

Ils ne se quittaient pas du regard.

Rosa entrouvrit les lèvres, comme si elle comprenait précisément l'image qui se formait dans sa tête. Dans le silence profond de la pièce, chaque tic-tac de l'horloge résonnait bruyamment. L'air était chargé de tension. Il aurait pu la lâcher. Il aurait dû, mais l'effleurement de leurs doigts mêlés semblait si inoffensif, si innocent...

Sans danger.

Lynch baissa les yeux et caressa le dos de ses doigts avec son pouce. Pourquoi ses mains le fascinaient-elles tant ? Peut-être précisément parce qu'elle prenait soin de les lui dissimuler ? Il était tenté de retirer son gant et de poser ses lèvres sur la peau douce de son poignet, de sentir son pouls sous sa langue. Le sien battait dans ses tempes. Pour une fois, il comprit la raison pour laquelle une femme devait toujours garder ses mains gantées.

Rosa inspira, comme si elle avait retenu son souffle tout ce temps.

— Monsieur ? murmura-t-elle d'une voix teintée de désir.

Enfer et damnation. Il la lâcha et enfonça les doigts dans sa cuisse, les muscles du bas-ventre crispés, son érection tirant sur l'entrejambe de son pantalon.

— À mon tour, souffla-t-il d'une voix rauque.

Les questions défilèrent dans sa tête. *Pourquoi n'aimez-vous pas qu'on vous touche les mains ? Que vous a fait votre père ? Qui vous a appris à vous servir d'un pistolet ?* Rien que des questions précises auxquelles il voulait des réponses. Mais à la place, il s'arrêta sur une autre.

— Vous avez dit qu'au début, vous n'étiez pas amoureuse de votre mari. Les choses ont-elles changé par la suite ?

Rosa retira sa main et les joignit toutes les deux sur ses genoux.

— C'est très direct.

— Je vous ai parlé d'Annabelle. Essayons de ne pas faire comme si vous étiez timide ou réservée. Dites-moi à quoi il ressemblait.

Un silence.

— Nathaniel était un homme bon. Ambitieux, mais gentil. Je pensais au début que c'était un défaut, parce qu'il cherchait toujours le bon côté chez les gens, même quand il n'y en avait aucun. Il était très différent de moi… (Elle se figea.) Je n'avais jamais réalisé ce que j'éprouvais pour lui jusqu'à ce qu'il disparaisse.

Enfin une part de vérité dans ses propos. Pourtant, celle-ci le contrariait sans qu'il puisse se l'expliquer. Lynch reporta son attention sur l'échiquier et se rendit compte qu'il avait oublié toute sa stratégie – et tout ça rien qu'en lui touchant la main. Il avança un cavalier et se pencha en arrière.

— Maintenant, expliquez-moi ce que vous vouliez dire en affirmant que c'était votre choix de devenir un renégat, dit-elle.

Ses joues s'étaient empourprées. La question concernant son mari avait dû toucher une corde sensible.

— Je n'avais pas encore terminé. J'ai répondu à trois de vos questions d'affilée. Vous me devez encore deux réponses.

Une lueur de colère apparut brièvement dans ses yeux, qu'elle réprima aussitôt.

— Soit.

— Depuis combien de temps votre mari est-il mort ?

— Huit ans, répondit-elle un peu trop vite.

— Et vous ne vous êtes jamais remariée ?

— Tout comme vous n'avez jamais aimé de nouveau, moi non plus, répliqua-t-elle.

— Vous arrive-t-il de vous sentir seule ?

Il se rendit compte de son erreur après avoir posé sa question.

Rosa s'immobilisa et l'observa. Malgré lui, son esprit perfide choisit de raviver l'image de Rosa à genoux, en train de glisser ses mains satinées sur ses cuisses nues.

— Ça fait trois, répondit-elle en s'humectant les lèvres.

— Répondez.

— J'ai mes frères.

— Ce n'est pas ce que je voulais dire.

Elle vibra de fureur et de désir. Le caractère contradictoire de sa personnalité intriguait Lynch ; Mme Marberry s'était montrée calme et charmeuse en toute situation, sauf à cet instant. Il voulait insister, fendiller cette façade et découvrir les profondeurs de sa passion. C'était pourtant une manœuvre risquée car elle ne lui était pas indifférente. Loin de là. L'afflux de sang dans son corps ne faisait que lui rappeler leur proximité. Il lui aurait suffi de renverser la table sur le côté pour pouvoir l'attirer dans ses bras.

S'il avait été un homme de moindre valeur.

Elle lui jeta un regard noir qui le transperça comme une lame.

— Bien sûr qu'il m'arrive de me sentir seule. Je suis veuve, pas vierge.

Elle détourna brusquement les yeux, s'empara de son cavalier et prit la tour de Lynch.

— Je vous retourne la question, ajouta-t-elle en jetant négligemment la tour avec les autres pions capturés.

— Je suis un homme. D'autres moyens s'offrent à moi, répondit-il en étudiant le jeu pour voir où la partie le menait.

— C'est vrai. (Elle ne le quittait pas de ses yeux brûlants.) Mais ce n'est pas une réponse, c'est une dérobade. Ce qui est votre spécialité, d'après ce que j'ai pu constater. Serait-il possible que vous n'aimiez pas être passé au microscope, monsieur ?

Son muscle maxillaire tressaillit légèrement. Lynch saisit un pion et commença à esquisser une offensive qui la mènerait rapidement à la défaite.

— Je suis trop occupé pour envisager une compagnie féminine.

— Vous mentez, murmura-t-elle.

Elle prit sa tour et écrasa son pion. Comme il l'avait prévu.

Leurs regards se croisèrent de nouveau.

— Vous pensez à moi, lança-t-elle avec provocation en faisant tourner le pion capturé entre ses doigts.

Un faible sourire apparut sur ses lèvres ; quel que soit l'avantage qu'il pensait avoir pris, elle avait manifestement repris le dessus. Elle posa le pion sur ses lèvres et traça le contour de son sourire énigmatique.

Lynch se força à hausser les épaules.

— Bien sûr que oui. Vous êtes une belle femme et je suis forcé de passer beaucoup de temps en votre compagnie. Je ne suis qu'un homme.

— Quelle déclaration… passionnée. (Son sourire s'élargit et ses yeux se mirent à briller.) Savez-vous à quoi je pense, parfois, en votre présence ?

Alerte rouge. Il accepta le défi avec un regard froid.

— À quoi donc ?

Elle fit lentement glisser son pion le long de son col en dentelle et sur son corsage de laine et de soie. Il épousait chaque courbe de son corps et Lynch n'en perdit pas une miette.

— Je pense à tous ces boutons que je voudrais retirer. (Elle s'humecta les lèvres du bout de sa langue rose.) À commencer par celui-là, peut-être ?

Le pion avait disparu. Lynch n'avait même pas vu le tour de passe-passe. Elle posa son doigt sur le premier bouton sous son menton. D'une habile pichenette, il céda.

Lynch ne put apercevoir la moindre parcelle de peau, mais la pièce sembla soudain rétrécir. Il déglutit péniblement et le cuir de son pantalon crissa sur ses cuisses tendues. Que diable s'était-il passé ? Comment avait-il perdu le contrôle de la situation ?

— J'aime l'ardeur avec laquelle vous vous contrôlez, murmura-t-elle.

Son sourire était timide, son regard vigilant. Elle se sentait en sécurité lorsque c'était lui qui, à l'évidence, était en difficulté.

— Un autre bouton, monsieur ?

Il pinça les lèvres et se radossa à son fauteuil. Elle pouvait aller au diable. Mais malgré tout, il n'allait pas se plaindre.

— Comme vous voulez.

— Mmm, pas même l'ombre d'une émotion. Vous êtes très doué, monsieur.

Le deuxième bouton céda à son tour. Cette fois-ci, sa peau apparut et son parfum emplit les narines de Lynch. Toutes les fibres de son corps lui hurlaient d'envoyer valser cette fichue table et de la prendre sur ses genoux. Une veine se mit à palpiter sur sa tempe. Mais il n'avait pas fait tous ces efforts pour apprendre à se contrôler depuis des années en vain.

— C'est très tentant, dit-il. Voulez-vous encore un peu de thé ?

— Ce que je voudrais, ronronna-t-elle, c'est ôter tous ces horribles boutons.

— Si vous commencez ce jeu-là, l'avertit-il, j'irai jusqu'au bout.

Ils se jaugèrent, comme lors d'un duel. Cette satanée bonne femme lui sourit.

— Je vous lance le défi, monsieur.

Il lui servit une nouvelle tasse de thé. Tout était bon pour détourner ses pensées et occuper son corps. Il serra le poing en l'entendant détacher un autre bouton. Il n'osa pas relever les yeux.

— J'aimerais aussi retirer les vôtres, monsieur…

La main de Lynch trembla et le thé se renversa sur le plateau en argent. *Merde.* Il lui jeta un regard noir et se figea à la vue de son décolleté dénudé. Il ne laissait pas paraître plus de peau que sa robe verte de l'autre jour, mais sa manière de se tenir, là, devant lui, en déboutonnant calmement sa robe, faillit le pousser à capituler.

— Je n'ai aucun bouton, répliqua-t-il d'un ton sec en maudissant la fêlure de sa voix.

— Pas sur votre manteau, non.

Elle baissa les yeux et ses cils sombres papillotèrent sur ses joues lisses. Elle se pencha, ce qui fit bâiller son décolleté, lui prit la théière des mains puis s'empara de sa tasse.

— Mais en même temps, je ne parlais pas de votre manteau.

Les seuls boutons de sa tenue se situaient sur son pantalon. Pitié. Son sexe gonfla et Lynch remua sur son siège pour dissimuler la bosse.

— Les vôtres m'intéressent davantage. (Il la gratifia d'un sourire crispé, bien décidé à reprendre l'avantage.) Un autre bouton, ma chère ?

Elle sirota son thé d'un geste élégant.

— Que me donnerez-vous ?

Tout ce que vous voulez.

— Que souhaiteriez-vous ?

Une lueur de victoire s'alluma dans ses yeux sombres avant qu'elle baisse les paupières avec une fausse modestie.

— Dites-moi pourquoi vous avez choisi de devenir un renégat.

— Vous détestez ne pas savoir, n'est-ce pas ?

— C'est une maladie chez moi. (Elle sourit en approchant les doigts du bouton suivant.) Aimeriez-vous en voir davantage ?

— Oui, beaucoup.

— Alors répondez-moi.

Le regard de Lynch s'obscurcit.

— L'année de mes quinze ans, j'ai dit à mon père que je n'avais aucune intention de me battre contre Alistair. Il était furieux, mais malgré sa rage, je n'ai pas cédé. Alors il m'a forcé la main. Il a tout orchestré pour que, le moment des rites de sang venu, le Conseil me propose un choix : affronter Alistair pour devenir héritier, ou bien être carrément privé du rituel.

Rosa manifesta sa surprise en immobilisant ses doigts sur le bouton.

— Vous avez choisi de vous priver de votre droit de naissance ?

— Je ne le méritais pas. Pas si je devais tuer mon cousin. (Il fit un geste vague.) Voilà, il me semble que ça répond à votre question.

Il la dévora de son regard brûlant. Mme Marberry lui adressa un sourire timide et, lentement, ôta le bouton suivant.

— Satisfait ?

Son corps était en feu.

— Pas vraiment.

Cette repartie lui arracha un nouveau sourire qui dévasta Lynch presque autant que la lenteur délibérée avec laquelle elle se déshabillait.

— Maintenant, murmura-t-elle, c'est votre tour.

Il la dévisagea.

— Je croyais que vous n'aimiez pas qu'on vous pose des questions.

— J'ai l'intention de jouer équitablement, monsieur.

— J'en doute.

Un nouveau sourire énigmatique fit durcir son sexe. Elle but une gorgée de son thé.

Par où commencer ? Bon sang, que lui avait-il demandé jusque-là ? Il se passa une main dans les cheveux.

— Combien de temps avez-vous été mariée ?

— Cinq mois.

Une ombre passa furtivement sur ses yeux. Elle l'examina attentivement.

— Un bouton, monsieur. C'est le gage, n'est-ce pas ?

Il lui fallut un peu plus longtemps que nécessaire pour comprendre ce qu'elle voulait dire. Ses joues s'enflammèrent et il la cloua sur place d'un regard impitoyable.

Patiente, Rosa but nonchalamment une nouvelle gorgée. S'il voulait en savoir plus, il devait se soumettre – même si lui céder était la pire erreur qu'il pouvait faire.

Je peux très bien garder le contrôle. Il lui adressa un bref hochement de tête pour lui accorder sa victoire, puis posa les mains sur le premier bouton de sa braguette. Son manteau était suffisamment long pour le couvrir décemment, même si toute notion de décence et de convenance avait disparu de cette pièce depuis longtemps.

Aussitôt le premier bouton détaché, il eut l'impression de passer la tête dans un nœud coulant. Sa vue se brouilla de nouveau. Il était à cran. Il s'empara de la carafe et se versa encore un peu de vin de sang, dans le but désespéré d'atténuer son trouble.

— Comment êtes-vous devenu un sang bleu dans ce cas, si on vous a refusé les rites de sang ? demanda-t-elle.

— C'était l'idée d'Alistair. Il se sentait coupable et m'a proposé un plan. Il m'offrait de m'infecter avec son sang afin que nous soyons tous deux des sangs bleus, libérés de l'influence de nos pères.

— Curieux choix de mots, murmura-t-elle. Il se sentait coupable ?

— Je me suis toujours demandé pourquoi j'avais accepté, répondit-il. Aller à l'encontre du décret du Conseil était stupide et je le savais.

— Mais… ?

— Annabelle est venue me voir cette nuit-là pour… pour me déclarer ses sentiments. Nous pouvions être ensemble, mais seulement si j'étais un sang bleu. Son père ne lui aurait jamais permis de se marier avec un humain.

— Vous pensez qu'ils agissaient de concert ?

— Je pense que le duc voulait s'assurer que je ne puisse jamais renverser son fils, répondit Lynch. Ce qui s'était passé avec moi était inhabituel, et certains membres du Conseil se posaient des questions. Si on me déclarait renégat, en revanche, mes chances étaient perdues à jamais.

Rosa sirota son thé, pensive.

— Annabelle pouvait donc devenir duchesse, Alistair rester héritier – et satisfaire par tous les moyens un père que je soupçonne d'être relativement puissant. Et le duc obtenait tout ce qu'il voulait. Ils vous ont très adroitement pris au piège.

— Oui, c'est ce que je soupçonne.

Rosa fronça les sourcils.

— Vous semblez prendre tout ça très calmement. À votre place, j'aurais été furieuse.

— Qu'est-ce que ça aurait changé ? J'étais très attaché à Annabelle, qu'elle m'ait menti ou non. Je n'avais aucun désir de lui faire du mal, pas plus qu'à Alistair. Vous avez raison concernant son père. En vérité, Alistair a peut-être eu ce qu'il méritait : il a dû continuer à vivre avec ce monstre.

Rosa baissa les yeux et le sillon entre ses sourcils s'accentua.

— Vous êtes une meilleure personne que moi.

— Je connais la vengeance, Rosa. Je l'ai rencontrée à plusieurs occasions, sous de nombreux aspects. J'ai sorti des corps de la Tamise et j'ai arrêté des épouses ou des maris hystériques. La vengeance rend froid, la vengeance isole et consume un homme jusqu'à ne laisser plus que des cendres et de l'amertume. Et il y a toujours des dommages collatéraux. (Il se frotta la joue.) Je ne pense pas avoir été furieux. Blessé, oui. Frustré, effrayé. J'admets même avoir nourri des pensées vengeresses contre le duc, mais je ne suis jamais passé à l'acte.

Il prit une profonde inspiration.

— Mon père était un homme brutal, et le monde dans lequel j'ai grandi était un cloaque d'ambitions et de manigances. Quand j'ai quitté la Tour d'Ivoire, sans perspectives d'avenir et avec pour seuls biens les vêtements que je portais, je me suis senti libre pour la première fois de ma vie. Je pouvais devenir l'homme que je voulais être, et je pouvais me battre contre eux, trouver une certaine justice dans ce monde.

Rosa l'observait, semblant avoir oublié la tasse de thé entre ses mains. Il lui adressa un sourire de prédateur et laissa ses yeux glisser sur les quelques centimètres de tissu qui l'intéressaient.

— Et maintenant, reprit-il en se renfonçant dans son fauteuil, il me semble que vous me devez quelques boutons. Trois pour être précis. Si vous continuez comme ça, vous allez finir à moitié nue.

11

— J'ai changé d'avis, reprit Lynch. Je ne veux plus de boutons. Je veux des agrafes.

— Des agrafes ?

Son corset. Rosalind immobilisa ses mains.

— Des agrafes, confirma-t-il d'une voix ferme.

— Vous jouez gros, monsieur.

Elle avait le souffle court. Elle n'arrivait pas à croire qu'il lui demande ça. À quoi diable avait-elle pensé en venant lui rendre visite ?

Et pourquoi avait-il fallu qu'elle se lance là-dedans ?

Si vous commencez ce jeu-là… J'irai jusqu'au bout. Elle fut parcourue d'un frisson. Elle ne s'était jamais sentie aussi excitée de toute sa vie.

Qu'est-ce que tu fabriques ? C'est un sang bleu ! Mais sa conception de l'ennemi et de ce qui le caractérisait avait été ébranlée par ses révélations. Avec ses rares sourires et ses appétits contrôlés grâce à une volonté de fer, elle ne pouvait ranger cet homme dans la même catégorie que les autres. Lynch n'avait rien de comparable avec l'Échelon.

Comme de leur propre gré, ses doigts retirèrent la première agrafe de son corset. Puis la deuxième, et la troisième. La dentelle s'écarta avec un doux bruissement ; sa peau était d'un rose pâle, presque blanche. Sa chair gonflait et menaçait de faire sauter les attaches. Elle suivait une voie dangereuse, mais elle était incapable de résister à cette imprudence qui l'animait. Elle ne pouvait la contrôler. Elle avait si désespérément envie de lui que ses cuisses étaient humides.

— C'est mon tour, dit-il en gigotant sur son siège. Comment avez-vous rencontré votre mari ?

Elle eut la sensation de recevoir un seau d'eau glacée en plein visage. La culpabilité était d'une efficacité merveilleuse pour contrôler les instincts les plus vils d'un caractère.

— Nathaniel travaillait pour le *London Standard.* Il m'a interviewée pour les besoins d'un article sur l'un de mes précédents employeurs puis m'a invitée à dîner. Une semaine plus tard, nous étions mariés grâce à une autorisation spéciale.

— Quelle témérité de votre part…

— Pourquoi cette fascination pour mon mari ?

Il ne pouvait répondre à ça, mais Rosalind lisait l'explication dans ses yeux. Son cœur se serra. Lynch avait envie d'elle. Et pas seulement dans son lit. Il commençait à s'adoucir avec elle, à laisser libre cours à ses émotions. Elle aurait dû se sentir triomphante, mais elle était pétrifiée. Elle le dévisagea, impuissante, le souffle court.

Aurait-elle elle-même oublié l'une des règles essentielles dans l'art de la manipulation ? *Ne jamais tomber amoureuse de son adversaire.* Elle se tenait au bord d'un précipice et risquait de basculer ; elle ne pouvait rester de marbre face aux assauts de Lynch.

Si, c'est possible. Et je vais m'y employer. Ses lèvres ne formaient plus qu'une mince ligne dure.

— Je vous dois encore un bouton, il me semble, souffla Lynch en la tirant de sa léthargie.

Elle le regarda d'un air captivé retirer le second bouton de son pantalon.

Concentre-toi. Elle était ici pour une raison bien précise.

— À moi, dit-elle en prenant une inspiration suffisamment profonde pour soulever sa poitrine.

Lynch braqua ses yeux gris dessus.

— En effet.

Rosalind humidifia ses lèvres.

— Vous disiez être à la poursuite des humanistes. En avez-vous attrapé un seul, monsieur ?

Il releva les yeux et les planta directement dans les siens. Elle se demanda si elle n'avait pas été trop loin, trop vite. Ce n'était pas le genre d'homme à se perdre totalement dans la contemplation d'une poitrine. Il pouvait peut-être s'oublier un instant, mais il n'était pas idiot.

— Un ou deux, répondit-il.

Qu'il aille au diable ! Avec sa façon de l'observer, il lui était impossible de pousser plus loin l'interrogatoire. Mais au moins, sa réponse lui donnait quelque espoir. Elle parvint à sourire, puis ôta une autre agrafe. Le corset lui comprimait la poitrine et ses mamelons commençaient à apparaître au-dessus du jabot de dentelle.

Puis leurs regards se croisèrent. Il déglutit, ce qui sembla lui coûter un effort.

— À vous, le poussa-t-elle.

— Je ne sais plus quoi vous demander. (Il passa une main sur sa bouche et remua de nouveau dans son fauteuil.) Quelle est votre couleur préférée ?

Rosalind sourit, incapable de détourner les yeux.

— À cet instant précis, je dirais : gris.

Elle entrouvrit les lèvres… Allait-elle oser ? *Oui.*

— Je rencontre quelques difficultés avec mes agrafes, monsieur. Voudriez-vous m'aider ?

Lynch ne bougeait plus. Ses pupilles se teintaient d'une douceur redoutable.

— Rosa… la prévint-il.

— Vous avez dit que vous iriez jusqu'au bout, murmura-t-elle.

Le silence s'étira un long moment, au point qu'elle redouta d'être allée trop loin. Puis il explosa. Il repoussa brutalement la table d'échecs et s'approcha d'elle.

Les pions noirs et blancs s'éparpillèrent au sol et Rosalind hoqueta quand il lui écarta les genoux pour insérer l'un des siens sur le rebord de son siège. Il prenait sa jupe au piège et l'épinglait sur place.

— Je crois que vous voulez que j'aille jusqu'au bout, dit-il en prenant son visage dans une main pour le lever vers lui. Vous êtes un véritable démon.

— L'agrafe, monsieur, dit-elle innocemment.

— Je vois ça. (Il baissa les yeux et laissa glisser sa main sur la courbe de sa poitrine.) C'est une tâche ardue. Je comprends que vous n'y arriviez pas seule.

D'une adroite pichenette, le corset s'ouvrit.

Ses mamelons se libérèrent du rebord en dentelle. Lynch prit une profonde inspiration. Rosalind ne pouvait plus faire un geste. Le genou entre les siens était dangereusement attirant.

— Posez-moi une question, dit-il.

— Vous arrive-t-il de rêver de moi ?

— Oui, siffla-t-il entre ses dents.

Il baissa les mains, mais elle fut plus rapide et lui saisit le poignet.

— Si vous permettez…

Lynch laissa ses mains retomber sur le côté.

— Je rêve de vous, de vos gants sur mes cuisses. (La veine se remit à palpiter sur sa tempe.) Vos maudits gants. Je n'arrête pas d'y penser.

Une vague chaude et humide submergea Rosa. Elle fit lentement glisser les paumes de ses mains sur ses cuisses tout en l'observant effrontément. La bosse entre ses jambes était dure. Elle ne put se retenir de la caresser, encore et encore, de plus en plus fort, puis de serrer sa main droite sur son membre épais.

— Toutes mes excuses, souffla-t-elle. Il semblerait que je n'arrive pas à trouver le bouton.

Lynch plongea une main dans sa chevelure sans pouvoir retenir un sifflement.

— Je devrais peut-être vous fouetter pour ça.

Il la renversa sur son siège et l'enfonça dans les coussins. Ses yeux se noircissaient de nouveau, mais elle n'avait pas peur. Pas cette fois.

Elle savait exactement quelle sorte de désir elle avait éveillé en lui.

Elle était en train de gagner.

— Ça vous plairait, monsieur ? (Elle cambra le dos et fit remonter ses mains sur son torse.) Voulez-vous que je me penche par-dessus votre bureau et que je retire ma culotte ?

Il grogna et lui bascula brusquement la tête en arrière.

— *Merde.* (Il traça le contour de ses lèvres avec les doigts de son autre main.) Vous allez me le payer. J'ai envie de vous embrasser, Rosa.

— Alors allez-y, murmura-t-elle, son haleine chaude contre ses lèvres.

Il planta son regard de prédateur dans le sien et saisit son visage d'une main ferme.

— Je ne devrais pas.

Ses yeux... Peu de temps auparavant, elle les avait qualifiés de froids et de cruels. Elle s'était bien trompée. Ils dégageaient une telle chaleur, une telle passion !

— Allez-y, chuchota-t-elle.

Il contempla ses lèvres.

— Non, pas sur votre jolie petite bouche.

Il leva son genou et remonta sa jupe. Puis il lui prit la main droite et la glissa entre ses jambes.

— Écartez votre culotte.

La stupeur de Rosalind céda bientôt la place à une sensation de feu entre ses cuisses qui humidifia le tissu en coton. Elle faillit s'évanouir en comprenant ses intentions.

— Monsieur !

— C'est moins amusant quand les rôles sont inversés. Je vous avais prévenue que j'irais jusqu'au bout. Maintenant, obéissez.

Il posa la main par-dessus la sienne et pressa ses doigts contre sa culotte mouillée. Rosalind ouvrit la bouche, parcourue par un intense frisson.

Sa paume était fraîche, rugueuse, exigeante. Elle serra les cuisses, bloquée par son genou. Elle ne voyait pas leurs mains, ensevelies sous sa jupe, mais elle les sentait, éprouvait la pression des doigts de Lynch qu'elle guidait des siens dans les replis secrets de son corps.

— Vous me surprenez, dit-elle, les lèvres à quelques centimètres des siennes.

Elle mourait d'envie de l'embrasser, de le tenir sous son charme. Mais elle tint bon. Il s'agissait d'un jeu nouveau, avec de nouvelles règles, et le spasme qui s'empara d'elle à cette perspective manqua la faire défaillir.

Elle ferma les yeux, écarta sa culotte et sentit l'air frais effleurer sa chair sensible.

— C'est fait.

— Vraiment ?

Lynch frôla ses lèvres avec la légèreté d'une plume.

Elle retint un petit cri et voulut tendre la main vers lui, mais il baissa ses lèvres sur le jabot de dentelle de sa robe, ôtant le tissu de sa peau, avant de plonger vers son téton. Puis il caressa la soie de son corset comme si elle était dénudée. Elle frémit, regrettant la présence du vêtement, regrettant que ce ne soit pas sur sa peau que glissait sa langue qui provoquait en elle cette délicieuse torture.

Lynch empoigna le pan de sa jupe et la remonta, ce qui arracha à Rosalind un halètement incontrôlé. Elle n'arrivait pas à croire à ce qui était en train de se passer.

— Oh, Seigneur... murmura-t-elle en sentant des doigts fermes s'insérer sous ses fesses.

Un coup fut frappé à la porte.

Non ! Rosalind releva la tête et tenta de reprendre son souffle. Lynch se figea, presque entièrement dissimulé au regard de Rosa par sa jupe retroussée.

— Dites-leur de partir, chuchota-t-elle.

Il l'observa, une flamme de désir brûlant dans ses yeux gris. Il déglutit puis jeta un œil par-dessus son épaule, le poing serré.

— Qui est-ce ? lança-t-il d'une voix qui promettait des conséquences désastreuses au visiteur.

— Garrett, monsieur. (Il toussota.) Je sais que vous êtes occupé, mais il y a un type à la porte d'entrée qui insiste pour vous parler. L'un de vos informateurs, monsieur.

— Merde, murmura-t-il en plantant son regard dans celui de Rosa. *Merde.* (Il éleva la voix.) Lequel ?

— Meriwether.

Lynch baissa les paupières et un muscle tressauta dans sa joue.

— Je dois y aller, dit-il d'une voix rauque. Restez là.

Rosalind l'attrapa par la main alors qu'il tentait de la retirer.

— Restez, murmura-t-elle. Laissez Garrett s'en occuper.

Il la fixa d'un air impuissant et elle comprit combien lui aussi souhaitait rester.

— Je ne peux pas. (Il pinça les lèvres et rabattit sa jupe.) J'attends ce message depuis un mois. (Il saisit son visage entre ses mains et l'inclina brusquement vers lui.) Restez ici. Nous n'en avons pas terminé.

— Il se pourrait que je finisse le travail toute seule, souffla-t-elle en se redressant.

Ses cuisses frémissaient sous l'effet du désir inassouvi.

Lynch, qui s'apprêtait à se relever, l'attira à lui.

— Non. (Il lui déposa un baiser brutal avant de s'écarter.) Attendez-moi.

Rosalind retomba dans le fauteuil tandis que Lynch s'approchait de la porte en reboutonnant sa braguette. Il semblait presque indifférent alors que de son côté elle reposait tremblante dans le tas de tissu de ses jupes, le corset ouvert, le corps en feu.

Il l'avait détruite. D'un seul geste, il avait annihilé tout son contrôle. C'était un homme dangereux, de qui elle voulait désespérément plus.

Oh, Seigneur, qu'avait-elle fait ? Elle devait absolument reprendre la main avant d'oublier son objectif.

— D'accord, murmura-t-elle.

La partie avait commencé.

— Tu peux m'expliquer pourquoi tu n'es plus alité ? demanda Lynch en refermant la porte derrière lui.

Garrett avait le teint pâle et cireux.

— Fitz a dit que je devais faire le tour du bâtiment au moins trois fois par jour. Alors je me suis porté volontaire pour transmettre le message.

— Tu as une mine affreuse. Tu ferais mieux de retourner te coucher.

Garrett grimaça.

— Perry me rend fou. Elle est sans arrêt en train de remonter mes fichus oreillers et de proposer de m'apporter tout ce qui lui passe par la tête.

— Elle a failli te perdre. Ça lui a fait peur.

Lui aussi avait eu peur, mais il n'en souffla mot. Les hommes exprimaient rarement ce genre de choses.

Garrett lui emboîta péniblement le pas, essoufflé.

— Il vaut probablement mieux que ce soit tombé sur *moi,* monsieur.

Lynch stoppa net et jeta un regard noir à son second.

— Pourquoi ?

Garrett haussa un sourcil.

— Vous empestez la verveine citron. Si vous voulez un conseil, à votre place je me laverais avant de voir quelqu'un d'autre. À moins que je me trompe ; à moins que vous ne vouliez pas garder ça secret.

Lynch serra les dents.

— Je vais suivre ton conseil. Mais si tu souffles un seul mot de tout ça à qui que ce soit, je te renvoie à l'infirmerie.

Garrett afficha un faible sourire.

— Il était temps que vous vous trouviez une femme. (Une pointe de son humour légendaire refaisait surface.) En plus, si elle peut réussir à vous apaiser, peut-être que vous nous laisserez un peu de répit, à nous autres.

— Je n'en serais pas si sûr, à ta place.

— On verra bien, monsieur.

12

Lynch repéra sa proie quand elle sortit de la bijouterie, un paquet entre ses mains gantées de peau de vison. Elle s'inséra dans le flot de piétons d'un pas vif, sa robe bordeaux tourbillonnant autour de ses chevilles. Une jeune mère qui poussait son landau releva les yeux et, en croisant ceux de la femme, s'écarta vivement de son chemin.

Elle était seule. Parfait.

— Merci, murmura-t-il en tendant un billet de cinq livres à Meriwether, le jeune garçon qu'il avait payé pour surveiller la maison de Mme Carver.

Il quitta l'angle du bâtiment contre lequel il s'était appuyé et traversa la route au milieu de la circulation. Il barra la route à un omnibus sans prêter attention au coup de klaxon, puis poussa un juron lorsqu'un pousse-pousse pneumatique tenta de le contourner. La femme jeta un regard par-dessus son épaule au moment où Lynch remontait sur le trottoir et il dut se dissimuler derrière un homme revêtu d'un haut-de-forme.

Il la suivit le long de plusieurs rues en gardant l'œil ouvert au cas où son mari ferait son apparition. Mme Carver était peut-être dangereuse, mais à une distance de deux mètres, c'était gérable. Son mari, en revanche, c'était une autre histoire. C'était la première fois qu'il parvenait à s'approcher d'elle aussi près depuis sa transformation un mois plus tôt.

Elle avait été autrefois sous la tutelle de Barrons, ce qui n'arrangeait pas ses affaires. Se charger de l'ambassadrice des loups-garous récemment nommée était une chose ; s'opposer frontalement à Barrons en était une autre. Mais elle était présente dans la tour le jour où le duc de Lannister avait été assassiné, tout comme son mari. De ces deux-là, il savait très bien lequel était le plus susceptible de lui parler de l'identité de Mercury.

Une voiture à vapeur était garée devant lui sur le trottoir, portant le symbole distinctif du nouvel ambassadeur, un loup montrant les dents. Le conducteur attendait à côté en allumant un cigare. Dominant la foule de sa grande taille, avec ses cheveux blonds qui effleuraient le col de son long manteau, il arborait des traits caractéristiques de ses origines nordiques. Il secoua lentement son allumette et ses yeux dorés parcoururent la foule d'un regard froid et avide. Il s'agissait sans aucun doute de l'un des loups-garous récemment libérés, qui essayait de trouver sa place dans la société.

Lynch bondit. Si Mme Carver arrivait à la voiture, sa chance s'envolerait. Et le temps commençait à lui manquer.

Il contourna les curieux et saisit la femme par le bras en enfonçant ses doigts dans le velours de son manteau. Il sentit le muscle de son bras se crisper et se pencha vers elle avant qu'elle ait pu réagir.

— Marchez avec moi, murmura-t-il.

Il croisa le regard du cocher par-dessus sa tête et vit l'homme se raidir.

— Je ne vous veux aucun mal, ajouta-t-il.

Lena se tourna vers lui, et les anneaux de bronze de ses yeux mi-clos reflétèrent les rayons du soleil. La lueur vaguement séductrice de son regard était en totale contradiction avec la tension qui parcourait sa frêle silhouette.

— Je vous le souhaite, Sir Jasper. Max est récemment sorti des Fosses de Manchester. Il gagnait sa vie en tuant des hommes sur le ring.

— Souriez-lui, dans ce cas. Pour m'éviter de devoir mettre un terme prématuré à sa liberté récemment acquise.

Elle réfléchit à sa demande, puis gratifia l'imposant cocher d'un sourire qui aurait ébranlé n'importe quel homme normalement constitué. Elle glissa son bras sous celui de Lynch et adopta l'attitude d'un couple en promenade.

Le garde du corps se détendit mais ne les quitta pas des yeux. Lynch l'entraîna dans une rue latérale en direction d'un parc.

— Mon mari n'approuvera certainement pas, dit-elle. Il est… très protecteur.

— C'est un loup-garou, commenta Lynch, ce qui voulait tout dire.

Il la relâcha dès qu'ils franchirent les grilles du parc. Puis il s'appuya contre les barreaux de fer et l'observa attentivement.

— J'ai quelques questions à vous poser.

Ses yeux marron, dotés de leur nouvel éclat, s'agrandirent légèrement.

— Des questions ? Je crains de ne pas savoir grand-chose du travail de mon mari…

Il l'ignora.

— Des questions concernant le paquet dans vos mains, par exemple ? Nul doute que si je l'ouvre, j'y trouverai une demi-douzaine de bagues serties de rubis remplies de ciguë.

Son sourire disparut aussitôt.

— Je ne sais pas de quoi vous parlez.

— Et je me fiche que vous transportiez des bagues empoisonnées.

Dans un sens, il approuvait même. Mme Carver avait autrefois été une débutante et, par conséquent, une proie pour les sangs bleus qui peuplaient l'Échelon. La rumeur colportait que certains membres de la jeune génération trouvaient dépassé de prendre une débutante pour esclave alors qu'ils pouvaient obtenir leur dose de sang par la force. Il ne s'agissait évidemment que de ouï-dire et Lynch n'avait pas le temps d'y accorder plus d'attention, mais si c'était vrai, il était tout disposé à fermer les yeux sur cette nouvelle mode qui voulait qu'une débutante porte une bague de poison à son doigt.

— Tout d'abord, je veux savoir s'il y a des femmes loups-garous à Londres, dit-il. Aucune n'est répertoriée dans les registres. Je le sais. Mes hommes ont vérifié.

L'inquiétude de Mme Carver s'apaisa quelque peu, comme il en avait eu l'intention.

— Il n'y a que moi. Les autres sont rentrées en Scandinavie une fois que le traité a été signé.

Dans ce cas, d'où venait la compagne loup-garou de Mercury ?

— Autre chose ? demanda-t-elle en papillotant des cils.

— Il y a un mois, le duc de Lannister a été poignardé, s'est fait tirer dessus et a été partiellement décapité dans la Tour d'Ivoire, déclara-t-il en guettant sa réaction.

Sa pâleur soudaine chassa toute la chaleur de ses jolis traits.

— Je me fiche de savoir qui l'a poignardé ou a essayé de lui arracher la tête – cela dit, j'ai mes soupçons, grâce à la piste olfactive trouvée dans la pièce –, non, ce qui m'intéresse, c'est l'identité de la femme qui lui a tiré dessus.

— J'ai bien peur de ne rien savoir à ce sujet, répondit-elle avec empressement.

— Je pourrais décider d'ouvrir une enquête pour savoir qui a décapité le duc, répondit-il.

Mme Carver filerait tout droit prévenir son mari s'il formulait une menace contre elle, mais si la menace était dirigée contre lui, en revanche… tout était dans l'art de trouver les bons points de pression.

Bien sûr, il ne pourrait jamais mettre sa menace à exécution. Mme Carver avait par le passé été sous la tutelle de Barrons et il avait juré à ce dernier qu'il ne révélerait pas l'identité des personnes qui se trouvaient dans la pièce ce jour-là.

Elle n'avait cependant pas besoin de le savoir.

Les lèvres de Mme Carver se durcirent.

— Pourquoi cette question ?

Lynch se détendit légèrement et lui offrit son bras alors que deux gentlemen approchaient. Mme Carver l'accepta et Lynch constata que la chaleur de sa peau filtrait même à travers ses gants. Il la guida le long de l'allée et contourna deux écureuils qui glapissaient près d'un banc.

— L'explosion qui a eu lieu pendant la signature du traité était une attaque perpétrée par un groupe appelé les humanistes.

L'absence de surprise sur ses traits lui donna à réfléchir, mais il ne la pensait pas impliquée. Will Carver ne l'aurait pas permis. Malgré tout… il creuserait la question plus tard.

— Il est dirigé par une femme qui se nomme Mercury. Elle porte toujours un masque et son identité est inconnue. Je dois la retrouver.

— Dans quel but ?

— Le prince consort m'a chargé de lui livrer la révolutionnaire.

— Afin de l'exécuter ?

— L'attentat ne peut pas rester impuni, madame Carver.

Elle marqua une pause en se mordant la lèvre.

— Et si elle n'avait rien à voir avec l'explosion ?

Intéressant. C'était exactement ce que sa Némésis masquée avait avancé dans les enclaves.

— Pourquoi dites-vous cela ?

— Pour que vous gardiez en tête que vos soupçons sont peut-être infondés. Peut-être pourchassez-vous le mauvais groupe ? Peut-être que des humanistes s'étaient désolidarisés de la révolution et avaient décidé de prendre les choses en main de leur côté ? Imaginez qu'en réalité elle ait essayé de les arrêter ?

Les poumons de Lynch se vidèrent.

— Dangereuse hypothèse, madame Carver.

— Arrêter la femme de l'ambassadeur des loups-garous ne fera que provoquer des tensions entre la Scandinavie et la Grande-Bretagne. J'essaie de coopérer comme je le peux.

Elle connaissait très bien les règles de la société. Le prince consort ne tolérerait pas que Lynch anéantisse son nouveau traité. Il voulait peut-être Mercury, mais il n'était pas prêt à payer n'importe quel prix.

— Vous essayez de protéger quelqu'un. Ce qui m'intéresse, c'est de savoir qui. Et pourquoi.

— Vous savez qui, répondit-elle. Je suis prête à révéler quelques informations sensibles tant que vous me donnez votre parole de ne rien tenter contre moi ou contre mon mari.

— Ça dépendra de la nature de l'information.

— Alors je ne vois aucune raison de me montrer accommodante.

Lynch se plaça devant elle.

— J'apprécie votre mari. Ne me forcez pas à faire une chose dont je n'ai pas envie.

Mme Carver le dévisagea un long moment en sentant son regard.

— Vous semblez désespéré, monsieur, finit-elle par articuler. Pourquoi ?

Lynch inspira profondément pour tenter d'apaiser la tension qui émanait de lui. Si Mme Carver – loup-garou depuis peu – pouvait percevoir sa détresse, c'est qu'elle devait effectivement être flagrante.

— Si je ne mets pas très vite la main sur Mercury, je crains que le prince consort n'ait recours à des mesures désespérées.

— Vous ne pensez tout de même pas qu'il enverrait ses Cuirasses en force ?

— Je ne sais pas. (C'était la vérité.) Il n'agit pas en toute rationalité ces temps-ci.

Mme Carver soupira.

— Si je savais quelque chose, je supposerais que ce que vous cherchez pourrait se trouver dans les Souterrains. (Elle releva les yeux.) Je ne peux vous en dire plus. Et je ne le ferai pas.

Mû par le désespoir, Lynch la rattrapa par le bras tandis qu'elle pivotait pour s'éloigner.

— Vous connaissez son identité.

— Ce n'est pas une de mes amies, mais je ne lui souhaite aucun mal.

Elle saisit le poignet de Lynch avec une force que sa petite taille rendait insoupçonnable.

— Je vous ai dit ce que je pouvais, Sir Jasper. Même si je crains que vous ne traquiez pas la bonne personne. Vous devriez rechercher un groupe de mécaniques en fuite.

— La femme, reprit-il d'un ton sec. Qui est-elle ? Donnez-moi quelque chose, n'importe quoi… un nom ?

Mme Carver retira les doigts de son bras. L'éclat intense et soudain de ses yeux de bronze lui lançait un avertissement.

— Je suis désolée des difficultés que vous rencontrez, monsieur. Mais j'ai donné ma parole et je ne la trahirai pas. C'est tout ce que je peux vous dire. Maintenant, laissez-moi partir avant que je ne sois obligée d'appeler Max.

Lynch l'observa une seconde supplémentaire avant de la relâcher. Elle tituba légèrement, lui jeta un regard bref puis lissa ses jupes.

— Une guerre se profile, madame Carver.

— La guerre est déjà là, répliqua-t-elle sans émotion, avant de se tourner vers les grilles du parc et de disparaître d'un pas pressé.

13

Rosalind arpentait l'entrée en serrant les poings nerveusement. Plus elle avait attendu Lynch, plus elle s'était interrogée. Dans la passion du moment, tout ce qu'elle avait voulu, c'était lui. Mais après coup, quand son corps s'était lentement calmé, elle avait compris à quel point la situation était devenue dangereuse.

Perdre ainsi la tête et le contrôle de la partie… si elle ne faisait pas attention, elle allait finir par s'attirer de sérieux ennuis.

Elle était repartie.

Elle écarta les rideaux et jeta un œil dans la rue. Personne ne l'avait suivie jusque chez elle. Non pas qu'elle s'y soit attendue, mais tout de même… L'interrogatoire de Lynch l'avait rendue méfiante. Soupçonnait-il quelque chose ?

Je dirige quatre cent cinquante Engoulevents, madame Marberry. N'attisez pas trop ma curiosité.

Sa curiosité avait-elle été satisfaite ? Elle savait que ce n'était pas le cas de la sienne.

— Est-ce qu'on a un problème ?

La voix d'Ingrid la fit sursauter. Elle se retourna et la vit pénétrer lentement dans la pièce.

— Ça devient une habitude d'essayer de me surprendre ?

— C'est facile ces temps-ci. Tu dois te libérer l'esprit de ce qui te distrait avant que Jack le remarque.

Elle dévisagea son amie.

— Tu sens l'eau de Cologne, déclara Ingrid en croisant les bras sur sa poitrine, comme pour mettre Rosalind au défi de se justifier.

— Et alors ? Je travaille dans un bâtiment rempli d'hommes.

Elle leva un bras et huma son odeur.

— Ce doit être à cause de Garrett. (Elle ne prêta aucune attention aux traits impassibles d'Ingrid, qui n'était pas dupe une seule seconde.) Des nouvelles ?

— Aucune trace de Jeremy, répondit Ingrid.

Rosalind commença à retirer ses gants, les sourcils froncés. L'inquiétude lui rongeait l'estomac.

— Je dois modifier mes plans. Lynch n'a rien sur Jeremy dans son bureau, pas plus que sur les mécaniques – ce maudit homme garde tout dans sa tête.

— Alors autant abandonner la mission.

— Non.

Elle déposa son gant sur l'un des petits napperons qui recouvraient la table et semblaient envahir la pièce. Chaque centimètre carré de l'espace était occupé par des bibelots, des lampes et des napperons semblables.

— J'apprends beaucoup de choses et je suis dans la position idéale pour connaître les dernières nouvelles de l'Échelon.

— Et s'il te perce à jour ?

— Ça n'arrivera pas, lui affirma Rosalind.

Ingrid grogna tout bas.

— Et ensuite ?

Rosalind s'arrêta près de l'armoire à liqueurs et déboucha une carafe de whisky. Elle leur servit à toutes les deux une dose généreuse.

— Lynch doit retrouver les humanistes qui ont fait exploser la tombe.

— Ce n'est pas nouveau !

— Alors je vais l'orienter vers les mécaniques. Je pense qu'il est temps que Mordecai ait un aperçu de ce qu'est la vie quand on est obligé de regarder constamment par-dessus son épaule.

Ingrid saisit son verre et trinqua avec Rosalind.

— Buvons à ça. (Elle le vida d'une traite.) Et comment comptes-tu y parvenir sans te faire démasquer ?

Rosalind fit tournoyer le contenu de son verre à la lueur de la lampe en observant le jeu de lumière. L'excitation faisait palpiter sa poitrine et plus bas… l'endroit d'un désir insatisfait.

— Ce ne sera pas moi, mais Mercury.

L'heure était venue de prendre des risques.

Et d'assouvir un besoin intime. Elle avala son whisky et sentit le liquide la brûler de l'intérieur.

Frustré, Lynch s'enfonça sous l'eau de la salle des pompes, et la chaleur réchauffa enfin sa chair. Il passa ses mains sur son visage fatigué et refit surface, clignant des yeux pour se débarrasser des gouttes d'eau.

De la buée s'élevait du bassin et remontait le long des piliers en pierre qui soutenaient le lourd plafond voûté. Le bourdonnement des énormes chaudières et des pompes qui conduisaient l'eau à travers le bâtiment résonnait entre les murs. Des années auparavant, Fitz avait jeté un œil à la plomberie et avait mis au point un système d'eau chaude qui approvisionnait non seulement la guilde entière, mais aussi des tuyaux sous les sols en pierre ; le résultat de ce trait de génie se trouvait là. La chaleur des chaudières devait bien s'évacuer quelque part, avait déclaré Fitz. Pourquoi ne pas s'en servir pour une salle de bains, un peu comme celles que les Romains construisaient des siècles plus tôt ?

Si Lynch avait un péché mignon, c'était bien celui-là. Il s'adossa au rebord du bassin, ferma les yeux et laissa son corps flotter. Son sang froid l'amenait à solliciter la chaleur, comme l'un des dragons légendaires de l'Empire chinois.

La pièce entière grondait au rythme des moteurs des pompes et les vibrations se répercutaient sur sa peau. Lynch laissa son esprit dériver, tentant d'oublier l'après-midi qu'il venait de passer et l'incident avec Mme Marberry. Elle n'était plus là à son retour et la culpabilité avait laissé un goût amer dans sa bouche. Regrettait-elle ce qui était arrivé ? C'était peut-être mieux ainsi. Il ne savait pas ce qu'il allait bien pouvoir lui dire le lendemain matin. Séduire sa propre employée…

L'eau se mit à onduler à la surface et vint balayer son torse. Lynch lissa ses cheveux humides en arrière puis se figea.

Il n'y avait rien d'autre que son propre corps susceptible de remuer l'eau.

Il ouvrit les yeux et aperçut une silhouette enveloppée d'ombres de l'autre côté du bassin. Elle était agenouillée sur le rebord carrelé et faisait traîner un doigt dans l'eau, le visage dissimulé derrière un rideau de buée.

Son corps se ranima à la vue de Mercury qui lui souriait. Elle s'était couvert les yeux avec un demi-masque de cuir évoquant ceux du carnaval de Venise, orné de petits clous de laiton d'un côté. Ses yeux brillants, braqués sur lui, apparaissaient à travers deux minces fentes.

— Eh bien, voyez-vous ça, dit-elle d'une voix à la fois rauque et traînante, c'est notre seigneur Engoulevent en personne… et dans le plus simple appareil.

L'ambiguïté de sa déclaration éveilla un tourment au creux de son ventre. Lynch posa nonchalamment les bras sur le rebord du bassin. Un muscle s'agita dans sa mâchoire. Elle était venue ici à dessein, sans doute pour le désarmer.

Elle allait retenir la leçon, apprendre qu'il n'était jamais sans défense, jamais rien de moins que mortel. Elle avait fait renaître sa colère.

Deux mètres cinquante à peine les séparaient. Il pouvait se retrouver sur elle en moins d'une seconde, mais à en juger par sa manière de se tenir sur la pointe des pieds, elle s'y était préparée. Sa large cape abritait sans aucun doute de nombreuses armes.

Et elle ne serait jamais venue ici sans une bonne raison. Elle attisait sa curiosité.

Lynch dut faire de gros efforts pour essayer de se détendre. Mme Marberry l'avait anéanti, cet après-midi, et il éprouvait des difficultés à reprendre ses esprits – et à maîtriser son désir effréné – le temps de s'occuper de la révolutionnaire.

— Vous avez bien conscience qu'il y a plus d'une centaine d'Engoulevents présents dans le bâtiment ?

— Et pourtant, y en pas un seul qui m'a remarquée. (Elle se moqua avec un sourire.) Même pas vous.

Elle pointa un doigt sur lui pour mimer un pistolet imaginaire et fit mine de tirer. Le regard de Lynch s'assombrit.

— Si vous aviez voulu me tuer, je serais déjà mort. (Il devait bien le reconnaître.) Seulement, je ne savais pas que vous me vouliez entièrement nu.

— C'est encore plus pratique pour vous séduire, monsieur.

Cette réponse le fit rire.

— Pour pouvoir me confondre une nouvelle fois ? Je ne crois pas. Je fais des erreurs, ma chère, mais peu souvent, et jamais deux fois les mêmes.

— Alors j'suis une erreur, si j'comprends bien ?

— Je ne sais pas précisément ce que vous êtes. Mais je le découvrirai. (Il se permit un sourire au coin des lèvres.) Je n'ai jamais cherché à rendre difficile l'accès à la guilde. Pour en sortir, en revanche, c'est une autre histoire.

Mercury se releva lentement, révélant une jupe rouge foncé sous laquelle apparaissait un morceau de jupon vaporeux, ainsi qu'un corset couleur bronze qui rehaussait sa poitrine pâle. À la ceinture épaisse qui ceignait ses hanches et arborait les mêmes clous de laiton que le masque était calé un pistolet. Une mèche de cheveux sombres lui tombait sur l'épaule. Sa cape ne s'était pas écartée par hasard et tenait à peine sur ses frêles épaules.

Sa gorge s'assécha. Jamais il n'avait vu de femme habillée de cette manière auparavant. C'était indécent. Scandaleux. Et il avait plus que jamais envie d'elle.

Récemment, ses fantasmes s'étaient portés sur une autre femme, mais à cet instant précis, la tentation était irrésistible. Sa jolie secrétaire qui aimait le rendre fou, ou une femme mystérieuse qui constituait la plus agréable de ses obsessions ?

— Vous m'laisserez repartir, dit-elle avec un haussement d'épaules nonchalant, tandis que sa cape glissait davantage et en révélait l'arrondi. L'alternative, c'est les cachots de l'Échelon, et j'crois pas que c'est ce que vous voulez.

— Ce que je veux n'a pas toujours d'importance.

— Vous cédez jamais à vos désirs, m'sieur ?

— Rarement.

— Vous devriez. (Elle le gratifia d'un nouveau sourire suggestif qui lui remua les tripes.) Vous voulez pas sortir de l'eau ?

Elle effleura la surface du bout de sa botte et lui envoya quelques gouttes au visage.

— Vous ne voulez pas y entrer ?

— Je voudrais pas me mouiller.

Lynch s'écarta du bord. Il ne la quitta pas des yeux, incapable de lui faire confiance, et se leva en dégageant de la vapeur.

Mercury fit prudemment un pas en arrière.

— J'vais vous donner votre serviette, dit-elle en la décrochant du mur où elle était suspendue.

Elle la lui tendit tout en prenant garde de laisser un bon mètre cinquante entre elle et le bassin.

Lynch atteignit les marches qui menaient hors de l'eau et les gravit au mépris total de sa nudité. L'eau ruisselait sur sa peau et ses bras fumaient encore quand il les leva pour peigner ses cheveux en arrière. Lorsqu'il la regarda de nouveau, son sourire avait disparu, remplacé par une expression beaucoup plus vigilante.

Il prit son temps et laissa les gouttes tomber de son corps avant de tendre la main.

— La serviette ?

Il reçut un rire éraillé en guise de réponse.

— En fait, j'sais pas si j'ai envie de vous la donner. (Elle caressa de nouveau son corps d'un regard brûlant.) Mon seigneur Engoulevent, l'imagination ne vous rend pas justice.

— J'aimerais pouvoir vous retourner le compliment.

Il se rapprocha.

Sa proximité soudaine la crispa légèrement sans pour autant lui ôter son sourire, mais Lynch ne manqua pas de le remarquer. N'était-elle donc pas si certaine de ses intentions ? Tant mieux.

— J'aimerais vous satisfaire, répondit Mercury en serrant la serviette dans sa main de fer, mais j'pense qu'on préfère tous les deux que j'garde mon masque. Ça rajoute un petit… comment disent les Français ?

— *Je-ne-sais-quoi.*

Pour la première fois, il eut l'impression qu'elle jouait avec lui. Elle savait ce qu'elle avait voulu dire. Il fronça légèrement les sourcils. Son accent des quartiers populaires le déconcentrait, ce qui était sans doute le but.

Qui était-elle donc ? Ses doigts le démangeaient tant il avait envie de lui arracher son masque. Il aurait pu y parvenir avant même qu'elle le voie bouger.

Et ensuite ?

Elle avait raison. Il aimait ce masque, le mystère qu'il engendrait. Il semait la confusion, le distrayait, et pourtant il n'était pas prêt à percer le secret de son identité. Si tel était le cas, il serait dans l'obligation d'agir en conséquence et il rechignait à cette tâche.

Lynch s'empara en même temps de la serviette et de ses mains, qu'il plaqua sur sa taille. La révolutionnaire s'empourpra, et son petit hoquet indiqua à Lynch que c'était lui qui avait finalement réussi à la désarmer.

— Le désir est à double tranchant.

À la manière dont elle était collée contre lui, sa poitrine comprimée jaillissait de son corset comme deux petits globes qu'il mourait d'envie de caresser.

— En effet.

Il lâcha ses mains et noua la serviette autour de sa taille. Mercury fit traîner ses doigts sur ses hanches, pencha la tête pour l'observer avec curiosité et, subitement, Lynch comprit. Quoi qu'il se soit passé entre eux dans les enclaves, quoi qu'il pensât avoir perdu, elle l'avait perdu, elle aussi.

— Qu'est-ce qui vous fait croire que je ne vais pas tout simplement vous livrer à l'Échelon ? demanda-t-il.

Du bout de l'index, elle descendit le long de la ligne de poils qui partait de son nombril, effleura le bord de la serviette, y plongea le doigt et tira légèrement dessus, juste de quoi le provoquer. Lynch déglutit.

— Je pense que vous me voulez pour vous seul.

— C'est une dangereuse supposition si l'on tient compte de l'endroit où vous vous trouvez.

Elle semblait convaincue qu'il ne lui ferait aucun mal.

En était-il capable ? Elle l'observa de derrière son masque. Même s'il ne pouvait distinguer ses yeux, il sentit la connexion de leur regard, et il eut l'illusion d'une caresse chaude sur le corps, d'une main fermement enroulée autour de son membre. Son érection gonfla la serviette et Mercury s'en rendit compte. Elle s'humecta les lèvres et maintint son doigt accroché sous le tissu.

— Est-ce que je me trompe ? demanda-t-elle d'un air de défi.

Lynch aurait donné n'importe quoi pour voir qui se cachait derrière ce masque. En même temps, une curieuse sensation le saisissait aux tripes. L'instinct. Quel que soit le secret de Mercury, une partie de lui ne souhaitait pas le découvrir.

Pourquoi ? Ses traits se durcirent. Il avait appris à se fier à son intuition au fil des ans, mais qu'essayait-elle de lui dire ?

— Non, souffla-t-il doucement. Vous ne vous trompez pas.

L'atmosphère se modifia. Mercury se figea, comme surprise par sa réponse. Lynch posa les yeux sur sa bouche. Il savait qu'il allait passer à l'action. Il ne pouvait plus s'en empêcher.

Il glissa une main sur sa nuque. Il perçut le bord d'une perruque sous sa paume et, tandis qu'il approchait son visage, son esprit garda cette information pour plus tard.

Au moment où leurs lèvres se touchèrent, il sentit une étincelle le parcourir. Il avait envie d'elle. Non pas de la capturer ou de la livrer au prince consort, il voulait simplement la *posséder*.

C'était de la folie pure. Ils n'avaient aucun avenir ensemble au-delà de ces pulsions sexuelles incontrôlées. Mercury n'était qu'une ombre ; il ne savait rien d'elle. Mais elle était *son* ombre, *son* défi, *son* obsession. Mme Marberry représentait une tentation à laquelle il ne pouvait pas se permettre de céder, le rêve d'une chose qu'il pensait perdue depuis longtemps. Mais ça… ça, c'était un risque qu'il était prêt à prendre.

Une vague de désir intense le submergea, un désir attisé par un mélange de passion et de frustration. Un grognement monta au fond de sa gorge et il fit descendre sa main jusqu'à la courbe voluptueuse de ses fesses, puis colla ses hanches contre les siennes.

Lynch ferma les yeux et s'abandonna à la sensation qui l'irradiait entre les jambes. Elle inséra sa langue dans sa bouche et il la serra contre lui comme pour la dévorer. Puis il la souleva dans ses bras et la plaqua contre l'une des colonnes en marbre. La jupe remontée jusqu'à la taille, elle enroula ses jambes autour de lui. Elle reprit son souffle avant de l'embrasser de plus belle et posa sa main d'acier sur sa nuque tandis qu'elle se pressait contre ses hanches.

Lynch rompit le baiser, haletant, en la maintenant contre la colonne. Il n'arrivait plus à se raisonner. Le désir grondait en lui comme une bête obscène et voilait ses yeux de gris. Il empoigna sa perruque et lui pencha brutalement la tête en arrière pour embrasser la peau douce de sa gorge. Les battements enivrants de son pouls vibraient contre sa langue et Lynch ne put se retenir d'enfoncer ses dents dans sa chair, comme un avertissement.

Mercury s'immobilisa, ses doigts enfoncés dans ses cheveux. Son cœur battait dans sa poitrine comme celui d'un animal affolé et de petits hoquets ponctuaient sa respiration.

— Vous ne me faites pas confiance ? murmura-t-il en pressant doucement ses lèvres sur l'endroit qu'il venait de mordre. (Il lécha et suça tendrement pour apaiser la douleur.) Vous pensez que je serais capable de faire ça ?

C'était précisément ce qu'il avait envie de faire. Poser une lame sous sa gorge et faire couler son sang sucré, l'avaler pour assouvir cette soif qui ne le quittait jamais complètement.

Sa main frémit sur le postérieur de Mercury tandis qu'il glissait ses lèvres sur son cou. Il avait tellement envie de faire couler son sang ! L'odeur de sa peur ne faisait qu'attiser son appétit, mais il valait mieux que ça. Il pouvait se contrôler. Il le devait.

Mercury posa la main sur sa gorge puis sur son torse.

— Je sais pas, murmura-t-elle. Vous le seriez ?

Lynch s'écarta, la bouche entrouverte, puis posa son front contre le sien. Il déglutit et lutta pour se maîtriser. Jamais il n'avait connu pareille tentation, jamais il n'avait été si proche de perdre le contrôle. C'était sa plus grande peur, son tourment secret.

— J'en ai envie, admit-il. Mais ça vous fait peur.

— J'suis pas de la nourriture, répliqua-t-elle sèchement.

— Ça n'a rien à voir avec ça.

Il secoua la tête et prit son visage entre ses mains.

— J'ai envie de vous. J'ai envie de vous faire mienne, et… cet acte fait partie du processus.

Il inspira bruyamment et lui mordit la lèvre, le menton. Puis il appuya son visage contre sa joue et poussa un gémissement.

— J'ai envie de vous posséder.

Mercury lui saisit le poignet d'une main de fer.

— Comme une esclave.

— Non.

Il pencha la tête dans son cou et sentit sa tête se raidir. Elle s'agrippait à lui comme pour garder un semblant de contrôle. Lynch posa les lèvres sur la morsure et perçut l'empreinte de ses propres dents.

— Comme ma femme.

— Vous me connaissez à peine.

— Alors révélez-moi quelque chose sur vous, demanda-t-il en reportant son regard grisé sur son visage empourpré.

Mercury fit glisser ses mains sur son torse, l'une chaude, l'autre froide et métallique. Elles tremblaient.

— Vous me faites peur, murmura-t-elle, et elle ne semblait pas faire allusion à ce qu'il pouvait lui faire.

Il stoppa ses gestes. Les lèvres charnues de Mercury étaient entrouvertes et gonflées, et sa poitrine se soulevait en rythme avec sa respiration.

Il passa lentement son pouce sur sa bouche pour en sentir l'humidité.

— Vous me faites peur aussi, avoua-t-il.

Lynch perçut un bref éclat dans ses yeux quand elle les releva vers lui. Puis elle les ferma et détourna le visage, parcourue d'un frisson. Elle émit un rire insouciant.

— J'me serais jamais attendue à ça. J'aurais jamais dû vous embrasser.

— Mais vous l'avez fait.

— Oui.

Elle déposa un baiser sur son torse, puis elle lécha sa peau et ses petites dents émoussées s'enfoncèrent dans le muscle de ses pectoraux.

Lynch ressentit un accès de douleur et serra les poings de chaque côté de son visage. Ses hanches eurent un mouvement involontaire et sa bouche devint brûlante.

Mercury écarta les cuisses et se laissa glisser le long de son corps avec une grâce sinueuse, avant de passer ses lèvres sur la peau lisse de son ventre. Ses muscles se contractèrent et Lynch dut poser une main sur la colonne afin de conserver l'équilibre. Mercury se mit à genoux et caressa ses cuisses. Elle effleura la serviette rugueuse du bout des lèvres, dangereusement proche de son entrejambe.

Elle releva les yeux et les genoux de Lynch faillirent se dérober sous lui quand il perçut la fougue qui l'animait.

— Vous m'faites confiance ? murmura-t-elle avec un petit sourire.

Elle commença par l'embrasser par-dessus la serviette et le baiser pénétra le tissu jusque dans son membre engorgé.

Secoué d'un frisson, Lynch dut se retenir au pilier.

— Pas une seule seconde, lui répondit-il avec un rire brusque qui ressemblait à une expiration.

— Et vous diriez quoi d'une ou deux minutes ? répliqua-t-elle en parcourant son corps des yeux.

Son cœur manqua un battement. Lentement, elle l'empoigna à travers le tissu. Le nœud se détacha et la serviette tomba en frottant sur son érection.

Il avait compris ses intentions. Malgré tout, il ne put reprendre son souffle quand il sentit ses paumes remonter sur ses cuisses et la vit s'humecter les lèvres.

Le contact soudain de sa langue chaude faillit lui faire perdre la tête. Il fourra les mains dans sa chevelure et se pressa contre elle, grisé par la sensation d'humidité sur son membre. Il sentit ses dents l'érafler, comme si elle voulait l'avertir et, derrière le masque, il vit une lueur s'allumer dans ses yeux.

Oui. Il pencha la tête avec un gémissement guttural, vaincu. Elle avait l'avantage pour le moment, mais pour une fois, il s'en fichait. Elle était l'objet impie de ses fantasmes et à cet instant elle lui appartenait d'une manière qu'il ne comprenait pas encore. Il en avait tellement besoin... Cette semaine de torture avait failli le rendre fou. Il ne savait toujours pas ce qu'il allait faire de Mercury, mais fort heureusement, ce qu'*elle* était en train de lui faire n'exigeait pas la moindre réflexion.

Sa petite bouche chaude s'affairait autour de lui, lui coupant le souffle, lui ôtant le peu de discernement qui lui restait. Lynch entrouvrit les lèvres, haletant, les yeux mi-clos, le poing serré dans la perruque de Mercury.

— Stop, grogna-t-il.

Elle arbora un large sourire et ses doigts de fer se resserrèrent à la base de son sexe. L'extase pure. Il approchait de l'orgasme, il fallait qu'elle s'arrête, mais il ne parvenait pas à formuler la moindre pensée et elle le savait.

Elle lui avait jeté un sort. Un baiser dans les enclaves comme une balle en pleine poitrine et voilà qu'il ne parvenait plus à l'oublier, sans se soucier des conséquences probables.

Mercury l'engloutit tout entier et lécha son membre avec abandon.

Lynch serra les doigts, retint son souffle, s'enfonça dans sa bouche et jouit en poussant un râle. Sa bouche rose et gonflée suça l'extrémité sensible de son sexe et il s'effondra contre la colonne, épuisé.

Mercury embrassa sa cuisse, ce qui lui donna la chair de poule.

— Eh bien, murmura-t-elle en se léchant les lèvres, mon seigneur Engoulevent, vous m'impressionnez.

Elle lui adressa un sourire froid et mystérieux, puis se releva lentement en s'insinuant entre lui et la colonne.

Si elle pensait l'avoir comme ça, elle se trompait. Et si elle pensait avoir mis un terme au courant qui passait entre eux… Il l'observa d'un regard dur tout en caressant sa bouche enflée du dos des doigts.

— Ce n'est que le commencement, murmura-t-il avant de se pencher pour inspirer le goût sucré de son haleine.

Il sourit et baissa la main jusqu'à effleurer la courbe de sa poitrine comprimée.

— Vous, ma petite, vous n'êtes pas une *dame.*

Le souffle de Mercury s'accéléra.

— Et c'est c'que vous voudriez qu'je sois ?

— Non.

Il la saisit par la nuque et la fit pivoter contre la colonne. Elle se raidit, puis s'immobilisa quand il caressa sa longue chevelure sombre et la repoussa sur le côté pour poser ses lèvres sur sa nuque. Il la suça avidement, ramenant le sang à la surface pour créer une contusion rouge foncé. Mercury frémit et laissa échapper un petit hoquet de capitulation. Lynch sourit.

Il posa ses lèvres sur son épaule et la mordit juste assez fort pour laisser une petite marque, puis apaisa la légère brûlure avec sa langue. Il glissa doucement ses mains sous sa cape et suivit la courbe de son corset. Cette sensation attisa encore le désir de Lynch et il appuya ses hanches contre ses fesses pour lui faire savoir à quel point il avait envie d'elle.

Mercury se retourna légèrement en inspirant par à-coups.

— Monsieur…

Il lui prit les poignets et les plaqua contre la colonne.

— Ne bougez pas.

Puis ses mains gagnèrent sa poitrine.

Mercury pencha la tête en arrière en gémissant.

— Pitié, souffla-t-elle. Il faut qu'on parle.

— Vraiment ?

Il tira sur le corset et un téton ferme jaillit du vêtement. Il glissa son autre main sur son ventre et attira ses fesses contre lui tout en faisant rouler son téton turgescent entre ses doigts.

— Je croyais que vous étiez venue ici pour ça…

Mercury se cambra et laissa retomber sa tête en avant avec un soupir impuissant. Il perçut le tremblement de ses genoux et sentit son corps capituler.

— Non. Oui. (Elle secoua la tête et gémit de nouveau.) Vous voulez savoir qui a fait exploser la tour ?

Lynch resserra les mains sur ses hanches. Sa question le transperça comme une lame. Pour masquer son trouble, il embrassa la peau tendre sous son oreille et fut récompensé par un nouveau frisson. Elle aimait ça.

— Vous clamez toujours votre innocence ?

— Et j'ai pas non plus mis l'feu aux usines de drainage.

Elle posa sa paume contre la colonne et ses doigts de fer se plièrent inconsciemment. Elle inséra son autre main entre eux et s'empara de son érection grandissante.

— Il y a un an, dit-elle dans un souffle, j'ai libéré un groupe de mécaniques des enclaves. Ils voulaient leur revanche et je… j'avais besoin d'eux pour quelque chose.

Lynch plissa les paupières et s'enfonça entre ses doigts. *Le condensateur à distillation en acier* qu'il lui avait pris aux enclaves.

— Je suis tout ouïe.

— Il y a eu une lutte de pouvoir. Ils ont créé un groupe dissident et ont brûlé les usines. J'essayais de les arrêter quand ils ont attaqué la tour.

— Pourquoi ?

La main serrée de Mercury faisait palpiter la veine sur sa tempe, mais il parvenait désormais à contenir ses désirs. Sa bouche experte s'en était chargée. Elle, en revanche, n'était pas encore satisfaite.

— Cette explosion a tué près de la moitié des sangs bleus de la cour. Je pensais que c'était ce que vous vouliez.

— J'ai mes raisons, répondit-elle en tournant la tête pour regarder par-dessus son épaule. Et ç'a pas marché, si ? Maintenant, j'ai tous ces gardes Coldrush et Engoulevents à mes trousses. Vous croyez qu'c'est c'que j'voulais ?

— Je crois que vous êtes en grand danger.

Elle rit sous sa cape, avec un son presque triste.

— J'ai choisi cette voie. J'connaissais les risques.

Il serra les lèvres. Il commençait à éprouver de l'indulgence envers elle, maudite soit-elle. Disait-elle la vérité ?

— Rendez-vous, lui dit-il en faisant glisser ses paumes sur son ventre, et je demanderai une réduction de peine.

Tendue, elle posa sa main de fer sur celle de Lynch pour la pousser plus bas.

— Vous pourrez pas obliger l'prince consort à faire quelque chose qu'il a pas décidé.

— Il y a plusieurs manières de mener la partie, répondit-il en insérant ses doigts dans la zone chaude entre ses jambes. Si vous me dites tout ce que vous savez sur les mécaniques, je suis disposé à faire preuve de clémence.

C'était tentant. Elle prit une profonde inspiration et posa la bouche sur la colonne en pressant ses fesses contre l'entrejambe de Lynch, dont les doigts s'enfoncèrent dans l'humidité de son sexe.

Elle ne portait pas de culotte.

— Mordecai, souffla-t-elle. Il s'appelle Mordecai. J'sais pas qui il est, mais c'que je sais, c'est qu'il a un lien avec les massacres de l'Échelon. J'l'ai vu près de la deuxième scène de crime.

— Comme c'est commode que vous vous soyez retrouvée sur les lieux, murmura-t-il, se creusant les méninges.

Les mécaniques étaient donc liés à la vague de démence qui décimait l'Échelon ? Il devait alors s'agir d'une toxine ou d'un poison. Si ces massacres étaient provoqués par l'homme, ça signifiait qu'il pouvait attraper les responsables.

Si Mercury ne mentait pas.

Il lui saisit les poignets, la fit pivoter et la plaqua de nouveau contre la colonne de marbre en lui maintenant les mains au-dessus de la tête.

Puis il détendit son emprise et sentit son pouls battre sous ses doigts.

— Dites-moi, demanda-t-il, que vous n'avez rien à voir avec les massacres. Avec la mort de Lord Arrondale.

Mercury tira sur ses poignets mais n'essaya pas de lui échapper.

— J'ai rien à voir avec ça.

Son pouls ne changea pas de rythme. Elle disait la vérité. Ou alors, elle savait si bien mentir qu'elle pouvait contrôler les réflexes de son corps.

— Je vous crois.

Il caressa sa main. L'autre était en métal froid, reliée si naturellement à sa peau qu'il reconnut le travail d'un maître forgeron. Pas étonnant que ses gestes aient été aussi exquis ; l'installation hydraulique en métal avait été raccordée à la chair et aux tendons, et le muscle cousu au fin tissu fibreux de l'intérieur de son poignet. Son membre métallique fonctionnait presque aussi naturellement que le droit.

— Vous avez envie de moi, non ? demanda-t-elle. Vous me traquez depuis des mois.

Le regard de Lynch s'assombrit. Il la relâcha et fit glisser ses paumes le long de ses bras.

— Je n'ai pas besoin de vous traquer, murmura-t-il à son oreille. Parce que vous reviendrez de vous-même.

— Qu'est-ce que vous voulez dire ?

Lynch s'écarta et renoua la serviette autour de sa taille.

— Vous ne vous moquerez pas de moi deux fois. Mais vous… vous brûlez de désir.

Il recula et vit le choc sur son visage quand elle comprit qu'il n'avait pas l'intention de finir ce qu'il avait commencé.

— Je croyais que j'allais devoir me battre pour pouvoir sortir, murmura-t-elle, les pupilles dilatées sous l'effet du désir.

Il aurait *dû* la capturer, en effet. L'enfermer tout de suite. Mais que faire d'elle ? Il était sûr que le prince consort avait des espions au sein de la guilde et même si, en son temps, il avait réussi à enfermer un ou deux humanistes dans la plus grande discrétion, la possibilité que le prince puisse mettre la main sur Mercury le rendait malade. Il ne pouvait garantir sa sécurité. Ni à la guilde ni dans aucune de ses nombreuses planques en ville.

Lynch recula encore d'un pas.

— Prenez l'aile sud et attendez que la tour sonne les dix heures. Ce sera le changement de quart des gardes.

Il resserra le nœud de la serviette, pas certain de prendre la bonne décision. Une pensée lui vint à l'esprit ; s'il ne pouvait se résoudre à la livrer aujourd'hui au prince consort, comment y parviendrait-il le moment venu ?

C'était la tête de Mercury ou la sienne.

— Allez-y, dit-il avant de changer d'avis. Débarrassez le plancher.

L'ascension jusqu'à ses appartements fut longue et pénible, et il en eut à peine conscience. Aussitôt qu'il avait quitté la salle chaude et embuée, son esprit s'était remis à fonctionner normalement.

Qu'est-ce qui lui avait pris ? Lynch savait ce qu'elle faisait, et qu'elle faisait bien : elle testait sa détermination, le détournait lentement de son objectif. Elle avait eu l'intention de le mettre sur la piste des mécaniques ce soir et ils le savaient tous les deux.

Mais jouait-elle franc jeu ? Ou bien sa technique de séduction n'était-elle qu'une façon de l'adoucir ? Il serra le poing. Il la soupçonnait fortement de se moquer de lui et ne savait même pas s'il avait réussi à causer au moins quelques dommages sur son esprit.

Il fallait que ça cesse. Il lui restait moins d'une semaine pour « trouver » Mercury et la livrer à l'Échelon. La première partie semblait la plus facile des deux tâches. Il devait se concentrer et réfléchir à ce qu'il allait faire avant de se tourner en ridicule.

Lynch s'arrêta devant la porte du bureau de Mme Marberry d'où filtrait son parfum citronné. Voilà une autre raison qui expliquait son pas traînant. Il était submergé par la culpabilité. Il avait laissé Rosa cet après-midi et, à son retour, elle avait disparu. Pas étonnant, compte tenu du comportement qu'il avait eu dans l'observatoire.

En sa présence, il n'avait pas une seule fois songé à Mercury. Rosa éclipsait toutes les autres femmes dans ses pensées. Pourtant, une seule rencontre dans les bains avait suffi à prouver qu'il était aussi vulnérable que n'importe quel homme.

Ces deux femmes l'intriguaient, chacune à sa manière. Mercury était un mystère destiné à être percé. Un défi. Du sexe.

Et Rosa ? Son estomac se noua. Il ne savait pas vraiment ce qu'elle représentait pour lui. Son humour légèrement grivois l'intriguait et il se surprenait à chercher de plus en plus sa compagnie. La vérité, c'était qu'il aimait passer du temps avec elle. Ses petites manigances le rendaient fou autant qu'elles le faisaient sourire ; il éprouvait une impression de légèreté avec elle, comme si le soleil brillait avec un peu plus d'intensité.

Alors pourquoi, dans ce cas, l'avait-il trahie de cette manière ? Chaque pas qui l'éloignait des bains de vapeur n'avait fait qu'accroître son malaise concernant sa conduite. Il avait perdu la tête un moment, en prenant du plaisir uniquement pour prendre du plaisir. Il était au supplice. Il n'était pas le genre d'homme à pouvoir coucher avec deux femmes en même temps. Ses actes de la soirée semblaient avoir fait le choix pour lui et, l'espace d'un instant, il ressentit presque de la haine envers Mercury pour lui avoir enlevé Rosa. Mais il se montrait injuste : il était le seul à blâmer. Le seul qui avait été incapable de se retenir.

Il aurait pourtant dû n'y accorder aucune importance. Il devait tourner le dos aux distractions et aux duperies de la journée. Il avait une mission à accomplir et un délai d'une semaine à respecter. S'il n'érigeait pas un mur entre lui et ces distractions, alors tout ça serait vain. Il serait exécuté dans l'atrium.

Il se frotta la poitrine et pénétra dans le bureau de Rosa. Elle était partie, mais son parfum emplissait la pièce et l'ordre qui y régnait trahissait sa présence récente. La veine se remit à battre sur la tempe de Lynch. Il devait l'oublier. Elle le faisait rêver à un avenir qui n'existait pas pour lui.

Les vestiges enivrants de son odeur, en revanche, lui rendaient la tâche difficile. Ils le suivirent jusque dans son bureau et jusqu'à la porte déverrouillée qui menait à ses appartements.

Sa chambre était éclairée par la lueur chaleureuse d'une bougie plantée dans une flaque de cire fondue. Elle avait manifestement attendu son retour ici.

Un mot était posé sur son oreiller, ainsi qu'un petit objet noir. Lynch fronça les sourcils avant de comprendre ce dont il s'agissait.

Il s'approcha lentement de son lit. Il mourait d'envie de lire la lettre, mais il avait pris sa décision. Il devait se sortir Mme Marberry de l'esprit – pour son propre bien autant que pour celui de sa secrétaire. Et son désir brûlant de la revoir importait peu.

Ressaisis-toi. Un peu de concentration. Il froissa la lettre et la jeta dans l'âtre froid. Le bouton de velours, en revanche... il choisit de le conserver et le glissa dans sa poche comme un rappel des événements qui auraient pu se produire.

Puis il tourna les talons et se dirigea vers son armoire et la cuirasse sombre qui l'attendait à l'intérieur. Il avait fort à faire.

14

L'East End était noyé sous un brouillard épais qui engloutissait les rues compactes et voilait les maisons en contrebas. Lynch parcourut du regard les toits désincarnés en se frottant les mains d'un air absent. C'était un quartier dangereux, gouverné par d'impitoyables gangs humains et par le Diable de Whitechapel en personne, l'un des rares sangs bleus renégats à s'être battu pour échapper à sa destinée et à s'être créé une nouvelle vie, affranchie de l'autorité de l'Échelon.

Au loin se dressaient les murs de la ville qui protégeaient l'Échelon de la canaille humaine retenue à l'extérieur. Les deux clans s'accommodaient de la situation, et c'était un moyen facile de distinguer qui appartenait à quelle catégorie.

Un glissement furtif sur les tuiles derrière lui et un bref regard l'avertirent de l'arrivée de Byrnes. L'homme se déplaçait avec une grâce féline le long du faîte de la maison en soulevant des volutes de brume autour de ses jambes tandis qu'il observait en silence les alentours. L'air exhalait une odeur de charbon comme l'haleine d'un fumeur de pipe.

— Alors ? demanda Lynch.

— J'ai trouvé une entrée dans les Souterrains, murmura Byrnes en s'agenouillant à ses côtés.

Son regard froid transperça le brouillard. Garrett était un meneur, mais Byrnes était son meilleur atout quand il s'agissait de chasser dans des endroits obscurs. Il aimait la solitude, il aimait les ombres.

— J'aurais aimé que tu ramènes du renfort.

— Doyle m'a déjà fait la morale. Cette nuit, je veux seulement observer, pas attaquer.

Lynch se frotta la joue. Il l'avait laissée s'échapper, mais ça ne voulait rien dire. Il avait besoin des secrets de Mercury, besoin de découvrir si elle lui avait dit la vérité au sujet des mécaniques.

— Où ça ?

— Derrière un bordel sur Limey, répondit Byrnes. Il y a une trappe à l'arrière qui semble mener à un sous-sol. Quelqu'un a creusé un trou dans les tunnels de l'ancienne ligne de métro.

Dans ce cas, la maison close devait faire office de façade à un repaire de contrebande. Les Souterrains trouvaient encore leur utilité pour les types les plus entreprenants. Lynch plissa les yeux.

— Des gardes ?

— Oui, un, mais il ne m'a pas vu, répondit Byrnes. Il était trop occupé à tripoter la marchandise.

— Alors allons-y.

Les tuiles étaient glissantes mais Lynch se faufila dans la nuit sans problème, Byrnes sur ses talons. Une joie intense montait en lui tandis qu'il bondissait par-dessus une ruelle étroite et atterrissait sur le toit le plus proche. Ses pieds touchaient à peine le sol qu'il en remontait déjà la pente raide. Ces moments étaient les seuls où il se sentait vraiment libre, sans être gêné par le devoir et la responsabilité. Byrnes pouvait voir d'un mauvais œil qu'il prenne une part active à la traque, mais Lynch en avait besoin, maintenant plus que jamais.

D'un geste vif, il indiqua à Byrnes de passer en tête une fois qu'ils eurent atteint Jamaica Street. Le silence était sinistre depuis que la loi martiale était entrée en vigueur. Évidemment, des gens rôdaient encore dans les rues – les gardes n'étaient pas assez nombreux pour contrôler chaque colonie – mais leurs excursions se faisaient dans la plus grande discrétion.

Pourtant, une querelle étouffée parvint à ses oreilles à travers le brouillard. Sans y prêter attention, il s'efforça de rester invisible sur les toits et d'éviter les rayons austères du clair de lune.

Puis quelque chose attira son attention. Une voix qu'il ne connaissait que trop bien.

— Vous devez vous tromper, disait Mme Marberry d'une voix claire. J'ai déjà payé mon loyer.

Lynch s'arrêta net. Que diable fichait-elle dehors ? D'un regard, il vit Byrnes disparaître dans les ombres. Lynch devait continuer sa route ; le devoir l'appelait. Il avait pris sa décision au sujet de Mme Marberry et il avait l'intention de s'y tenir.

Mais un homme émit un rire grave en guise de réponse et ses poils se hérissèrent sur ses bras ; un voile gris teinté de rouge se déposa sur le monde. Lynch connaissait ce genre de rire. Il se remit en mouvement sans même s'en apercevoir.

Rosalind était appuyée contre un mur de brique et s'efforçait de ne pas respirer trop profondément. Son logeur empestait le gin.

Le type reluquait son corset sans aucune retenue.

— Je n'en ai aucun souvenir.

— Voulez-vous que j'aille chercher la quittance ? demanda-t-elle, les dents serrées.

Elle savait pertinemment ce qu'il trafiquait. Une veuve était une proie idéale, ici, dans l'East End, et elle avait de la chance d'avoir été épargnée jusque-là. Bien sûr, s'il savait ce qu'elle préparait – et la facilité avec laquelle elle pourrait lui trancher la gorge –, il se montrerait moins insistant.

Elle maîtrisa ses pulsions. Un corps en pleine rue soulèverait quantité de questions, ce dont elle n'avait pas besoin en ce moment. Quelqu'un comme Mme Marberry allait gérer l'affaire d'une autre manière.

— Je vais aller la chercher, dit-elle. Peut-être préféreriez-vous parler de ce malentendu avec mon frère Jack ?

Elle rechignait à devoir impliquer un homme, mais parfois, c'était plus rapide. Il était tout à fait légitime de se servir de la tactique la plus appropriée pour parvenir à ses fins.

Elle fit un pas sur le côté et sursauta quand le type planta sa grosse main sur le mur près de son visage.

— Épargnons-nous des tracas inutiles, lança-t-il en jetant un regard autour d'eux. On peut trouver un arrangement, vous et moi.

Son corps pressé contre le sien lui donna la nausée. Elle était tentée de déclencher la lame de sa main de fer et de la lui enfoncer dans son cou gras, rien que pour voir la lueur obscène disparaître de ses yeux.

— Écoutez… commença-t-elle, et à cet instant, une ombre tomba du ciel.

Le logeur disparut, ainsi que sa grimace édentée, plaqué contre le mur par une silhouette recouverte d'une cape. L'inconnu maîtrisait l'homme par la gorge d'une seule main et sans difficulté apparente. Rosalind entrouvrit la bouche en reconnaissant avec stupeur les traits durs et aquilins de Lynch ainsi que la lueur froide de ses yeux.

Que faisait-il ici ? Inquiète, elle passa en revue sa tenue. Elle ne portait plus rien de celle de Mercury et elle s'était généreusement aspergée de parfum avant de sortir. Elle ne risquait rien, à moins que l'épisode des bains embués de la guilde n'ait laissé une sorte de marque invisible, comme une lettre écarlate peinte sur son front.

L'avait-il suivie depuis la guilde ? Elle se montrait rarement négligente, mais elle savait qu'elle n'avait pas eu les idées très claires. La frustration, mêlée à son désir, avait bien failli la rendre folle. Elle avait dû faire un gros effort pour ne pas y retourner et réclamer son dû. C'était la deuxième fois qu'il la laissait en plan, palpitante, en proie à un désir inassouvi.

Je n'ai pas besoin de vous traquer… vous reviendrez de vous-même.

Il avait raison. Trahie par son corps, sa poitrine se remit à frémir à la vue de sa silhouette ferme et musclée – un corps dont elle connaissait désormais presque chaque centimètre.

— Vous savez qui je suis ? demanda doucement Lynch.

— O… oui. (Une odeur d'urine emplit l'air.) Pitié…

— Taisez-vous.

La voix de Lynch était presque méconnaissable, avec un accent métallique. Un couteau apparut dans sa main libre, dont il pressa la lame sur la gorge de l'homme.

— Cette femme est sous ma protection, c'est bien compris ?

Les yeux obscènes s'agrandirent et le type émit une plainte qui ressemblait à un acquiescement. Nerveuse, Rosalind recula d'un pas. Ce soir, le démon s'était emparé de lui. Elle glissa la main dans sa poche et saisit la crosse de son pistolet sanglé à sa cuisse. Puis elle la relâcha. Elle ne savait pas vraiment comment réagir.

— Si vous l'approchez à nouveau, je vous tranche la gorge, murmura Lynch. Et personne ne retrouvera jamais votre corps.

Il baissa les yeux sur sa lame et la déplaça d'un centimètre, entaillant sa peau comme une feuille de papier. Le sang s'écoula dans les replis de son cou.

— Son loyer sera gratuit pendant les six prochains mois, entendu ? Et vous ne toucherez aucune de vos autres locataires. (Il s'approcha encore, menaçant.) Ne vous imaginez pas échapper une seule seconde à ma surveillance.

— Non, monsieur, hoqueta le type en déglutissant contre la lame.

Une nouvelle entaille se forma. Avec une fascination morbide, Rosalind observa Lynch parcourir la chair de l'homme d'une oreille à l'autre avec juste assez de pression pour entamer la peau. Le type saignait à peine, mais il aurait de quoi se souvenir de la menace. Et il en aurait un rappel quotidien le matin en se rasant.

Lynch s'écarta brusquement et l'homme s'effondra sur les pavés, secoué de sanglots.

— Dégagez, dit-il froidement en essuyant la lame sur son pantalon, avant que je change d'avis et que je vous fasse arrêter pour transgression du couvre-feu.

Le logeur se releva maladroitement et contourna Rosalind, si effrayé qu'il ne semblait même plus la voir. Rosalind se colla au mur pour l'éviter, puis releva lentement les yeux.

Lynch respirait difficilement, le regard rivé sur ses mains gantées. Il ferma les yeux, le corps tremblant.

Quelque chose n'allait pas. Rosalind s'humecta les lèvres et s'avança.

— Vous vous sentez bien ? murmura-t-elle.

Il ne l'avait pas suivie. C'était impossible, sinon il n'aurait pas attaqué uniquement le type. Leurs chemins s'étaient donc croisés par le plus pur des hasards.

— Non, répondit-il d'une voix rauque.

Il tendit le bras et posa sa main à plat sur le mur de brique. La précision de ses gestes interpella Rosalind, qui se figea, les poils de la nuque dressés. Elle avait déjà vu Balfour dans cet état.

Ce n'était pas l'homme qu'elle connaissait. Son appétit avait l'ascendant sur lui et Lynch éprouvait les plus grandes peines à se maîtriser.

— Qu'est-ce que vous faites dehors ? demanda-t-il sévèrement. C'est la loi martiale. Je devrais vous arrêter.

— Je cherchais mon frère, répondit-elle avec une pointe de tristesse. Il n'est toujours pas rentré.

Ces paroles faillirent lui faire monter les larmes aux yeux. Elle-même se raccrochait à la raison comme elle pouvait. Chaque jour qui passait resserrait le nœud dans sa poitrine. Elle avait beau s'occuper au maximum, à certains moments, elle ne pouvait que se laisser aller à un sentiment d'abattement grandissant.

Toujours aucun signe de vie... elle ne pouvait pas abandonner. Pourquoi n'arrivait-elle pas à le retrouver ?

Lynch tourna vers elle des yeux noirs, les iris totalement engloutis par les ténèbres.

— Combien de fois cet homme vous a-t-il harcelée ? A-t-il déjà...

— Non, répondit-elle à la hâte pour le rassurer. Il n'avait jamais osé aller jusque-là auparavant. Je suis tombée sur lui en rentrant et il avait bu... (Elle secoua la tête.) Et j'ai mon pistolet, pour ce genre de types.

Lynch s'écarta du mur.

— Alors pourquoi n'avez-vous pas dégainé ?

Rosalind avait envie de reculer encore, mais elle n'osa pas.

— Ça ne m'a pas semblé utile. J'avais le contrôle.

— Ce n'est pas l'impression que j'ai eue.

Elle chercha ses mots, ne sachant que penser de sa transformation. Sa colère était si palpable qu'elle avait l'impression de la sentir sur sa peau.

— Je pense que je n'aurai plus à m'inquiéter, à l'avenir. La rumeur de cette petite performance va se répandre comme une traînée de poudre.

Il lui saisit le bras.

— J'ai bien envie de vous forcer à rester à la guilde, mais je ne pense pas que ce soit judicieux. À la place, je vais assigner un homme à votre surveillance.

La proximité soudaine de son corps mit tous ses sens en éveil et son cœur se mit à marteler ses côtes. Elle n'arrivait pas à oublier le contact de ses doigts habiles entre ses cuisses et le frôlement de ses dents sur sa gorge. Elle éprouvait toutes les peines du monde à se concentrer, mais elle n'allait pas se faire avoir comme dans les bains de la guilde.

— Non, répliqua-t-elle. (Elle ne pouvait rien imaginer de pire !) Tout va bien. Je n'ai pas besoin d'un Engoulevent sur mon perron. (Puis elle fronça les sourcils.) Et pourquoi ne voulez-vous pas que je m'installe à la guilde ? Je pensais… après cet après-midi…

Il baissa les yeux, mais pas pour reluquer sa poitrine comme l'avait fait le logeur.

— Cet après-midi, c'était une erreur, déclara-t-il gentiment mais avec fermeté. Je n'aurais jamais dû prendre de telles libertés et je vous présente mes excuses.

Il croisa son regard. La noirceur refluait, mais pas l'implacabilité de sa résolution.

— Ça n'arrivera plus, Rosa. Je ne peux pas, reprit-il.

Elle n'aurait jamais dû le provoquer avec cette question. Pourtant, elle eut un pincement au cœur, et une drôle de sensation s'empara d'elle. De la déception ?

— Pourquoi ? demanda-t-elle sans réfléchir.

Lynch sembla se retrancher au fond de lui-même comme s'il érigeait un mur pour se protéger.

— Vous êtes ma secrétaire, répondit-il, et je suis votre employeur. Ce serait profiter de la situation.

— Ça ne me dérangeait pas, murmura-t-elle. J'ai voulu ce qui est arrivé…

— J'ai embrassé une autre femme ce soir, déclara-t-il sans ambages. Il faut que vous le sachiez.

Elle le savait. Bien sûr qu'elle le savait. Pourtant, sa façon de lui jeter l'information au visage la blessa. Elle sentit la chaleur quitter son corps et son cœur battre violemment. C'était ridicule… éprouver une telle jalousie envers elle-même !

— Pourquoi ? demanda-t-elle encore.

Lynch se passa une main dans les cheveux.

— Je ne sais pas. C'est une situation compliquée.

— Est-ce… Est-ce quelqu'un que vous connaissez ?

La question semblait grotesque, mais elle était soudain désespérée de savoir ce qu'il pensait réellement d'elle. Ou de Rosa Marberry.

Elle sentit la colère monter en elle. Elle n'était *pas* Rosa Marberry. Cette femme n'était qu'un rôle. Pourtant, il lui semblait réel. Une partie d'elle avait envie d'être cette Rosa Marberry. Une personne qui ne portait pas le fardeau écrasant de son passé sur les épaules, qui ne subissait pas la disparition d'un frère. Une personne dont Jasper Lynch avait eu envie, ne serait-ce qu'une seule seconde.

La tristesse de Lynch la prit au dépourvu.

— Non, répondit-il. Ce n'est pas une de mes connaissances, ni quelqu'un... d'important.

La douleur fut encore plus vive.

— Je vois.

— Je n'aurais jamais dû vous toucher. C'est entièrement ma faute. (Une légère hésitation.) Venez, je vous raccompagne.

— Non. (Elle recula brusquement.) C'est bon. Je connais le chemin.

— Rosa.

Il la retint par le bras.

Elle riposta, serra le poing et lui donna un coup dans le ventre.

— Ne me touchez pas ! Laissez-moi tranquille !

Il expira brutalement, mais son armure avait amorti le choc et finalement, c'était elle qui se tenait douloureusement la main, les yeux brillants.

Elle fut elle-même surprise par ses larmes. Elle se mit à pleurer et, incapable de s'arrêter, les larmes coulèrent sur ses joues, entrecoupées de sanglots étouffés. Elle plaqua sa main blessée sur sa bouche pour les retenir.

— Bon sang... jura Lynch.

Il s'approcha et le bout de ses bottes entra dans le champ de vision humide de Rosa.

— Enfin, Rosa. Je vous en prie, ne pleurez pas.

Il posa les mains sur ses épaules. Elle se raidit, mais il se contentait de les frictionner. Sa prothèse se situait hors de sa portée.

Puis il l'attira vers lui et l'enlaça fermement. Rosalind résista une seconde, des larmes de colère dans les yeux, puis elle se laissa aller contre lui. Elle posa une main hésitante sur son torse. Elle pouvait lutter contre le désir sexuel, mais pas contre ça...

Elle voulait, rien qu'une fois, se tenir dans ses bras comme si quelqu'un se souciait d'elle.

Cette pensée fit monter en elle une soudaine vague de chagrin ; son mari lui manquait terriblement. Ou peut-être simplement le contact d'un homme, une compagnie chaleureuse, le sentiment que quelqu'un veillait sur *elle* plutôt que l'inverse.

— Qu'est-ce qui ne va pas ?

Rosalind se blottit contre Lynch, le suppliant en silence de ne pas relâcher son étreinte. Elle secoua la tête, enfouit son visage contre sa poitrine et laissa les larmes couler.

Elle s'était crue capable de gérer la situation, mais elle commençait à craquer, et son monde entier se brisait, comme autant de fragments de vitrail.

— J'essaie d'être forte, lâcha-t-elle sans savoir d'où venaient les mots.

— Vous êtes forte…

— Non, pas du tout, sanglota-t-elle. Tout va de travers, absolument tout !

— Je ne comprends pas, répondit-il d'une voix frustrée.

Il lui caressa le dos et y posa une main protectrice.

— Qu'est-ce qui ne va pas, Rosa ? Qu'entendez-vous par « tout va de travers » ? C'est votre logeur ? Ou… moi ?

Rosalind se sentit défaillir. Elle avait envie de tout lui dire, de lui balancer tous ses soucis et de rester ainsi dans ses bras. Pour avoir quelqu'un qui affronterait le problème avec elle, pour une fois. Pour avoir quelqu'un qui se soucierait d'elle, qui veillerait sur elle. Quelle pagaille ! Elle écarta des mèches de cheveux humides de son visage et secoua la tête. Si elle lui avouait la vérité, elle pourrait dire adieu au ton bienveillant de sa voix. Il n'était pas son allié, pas même son ami. Pas vraiment. Elle devait oublier ses sentiments et poursuivre la voie sur laquelle elle s'était engagée.

Tu es seule. C'était dans l'ordre des choses – du moins depuis la mort de Nate.

Elle inspira, sécha ses yeux et ses joues. Désormais, les larmes coulaient en silence.

— Je suis désolée.

— Rosa, murmura-t-il en prenant son visage entre ses mains. (Le sien était empreint de chagrin, comme si la voir dans cet état le peinait vraiment.) Dites-moi ce qui ne va pas. Je peux vous aider.

Elle secoua de nouveau la tête.

— C'est juste que… Je ne retrouve pas mon frère. Je ne l'ai pas vu depuis… longtemps. Je ne sais même pas s'il est encore en vie.

Sa bouche continuait de formuler les mots alors que son esprit horrifié lui hurlait de se taire.

Lynch lui releva le visage.

— Je peux vous aider, Rosa. Je peux le retrouver. C'est exactement ce que je fais pour gagner ma vie.

— Non, vous ne pouvez pas. Personne ne peut m'aider.

Son regard devint méfiant.

— Redoutez-vous ce qui pourrait arriver si je le retrouvais ? Rosa, vous m'avez dit un jour qu'il s'était acoquiné avec de mauvaises fréquentations. Est-il… est-il avec les humanistes ?

Effrayée, elle releva la tête et nia.

Lynch posa un doigt sur ses lèvres pour la réduire au silence.

— Ne me mentez pas, s'il vous plaît, dit-il d'une voix à la fois douce et ferme. (Il essuya délicatement ses larmes du dos de la main.) Je ne suis pas un monstre, Rosa. Je ne lui ferai pas de mal. Ce ne serait pas la première fois que je fermerais les yeux.

Incrédule, Rosa lui demanda :

— Vous avez déjà menti à l'Échelon ?

Les caresses de sa main sur sa joue étaient presque hypnotiques.

— Parfois, le Conseil interprète mal la situation. Je ne suis pas l'ennemi, Rosa. Je ne l'ai jamais été.

Elle ferma les yeux et inspira profondément. Oserait-elle lui faire confiance ? C'était tentant, mais au fil des années, on lui avait martelé la leçon avec une brutale efficacité. Pouvait-elle aller à l'encontre de tout ce qu'elle avait appris ?

— Je vous en prie, Rosa.

Quelque chose se rompit en elle. Elle frémit sous ses doigts et une nouvelle larme tiède glissa le long de sa joue.

— Je voulais essayer de le retrouver. C'est pour ça que j'ai postulé chez vous au poste de secrétaire, murmura-t-elle.

Elle réalisa qu'elle avait besoin de ça. Besoin d'un semblant d'honnêteté entre eux.

— Je pensais que vous aviez peut-être entendu parler de lui, reprit-elle. C'est pour ça que j'ai fouillé dans vos papiers. C'est pour ça que j'ai crocheté la serrure de votre bureau. Je... je vous ai menti plusieurs fois.

Il ne bougeait plus. Elle releva les yeux et lui saisit le poignet comme s'il avait cherché à s'écarter.

— Continuez.

— C'est un humaniste, répondit-elle. (Les mots se rétractaient presque sur sa langue.) Mais ce n'est encore qu'un enfant. J'ai essayé de le protéger...

— Mais les jeunes garçons font ce qui leur chante, termina Lynch en fronçant les sourcils. Comment s'appelle-t-il ?

Elle fut une nouvelle fois incapable de formuler les mots. C'était contraire à toutes ses convictions.

Lynch l'observa en silence jusqu'à ce qu'elle finisse par détourner le regard.

— Jeremy, murmura-t-elle. Jeremy Fairchild. (Sa voix s'estompa, mélancolique.) Je l'appelle Jem. Il est beaucoup plus jeune que moi. Ma mère est morte quand il avait deux ans et c'est moi qui l'ai élevé.

— Quel âge a-t-il ?

— Dix-sept ans.

Un silence sinistre les enveloppa.

— C'est assez âgé pour faire ses preuves dans la tour.

— Non. (Elle secoua désespérément la tête.) Ce n'est qu'un enfant.

— À quoi ressemble-t-il ?

Les mots commençaient à lui venir plus facilement.

— Il est roux, comme moi. (Elle tortilla une mèche de cheveux qui tombait devant son visage.) Il a des taches de rousseur, mais de moins en moins. Il fait un peu plus d'un mètre quatre-vingts, mais j'ai l'impression qu'il prend deux centimètres chaque fois que je le vois.

Lynch siffla entre ses dents comme si elle venait de lui assener un coup violent.

— Et depuis quand vous ne l'avez pas vu ?

La réponse était pénible à formuler pour elle.

— Le 24 août.

Ils savaient tous deux ce que signifiait cette date. C'était le jour où l'Échelon avait signé le traité avec les clans de loups-garous scandinaves. Le jour où les mécaniques avaient essayé de faire exploser la tour.

— A-t-il un quelconque lien avec l'attentat ?

Elle secoua la tête, puis hésita. C'était terriblement difficile de répondre. Pouvait-elle lui faire confiance ? Réellement confiance ? Il avait dit qu'il pourrait fermer les yeux, mais en l'occurrence elle jouait avec la vie de Jeremy.

— Oui. (Un murmure. Une imploration.) Je crois. Les hommes avec lesquels il s'était engagé…

— Bon sang ! (Il l'observa et passa une main sur son visage.) Vous réalisez ce que ça signifie ? Être un humaniste, c'est une chose, mais commettre un acte d'une telle ampleur ? (Sa voix se brisa.) Rosa, vous avez conscience de ce que vous me demandez ?

Son espoir s'évanouit et sa poitrine se comprima. Bien sûr qu'elle lui en demandait trop. Il ne pouvait rien pour elle. Personne ne pouvait l'aider.

— Oui.

Lynch jura dans sa barbe.

— Je ferai mon possible, promit-il. Mais j'ai besoin de détails. J'ai besoin d'être certain, si je le retrouve et que je le libère pour vous, qu'il ne fera de mal à personne. Je ne peux pas… je ne peux pas vous promettre quoi que ce soit.

Le fait qu'il soit disposé à l'aider allait déjà bien au-delà de ses espérances. Sur une impulsion, elle lui prit la main et entrelaça leurs doigts.

— Je sais que vous ferez ce qu'il faut.

Tout comme elle de son côté. Mais le poids qui pesait sur ses épaules depuis des semaines semblait s'être allégé. Un flot d'émotions indéfinissables la gagna, aussi inconfortable qu'une lame qui tourmenterait sa peau. Elle ne les comprenait pas ; ou peut-être qu'au contraire elle ne les comprenait que trop bien. C'était ce qui avait bien failli la détruire, des années auparavant, quand elle avait ouvert la porte de la cellule en titubant et qu'elle était tombée sur Balfour qui tranchait la gorge de son mari.

Un frisson parcourut son échine et ses yeux s'embuèrent de nouveau. En un seul geste, Balfour lui avait arraché le cœur et avait fait basculer son monde. Elle s'était alors fait la promesse de ne plus jamais se retrouver en position de faiblesse et de ne plus jamais mettre un autre homme dans une telle situation.

Lynch baissa les paupières sur ses yeux glacials. Le cœur de Rosalind manqua un battement quand elle comprit ses intentions. C'était une chose de l'embrasser sous l'identité de Mercury, de le séduire sous celle de Rosa Marberry, mais à cet instant, elle n'était ni l'une ni l'autre. Elle venait de dévoiler une partie de son âme pour la première fois depuis longtemps. Elle se sentait vulnérable. C'était sa vérité à elle. Non pas ce qu'elle venait de lui raconter, mais son propre aveu concernant les sentiments qu'elle éprouvait pour lui.

Un sang bleu.

Elle retira brusquement ses doigts de la main de Lynch. En proie à un soudain accès de panique, elle se détourna et faillit trébucher. Balfour lui avait appris à ne craindre ni la douleur ni la mort. Mais… ce genre de sentiments… et les ravages qu'ils laissaient dans leur sillage…

— Je suis désolé, dit-il brièvement. Je n'avais pas l'intention de faire ça.

Rosalind hocha la tête et joignit ses mains. À quoi pensait-elle ? Peut-être qu'Ingrid avait raison. Il était temps de limiter les dégâts… Mais d'un autre côté, il venait tout juste de lui promettre de l'aider à retrouver Jeremy.

Elle avait besoin d'aller au fond des choses.

Pour la première fois, Rosalind doutait de sa capacité à rester calme et impassible.

— Vous aviez raison, murmura-t-elle. Je ne pense pas qu'il soit judicieux de continuer ce… ce… (Elle ne savait comment le définir, comme si, en nommant ce qu'il y avait entre eux, elle avouait sa faiblesse.)

Je pense que nous devrions en rester là. Nous en tenir à une relation employeur-employée.

Elle attendit sa réponse, la tête penchée sur le côté. Elle fut saisie d'un doute, elle qui était toujours si sûre d'elle. Quel effet avait-il sur elle ? Elle devait garder ses distances.

— Bien sûr, répondit-il tout bas. Mais j'insiste pour vous raccompagner. Je n'aime pas vous savoir seule dans les rues la nuit.

Elle était en mesure de s'occuper de tous les dangers de la rue. C'était lui, sa seule menace… Quelle ironie ! Rosalind inspira lentement pour reprendre ses esprits.

— Si vous y tenez.

Elle pivota pour accepter son bras. Lynch fit un faux pas et il lui saisit les deux mains avant qu'elle ait pu faire un geste.

Elle fut remplie d'horreur. Il referma la main sur le métal de son poignet gauche. Évidemment, elle-même ne sentit pas le contact, mais c'était tout comme. Comme si ses doigts auraient dû la brûler.

— Oh, Seigneur, murmura-t-elle.

Puis les genoux de Lynch flageolèrent et il s'effondra contre elle en essayant de se rattraper à ses jupes, à ses doigts, à quelque chose pour ne pas tomber.

C'est alors qu'elle vit la flèche plantée dans son cou.

15

Un rire moqueur résonna dans la ruelle.

Rosalind releva les yeux et distingua une ombre qui se détachait des ténèbres. Un homme de grande taille portant un manteau de marin en cuir épais approcha d'un pas pesant, le regard rivé sur elle. Il ne prenait pas la peine de cacher le crochet aiguisé qui remplaçait sa main gauche.

— Eh bien, eh bien. Regardez un peu ce qu'on a là, les gars. Un Engoulevent, on dirait bien. Et une poule bien roulée. (Un sourire fendit son visage grossier.) Le suceur est pour Mordecai, et la garce pour moi.

Rosalind examina le crochet et suivit des yeux ses mouvements hypnotiques. Quelques années auparavant, ce genre de vision aurait constitué le pire cauchemar de tout habitant de l'East End. Les gangs de Bouchers qui sillonnaient ces parties de la ville remplaçaient leurs membres estropiés par n'importe quel bout de métal tranchant qu'ils pouvaient trouver. Certains disaient qu'ils se mutilaient eux-mêmes pour s'équiper de telles armes afin de rejoindre les gangs. C'était encore la meilleure manière de traîner des corps dans les Souterrains, où ils les sanglaient à une civière et les vidaient de leur sang pour en tirer profit.

Trois ans plus tôt, un vampire avait réglé leur cas à la plupart d'entre eux et le Diable de Whitechapel s'était chargé du reste. Visiblement, quelques-uns en avaient réchappé.

Mordecai avait dû s'allier à eux et leur donner le secret de la ciguë.

— Je crains d'avoir d'autres projets, déclara Rosalind en fouillant les ombres.

Les Bouchers avaient pour habitude de se déplacer en meutes et de chasser comme des chiens sauvages. Ils devaient être plusieurs.

Un deuxième homme surgit de la nappe de brouillard. Puis un troisième. Quelque chose remua à la périphérie de son champ de vision et Rosalind en aperçut d'autres sur le toit.

À ses pieds, Lynch émit un son guttural et impuissant. Elle sentit avec stupeur une rage intense monter en elle. Elle allait s'assurer qu'ils ne lui mettraient pas la main dessus.

— Ne vous inquiétez pas, dit-elle d'une voix douce, je ne vous abandonnerai pas.

— Attrapez-la, ordonna le Boucher avec un geste circulaire et méprisant de son crochet. Et ligotez le suceur avant qu'il revienne à lui.

Rosalind plongea la main dans sa poche et en sortit son pistolet. Elle recula d'un pas pour se donner de l'espace.

— Ne bougez pas, dit-elle froidement en pointant le pistolet sur le front du Boucher. Ou alors tout le métal du monde ne suffira pas à combler le trou que je vais vous faire.

Un sourire menaçant apparut lentement sur le visage de l'homme.

— C'est un joli petit joujou, gamine. Tu sais t'en servir ?

— Vous voulez une démonstration ?

Rosalind pressa la détente.

L'homme tituba, les yeux révulsés, tandis qu'une tache rouge apparaissait au milieu de son front. Son corps heurta violemment le sol et Rosalind se pencha pour s'emparer du couteau caché dans sa botte. Elle préférait son pistolet, mais dans ces rues, mieux valait ne pas trop attirer l'attention.

Les deux hommes restants firent un pas vers elle, le visage dur. L'un d'eux, atrocement défiguré par une dizaine de cicatrices, prit les devants.

— Je vais te le faire payer en te laissant en vie, promit-il. Pendant très longtemps.

— Je n'ai pas les mêmes scrupules.

Elle bondit par-dessus Lynch en bénissant le ciel qu'il soit face contre terre et qu'il ne puisse rien voir de tout ça.

L'homme para son coup avec la lame greffée à son avant-bras, sans doute forée à même l'os. Rosalind tournoya sur elle-même, nullement gênée par ses jupes tandis qu'elle libérait la lame de Carillion de sa main de fer. Elle l'enfonça entre les côtes de son adversaire avec la précision d'un chirurgien, puis elle planta son autre couteau dans l'intérieur de sa cuisse. Elle avait touché l'artère fémorale et le sang gicla sur ses jupes.

Il s'écroula avec un cri pendant que Rosalind faisait un croche-pied au troisième homme avec une grâce sauvage. La colère lui brûlait la gorge. Elle avait besoin de ce déchaînement de violence pour chasser son impression d'impuissance et libérer la vague de désespoir qui l'envahissait.

Aussitôt qu'il fut au sol, Rosalind écrasa son talon dans les os fragiles de sa gorge. Un craquement retentit.

Un bruit transperça le brouillard sinistre. Rosalind fit volte-face, le couteau brandi devant elle, mais un poids s'abattit sur elle et elle se retrouva prise au piège sous un filet aux extrémités lestées de plomb.

Fichues jupes ! Elle se débattit mais le filet s'était emmêlé à sa crinoline et son couteau lui avait échappé. Deux bottes apparurent devant elle, bientôt suivies par deux autres. Rosalind tenta désespérément d'entailler le filet avec sa lame de Carillion. Le chanvre céda aisément, mais deux mains la saisirent par le haut des bras et la soulevèrent, le filet toujours enroulé autour d'elle.

— Non !

Elle se démena, et une première pointe de panique s'insinua insidieusement dans ses veines.

— Qu'est-ce que vous faites ? Lâchez-moi !

Quelqu'un la hissa sur son épaule et le monde bascula. À travers le filet, elle vit deux hommes s'agenouiller à côté de Lynch et son cœur bondit dans sa poitrine.

— Qu'est-ce que vous lui faites ?

Elle donna des coups de pied désespérés.

— Emmenez-la, ordonna quelqu'un. Jetez-la dans une cellule pendant qu'on maîtrise le suceur.

Le géant qui la portait pivota et Lynch disparut du champ de vision de Rosalind.

— Non ! À l'aide ! Au secours ! s'écria-t-elle, terrorisée pour la première fois depuis des années.

S'ils lui faisaient du mal… Elle secoua la tête. Il était invincible. Il était un sang bleu. Il parviendrait sûrement à se libérer et à sauver sa peau.

Mais ils l'avaient paralysé avec de la ciguë. Elle était bien placée pour savoir comment réduire un sang bleu à l'impuissance… et comment le maintenir dans cet état.

— Non !

Ils lui passèrent des chaînes et le hissèrent à l'aide d'un treuil. Lynch s'éleva dans les airs, incapable d'esquisser le moindre geste pour les empêcher de le suspendre comme une pièce de bœuf. Il maudissait cette vulnérabilité.

La cellule était profondément enterrée dans les Souterrains. Ils lui avaient bandé les yeux et l'avaient ligoté, mais ça ne l'avait pas empêché de comprendre où ils l'avaient emmené. Une odeur de corde et de goudron flottait dans l'air quand ils avaient pénétré dans les tunnels – quelque part près de Sailmaker's Lane, s'il ne s'était pas trompé. De là, ils avaient effectué un court trajet à travers les galeries froides jusqu'à cette cellule perdue, où ils lui avaient arraché le bandeau des yeux.

Le chef entra avec une mine frustrée.

— Ligotez-la aussi.

— Enlevez vos sales pattes !

Lynch lutta pour redresser sa tête lourde et voir ce qu'ils faisaient à Rosa. Sa vision se teinta de rouge quand il vit deux hommes la traîner dans la cellule. On lui avait lié les mains dans le dos, ses jupes étaient maculées de sang, mais elle se tortillait comme si elle pensait pouvoir se libérer.

L'un des hommes serra le poing et la frappa au ventre. Rosa hoqueta et s'écroula avec un petit cri. *À mort…* Lynch remua et donna un faible coup de pied. Il tenta de bouger malgré les muscles douloureux de ses épaules, mais tout valait mieux que de rester inutilement suspendu là.

Où diable était passé Byrnes ? Il aurait dû revenir sur ses pas une fois qu'il avait constaté son absence.

Le chef recula pour observer ses hommes enchaîner les mains gantées de Rosa et la hisser à son tour. Le bout de ses bottes racla le sol, puis elle se mit à crier. Quelles que soient leurs intentions, ils savaient ce qu'ils faisaient.

Une faible lueur perçait à travers l'épaisse porte de leur cellule. Lynch capta le regard de Rosa et y perçut sa douleur et sa frustration. Elle cessa de se débattre en l'apercevant, puis prit une profonde inspiration, les yeux assombris par la peur.

— Est-ce qu'ils... vous ont fait du mal ? parvint-il à demander.

Rosa secoua la tête.

— Non.

Avec un rire brusque, le chef donna une claque sur la cuisse de Lynch, ce qui le fit tournoyer sur lui-même, ses pieds raclant le sol en pierre.

— Pas besoin. (Un large sourire illumina son visage immonde.) C'est pour ça qu't'es là.

Des mots. Rien que des mots. Mais un frisson glacé remonta le long de son dos. Il étudia Rosa et ses cheveux cuivrés emmêlés autour de son visage. Elle se mordit la lèvre et tenta de déplacer le poids qui tirait sur ses épaules. Lynch parcourut la cellule des yeux. Elle était vide, mais dans l'obscurité, il distingua des éclaboussures sur les murs. Du sang. Comme si on avait égorgé un homme.

Il se figea.

C'est pour ça qu't'es là...

Ils n'avaient pas besoin de faire du mal à Rosa. Ce serait son rôle. Il le savait aussi certainement qu'il connaissait son nom. D'une manière ou d'une autre, ces hommes étaient liés aux massacres. Les mécaniques dont lui avait parlé Mercury.

Il ne savait pas ce qu'ils avaient fait à Haversham, à Falcone et à Alistair, mais il avait la sensation qu'il ne tarderait pas à le découvrir.

Non. Il fit un mouvement brusque – ou du moins il essaya. Chaque muscle de son corps était engourdi, comme si on avait lesté ses os d'implants en acier.

— OK, les gars, lança le chef. Laissons-les à leur destinée. (Il jeta un regard mauvais à Lynch.) Je vous revois dans une heure ou deux, m'sieur l'Engoulevent.

Puis la porte de la cellule claqua derrière eux.

— Rosa.

Elle donna des coups de pied impuissants. Les muscles de son ventre la faisaient souffrir et elle n'avait pas encore bien repris son souffle, sans quoi elle aurait protesté davantage.

— Rosa, répéta Lynch d'une voix froide, mais quelque chose l'alerta dans son ton – une note de tension sous-jacente.

Les rais de lumière que filtrait la petite fenêtre à barreaux de la porte barraient son visage. Ses membres semblaient retrouver quelque force, signe que les effets de la ciguë commençaient enfin à s'estomper. Ils avaient dû lui en injecter une dose massive pour le maîtriser aussi longtemps.

— Quoi ? murmura-t-elle.

Pendant un bref instant, une émotion indéchiffrable passa sur ses traits. Elle retint son souffle et se figea sans le quitter des yeux.

— Ils vous ont pris votre pistolet, non ? demanda-t-il. Est-ce que vous avez quoi que ce soit qui puisse servir d'arme ?

Rien qu'elle-même et son entraînement, mais elle ne pouvait pas se permettre de le mettre au courant.

— Non. Je suis désolée. Je n'ai rien pour les combattre.

Lynch se rembrunit. Il jura dans sa barbe et jeta un œil alentour.

— Vos chaînes sont serrées ? Vous pouvez vous libérer ?

Son insistance l'alarma.

— Qu'est-ce que vous ne me dites pas ?

— Contentez-vous de répondre à ma question ! éructa-t-il.

Sous le choc, elle songea qu'elle ne l'avait jamais vu effrayé. Ce fut pourtant ce qu'elle constata dans sa façon de serrer les poings et de tirer sur ses chaînes.

Rosalind s'humecta les lèvres.

— Peut-être, admit-elle. J'ai plusieurs épingles dans mes cheveux. Je pourrais peut-être crocheter la serrure des chaînes.

— Allez-y.

Elle pinça les lèvres, concentrée, mit tout son poids dans son poignet droit et tendit la main gauche pour attraper les maillons. Elle s'y accrocha fermement de sa main de fer et commença à se hisser juste assez pour pouvoir passer sa main droite dans ses cheveux. Elle parvint à trouver une épingle qu'elle retira en haletant, et le poids de son corps bascula aussitôt au bout des chaînes. Elle aurait eu moins de difficultés dix ans plus tôt, mais elle ne s'entraînait plus au quotidien comme elle le faisait sous la surveillance de Balfour. Elle était alors beaucoup plus en forme, plus souple et plus forte qu'aujourd'hui.

— J'en ai une, dit-elle dans un souffle.

Des voix retentirent dans le couloir de l'autre côté de la porte. Leurs regards se croisèrent.

— Vous devez sortir d'ici, Rosa, dit-il. Crochetez la serrure et sortez. Courez aussi vite que possible.

Un éclat de rire leur parvint. Elle tourna vivement les yeux vers une trappe en fer qui s'ouvrit dans la porte.

— Passez-lui le bonjour de ma part, m'sieur l'Engoulevent.

Quelque chose fut projeté dans la pièce. Rosalind tressaillit. La boule de fer faisait à peine la taille du poing fermé de Lynch. Elle roula sur les dalles de pierre et rebondit contre le mur opposé avant de revenir s'arrêter au centre de la pièce. On aurait dit l'une de ces balles avec lesquelles jouaient les enfants dans les rues. Et l'une des balles qu'ils avaient trouvées dans la salle à manger de Falcone.

Le regard fixe, elle sentit des gouttes de sueur froide se former sur sa lèvre. De quoi pouvait-il bien s'agir ? Et pourquoi Lynch observait-il l'objet comme on observerait un dangereux serpent ? Il tira sur ses fers en grognant.

— J'adorerais rester pour voir le résultat, lança l'étranger. Mais vous, les suceurs, ça vous réussit pas trop d'être enfermés. On sera pas loin… quand tout sera fini.

La trappe en fer se referma dans un claquement puis le rire s'éloigna.

— Lynch, murmura-t-elle, transpercée par la peur. Qu'est-ce qui se passe ?

La balle frémit et une ligne fine commença à apparaître sur sa circonférence, comme si une pression interne la forçait à s'ouvrir.

— C'est ce qu'ils ont fait à Falcone, répondit Lynch.

Il se démena furieusement, tortilla son corps dans tous les sens et essaya d'arracher les fers du plafond.

— J'en suis sûr. Vous devez sortir d'ici.

Ce qu'ils ont fait à Falcone… Elle l'observa un long moment en laissant l'explication pénétrer son cerveau. Il avait compris. D'une manière ou d'une autre, il avait compris ce qui allait se passer – tout comme il savait qu'il serait incapable de s'empêcher de lui faire du mal.

Elle lut ce qui allait arriver dans ses yeux tandis qu'il oscillait avec impuissance, puis qu'il s'immobilisait, le souffle court. Il ne pouvait pas se libérer. La ciguë l'avait affaibli au point qu'il n'avait pas plus de forces qu'un humain. Mais si la soif l'assaillait comme elle avait assailli Haversham, Falcone ou son cousin… rien ne pourrait plus l'arrêter. Voilà pourquoi il lui avait demandé si elle était en possession d'une arme quelconque. Ce n'était pas pour s'en servir contre les mécaniques. Non, c'était pour l'utiliser contre lui.

Le sang quitta son visage et sa main engourdie se mit à fourmiller.

— Je suis désolé.

— Ne le soyez pas. (Elle détourna les yeux, effrayée par l'échec qui brillait dans les siens.) Je ne compte pas vous laisser me tuer.

Elle expira lentement. *Réfléchis, bon sang !* Elle avait survécu à bien pire. S'il y avait bien un cadeau que lui avait fait Balfour, c'était ça : son instinct de survie à toute épreuve.

La boule se mit à trembler si fort qu'elle rebondit sur le sol. Elle était presque ouverte.

— Je veux, articula-t-elle lentement, que vous pensiez aux boutons.

Lynch planta vivement son regard dans le sien.

— Quoi ?

— À mes boutons, pour être plus précise.

— Rosa !

— Je vais m'échapper, ajouta-t-elle. Mais j'ai entendu dire qu'un sang bleu avait de fortes… pulsions. Un gros appétit.

Il saisit l'allusion.

— La soif de sang est la plus forte.

— Nous vérifierons cette théorie en dernier recours, répondit Rosalind en serrant l'épingle entre ses doigts. Vous avez envie de moi, monsieur. Alors pensez à ma poitrine, que vous ne quittez que rarement des yeux, et à cet après-midi dans l'observatoire, où vous m'avez laissée en plan.

Elle balança ses jambes, passa une de ses chevilles autour de l'une des chaînes et ses jupes lui retombèrent sur la tête.

La balle de fer éclata avec un sifflement et de la fumée s'échappa des évents situés autour de son centre.

Lynch se mit à tousser.

— Dépêchez-vous !

Une odeur douceâtre parvint aux narines de Rosalind tandis que le nuage se déplaçait au-dessus des dalles puis s'enroulait autour des jambes suspendues de Lynch. L'espace d'un instant, elle décela de nouveau une lueur de peur dans ses yeux.

Il ne pouvait pas céder à la peur. Il serait perdu.

Rosa laissa échapper un souffle.

— Vous ne m'avez pas demandé, dit-elle en se forçant à maîtriser sa voix.

— Demandé quoi ?

— Si j'avais obéi à vos directives, tout à l'heure. Si je vous avais attendu.

Lynch la dévisagea un moment. Des ombres dansèrent dans son regard et en ôtèrent toute trace de couleur. Il ferma les paupières.

— Ça ne m'aide pas.

— Vous allez perdre le contrôle, dit-elle d'une voix calme. Essayez de penser…

— Je ne vais *pas* perdre le contrôle, répliqua-t-il, la mâchoire crispée. Je ne peux pas. Ça n'arrivera pas.

Les volutes de fumée voraces s'entortillaient autour de lui. Et enfin Rosalind comprit. Comprit la raison pour laquelle il n'avait jamais bu directement à la veine et pour laquelle il rationnait rigoureusement ses doses de sang. La soif de sang et la perte de contrôle constituaient sa plus grande peur. Pour la première fois, elle réalisa combien il devait être difficile d'être atteint du virus, de lutter contre son instinct alors qu'il devait être tellement simple d'y céder.

— Je sais que vous pouvez lutter.

— Ne vous fiez plus à moi, haleta-t-il. Mettez la main sur une arme, n'importe laquelle, et n'ayez pas peur de vous en servir.

La fumée s'éleva entre eux et lui obstrua la vue. Lynch tira sur ses chaînes pour essayer de se hisser au-dessus.

Rosalind reporta toute son attention sur la serrure. Elle inséra l'épingle à l'intérieur et y tâtonna à l'aveuglette.

Le verrou finit par céder.

Elle ouvrit les menottes d'un coup sec, plia ses doigts d'acier et agrippa la chaîne au-dessus de sa main droite. Elle n'avait pas le temps de faire dans la finesse. À la place, elle la saisit brutalement de sa main biomécanique et en brisa les maillons.

— Ne dites pas n'importe quoi !

Elle ouvrit grand les yeux en se sentant tomber. Elle heurta durement le sol et resta un instant immobile, paniquée.

— Rosa ? Vous êtes libérée ?

— Oui.

Elle roula à quatre pattes et grimaça. La pièce était envahie de fumée et elle toussa, les poumons saturés de cette odeur écœurante, sucrée et poisseuse.

— Vous pouvez… sortir ?

Rosalind suivit le mur à tâtons et finit par apercevoir les rais de lumière à travers l'obscurité brumeuse. La porte !

Lynch n'était plus qu'une ombre dans le voile de brouillard. D'un coup de pied, Rosa envoya la balle de fer dans un coin et se figea en voyant le regard de Lynch rivé sur elle. Comme un prédateur.

— Vous l'avez fait ? demanda-t-il dans un souffle, en serrant et desserrant les poings, le corps parcouru d'un frisson.

— Fait quoi ?

— Vous m'avez attendu ?

Le besoin commençait à obscurcir son regard. Rosalind recula. Il serra les paupières pour tenter de se maîtriser.

— J'ai attendu, murmura-t-elle. Et j'attends toujours.

Elle tendit lentement la main vers la porte derrière elle et sonda la serrure dans le noir. Son épingle était tordue. Il lui en fallait une autre. Mais pour le moment, elle ne pouvait détacher ses yeux de lui. La fumée l'enveloppait totalement et il tressaillit, toujours en proie à une lutte intense pour ne pas perdre le contrôle de lui-même.

Rosalind ne le voyait presque plus. Mais elle entendit le sifflement de sa respiration, un son qui la terrifia. Puis elle perçut le son du métal broyé de ses menottes.

— Fuyez, l'implora-t-il. (Il émit un rire forcé, comme s'il s'efforçait de le retenir.) Fuyez, pour l'amour du ciel !

Rosalind fit volte-face et enfonça une nouvelle épingle dans la serrure, le cœur martelant ses côtes.

Il venait de perdre la bataille.

16

La porte s'ouvrit et Rosalind ne perdit pas de temps à vérifier s'il était parvenu à se libérer. Elle l'entendait tirer sur ses chaînes et un long grognement de frustration résonna au fond de sa gorge. Dans son état, l'acier ne lui résisterait pas longtemps.

Elle poussa la porte d'un coup d'épaule et tituba dans la galerie souterraine, sans doute un vieux tunnel d'entretien, éclairée par deux torches qui brûlaient dans de petites niches.

Elle saisit ses jupes à pleines mains et se mit à courir.

Le rugissement qui retentit derrière elle lui donna des sueurs froides et elle accéléra. Elle devait absolument sortir de là. S'il la rattrapait…

La porte au bout du souterrain était verrouillée. Rosalind tira en vain sur la poignée puis fit claquer sa main métallique sur le battant, frustrée.

— Merde !

Derrière elle, le silence retomba.

Rosalind se retourna lentement, terrifiée. Au bout du tunnel, une silhouette sombre se découpa à la sortie de la cellule avec la grâce sinistre du prédateur.

Elle extirpa une épingle de sa chevelure et fit volte-face pour l'insérer dans la serrure.

— Allez, murmura-t-elle en la tortillant jusqu'à trouver l'encoche. Allez !

Un rapide regard par-dessus son épaule lui indiqua qu'il approchait sans se presser, persuadé qu'elle ne pouvait lui échapper. Rosalind frappa le battant du poing et laissa une empreinte sur le bois. Par chance, la serrure émit un cliquetis. Elle tira sur la porte et inspira profondément, les dents serrées, affolée. Elle s'ouvrit.

— Non !!!

Le hurlement de rage de Lynch résonna dans le tunnel tandis que Rosalind fonçait et refermait la porte dans son dos. Une clé était suspendue à un crochet à côté de la porte, et Rosalind l'enfonça dans la serrure, la fit tourner et regarda à travers la fente de la fenêtre ; Lynch fonçait droit sur elle.

— Allez !

La serrure se bloqua enfin et Rosalind recula en chancelant tandis que Lynch se jetait sur la porte.

Les charnières protestèrent en grinçant et de la poussière s'effrita des murs de pierre. Rosalind croisa son regard et n'y décela plus rien d'humain. Ce n'était plus l'homme qu'elle connaissait. L'homme qui avait de l'importance pour elle. Sa peur secrète se tenait maintenant devant elle et l'observait avec un regard assombri par la rage et la soif.

Il agrippa les barreaux de la fenêtre et les tordit. Le fer grinça et se déforma comme du caoutchouc. Rosalind pivota et grimpa une volée de marches à toute vitesse.

Derrière elle retentit un craquement monstrueux.

Ses poumons luttaient pour trouver de l'air. Elle risqua un œil derrière elle et perçut une forme qui se mouvait dans les ombres.

Une porte apparut dans le mur. Rosalind la franchit sans ralentir et la referma avant de heurter quelque chose dans les ténèbres. Elle chercha une lanterne à tâtons et un paquet d'allumettes. Puis elle alluma la mèche d'une main tremblante.

Quelque chose cogna contre la porte. Rosalind sursauta. La pièce était équipée d'une table et de bancs. Elle courut se cacher derrière la table, qui ne lui offrirait qu'une maigre protection.

Des caisses de balles de fer équipées de cadrans apparurent dans la lueur vacillante. Rosalind en effleura une du doigt et sentit le minuscule joint qui en faisait le tour. Il devait y en avoir des dizaines, suffisamment pour faire perdre la tête à toute une horde de sangs bleus. Que diable pouvaient bien préparer les mécaniques ?

Une nouvelle secousse ébranla la porte. Rosalind parcourut la pièce des yeux à la recherche d'une arme, de n'importe quoi qui pourrait l'aider. Des outils en métal étaient suspendus au mur. Elle s'empara d'une lime et se mit en quête d'un objet plus tranchant. Un casier à bouteilles occupait le mur du fond, et le verre étincela quand elle approcha la lanterne. Elle retira un bouchon de liège, huma le liquide incolore et reconnut la même odeur douceâtre que dans la cellule.

Un silence assourdissant retomba, ce qui fit résonner les battements de son cœur dans ses tympans.

Puis une lumière perça à travers la porte.

Rosalind poussa un cri, lâcha la lanterne et fit volte-face. Son regard tomba sur une pile de marchandises posée sur une petite table non loin de la porte. Un pistolet muni des plumes bleu vif caractéristiques des fléchettes de ciguë…

Lynch tâtonnait à la recherche de la clé, puis la tourna dans la serrure. Il recula ensuite sa main ensanglantée. Lentement, très lentement, la poignée tourna.

Rosalind recula et se heurta au banc. Elle n'avait nulle part où fuir. Aucune arme pour se défendre. Si seulement elle pouvait mettre la main sur le pistolet à fléchettes…

La porte s'ouvrit lentement. Un homme se matérialisa dans les ténèbres, un homme qu'elle reconnaissait à peine. Ses cheveux noirs brillaient à la lueur de sa lanterne et la flamme se reflétait dans ses yeux sombres. La lumière esquissait les traits de son visage et la carrure de ses épaules.

— Lynch ? murmura-t-elle.

Il respirait péniblement, sa poitrine se soulevant au rythme de ses larges inspirations. Il referma lentement la porte. Il pencha la tête un instant, comme si une partie de lui luttait encore pour garder le contrôle. Puis il s'avança vers elle.

Chacun de ses pas l'hypnotisait ; le pouvoir et la grâce qui émanaient de sa personne lui coupèrent le souffle.

Rosalind déglutit. Inutile de courir ou de chercher à se battre. Cela ne ferait qu'exciter ses appétits.

— Voudriez-vous… un autre bouton ? chuchota-t-elle en posant les mains sur ceux qui ornaient son corsage.

Elle ôta le bouton du haut qui s'arracha et tomba par terre. De toute façon, le tissu lavande était déjà fichu.

Lynch ne bougeait plus. Il caressait le bout de la table de sa main gantée, comme s'il était plongé dans ses réflexions. Rosalind se hâta de retirer un autre bouton.

Puis encore un autre.

— Vous vous souvenez, dans l'observatoire ? demanda-t-elle en les détachant les uns après les autres dans un geste désespéré.

Il posa un regard brûlant sur la peau exposée de son décolleté.

— C'est ça, murmura-t-elle en faisant un pas de côté pour se rapprocher un peu plus de la porte – et du pistolet à fléchettes.

Lynch s'en aperçut. Elle vit les muscles de ses cuisses se contracter et s'immobilisa. Elle leva la main, retira lentement les dernières épingles de sa chevelure et la laissa retomber en cascade sur ses épaules. La lueur de la lanterne souligna leur riche couleur cuivrée qui contrastait avec sa peau pâle. Le regard avide de Lynch se durcit.

— Tu m'appartiens, déclara-t-il froidement.

Puis il fondit sur elle. Rosalind eut à peine le temps de souffler qu'il avait enfoncé sa main dans ses cheveux et qu'il lui basculait la tête en arrière. Elle le saisit par le tissu de sa chemise et retint un cri quand il écrasa sa bouche sur la sienne.

Lynch la dévora et lui plaqua le dos contre le mur. Une caisse tomba du banc et les petites balles de métal roulèrent par terre tandis qu'il enfonçait sa langue chaude et dure dans sa bouche. Rosalind se laissa aller contre lui et la vague de soulagement qui la submergea fit trembler ses genoux.

— *Oui,* dit-elle presque dans un sanglot en saisissant une mèche de ses cheveux.

Lynch l'attrapa par les cuisses et la fit glisser sur le banc sans cesser de l'embrasser avec désespoir. Elle ne pouvait ni reprendre son souffle ni lui échapper. Il la dominait totalement et son imposante masse corporelle l'enveloppait d'une force qu'elle ne pouvait combattre. Il suça sa lèvre inférieure et la mordilla tout en immobilisant son poignet droit.

Mais au moins, il ne lui avait pas sucé le sang. Pas encore.

Rosalind gémit, enroula ses jambes autour de sa taille et lui rendit son baiser avec une ardeur due au soulagement qu'elle éprouvait. Elle ne pouvait plus le lâcher. Pas une seconde. Elle risquerait de le perdre.

La porte s'ouvrit d'un coup et un homme intégralement vêtu de cuir noir fit irruption.

— Non ! cria-t-elle en sentant Lynch s'écarter pour bondir sur l'étranger.

Un Engoulevent.

Elle aurait presque pu croire qu'il s'interposait entre eux, qu'il s'agissait d'un geste protecteur. Mais ça ne pouvait être la vérité. Il ne réfléchissait pas. Dans son état, il était seulement en mesure de réagir.

Lynch le plaqua contre le mur. L'homme écarquilla les yeux, sous le choc.

— Monsieur !

— Il va vous tuer ! hurla-t-elle.

L'étranger tourna ses yeux d'un bleu glacial vers elle, puis donna un coup de coude dans le visage de Lynch dont la tête partit en arrière. Une expression sinistre apparut sur ses traits, d'une cruauté impitoyable.

Lynch se rua vers sa carotide mais l'homme abattit son poing dans sa gorge et lui fit un croche-pied. Ils s'effondrèrent ensemble et l'Engoulevent se débattit avec une force farouche.

Lynch ne faisait plus preuve d'aucune subtilité. Il en était réduit aux bases de la survie, se protégeait à peine et restait uniquement concentré sur la mise à mort. Sa rage et sa force semblaient imparables.

Rosalind quitta le banc en glissant lentement, les yeux rivés sur le pistolet à fléchettes. Elle s'en approcha petit à petit et sursauta quand Lynch plaqua l'autre homme face contre terre. Il releva la tête pour suivre ses mouvements. Rosalind déglutit et referma les doigts sur le pistolet.

Il bondit sur elle à une vitesse telle qu'elle ne put le suivre des yeux. Seules ses nombreuses années d'entraînement lui sauvèrent la vie. Elle lui tira dessus à moins d'un mètre. Il fit un dernier pas en avant, puis la ciguë se répandit dans ses veines et ses genoux cédèrent.

— Je suis désolée, murmura-t-elle, plongée dans ses yeux noirs qui parurent à cet instant étrangement humains. Vraiment désolée.

17

La conscience lui revint peu à peu.

Lynch s'efforça d'accélérer le processus. Sa soif était si intense qu'il hurla. Quelque chose le maintenait attaché. Puis des exclamations d'hommes. Puis l'odeur cuivrée de sang chaud dans l'air, puis le contact du liquide sur ses lèvres. Mais ça ne suffisait pas. Il voulait le boire à la fois frais et chaud directement de la gorge de quelqu'un. Déchirer, tuer, déchiqueter la chair et s'abreuver jusqu'à plus soif.

Il ne la trouvait pas. Il luttait, scrutait éperdument les visages dans la pièce, mais elle ne s'y trouvait pas. Il sentit la peur le dominer. La peur ainsi qu'un furieux besoin de la protéger contre lequel il ne pouvait lutter. C'était sa femme. La *sienne.* Et quelqu'un la retenait loin de lui.

Un visage apparut dans son champ de vision et des mains le saisirent par les épaules.

— C'est moi, monsieur. Garrett !

Les mots lui parvenaient curieusement déformés.

— Où est-elle ? s'écria-t-il en tirant sur les menottes en métal qui le retenaient sur le dos.

Une main glissa sur le bras de l'homme.

— Il est plus là, petit, déclara un homme plus âgé d'un ton bourru. Lâche-le.

— Non ! Donnez-lui plus de ciguë. (La lumière se reflétait sur ses cheveux cuivrés et tout ce que

Lynch voyait, c'était la couleur du sang.) On l'attend dehors. Il reviendra.

Puis il sombra dans les ténèbres et son corps retomba sur la plaque d'acier qui le maintenait immobile. Il avait beau chercher de toutes ses forces, il ne percevait pas la moindre trace de ce parfum de citron familier.

Dix heures s'étaient écoulées depuis la dernière fois qu'elle l'avait vu. En train de hurler et de tirer sur ses menottes…

Rosalind serra ses bras autour d'elle et plissa les yeux pour percer l'obscurité. À côté d'elle, la faible respiration rauque de Jack à travers le filtre à air lui tapait sur les nerfs.

— Où est-elle ? murmura-t-elle en frissonnant.

Ce soir, elle était congelée et ne parvenait pas à se réchauffer. Comme si la frousse de la veille s'était infiltrée jusque dans ses os. Elle avait pensé que Lynch allait se remettre quand ils l'avaient ramené à la guilde. Mais ce n'était pas le cas.

— Elle va arriver, répondit Jack d'une voix douce et mélodieuse.

Sa gorge était la seule partie de son corps que l'acide de Balfour n'avait pas endommagée. Ses poumons, c'était une autre histoire, d'où la présence du filtre dans le masque. L'air épais et chargé de charbon de Londres était trop riche et provoquait chez lui de terribles quintes de toux. Elle se demandait parfois s'il ne serait pas mieux à la campagne ou quelque part sur les côtes de la Méditerranée, où l'air était pur et chaud. En Italie, peut-être, où les sangs bleus n'existaient pas et où l'Église régnait en maître. Ça lui plairait beaucoup.

Rosalind sortit sa montre de poche du gilet serré qui moulait ses courbes et l'examina. Une bulle de verre transparente laissait apparaître les rouages en laiton et les engrenages au dos de la montre, tandis que le cadran était incrusté de perles. Un reflet tomba sur les perles et les transforma en arc-en-ciel scintillant.

— Dix heures, murmura-t-elle.

Comme pour la contrarier, une cloche sonna non loin dans le clocher d'une vieille église à demi brûlée. Un, deux, trois... Elle continua, transperçant l'épais brouillard.

— J'aurais dû accompagner Ingrid, murmura-t-elle.

Jack lui jeta un regard et son monocle refléta la faible lueur de la lampe à gaz.

— On vient seulement de te récupérer. Je ne compte pas te laisser ressortir avec tous les suceurs qui traînent dehors. (Sa voix se durcit.) Plus jamais je ne te laisserai les approcher.

Elle n'avait rien à répondre. S'il découvrait la vérité, il serait parti à la poursuite de Lynch armé d'une fourche. Elle avait dû inventer une histoire selon laquelle elle s'était fait aborder sur le chemin du retour par un sang bleu anonyme.

C'était la première fois qu'elle mentait à son frère. Leur enfance dans les rues les avait endurcis et ils s'étaient raccrochés l'un à l'autre. Ils ne pouvaient pas faire confiance au monde extérieur. Seulement l'un en l'autre. Ils s'étaient protégés mutuellement pendant de nombreuses années, jusqu'à ce jour fatidique où elle avait fait les poches de quelqu'un et où Balfour l'avait prise sur le fait.

Il avait reconnu sa fille, l'un des trois enfants que leur mère lui avait enlevés quand elle avait rompu son contrat d'esclavage et pris la fuite. Rosalind n'avait jamais vraiment su pourquoi sa mère était partie, mais elle pouvait aisément le deviner.

Aujourd'hui, elle était morte depuis longtemps et Rosalind et Jack avaient fait ce qu'il fallait pour survivre. Jack la connaissait jusqu'au tréfonds de son âme.

— Je vais bien, lui dit-elle. J'ai pu m'en occuper seule.

— Vraiment ?

Il ouvrit le petit filtre à air au milieu de son demi-masque en cuir et posa ses doigts devant le trou, sur lesquels il souffla pour les réchauffer.

— Tu es distraite, ces derniers temps.

— Je m'inquiète pour Jeremy.

— Ah oui ?

Le ton de sa voix attira son attention et lui fit relever les yeux.

— Qu'est-ce que tu entends par là ? Évidemment que je m'inquiète pour lui.

Jack leva lentement une main gantée et écarta une mèche rebelle de Rosalind avec son index. Il effleura ensuite timidement la peau de son cou.

— Tu as une marque de morsure à l'arrière du cou. Du genre de celles qu'un homme fait à sa maîtresse.

Elle eut le souffle coupé. Lynch. Dans les bains. Il l'avait mordue, avait sucé sa peau, et ça lui était totalement sorti de l'esprit. Rosalind écarta sa tête et remonta le col de son manteau.

— Arrête.

— Tu es gênée, dit-il d'une voix calme. La dernière fois que je t'ai vue dans cet état, c'était quand on t'avait envoyée espionner Nathaniel.

Rosalind se détourna et observa l'étroite ruelle. La brique était criblée de trous et recouverte d'une épaisse poussière de charbon, mais elle ne vit rien de tout ça. Le visage de Nathaniel flottait dans son esprit.

Chef du mouvement humaniste de Londres, il n'avait été qu'un incorrigible imbécile qui avait défendu les droits des humains dans la rue avant d'avoir l'audace de faire valoir ses arguments à la Tour d'Ivoire. Elle avait arrangé un entretien avec lui, et elle le menait par le bout du nez avant même qu'il ait pu balbutier un seul mot. Une prune mûre pour la cueillette. Une semaine plus tard, ils se mariaient, elle devenait Mme Nathaniel Hucker, le serpent dans son lit, qui rapportait tout ce qu'elle apprenait à Balfour.

Un rêveur, ça oui. Naïf et aveugle. Le meilleur des hommes. Il lui avait fallu quatre mois pour faire fondre le cœur de Rosalind et l'amener à remettre en question tout ce que Balfour lui avait jamais appris. Elle avait confié ses doutes à Jack. Le cours des choses s'était lentement inversé. Elle continuait de faire ses rapports à Balfour, mais juste de quoi atténuer ses soupçons. Puis elle avait commencé à prêter une oreille attentive à ce que prêchait Nate concernant les droits des humains et s'était mise à y croire.

Le conflit de loyauté l'avait déchirée en deux. Elle avait fini par tomber éperdument amoureuse de son mari, mais à cette époque, Balfour possédait son corps et son âme depuis huit ans. Elle avait tué pour lui. Espionné pour son compte. Elle était son petit faucon. Elle aurait fait n'importe quoi pour lui.

Sauf tuer Nathaniel.

— C'est qui ? demanda simplement Jack.

Des larmes montèrent aux yeux de Rosalind. Elle secoua la tête et s'obstina à garder le regard baissé. Que penserait-il s'il connaissait les pensées secrètes que son cœur ne cessait de nourrir ? Nathaniel était humain, mais ce n'était pas le cas de Lynch. Lynch était précisément la créature que Jack redoutait le plus.

— Lynch ? suggéra-t-il, une pointe de colère dans la voix. C'est lui qui t'a fait ça ? Il t'a forcée à coucher avec lui ?

— Pour l'amour du ciel, Jack, penses-tu qu'un homme – sang bleu ou pas – soit capable de me forcer à faire une chose dont je n'ai pas envie ?

Son regard s'aiguisa et elle réalisa son erreur.

— Alors c'est toi qui veux le mettre dans ton lit ?

Rosalind se passa une main sur le visage et chercha Ingrid des yeux.

— Il peut m'aider à retrouver Jeremy. Je dois l'attirer plus près pour...

— Pour séduire un sang bleu ? Tu pourrais réellement envisager de le laisser te toucher ? De le laisser poser ses mains maculées de sang sur toi ?

— Il n'est pas comme ça.

Jack garda le silence.

— C'est exactement comme Nathaniel.

— Non. (Elle secoua fermement la tête.) J'aimais mon mari. Cela n'a rien à voir, mais je ne peux pas nier que... Lynch est... il n'a rien à voir avec le reste des sangs bleus. Il essaie de se contrôler.

— N'oublie pas qui il est.

— Je sais mieux que personne qui il est.

— Et qu'est-ce que je suis censé comprendre par là ? demanda Jack en lui saisissant le bras.

— Rien.

Elle pinça les lèvres. Ce matin, elle était passée à la guilde pour prendre de ses nouvelles, mais il ne reconnaissait toujours personne. Garrett avait refusé de la laisser le voir, en précisant que tout ce que voulait Lynch, c'était elle.

Ça l'effrayait. Elle avait pensé que le pire qu'il pouvait lui faire, c'était la vider de son sang, mais elle s'était trompée. À la place, le démon qui vivait en lui l'avait revendiquée comme lui appartenant.

Tu m'appartiens.

Imaginez un peu sa fureur quand il allait découvrir qu'elle l'avait manipulé. Sa... douleur. Rosalind déglutit péniblement. Elle avait l'impression de s'être prise au piège de sa propre toile d'araignée, de ses propres mensonges, et le poids de ses erreurs l'écrasait. Elle ne voulait pas lui faire de mal. Il était trop bon pour ça.

Jack l'observait, tirant sans nul doute ses propres conclusions.

— Tu ne devrais pas y retourner. Il t'écarte de ta route.

— Est-ce vraiment la chose à faire ? dit-elle tout bas en songeant à l'armée de Cyclopes silencieux dressés dans l'obscurité des Souterrains.

Jack se raidit.

— N'en doute pas. Nous avons passé ce pacte il y a huit ans, après le meurtre de Nathaniel. Nous devons les exterminer.

— Est-ce que ça vaut la vie de Jeremy ? répliqua-t-elle sèchement en se tournant vers lui. Vraiment ? Parce que si c'est ce que ça m'a coûté, alors je ne peux pas faire ça.

— Es-tu sûre de ne t'inquiéter que pour Jeremy ?

Elle grommela. C'était la vérité. Si elle continuait comme ça, un jour, elle devrait se positionner contre Lynch. Cela en valait-il la peine ? Pouvait-elle vraiment le faire tomber pour sa cause ?

Non. La réponse lui parvint dans un murmure écœuré. Ce serait trahir tout ce qu'elle avait défendu au cours des huit dernières années. Mais comment pouvait-elle l'éviter ? Il se tenait entre elle et l'Échelon, et elle *savait* que son sens du devoir et de l'honneur le forcerait à se dresser contre elle.

— Je saurai gérer l'affaire.

Comment ?

— Veilles-y, acquiesça Jack. N'oublie pas vers qui va ta loyauté. Ta famille, les tiens – les humains qui vivent dans cette ville misérable et font reposer leurs maudits espoirs sur nous.

— Je sais pertinemment à qui je dois la loyauté, rétorqua-t-elle sèchement.

— Bon sang, on vous entend tous les deux jusqu'à Limey, jura quelqu'un.

Ingrid se matérialisa dans la brume, traînant derrière elle un gamin avec un œil en moins et trois doigts en acier.

La tension s'apaisa dans la poitrine de Rosalind. Ingrid poussa le gosse qui tomba à genoux devant elle.

— Je l'ai trouvé dans les Fosses en train de faire des paris sur des combats de sang, déclara Ingrid. J'ai dû attendre qu'il perde tout.

Rosalind s'agenouilla et posa ses coudes sur ses genoux.

— Salut, Harry.

Le mécanique grimaça et s'assit en tailleur. Du sang coulait d'une entaille sur son front. Ingrid avait donc dû se montrer douce.

Le jeune homme était du même âge que Jeremy et tous deux s'étaient toujours entendus à merveille, mais Harry avait choisi très tôt de suivre Mordecai. Les yeux plissés, il observa la silhouette menaçante de Jack derrière elle.

— Je sais rien.

— Oh que si, fit Rosalind avec un sourire, avant de lever un doigt pour couper court à ses protestations. Ne faisons pas comme si tu n'allais pas nous dire tout ce que tu sais. La question est de savoir si tu vas le faire tout de suite ou si Ingrid va devoir te briser tous les os du corps.

Son unique œil bleu se tourna vers Ingrid. Il déglutit.

— D'abord, je veux savoir si tu as vu Jeremy, reprit-elle. Ou si tu as de ses nouvelles.

Les épaules de Harry se détendirent, comme s'il réalisait qu'on n'allait pas lui demander de trahir ses compagnons mécaniques.

— Je l'ai pas vu depuis la tour, avoua-t-il. J'croyais qu'il était mort… ou alors il a été capturé par les Engoulevents.

Elle baissa les paupières en luttant pour garder le contrôle de ses émotions. Ses derniers espoirs s'envolaient. Si aucun mécanique ne l'avait aperçu…

— Pourquoi penses-tu une chose pareille ?

Harry haussa les épaules.

— Ben, c'est c'que j'espère, tu vois ? Ils ont envahi la tour après l'explosion.

Il ne savait rien. Rosalind bascula en arrière sur ses talons, la gorge sèche et nouée. Jack posa la main sur son épaule et Rosalind la serra. Le monde semblait disparaître autour d'elle. Elle avait placé ses derniers espoirs en Lynch, et elle n'était même pas sûre qu'il puisse un jour retrouver son état normal.

Ingrid soupira.

— Allez ouste, disparais…

— Attends. (Rosalind releva la tête.) Attends, répéta-t-elle d'une voix douce en s'efforçant de s'éclaircir les idées. Parle-moi des balles mécaniques. Celles qui vous servent à détraquer les sangs bleus.

Harry pâlit sous sa tignasse de cheveux sombres.

— Je sais rien.

— Ingrid. Coupe-lui le pouce.

— Non ! couina Harry en reculant tant bien que mal… jusqu'à heurter les jambes d'Ingrid.

— Lequel ? demanda-t-elle à Rosalind en sortant un énorme couteau de sa ceinture.

Elles avaient joué à ce jeu de nombreuses fois. Rosalind haussa les épaules.

— Ça n'a pas d'importance. À toi de choisir.

— Celui-là, alors, dit Ingrid en tirant une des mains du jeune garçon en arrière.

— Non ! hurla-t-il. Non, arrêtez ! Je vais vous le dire ! Je vais vous dire ce que vous voulez sur les Orbes de Doeppler !

Rosalind fit signe à Ingrid de s'écarter et s'approcha.

— Raconte, je t'écoute, dit-elle. Qu'y a-t-il dans ces sphères qui fasse ainsi perdre la tête à un sang bleu ? Existe-t-il un remède ?

— Il y a un certain Henrik Doeppler dans l'East End, éructa-t-il sans quitter le couteau d'Ingrid des yeux. Une espèce de cinglé qui essayait de trouver un traitement au virus du besoin, et à la place, il a trouvé cette formule. Je sais pas s'il y a un remède. On les laisse pas survivre assez longtemps après…

— … les tests, finit-elle à sa place.

Il la regarda.

— Oui, reprit-elle en souriant. Fais bien attention de dire la vérité, Harry. Tu ne sais pas ce que je sais déjà.

— On a fait des tests, reprit-il rapidement. Rien que quelques-uns dans les Souterrains. C'était dur de mettre la main sur des sangs bleus, tu vois ?

Elle acquiesça.

— Alors Mordecai s'est dit qu'on devrait l'essayer sur l'Échelon. Leur ficher la trouille et voir si ça fonctionnait avant d'attaquer.

Elle ne s'était donc pas trompée. L'affaire prenait une ampleur qu'ils n'avaient pas vraiment soupçonnée.

— Et où est censée survenir la prochaine attaque ?

Il la regarda d'un air ignorant.

— Je sais pas exactement. (Il tendit les mains devant lui en la voyant froncer les sourcils.) C'est vrai ! J'vous jure ! Mordecai me dit seulement ce que j'ai besoin de savoir.

Rosalind fit la moue.

— J'ai vu des caisses remplies de sphères. Il y avait de quoi détraquer la moitié de l'Échelon. Il doit forcément prévoir quelque chose d'énorme, à un endroit où la majorité de l'Échelon sera réunie.

— La seule chose que j'sais, c'est que c'est dans deux jours, ajouta Harry. Ils ont commencé à expédier les caisses aux gangs ce soir.

Dans deux jours. Aucun de ses espions au sein de l'Échelon n'avait mentionné d'événement important.

— Va-t'en, murmura Rosalind avant de plisser les yeux. Et à ta place, je ne rapporterais pas un mot de notre entretien à Mordecai.

Il lâcha un rire bref.

— Croyez-moi… Je dirai rien.

Le lendemain matin, Rosalind se retrouva sur le perron de la guilde après avoir échappé à la vigilance de Jack et d'Ingrid. La veille, on ne l'avait pas laissée entrer.

— Je vous en supplie, murmura-t-elle. Je vous en supplie, faites qu'il soit redevenu lui-même.

La prière était-elle destinée à un dieu qu'elle n'avait jamais sollicité auparavant ? Elle n'en savait rien.

Elle frappa vivement à la porte principale et patienta en retenant son souffle. Les minutes s'écoulèrent et elle s'apprêtait à insister quand Doyle ouvrit brusquement la porte.

Son regard dur se détendit quand il la vit et il poussa un léger soupir.

— Aucune amélioration, madame Marberry. Garrett lui a réinjecté de la ciguë. Vous feriez mieux de partir, c'est le chaos dans le coin.

Elle posa une main sur le battant qu'il se préparait à refermer.

— Est-ce que l'on connaît les effets à long terme qu'aura la ciguë sur son organisme ?

— Madame Marberry, on ne sait même pas s'il redeviendra lui-même un jour. Il était déchaîné ce matin.

Il fit de nouveau mine de refermer la porte.

— Est-ce que je peux lui tenir compagnie ? lâcha-t-elle en se faufilant dans le mince espace. Rien qu'une demi-heure ? S'il vous plaît ?

— J'crois pas que ce soit une bonne idée.

En haut des marches, une silhouette sombre se détacha et Garrett se pencha par-dessus la rampe.

— Laisse-la entrer.

Doyle fronça les sourcils.

— Tu sais comment il est. C'est pas le truc à faire de laisser entrer une dame, avec ce qui lui arrive.

— Ah non ? Rien de ce qu'on a tenté n'a fait la moindre différence. Il ne nous reconnaît plus ; en fait, il ne nous voit que comme des menaces. (Garrett se tourna vers elle et son expression s'adoucit.) Mais il vous a demandée de nombreuses fois. Peut-être que vous pourrez faire quelque chose.

Rosalind dépassa Doyle avant qu'il ait pu ouvrir la bouche.

— Est-ce qu'il est dangereux ?

Garrett baissa les paupières.

— On a dû l'attacher. Il ne devient violent que lorsqu'on entre dans la pièce.

Elle déglutit pour faire passer le nœud dans sa gorge. Elle repensa à sa peur, dans les Souterrains, quand il l'avait plaquée contre le mur. Elle ne devrait même pas être là ; Jack et Ingrid avaient essayé de l'en dissuader, et elle avait fini par leur céder mais seulement pour les rassurer.

Elle ne pouvait pas attendre sans rien faire. Elle avait besoin de le voir, de savoir comment il allait.

Il lui manquait.

Elle souleva sa jupe d'une main et grimpa les marches pour rejoindre Garrett.

— Je me souviens de quelque chose au sujet de l'attaque, dit-elle. Ils ont évoqué un certain Doeppler – l'homme qui a créé la drogue qui… qui lui a fait ça. Il a peut-être un antidote ?

Garrett lui jeta un regard tranchant.

— Le Doeppler ?

— Dans l'East End, précisa-t-elle en tournant les yeux vers la porte de son propre bureau.

Elle se sentait légèrement étourdie et anticipait chaque pas.

— Je vois. J'enverrai quelqu'un s'occuper du médecin. (Il baissa les yeux sur les mains jointes de Rosa.) N'ayez pas peur. Je ne pense pas qu'il vous fera du mal, et de toute façon je ne le laisserai pas faire.

Garrett ouvrit la porte et, d'une main froide posée dans son dos, la poussa vers l'intérieur.

— Et s'il ne veut pas me voir ? murmura-t-elle soudain. Si ma venue le mettait de nouveau dans tous ses états ?

Le silence qui régnait autour d'eux était presque assourdissant.

— C'est un risque, admit Garrett. C'est pour ça qu'on l'a attaché. Il ne pourra pas vous toucher, Rosa. (Il hésita.) Mais je crains que vous n'entriez seule. S'il me voit… il réagit mal à notre présence, et j'ai peur que s'il me voit à vos côtés… il se sente menacé.

— Il a peur de vous ?

Il marqua une nouvelle pause.

— Pas vraiment.

— Garrett, je vous en prie. (Elle alla jusqu'à poser sa main sur son bras.) Dites-moi ce que vous me cachez.

— Les ténèbres en lui – ses démons, appelez ça comme vous voulez – sont concentrées sur vous, Rosa.

Un frisson d'une émotion indéfinie parcourut sa peau.

— Ça arrive parfois avec un sang bleu, ajouta-t-il doucement, quand il désire une femme au-delà de tout le reste. C'est une force impérieuse et possessive. Le besoin de vous protéger, de vous avoir à ses côtés, de… (Il rougit.) Le besoin de vous revendiquer. Je pense que c'est la seule chose qui vous ait sauvé la vie dans les Souterrains. Sa soif de sang était excitée, et par conséquent la facette sombre de son caractère, la partie de lui qui considère que vous lui appartenez. (Une lueur lugubre passa sur ses beaux yeux bleus.) Nous avons tous cette capacité en nous, Rosa.

C'était un désastre. S'il disait la vérité, alors elle ne pourrait jamais échapper à Lynch. Il exigerait d'elle plus que ce qu'elle avait à donner.

— Et que se passera-t-il si je ne vais pas le voir ?

— Si nous ne trouvons aucun moyen de le ramener, alors nous… *Je* serai obligé de l'achever.

Une peine immense emplit son regard et elle songea soudain que Garrett valait bien mieux que ce qu'elle avait cru. Un tel acte le détruirait, et jamais il ne s'en remettrait. Mais il ferait ce qu'il avait à faire, car il devait posséder un sens du devoir auquel Lynch ne devait pas être étranger.

— Je vais essayer.

Une partie d'elle, celle qui se souvenait de l'entraînement de Balfour, lui hurlait d'envisager les choses de façon stratégique.

Elle rassembla ses esprits, les yeux brûlants, et entra dans son bureau. Peu importaient toutes les stratégies qu'elle avait pu mettre au point. Elle avait beau essayer de le nier de toutes ses forces, elle éprouvait quelque chose pour Lynch. Quelque chose de fort. Quelque chose qui lui donnait presque de nouveau la sensation d'être humaine.

Si elle constituait sa seule chance de guérison, alors elle ne pouvait pas le laisser tomber.

18

Aussitôt qu'elle fut devant la porte, Rosalind sut que Lynch était réveillé. Elle le sentait aux aguets. Une goutte de sueur coula le long de son dos.

Courage.

Elle tourna résolument la poignée.

La vue qui s'offrit à elle lui coupa le souffle. Des éclaboussures de sang séché maculaient sa poitrine et les draps du lit, ses bras étaient attachés au-dessus de sa tête à des fers scellés au mur. Un drap était remonté jusqu'à sa taille, mais on lui avait aussi lié les pieds et, à en juger par le flacon et les aiguilles posés sur sa table de chevet, on lui injectait des doses régulières de ciguë.

Elle referma doucement la porte derrière elle. Lynch posa sur elle ses yeux noirs qui brillaient à la lueur des chandelles. Des yeux de prédateur. Ce n'était plus l'homme qui éveillait son désir. Ni son plus fin adversaire ni son plus cher ennemi.

— Bonjour, dit-elle tout bas en s'efforçant de ralentir les battements effrénés de son cœur. Vous m'avez manqué, monsieur.

Sa voix résonnait dans la pièce, et le silence ne fut rompu que par le bruissement des draps quand il tourna la tête pour la suivre du regard.

Elle avait devant elle ce qu'elle détestait et ce qu'elle redoutait depuis des années. Balfour avait eu les mêmes yeux noirs, dépourvus de la moindre émotion, quand il avait tranché la gorge de Nathaniel devant elle. *Tu es le diable !* s'était-elle écriée, et elle le pensait sincèrement.

Rosalind s'approcha de la fenêtre et en écarta les rideaux, incapable de supporter l'obscurité plus longtemps. Que pensait-elle, maintenant ?

Derrière elle, elle perçut sa longue expiration. Lorsqu'elle se retourna, Lynch détourna son visage de la lumière presque aveuglante. Bien sûr. Les sangs bleus toléraient les rayons du soleil, mais leurs yeux sensibles et leur peau pâle préféraient l'obscurité. Plus leur hématocrite était élevé, moins ils les supportaient et, dominé par la soif de sang comme il l'était en ce moment, Lynch devait être extrêmement sensible.

Rosalind referma les rideaux à moitié.

— Je suis désolée. Je ne vois presque rien.

Elle plissa le nez. Une odeur de sang flottait dans la pièce. Elle ouvrit la fenêtre et une légère brise agita les voilages.

— Vous avez mangé ? demanda-t-elle d'une voix plus assurée. (Elle jeta un coup d'œil aux taches couleur rouille sur sa chemise.) Est-ce qu'ils vous ont lavé, au moins ?

Évidemment, la réponse était non.

Elle se dirigea vers la porte d'un pas vif et tendit la main vers la poignée. Ce fut seulement en le voyant tirer sur ses menottes à s'en entailler la peau qu'elle réalisa combien il s'était tenu tranquille jusque-là.

— Non !

Rosalind s'arrêta. Leurs regards se croisèrent.

— Je ne vais nulle part, dit-elle. J'envoie seulement Garrett chercher de l'eau et des draps propres.

Sa poitrine se souleva plus rapidement et une lueur menaçante s'alluma dans ses yeux. Rosalind tourna lentement la poignée.

— Je ne quitterai pas la pièce, promit-elle.

Garrett, qui attendait dans le bureau de Lynch, sauta sur ses pieds avec une expression désespérée dès qu'il la vit apparaître.

Elle secoua la tête, sans oser franchir le seuil.

— J'ai besoin d'eau chaude et de savon, lui indiqua-t-elle. Et aussi de draps propres, ainsi que d'un peu de vin de sang.

Garrett hocha la tête et ses épaules s'affaissèrent de soulagement, avant de se diriger vers la porte. Rosalind n'eut pas le cœur de lui dire qu'il n'y avait aucune amélioration.

Elle referma le battant et se tourna vers Lynch. Les lèvres retroussées, il transperçait le mur du regard et un grognement de colère vibrait au fond de sa gorge.

— Ça suffit, lui lança-t-elle.

Ses yeux brûlants posés sur elle la firent frissonner. *Danger.*

Les muscles tendus de sa gorge se crispèrent encore davantage quand il tira sur ses chaînes. Rosalind s'approcha du lit à la hâte.

— Arrêtez ça, dit-elle en posant les mains sur son torse. Vous allez vous blesser.

Sa réaction avait été instinctive. Sous ses mains, elle sentit sa chair ferme bouger et elle baissa les yeux, les lèvres entrouvertes. Il l'observait de nouveau, mais son expression menaçante avait disparu, remplacée par la lueur d'un désir primaire au fond de son regard.

Le corps de Rosalind se comporta comme une flamme sur laquelle de l'huile aurait été jetée. Elle caressa son torse de sa main valide. Les boutons de sa chemise étaient arrachés et laissaient apparaître ses côtes et les muscles de son abdomen. Elle fut aussitôt transportée vers la nuit passée dans les bains à vapeur, il n'y avait pas si longtemps. La sensation de ses dents dans son cou, de ses mains sur ses seins puis entre ses cuisses… Ses hanches contre les siennes, ses lèvres chaudes qui dessinaient la courbe de son épaule…

Elle fut parcourue d'un frisson qui durcit ses tétons sous le tissu fin de son chemisier. Sa peur s'estompa rapidement.

Il ne voulait pas lui faire de mal, il ne l'avait jamais voulu. La revendiquer, certes, enfoncer ses dents dans la chair tendre de sa gorge et boire son sang, ça oui. Aurait-il réussi à s'arrêter à temps ?, elle l'ignorait, mais il n'avait eu aucune intention de la blesser.

Seulement de la faire sienne.

Elle savait gérer la douleur physique – mais l'idée de lui appartenir, à lui ou à quelqu'un d'autre, la rendait nerveuse. La sensation n'était pas totalement déplaisante, un peu similaire à la fébrilité qu'elle savait apprécier dans une situation dangereuse – mais en tellement plus terrifiant. Ses sentiments pour Nate étaient nés d'une amitié rassurante et d'un respect mutuel ; leur amour ne l'obligeait pas à se remettre en question et lui procurait une sensation de sécurité et de protection. En comparaison, ce qu'elle éprouvait pour Lynch ressemblait à un tourbillon et elle n'était pas certaine de pouvoir s'en sortir indemne si elle laissait libre cours à ses sentiments. La seule idée de le perdre lui comprimait la poitrine.

— Monsieur, murmura Rosalind en s'agenouillant à côté du lit. Je sais que vous êtes là, quelque part.

Son souffle effleura l'oreille de Lynch. Il tourna la tête en grognant et huma son parfum.

Le cœur de Rosalind battait sourdement dans ses veines. Elle caressa lentement ses lèvres avec ses gants de soie puis se pencha vers lui. Lynch s'immobilisa comme un félin prêt à attaquer, les muscles bandés. Mais elle n'avait plus peur. Il était attaché, enchaîné, et elle avait le dessus.

C'était presque excitant.

Elle continua de caresser ses lèvres et plongea un doigt dans sa bouche. Puis elle descendit dans le creux de son menton et celui de sa gorge. Ses muscles se raidirent, durs comme du marbre, mais il resta immobile, les bras parcourus d'un léger frémissement. Maîtrisé par ses caresses, une lueur parut dans ses yeux sombres. Comme pour l'avertir qu'il n'était nullement soumis, il tourna la tête contre sa main et planta ses dents dans la chair tendre de sa paume.

La sensation sembla attiser quelque chose au plus profond d'elle et allumer un feu liquide dans son corps palpitant. Sa morsure était légèrement douloureuse mais avant tout source de plaisir. Elle se redressa en se mordillant la lèvre et pressa ses doigts sur le côté de son visage.

— Pitié, gémit-elle.

Il recula sa bouche et un flot de sensations obligea Rosalind à fermer les yeux.

Un coup à la porte lui fit relever la tête, les joues enflammées. Garrett l'avait-il entendue ? Elle caressa le visage de Lynch.

— Je reviens, murmura-t-elle en se penchant pour effleurer sa joue du bout des lèvres. Et on terminera ce qu'on a commencé.

Il ferma à demi les paupières. Il aimait ça.

Rosalind se dirigea vers la porte, l'entrouvrit et vit Garrett tenter de regarder par-dessus son épaule. Un instinct protecteur la poussa à vouloir lui bloquer la vue de Lynch.

— Merci, chuchota-t-elle en s'emparant des affaires qu'il lui tendait.

Des draps, une bassine d'eau et un morceau de savon jaune…

— Est-ce qu'il...

— Allez-y, lui dit-elle en refermant la porte du bout de sa chaussure. Il ne me fera rien.

— Madame Marberry, appela-t-il de l'autre côté.

Rosalind vit Lynch remuer et poser un regard malveillant sur le battant.

— Vous empirez les choses. Laissez-nous seuls. Je viendrai vous chercher si j'ai besoin de vous.

— Il y a du vin de sang dans l'armoire à liqueurs, dans le coin.

Puis Rosalind entendit les pas de Garrett s'éloigner et une autre porte se refermer entre eux.

Rosalind redressa les épaules et pivota pour aller déposer les affaires. Elle arracha ensuite la chemise de Lynch. Inutile d'essayer de la conserver, elle était déjà en lambeaux.

— Approche, ordonna Lynch dans un souffle sec, les yeux rivés sur sa gorge.

— Non, répondit-elle en tirant le drap sous son corps. (Son expression s'adoucit lorsqu'elle perçut la frustration sur son visage.) S'il te plaît, laisse-moi m'occuper de toi. (Elle baissa les paupières.) Peut-être même que ça te plaira.

Il resta immobile, sans pour autant cesser de l'observer.

Une fois qu'elle eut refait entièrement le lit, elle cala des serviettes autour de lui et posa la cuvette d'eau sur la commode à côté du lit. Il parut se calmer pendant sa toilette et ses paupières devinrent lourdes. Rosalind commença à baisser le drap.

Lynch souleva les hanches d'un geste suggestif, le souffle court.

— Non, pas avant que tu ne me sois revenu, murmura-t-elle.

Il plissa dangereusement les yeux.

— Je ne suis jamais parti.

Son côté sombre l'attirait. Rosalind glissa le gant sous le drap et sa main s'empara de son érection. Lynch se figea, le dos raide.

— Tu sais ce que je veux, dit-elle en l'empoignant vigoureusement.

Une vague de chaleur se répandit dans son bas-ventre.

— Et tu sais ce que je veux.

— Tu veux me revendiquer, dit-elle, incapable de détourner les yeux.

Elle tourna le poignet et lui arracha un nouveau halètement. Ses tétons durcirent et Rosalind déglutit.

— Peut-être que c'est moi qui vais te revendiquer ? suggéra-t-elle avec malice.

Elle reposa le gant et entreprit de le sécher avec une serviette sans se presser, en accordant une attention particulière à son sexe dressé. Elle qui avait pensé que l'expression dans ses yeux ne pouvait s'assombrir davantage, il semblait désormais en proie à un désir intense. Il tira sur ses chaînes qui émirent un cliquetis.

— Libère-moi.

— Libère-le, rétorqua-t-elle, avant de soulever ses jupes et de le chevaucher.

Il planta ses yeux impitoyables dans les siens.

— Je suis lui.

— Tu n'es que les ténèbres qu'il a en lui, corrigea-t-elle en se penchant pour déposer un baiser sur son torse.

La peur et le pouvoir mêlés lui causèrent une terrible sensation de vertige.

— Qui est-il, selon toi ? murmura le démon en lui.

Rosalind posa sa langue autour de son téton. Lynch tressaillit.

— C'est un homme bon, murmura-t-elle. Loyal, honnête et courageux.

Elle prit son temps pour mordiller la chair délicate de son mamelon.

— Et le reste ? Les ténèbres ? gronda-t-il férocement. Tu m'appartiens. Ne l'oublie jamais.

Il souleva les hanches et sa peau chaude se colla contre sa cuisse. Rosalind hoqueta et plaqua à son tour son bassin contre lui. L'extrémité de son sexe frotta contre la soie humide collée à ses parties génitales.

— Prends-moi, murmura-t-il. Donne-toi à moi. J'ai besoin de toi… envie de toi…

Étourdie, Rosalind émit un grognement puis secoua la tête.

— Non. Pas avant que tu le laisses refaire surface.

— Je… l'empêche pas…

Le bout de son sexe caressa le bord de sa culotte. Rosalind enfonça ses ongles dans son ventre. Elle sentait maintenant son membre glisser sur l'humidité de son entrejambe. Elle se plongea dans ses yeux noirs et le sentit s'enfoncer en elle.

Elle avait pensé avoir le contrôle. Elle se trompait. Un gémissement monta dans sa gorge et elle s'ouvrit involontairement. Elle aussi avait envie de ça, besoin de ça. Mais elle aurait voulu que ce soit avec *Lynch*.

— Pourquoi ? demanda-t-elle, les cuisses brûlantes. De quoi a-t-il… as-tu peur ?

Lynch afficha un sourire sombre et malicieux qui la liquéfia de l'intérieur.

— C'est lui qui a peur de moi. (Il donna un coup de hanche et s'enfonça encore de quelques centimètres.) Il a peur de me laisser partir.

Rosalind fit jouer les muscles de son bas-ventre pour serrer l'extrémité de son membre. Elle prenait un risque calculé. Les ténèbres de Lynch et son appétit insatiable n'étaient qu'une facette de sa personne. Si elle était incapable de l'accepter, comment pouvait-il en être capable ?

Elle rejeta la tête en arrière et bascula le bassin. Ses jupes s'étalèrent sur son ventre et sa poitrine, et Lynch poussa un cri.

Elle n'avait pas connu d'homme depuis si longtemps. Elle n'en avait pas eu envie non plus. Mais elle voulait celui-ci depuis le début et cette idée la terrifiait. Rosalind plongea dans ses yeux noirs et, lentement, se cambra jusqu'à le faire sortir presque entièrement. Un sang bleu. Son pire cauchemar. Mais elle commençait à réaliser que ce n'était qu'un homme comme les autres. Elle se mordit la lèvre inférieure avec un petit gémissement et se renfonça sans retenue.

— Oh, bon sang, souffla Lynch en soulevant les hanches, la tête en arrière, tu es incroyable.

— Toi aussi, murmura-t-elle en effectuant des gestes fermes d'une lenteur délibérée.

— J'ai envie de te toucher...

Il tira sur ses chaînes, les poings serrés.

Irait-elle jusque-là ? Elle plissa les yeux tout en continuant d'osciller des hanches. Elle aussi voulait sentir ses mains sur elle. Elle en avait besoin. Elle leva un bras, retira une épingle de ses cheveux et lui jeta un regard brûlant.

Elle n'eut aucune difficulté à retirer les menottes autour de ses poignets. Lynch l'attrapa par les hanches et remonta les genoux pour l'attirer contre lui, toujours empalée sur son sexe. Les ténèbres au fond de ses yeux capturèrent le regard de Rosalind.

— Oui, chuchota-t-elle en le chevauchant plus vite, plus fort, encouragée par ses mains sur ses hanches.

Il glissa ses doigts agiles sous ses jupes.

— Tu as l'air si respectable... murmura-t-il. Ça me plaît.

Puis il écarta sa culotte et caressa sa chair chaude et humide qui palpitait désespérément.

— C'est toi qui me plais, grogna-t-elle. J'aime quand tu es hors de contrôle, désinhibé.

Un doute traversa l'obscurité de ses yeux. Elle s'en aperçut et poussa un grognement de triomphe malgré les doigts de Lynch qui continuaient de faire de délicieux ravages en elle. Tous deux s'immobilisèrent.

— Je t'ai fait mal, dit-il, comme si le souvenir lui revenait subitement. Dans les Souterrains ?

— Non.

Elle se frotta contre ses doigts pour l'inciter à continuer. Elle lui saisit le poignet et le pressa plus fort contre elle.

— Tu ne m'as jamais fait mal. Tu as toujours fait attention. Tout ce que tu voulais, c'était ça. Que je t'appartienne.

Lynch frissonna et des traînées grises apparurent dans ses yeux. Rosa sentit la victoire poindre et ralentit en se pressant contre lui.

— Je ne me rappelle pas, dit-il. J'ai des images qui me reviennent... je me revois te plaquer contre le mur...

— Parfois, murmura-t-elle, j'aime quand tu es brutal avec moi. En plus... (Elle se mordit la lèvre.) Qu'est-ce qui te fait croire que je ne saurai pas te gérer ? Gérer tout ça ?

Elle jouit dans un ultime sursaut et son corps tout entier vibra de plaisir. Un cri vint mourir sur ses lèvres et elle enfonça ses doigts gantés dans sa poitrine en s'effondrant sur lui.

— Seigneur, murmura-t-elle. Oh, Seigneur...

Elle croisa ses yeux, désormais gris. Rosalind retint un deuxième cri et posa tendrement la main sur sa joue tandis qu'il lui attrapait les hanches et prenait le contrôle. Elle ne pouvait plus ni bouger ni respirer. Elle se contenta de haleter alors qu'il lui donnait des coups de reins, les emmenant au bord du précipice… et au-delà.

Cette fois, il n'y avait pas de retour en arrière possible. Rosalind s'écroula, le corps liquéfié, et entremêla ses doigts aux siens.

Lynch leva la tête, haletant.

— Rosa ?

Elle perçut la différence dans le ton de sa voix et elle sut qu'elle avait remporté la bataille.

— Je suis là, répondit-elle d'une voix douce avant d'embrasser sa peau froide.

Son sexe eut un dernier petit mouvement convulsif au fond d'elle.

Il glissa une main dans les cheveux de Rosa et passa son autre bras autour de sa taille, l'air paniqué.

— Ne me quitte pas. Ne me laisse pas.

Rosalind se blottit contre lui et sentit ses yeux se fermer.

— Je ne te laisserai pas. Tu n'as plus jamais à te soucier de ça.

19

Il fut réveillé par un coup frappé à la porte.

Lynch se redressa, le drap ramené en boule sur ses genoux. L'obscurité voilait sa vue et il serra le matelas du poing avant de prendre une profonde inspiration. Combien de temps cela allait-il durer ? Chaque geste brusque, chaque bruit inattendu attisait sa soif. Il était terrifié d'approcher les ténèbres d'aussi près. Un faux mouvement et il risquait de sombrer de nouveau dans les ombres où tout le monde prenait la forme d'une proie.

Il voyait ses propres hommes comme l'ennemi, et quant à Mme Marberry… Il jeta un regard alentour. Aucune trace d'elle à l'exception du léger parfum insaisissable qui s'attardait encore sur sa peau. La nuit dernière avait été une révélation, à la fois de sa chair et de sa personne. Dans le noir, il lui avait refait l'amour deux fois, consumé par ses appétits et se repaissant de son corps. Entre les deux, elle s'était blottie dans ses bras et lui avait murmuré des mots doux. Des petits secrets. Des morceaux d'elle-même et de la vie qu'elle avait menée dans les rues avant d'être retrouvée par son père. De lui, elle ne dit pas grand-chose, mais son silence était déjà éloquent.

Elle avait dû partir pendant la nuit.

Non, rugirent les ténèbres.

Il se frotta les joues d'une main tremblante et déglutit.

— Entrez.

Doyle entra dans la pièce à reculons, les bras chargés d'un plateau de petit-déjeuner contenant une bouteille de sang chaud et le *Standard* soigneusement plié. Le regard de Lynch se posa sur la gorge de son ami avant de se détourner. Son visage perdit ses couleurs.

Combien de temps, bon sang ?

— Monsieur. (Doyle l'observa attentivement, comme s'il cherchait quelque chose sur ses traits.) Vous avez meilleure mine ce matin.

Lynch hocha la tête d'un geste brusque.

— Je me sens mieux aussi.

Un silence gêné s'installa. L'odeur du sang chaud ramena des tons gris dans sa vision et il gonfla les narines en faisant appel à sa maîtrise.

— Je vous ai apporté le journal, monsieur.

Doyle radotait, c'était la même chose tous les matins. Mais aujourd'hui, il semblait tendu.

— Et votre courrier.

— Quelque chose d'intéressant ?

— Oui, deux lettres. Le Conseil attend un compte rendu de votre progression et vous rappelle qu'il ne vous reste que deux jours.

— Comme c'est aimable de leur part.

Il se renfrogna. Peut-être qu'il aurait dû accepter un entretien pour leur montrer ce qu'il pensait de leur sollicitude.

— Et ça. (Doyle lui tendit une feuille de papier, les sourcils levés.) Un de vos indics, certainement.

Lynch s'empara de la feuille pliée, observa les bords abîmés et le papier taché. Aucun des garçons qu'il payait pour obtenir des informations ne savait lire ou écrire. Sa curiosité était piquée. Il l'ouvrit et parcourut les quelques lignes.

« *Je sais quelque chose que vous ignorez. Retrouvez-moi au* Dog and Thistle *à Shoreditch à midi.* »

Il ne connaissait pas l'écriture, mais il sut immédiatement l'identité de l'auteur. La tension lui noua l'estomac et le visage de Mme Marberry surgit dans son esprit. Son rire rauque, dans ses bras la veille au soir, l'étincelle taquine dans ses yeux quand elle avait déposé un tendre baiser sur ses pectoraux. En allant à la rencontre de Mercury, il faisait comme si rien n'avait changé alors que le monde entier avait basculé sous lui.

Mais la lettre... aurait-il l'audace de ne pas en tenir compte ?

Il la froissa dans sa main. S'il ne trouvait pas le moyen d'échapper au piège de l'Échelon qui se refermait sur lui, alors, quoi qu'il en soit, ça n'aurait plus d'importance. Il devait faire quelque chose pour apaiser le prince consort.

— Va chercher ma cuirasse.

Deux gardes Coldrush en civil tentèrent de le suivre, mais il les sema au niveau du mur quand il s'enfonça dans le labyrinthe de l'East End. C'était son univers, pas le leur, et il le connaissait comme sa poche.

Le *Dog and Thistle* fourmillait de clients, des ouvriers de classe moyenne et de vieux marins grisonnants. Lynch remonta le col de son manteau et se fraya un chemin parmi la foule, tentant d'ignorer la proximité de leurs corps qui excitaient ses instincts de prédateur. Il percevait le pouls régulier de chacun des hommes présents, et l'image de la serveuse qui rejeta la tête en arrière avec un rire le stoppa un instant. Sa carotide palpitait sous l'afflux de sang et une rougeur colorait ses joues. Lynch s'efforça de détourner le regard et le posa sur une silhouette isolée à l'autre bout du bar.

Mercury l'observait comme si elle savait précisément à quoi il pensait. Elle baissa les yeux sur son verre de bière et l'attendit.

Lynch réprima son appétit croissant et contourna un homme robuste qui empestait la sardine. Des volutes de fumée de cigarette flottaient dans l'air au-dessus de sa tête et voilaient les larges poutres qui soutenaient le toit. Un rire retentit lorsqu'une flèche s'enfonça au centre d'une cible accrochée au mur et quelques types donnèrent des tapes amicales dans le dos du lanceur.

Mercury traçait de petits cercles du bout de son doigt ganté entre les gouttes de bière tombées sur le bar. La place qu'elle avait choisie était plongée dans l'ombre. Elle portait un manteau épais et sa tignasse de boucles courtes encadrait son visage. Elle avait appliqué une moustache très authentique au-dessus de sa lèvre et la couche de poussière de charbon – ou de crasse – qui recouvrait ses joues était suffisamment dense pour être confondue avec une barbe.

— Vous êtes en retard, déclara-t-elle en faisant papilloter ses cils épais avant de relever lentement les yeux.

Il se retrouva face aux yeux les plus bleus qu'il avait jamais vus.

Des yeux bleus.

Quelque chose le frappa, comme si un détail lui échappait, comme s'il aurait dû la reconnaître. Lynch fronça les sourcils et s'accouda au bar à côté d'elle.

— Vous mériteriez de monter sur les planches.

Elle pencha son verre dans sa direction, puis avala une longue gorgée.

— P't'être que ç'a déjà été le cas.

Cette remarque le fit réfléchir. Jusqu'à ce qu'il perçoive la légère lueur dans ses yeux. Elle jouait avec lui car elle savait pertinemment qu'il était obsédé par le mystère de son identité.

— Est-ce ici que vous êtes entrée en contact avec des sangs bleus ? demanda-t-il froidement, avant de faire signe à la serveuse de lui servir une bière.

Il croisa les bras au-dessus du comptoir et parcourut la pièce du regard. De sa place, Mercury avait une bonne vue générale. Elle voyait tout tandis qu'on pouvait difficilement la distinguer. Et d'après la forme qu'il apercevait derrière elle, il devait y avoir une porte non loin pour lui permettre de s'enfuir à la hâte.

— Qu'est-ce que vous voulez dire ?

— Les gens ne décident pas simplement de rejoindre une cause, répondit-il en glissant un billet vers la serveuse. Gardez la monnaie.

Il goûta sa boisson – pas celle qu'il aurait souhaitée, mais il s'en contenterait – et tourna la tête vers Mercury.

Toute trace d'humour disparut de son visage et il sentit soudain la pièce se rétrécir, comme si quelqu'un avait fermé une porte invisible entre eux et les rires tonitruants.

— Vous avez eu des problèmes avec un sang bleu, autrefois, lui dit-il. C'est la raison pour laquelle vous faites ça. Qui que ce soit, son visage vous hante la nuit ou bien vous ne seriez pas dans cet état d'esprit.

Elle se sentit pâlir et resserra les mains autour de sa chope, puis baissa les yeux sur le liquide mousseux.

— Vous savez rien de moi.

— Que vous a-t-il fait ?

Elle siffla entre ses dents et se raidit.

— Laissez tomber, monsieur l'Engoulevent. C'est pas vos oignons.

— Bien sûr que si. C'est devenu mes oignons quand vous m'avez embrassé.

— Un geste que je regrette encore.

— Menteuse.

Il tendit la main et la posa sur sa joue. Il la sentait trembler.

Elle eut un rire amer.

— Non. Je regrette tous les jours de vous avoir rencontré.

— Pourquoi ?

Ce n'était pas son imagination. Son accent populaire s'était estompé l'espace d'un instant. Sa voix lui avait presque paru familière.

Elle releva ses yeux bleus étincelants. Le reflet de lumière sur ses iris faillit lui couper le souffle. Une lentille occipitale, s'il ne se trompait pas. Conçues pour les espions par l'Échelon – par Balfour lui-même, le chef des services secrets du prince consort. Comment diable avait-elle pu mettre la main sur un exemplaire ?

Et de quelle couleur étaient vraiment ses yeux ?

Son cœur battait si vite qu'il réalisa soudain que les ombres envahissaient sa vision. Son malaise crût jusqu'à ce que le démon s'éveille en lui, guidé par un besoin impérieux de la protéger.

Il baissa les paupières et se concentra sur sa respiration. Il lui restait deux jours. Deux jours avant que la lame du bourreau s'abatte sur l'un d'eux. Il rouvrit les yeux et, en percevant le léger tremblement de ses lèvres, il sut quel serait son choix.

Lynch la lâcha et l'amertume prit un goût de cendre dans sa bouche. Il ne pouvait pas. Il la connaissait à peine, mais il ne pouvait pas plus se résoudre à la livrer au Conseil qu'à lui planter un poignard dans le cœur. La vague de regret qui le balaya fut presque assez intense pour faire trembler ses genoux. *Rosa... toutes ces occasions ratées.* Pendant des années, il avait espéré trouver quelqu'un, et maintenant que c'était le cas... il était trop tard.

— Vous savez pourquoi.

Après avoir pris une inspiration, Mercury posa ses doigts d'acier au milieu de la poitrine de Lynch, une expression tourmentée sur le visage.

— Vous avez raison. Je vois son visage toutes les nuits. J'le déteste tellement que j'avais envie de brûler l'Échelon tout entier, mais... (Elle hésita et leva les yeux vers lui.) Et si je me trompais ? Et s'ils étaient pas tous mauvais ?

Elle avait prononcé les derniers mots dans un murmure.

Lynch sentit sa poitrine se serrer, comme si elle venait de lui assener un coup.

— Vous me prenez pour un idiot ? fit-il d'un ton rude.

Elle le regarda d'un air accablé sans protester.

— Non. (Elle humecta ses lèvres tandis que ses émotions se lisaient sur ses traits.) J'aurais jamais dû vous embrasser. Jamais.

Puis elle se hissa sur la pointe des pieds et chercha sa bouche dans l'obscurité. Le goût de ses lèvres explosa dans son corps et il leva inconsciemment la main pour la poser sur sa nuque. *Non.*

Si, rugit le démon. *Elle m'appartient.*

Lynch s'écarta et tourna la tête pour que les lèvres de Mercury ne rencontrent que sa joue. Le cœur de la jeune femme s'accorda au rythme effréné du sien et résonna dans ses propres oreilles. L'espace d'un instant, le souvenir de Rosa dans ses bras lui revint en mémoire. Leurs corps qui s'adaptaient à la perfection, leurs baisers enflammés... Il pouvait presque sentir le goût de Rosa sur les lèvres, ce qui était… absolument insensé.

Lynch secoua la tête. Ridicule. Nul doute que c'était la culpabilité qui avait fait surgir l'image de Rosa dans son esprit. Sa culpabilité qui lui laissait son odeur dans la bouche, qui révélait les intentions de son cœur mieux que toute autre chose. Le choc le poussa à s'écarter de Mercury afin de trouver de l'air. De prendre ses distances.

— Monsieur ? murmura Mercury en caressant sa joue.

— Je ne peux pas, dit-il d'une voix éraillée. Mon cœur appartient à quelqu'un d'autre.

Il lui saisit les poignets et les tint à l'écart de lui. Elle retira ses mains, la stupeur sur son visage presque teintée de fureur.

— Non, dit-elle d'une voix assurée. Non. Vous pouvez pas.

— Je suis désolé.

— C'est qui ? demanda-t-elle.

— Ça n'a pas d'importance. Vous ne la connaissez pas.

Mercury recula d'un pas et s'appuya lourdement sur le bar.

— C'est la rousse, c'est ça ? (Elle releva les yeux, l'air perdu, avant de se ressaisir.) Vous me pensez pas capable de vous la faire oublier ?

Il lui saisit de nouveau le poignet quand elle tendit la main vers lui.

— Pendant quelques minutes, peut-être. Mais je ne suis pas ce genre d'homme.

Un son faible monta dans la gorge de la jeune femme. Quand Lynch rouvrit les yeux, il surprit son regard impuissant posé sur lui.

— Ce qu'il y a entre nous, reprit-il, ce n'est qu'un besoin. Du désir. Elle représente plus que ça pour moi. Elle est… tout ce que je ne pensais plus jamais pouvoir éprouver de nouveau.

Mercury ramena lentement son bras à elle et posa la main sur son cœur, comme s'il l'avait blessé.

— Vous pourrez jamais l'avoir. Vous savez ça ?

— Oui, je le sais.

Deux jours. Il baissa les yeux sur sa bière presque intacte et afficha un sourire amer.

— Mais je ne la trahirai pas.

— Voilà que vous démolissez de nouveau tous mes préjugés. (Un faible sourire flotta brièvement sur ses lèvres, mais elle était pâle. Tremblante, elle s'efforça de respirer calmement.) C'était plus facile quand les sangs bleus étaient rien que des monstres. Vous devriez savoir, mon cher Engoulevent, que je ferai rien contre vous. J'en serais incapable. (Elle serra les poings et secoua la tête.) Vous avez détruit tous mes plans en quelques semaines.

Ses cils papillotèrent.

— Je sais ce que mijotent les mécaniques, reprit-elle. Les massacres de Mayfair étaient seulement un test. Ils prévoient d'attaquer l'Échelon avec leurs Orbes de Doeppler, ce qui va engendrer des massacres généralisés. Les sangs bleus se déchireront entre eux.

Lynch se figea.

— Quand ça ?

— Demain.

— Où ?

— Je sais pas. (Elle leva les mains devant elle en signe d'impuissance.) Vraiment. Mordecai cache bien son jeu. Mais ce sera dans un lieu où de nombreux sangs bleus seront réunis. Un lieu où ça aura de l'impact.

Mais où donc ? Ses pensées se bousculaient dans sa tête. Aucun événement politique ou social majeur n'était prévu. La Saison touchait à sa fin et la plupart des contrats d'esclavages étaient signés.

Une agitation attira son attention ; il pivota et aperçut deux gentlemen impeccablement rasés qui se frayaient un chemin dans le pub. Il reconnut Sir Richard Maitland, même s'il n'avait pas revêtu sa livrée officielle des gardes Coldrush. Une colère sourde monta en lui et Lynch se plaça devant Mercury pour la dissimuler de son corps.

— Partez, lui dit-il. Par-derrière. Ne vous faites pas prendre.

Elle le dévisagea avant de se tourner vers Maitland.

— C'est qui ?

— Allez-y, répéta-t-il sévèrement.

Leurs regards se croisèrent.

— Alors c'est un adieu ?

Lynch acquiesça. La soif faisait rage dans son corps. Une veine se mit à palpiter sur sa tempe et sa vue se teinta de nuances de gris avant de revenir à la couleur.

— Au revoir, monsieur l'Engoulevent, murmura-t-elle.

— Au revoir, répondit-il avant de la pousser dans la foule sans chercher à la suivre des yeux.

Ses démons intérieurs clamaient leur fureur en silence.

Non ! Rattrape-la !

Lynch ignora la bête et chassa cette pensée. Aucune des deux ne pouvait lui appartenir.

Il avait rendez-vous avec le bourreau.

20

— Rosa ?

Elle retira ses doigts de la fenêtre, coupable.

Ingrid passa le seuil de sa chambre avec une expression méfiante.

— Tu as dormi ?

— Non.

Ses yeux la brûlaient et les pensées se bousculaient dans sa tête, ainsi que les mots dévastateurs qu'il avait prononcés dans le pub, comme s'ils avaient pu envisager un avenir ensemble.

Il n'y avait aucun avenir, en réalité. Pas sans son frère. Et si Lynch découvrait son secret, plus jamais il ne la regarderait – ne regarderait Mme Marberry – de la même manière.

Ce n'est pas moi qu'il aime ! C'était une personne qui n'existait pas, un rôle qu'elle n'avait que trop bien joué au cours des dernières semaines. Le chagrin lui vrillait la tête. Elle commençait à éprouver certaines difficultés à se distinguer de Mme Marberry. Balfour lui avait toujours conseillé de mettre autant de vérité que possible dans ses mensonges, et c'était cette leçon qui avait causé sa perte.

Car Mme Marberry était tout ce qu'elle rêvait d'incarner en secret. Un être débarrassé de la haine et de la violence de son passé, capable de recevoir l'amour d'un homme bon. Elle effleura ses lèvres comme si elle pouvait encore sentir ses caresses.

— Qu'est-ce qui se passe ? demanda Ingrid en plissant les yeux, soupçonneuse. Tu n'es plus toi-même depuis quelque temps. Tu nous mens, tu nous évites…

— Je n'ai pas menti…

— Alors où étais-tu, hier ? Tu as dit que tu sortais seulement prendre l'air.

Rosalind lut la vérité dans les yeux de son amie.

— Tu m'as suivie.

Ingrid secoua la tête avec dégoût, s'approcha de la fenêtre et releva d'un coup sec le châssis à guillotine.

— Ouais, je t'ai vue au *Dog and Thistle*. Je l'ai vu, *lui*. Et la veille, quand tu étais censée dormir toute la journée ?

— J'étais avec lui, avoua Rosalind, lasse de tous ces mensonges. Je suis allée l'aider à se rétablir.

— Pourquoi ?

— Parce que je ne supportais pas de le voir dans cet état, murmura-t-elle.

Ingrid fronça les sourcils.

— Je ne comprends pas. Qu'est-ce qui a changé ? Tu les détestes… en tout cas, tu les détestais. Autrefois, tu n'aurais jamais laissé l'un d'entre eux poser la main sur toi.

— Je ne sais pas. Il n'est pas comme je le croyais. Il est… tout l'inverse.

Des pas dans l'escalier interrompirent leur conversation. Ingrid inspira à fond.

— Jack, fit-elle.

— Ne lui dis rien. S'il te plaît.

Elle hocha la tête après lui avoir jeté un regard gêné.

Le temps d'atteindre le haut de l'escalier, Jack était épuisé – une conséquence de ses blessures. Il fit une pause sur le seuil et les regarda tour à tour.

— Tu lui as dit ?

Ingrid secoua la tête.

— Je n'ai pas encore eu l'occasion.

— Me dire quoi ? demanda Rosalind.

— Le prochain chargement est arrivé, déclara Jack. Y compris un mécanique pour faire le boulot à notre place.

— Un mécanique des enclaves ? Ils ont changé d'avis ? Ils vont travailler pour nous ?

— Celui-ci, oui.

— Pourquoi ?

Ingrid jeta un regard aiguisé.

— Il a dit qu'il était bien payé.

Son contact avec l'Échelon. Rosalind tourna les yeux vers la fenêtre. Elle avait toujours pensé que son contact avait des liens avec le parti des Humains d'Abord qui s'exprimait au parlement – peut-être Sir Gideon Scott en personne, la tête du parti. Ils fournissaient les fonds et elle créait les Cyclopes.

Ses poils se hérissèrent sur ses bras.

— Scott ne possède pas le genre de somme qu'on a reçue cette année. Pas plus que les autres membres du parti. L'acier coûte cher.

— De nombreuses personnes font des dons à la cause.

Dans le reflet de la vitre, elle vit Jack hausser les épaules.

C'était la vérité. Malgré tout, elle n'aimait pas la sensation qui grandissait en elle.

— Je pense qu'il est temps que l'on découvre précisément qui fait des dons à cette cause.

Quand elle avait repris le travail de Nate, elle avait trouvé la plupart de ses contacts déjà en place. L'argent était d'abord venu au compte-gouttes, jusqu'à ce qu'elle développe son projet de Cyclopes.

L'argent s'était alors mis à couler à flots. Un peu trop, même, pour ne pas éveiller ses soupçons.

Quelqu'un voulait la voir créer une armée de métal et elle avait été trop préoccupée par Jeremy pour se demander pourquoi ces derniers temps.

— Qu'est-ce que tu prévois de faire ? l'interrogea Ingrid.

— Dépêcher quelques-uns de nos humanistes sur place – ceux dont on connaît la loyauté – et faire surveiller chaque membre du parti des Humains d'Abord. S'il y a une piste financière, on devrait pouvoir la trouver.

— Ça va prendre des mois, siffla Jack.

Rosalind confirma.

— Oui, en effet. Mais je veux des réponses.

— Et pendant ce temps ?

Elle lui jeta un regard plein de défi.

— Que le mécanique s'attaque au prochain Cyclope, dit-elle. Nous allons continuer comme ça pour le moment, pour ne pas éveiller les soupçons.

— Et toi ?

Elle songea à Lynch et à la menace de l'attaque.

— Je vais aller m'assurer que mon cher Engoulevent contrecarre l'attaque des mécaniques.

Et s'assurer qu'il ne soit pas blessé pendant la bataille.

Ingrid lui lança un regard vif que Rosalind fit semblant de ne pas voir.

— Ingrid, tu m'aides à mettre mon corset ?

— C'est tout, monsieur.

Garrett jeta un tas de coupures de journaux et d'invitations sur la table, que Lynch parcourut.

— Quelques soirées, une lecture de poésie. Le dîner de charité de Lady Callahan… (Il fit une pause et déplia une feuille de parchemin.) *L'Appât du Loup.*

— L'Opéra, murmura Byrnes en se penchant pour mieux voir. La dernière représentation de la Saison. Tout le monde y sera.

— C'est ça.

C'était forcément ça.

Le prince consort lui-même serait très probablement présent, comme tous les sangs bleus influents.

— C'est un bâtiment immense, dit Garrett. Ils pourraient déjà être à l'intérieur qu'on n'en saurait rien.

— Et *nous*, on ne nous laissera jamais entrer, ajouta Byrnes à voix basse.

Lynch tapota le parchemin contre sa main. Byrnes avait raison. Seules les plus pures lignées auraient reçu une invitation. Aucun renégat ne serait accepté à l'entrée, quoi que Lynch puisse dire – surtout si les hommes de Maitland gardaient l'Opéra.

Quelqu'un frappa à la porte de son bureau.

— Entrez.

Perry apparut. Elle avait lissé ses sombres cheveux courts sur son crâne. Rosa surgit sur ses talons, vêtue d'une robe de coton vert foncé qui ondulait autour de ses chevilles. Elle croisa le regard de Lynch avant de le détourner, les joues légèrement empourprées, ce qui lui rappela aussitôt comment elle l'avait chevauché en se mordant la lèvre.

Cette pensée menaça d'anéantir son sang-froid. La silhouette de Rosa commença à s'obscurcir et sa vision de prédateur engloutit les couleurs de ses joues. Il sentit une main pressée sur sa poitrine et réalisa avec surprise que Garrett le retenait avec un air d'avertissement.

— Vos yeux, murmura son second. Contrôlez-vous.

Et soudainement, il reconnut le besoin familier qui le submergeait et prit conscience du pas décidé qu'il avait fait vers elle – un mouvement qu'il ne se souvenait pas d'avoir esquissé.

Tous le regardaient. Byrnes plissa les yeux, songeur, et jeta un regard à Mme Marberry comme s'il réalisait subitement la signification des paroles de Garrett.

Lynch déglutit.

— Rosa.

Il inclina poliment la tête.

Elle lui rendit son salut et il se fit la réflexion qu'elle était bien pâle, cet après-midi. Elle avait un teint de cendre.

— Qu'est-ce que j'ai manqué ? demanda Perry.

— Nous pensons savoir où aura lieu l'attaque des mécaniques, expliqua Lynch en reportant son attention sur le parchemin.

Il n'osa pas regarder Rosa, pas même pour essayer de comprendre la raison de sa nervosité. Était-ce à cause de lui ? Regrettait-elle ce qui s'était passé entre eux ?

— On sait qu'elle va avoir lieu aujourd'hui, reprit-il. Et le seul événement de grande envergure sociale, c'est l'Opéra.

— Alors qu'est-ce qu'on fait ? demanda Garrett. On demande l'annulation ?

— Non. (Il se frotta les doigts.) J'ai passé des mois à jouer la carte de la sécurité et… (Il s'interrompit.) Ce n'est plus le moment. Si on annule la représentation, les mécaniques se contenteront de disparaître de nouveau dans la nature et on ne pourra pas les amener devant le tribunal…

Il faillit ajouter *à temps*.

— Alors comment on entre ? demanda Byrnes.

— Vous n'entrez pas, répondit Lynch. Je suis le seul susceptible de pouvoir y aller. Vous autres…

— Non.

Le mot avait été prononcé d'une voix douce derrière lui. Lynch jeta un œil par-dessus son épaule.

— Nous sommes tous des renégats, madame Marberry, mais au moins, mon titre de chevalier pourra peut-être s'avérer utile.

— Non, répéta-t-elle en avançant, les poings serrés. Vous n'irez pas là-bas tout seul. S'ils prévoient de lâcher les sphères, alors vous ne devez pas vous y trouver. Vous savez ce qui s'est passé. Je ne le permettrai pas ! Pas une seconde fois.

Lynch la dévisagea. Il chercha ses mots, conscient des regards qui pesaient sur lui. Elle n'aurait pas dit ça si elle ne se souciait pas de lui, si ? Une sorte d'allégresse gonfla dans sa poitrine, qu'il s'empressa d'étouffer sans pitié. Il n'avait rien à lui offrir. Aucun espoir de lendemain malgré ses désirs.

Parce qu'il ne pouvait se résoudre à trahir Mercury par rapport au Conseil.

— Vous n'êtes pas en position de me retenir, lui rappela-t-il doucement, même si ses mots étaient à double sens.

Il détestait devoir en arriver là, voir la colère colorer ses joues comme s'il venait de la gifler, mais c'était dans son propre intérêt. S'il nourrissait ses espoirs, il ne pourrait ensuite que les anéantir cruellement. Autant y mettre un terme dès maintenant. Avant que les dégâts ne soient trop importants.

Garrett grimaça, mais Mme Marberry redressa le menton.

— Vous avez raison. Je n'ai pas l'autorité, pas… pas le droit de vous retenir. Faites comme bon vous semble, espèce de tête de mule, mais croyez-moi : vous n'irez pas seul. Je suis une veuve respectable avec un…

Il haussa le ton à son tour.

— Certainement pas !

— Et comment vous proposez-vous de m'en empêcher ? répliqua-t-elle en croisant les bras sur sa poitrine. Laissez-moi vous assurer que je peux, et que je vais me trouver un billet pour l'Opéra si vous tentez de me laisser en dehors de ça. Je peux me montrer très ingénieuse quand je le veux.

— J'en suis bien conscient, répondit-il. Mais ça devrait être difficile – même pour vous – si je vous enchaîne dans ma fichue chambre !

— Monsieur, vraiment, fit-elle d'une voix traînante, une lueur réchauffant ses yeux sombres. Un gentleman ne révèle jamais ainsi ses intentions en public.

Lynch resta bouche bée.

Rosa fit un pas vers lui avec un sourire triomphant.

— En plus, qui vous dit que je ne vais pas tout simplement crocheter la serrure ?

— Je vous retirerai toutes vos épingles.

La veine sur sa tempe recommençait à palpiter. Cette femme n'avait-elle aucun bon sens ? C'était dangereux.

— *Toutes* mes épingles ? Monsieur, vous allez vraiment au *fond* des choses.

L'insinuation n'aurait pu être plus claire, même si elle l'avait voulu. Garrett toussa et Perry serra les lèvres si fort qu'elle sembla sur le point d'exploser.

— Je crois que vous êtes battu, murmura Garrett. Je vous suggère de capituler gentiment avant de dire quelque chose que vous allez regretter.

— Très bien. (Lynch jeta un regard perçant à Garrett.) Mais je ne l'emmène pas seule. Toi, au moins, tu as la tête de l'emploi. Je veux te voir en tenue de soirée dans deux heures. Tu ne la quittes pas d'une semelle.

— Je n'ai pas besoin d'une nounou, protesta Rosa.

Perry sourit.

— Ce joli visage va de nouveau se révéler utile, Garrett.

Lynch planta ses yeux dans les siens.

— Et toi, tu vas te trouver une robe.

La mâchoire de Perry tomba.

— Aucune chance, monsieur.

Il pointa un doigt sur elle.

— Ce n'était pas une question. Trouve une robe et une perruque ou je m'en charge à ta place. Et je te les enfilerai de force s'il le faut !

Un silence de plomb accueillit cet éclat de voix. Garrett lui-même – qui luttait pour retenir son rire – n'osa piper mot. Lynch se redressa.

— Byrnes, je veux que tu postes des hommes partout autour du bâtiment. J'ai aussi besoin d'un contingent pour chacun des autres événements de la soirée au cas où nous nous serions trompés.

Il savait que ce n'était pas le cas, mais il y avait suffisamment d'Engoulevents pour s'occuper de chaque lieu.

— Envoie un homme chez Barrons pour le prévenir de ce qui se passe. Il pourra mettre la reine et le prince consort à l'abri si les choses tournent mal. (Il désigna ses boutons de manchette.) Garrett, en chemin, dis à Doyle de venir m'aider à me préparer.

— O.K., monsieur.

Garrett lui adressa un bref salut.

— Et moi ? demanda Rosa.

Il la regarda de haut en bas.

— Si vous avez l'intention de venir, il vous faut une tenue de circonstance. Ce sera déjà assez difficile comme ça de convaincre les portiers de nous laisser entrer.

— Prenez Perry avec vous, ajouta Garrett d'un air affable. Il faudra peut-être lui expliquer ce qu'est une robe.

Perry lui jeta un regard meurtrier.

— J'espère que tu vas t'étouffer dans ton eau de Cologne, gronda-t-elle en se dirigeant vers la porte d'un pas lourd, saisissant le bras de Rosalind au passage.

21

Lynch aboya de l'autre côté de la porte, donnant ses dernières instructions à ses hommes. Rosalind inspira profondément en lissant sa robe sur ses hanches. Elle était un peu trop serrée et sa poitrine menaçait de déborder du col en soie couleur pêche. Des passementeries chocolat en ornaient la bordure et les drapés souples. Un voile beige passé autour de ses hanches tombait jusqu'au sol derrière elle et émettait un bruissement à chacun de ses mouvements.

Perry l'examina d'un œil expérimenté.

— C'est parfait. Tournez-vous.

Elle-même était méconnaissable. Disparue, la femme au visage froid, aux cheveux gominés et à la tenue de cuir austère. Une plume d'autruche ornait les boucles de la perruque noire qui lui retombaient sur les épaules. Elle portait de la soie rouge, et les pans coupés en biais de son corsage apportaient du relief à sa silhouette menue. Un jupon en point d'Angleterre apparaissait sous le drapé de sa traîne et un collier à trois rangées de perles ornait son cou. Si Rosalind avait appris tout cela, c'était parce que Perry lui avait donné une leçon de mode détaillée pendant qu'elles dévalisaient un couturier français un peu plus tôt dans l'après-midi. Un seul coup d'œil aux cuirs qu'elle portait et la vendeuse s'était montrée des plus accommodantes, sans doute par crainte de s'attirer les foudres des Engoulevents.

Perry était en train de nouer un ruban de velours noir autour du cou de Rosalind. Une unique perle en forme de goutte faisait office de pendentif et se réchauffait contre sa peau.

— Lynch va avoir une attaque, murmura Perry avec un sourire en coin, tandis que Rosalind observait son reflet dans la psyché.

— Tu es très douée, la complimenta cette dernière en croisant son regard dans le miroir.

— Je préfère porter des pantalons, mais ça ne veut pas dire que je ne sais pas ce qu'est une robe.

— Je porte des robes, souligna Rosalind, et je ne connais pas la moitié des noms de toutes ces choses.

Elle désigna le volant de dentelle qui habillait l'une de ses épaules.

— Vous savez vous servir d'un couteau ? demanda Perry.

— Mieux que de cet éventail, par exemple.

— Ça ?

Perry s'empara de l'éventail posé sur le lit et l'ouvrit d'un coup sec du poignet. Des lames cuivrées se déployèrent, créant un demi-cercle aux bords tranchants dont on semblait pouvoir se servir comme d'une arme.

Pour la première fois de l'après-midi, Rosalind s'approcha, son intérêt piqué au vif.

— Est-ce que les bords sont coupants ?

— Assez pour se raser, expliqua Perry en le repliant.

Puis elle saisit un objet d'une quinzaine de centimètres sur le lit.

— C'est une dague de corsage.

Elle tira la petite lame de son fourreau de velours et la fit tournoyer entre ses doigts avec une dextérité que Rosalind lui envia aussitôt.

— Vous la voulez ?

Rosalind hocha la tête, accepta la dague et la cala dans la fine ossature de son corset. La poignée était parfaitement positionnée entre ses seins.

— Et celui-ci, reprit Perry en saisissant un petit couteau, est conçu pour être dissimulé dans les cheveux. Vous voyez la poignée ornementale ?

— Très jolie.

Perry sourit et lui tendit l'objet, le manche pointé vers elle.

— Ne laissez pas Lynch vous coincer dans des recoins sombres. Après tout le temps que vous avez passé avec moi, il pourrait se blesser…

Rosalind lui jeta un regard en biais. Elle commençait presque à apprécier la jeune femme.

— Je le croyais plus susceptible de m'étrangler.

— Intéressant. Je m'attendais à ce que vous démentiez la chose.

— Le noir vous va très bien, monsieur.

La voix sensuelle provenait de derrière lui. Lynch immobilisa ses doigts sur ses boutons de manchette et pivota… puis se figea.

Rosa descendait les marches en s'éventant avec un morceau de dentelle blanche. Son pouls s'accéléra. Diable. Sa robe la moulait tellement qu'en respirant trop profondément, elle risquait de faire craquer la fermeture.

Une ligne de boutons descendait le long de son buste étroit et disparaissait dans le tissu vaporeux qui s'épaississait autour de ses hanches. Lynch ne trouvait plus son souffle, tout à coup, et l'image de ses mains habiles sur une autre série de boutons surgit dans son esprit.

— On dirait que votre col est trop serré.

Un petit sourire flotta sur ses lèvres tandis qu'elle levait la main pour arranger le nœud papillon blanc qui ornait son cou.

— Vous êtes superbe, dit-il en baissant les yeux, alors que des ombres envahissaient les bords de son champ de vision.

Tous les hommes présents à l'Opéra n'allaient avoir d'yeux que pour ses… boutons.

Rosa laissa ses doigts posés sur son nœud papillon plus longtemps que nécessaire et son sourire s'estompa. Elle observa sa gorge, une lueur de nervosité dans ses yeux sombres.

— Je veux que vous soyez prudent ce soir, monsieur.

L'idée qu'elle puisse s'inquiéter pour *lui* lui arracha un rire sec. Il avait passé des heures à essayer d'analyser ses propres arguments pour interdire sa venue.

Ses mains glissèrent sur son torse et elle les posa avec légèreté sur les revers de son manteau, comme si elle ne pouvait se résoudre à cesser de le toucher.

— Rosa, murmura-t-il.

Ses cils battirent et le regard lumineux qu'elle planta dans le sien lui fit l'effet d'un coup de poing.

— Rosa, je voulais…

— Non, le coupa-t-elle d'une voix faible. (Elle détourna le regard.) S'il vous plaît, ne dites rien.

Ses cheveux cuivrés reflétaient la lumière. Lynch inspira son parfum citronné et ferma les yeux. Il avait l'impression d'être seul avec elle, hors du monde. Le silence s'abattit sur eux comme un voile et il se contenta d'écouter sa respiration, la palpitation des battements de son cœur… qui semblaient communiquer avec lui et qu'il sentait résonner tout au fond de sa poitrine.

Il effleura ses lèvres du bout des doigts. Il s'était juré de ne plus faire ça. Elle serait d'autant plus blessée s'il échouait dans sa mission ce soir, et pourtant il ne pouvait pas plus lui résister qu'un papillon de nuit devant une flamme. Il baissa lentement la tête et posa son front contre sa chevelure soyeuse. Il sentait son souffle entre eux et, quand elle leva imperceptiblement son visage vers lui, il la vit effleurer sa bouche.

Lynch ne pouvait plus bouger, ne pouvait l'approcher davantage. Il resta donc immobile, inspirant son haleine. Il la sentait au fond de lui, comme si elle avait enroulé des chaînes autour de son cœur pour les unir à tout jamais.

Rosa pencha la tête et un léger gémissement monta dans sa gorge. Il frôla ses lèvres. Une fois. Deux fois. Puis il caressa ses joues du dos de ses mains.

J'aurais aimé que les choses puissent se passer autrement.

Leurs bouches se frôlèrent de nouveau, plus dans un souffle que par un véritable contact. Le corps de Rosa capitula et elle pressa ses hanches contre ses cuisses. Elle tenait toujours les revers de son manteau dans ses mains, comme si elle redoutait de le lâcher.

— Soyez prudent ce soir, murmura-t-elle. Je ne supporterais pas qu'il vous arrive quelque chose.

Elle s'humecta les lèvres, effleurant du même coup celles de Lynch. Il grogna, inspira profondément et s'écarta. Le monde vacillait autour de lui. Quand il croisa de nouveau son regard, ses yeux reflétaient l'incertitude et le flou qu'il éprouvait de son côté.

— Je ne veux pas que vous soyez blessé, dit-elle en avalant sa salive. Je ferai tout pour l'empêcher, ajouta-t-elle d'une voix plus ferme.

La dureté de son ton ne s'accordait pas avec ce qu'il savait d'elle, même s'il n'avait pas oublié ce qu'elle lui avait raconté l'autre nuit, quand, allongée dans ses bras, elle avait commencé à se confier à lui. Rosa n'était que joie et sourire, pourtant elle cachait un caractère en acier trempé. Elle avait connu la souffrance et elle y avait survécu. Il comprit d'un coup combien il l'avait sous-estimée.

Elle ferait effectivement *tout* ce qui était en son pouvoir pour le protéger.

Il décela la lueur d'une vérité qu'elle lui dissimulait, une vérité qu'elle ne pouvait lui avouer. La peur l'empêchait de formuler ce qu'elle ressentait, mais ce qui existait entre eux était aussi grisant que de l'opium pur.

Lynch hocha brièvement la tête et recula. Les mains de Rosa retombèrent mollement.

— J'ai quelque chose pour vous, chuchota-t-elle. (Elle sortit un demi-masque en cuir de son réticule.) Je connais quelqu'un qui en fabrique et j'en ai acheté autant que possible tout à l'heure avec Perry.

Ce sujet de conversation était préférable à tous leurs non-dits. Lynch nota la raideur de ses épaules. Quelque chose avait changé entre eux la nuit où on les avait amenés dans les Souterrains, et même s'il imaginait que cela pouvait être à cause de ce qu'il avait bien failli lui faire, il lui semblait que cela datait plutôt du moment où elle lui avait demandé de ne plus l'embrasser.

Depuis la trahison d'Annabelle, il avait peur de laisser une autre femme entrer dans son intimité. Si la cicatrice était aujourd'hui refermée, il avait tellement souffert à l'époque qu'il ne voulait plus jamais éprouver ça. Mais il avait Rosa dans la peau, il ne pouvait le nier. Il n'avait même pas compris ce qui s'était passé qu'il était déjà trop tard. Et il était maintenant en train de tomber amoureux d'une femme qui avait peur de l'aimer en retour.

La seule fois où elle avait failli se livrer à lui, c'était dans ses bras, mais quelque chose l'avait empêchée de se dévoiler complètement.

Il savait qu'elle cachait des secrets. Simplement, il s'en fichait.

Malgré le faible sourire qu'elle lui adressa, il sentit son appréhension. Si elle voulait faire comme si rien ne s'était passé, alors il la laisserait faire. Il n'avait pas le choix : il voulait éviter par tous les moyens de la faire souffrir davantage s'il ne parvenait pas à satisfaire l'Échelon sans trahir Mercury et qu'il le payait de sa vie. Il ne l'incita donc pas à affronter cette peur. Il ne lui demanda pas ce qu'elle lui taisait. Non, il accepta le masque d'un air hésitant et l'examina.

— Qu'est-ce que c'est ?

Un petit disque était fixé sur le trou prévu pour la bouche par une sorte de filet dont il éprouva la rugosité sous son pouce.

— C'est un masque filtrant. Il est conçu pour aider les personnes qui souffrent du poumon noir, ou d'autres maladies pulmonaires, à respirer l'air londonien sans risquer de s'étouffer.

— Vous pensez que ça m'empêchera de ressentir les effets de la soif ?

— Je ne sais pas. Peut-être. C'est censé filtrer tous les gaz nocifs et les polluants.

Elle savait. Elle savait la peur qui l'étreignait. Il n'aimait pas que quelqu'un soit conscient de ses faiblesses et sa vulnérabilité aurait dû l'inquiéter, mais Rosa était différente. Il lui faisait confiance de manière implicite malgré ses secrets. Et ce masque signifiait bien plus pour lui que n'importe quel autre cadeau.

— Merci.

— J'en ai trois autres. (L'expression dans son regard indiqua à Lynch qu'elle savait exactement à quoi il pensait.) Un pour Perry, un pour Garrett et un pour celui que vous jugerez nécessaire d'équiper.

— Byrnes, dit-il aussitôt. Il dirigera le contingent extérieur.

Des bruits de pas interrompirent leur discussion.

— J'ai entendu mon nom, déclara Garrett en entrant dans la lumière, concentré sur ses boutons de manchette.

Il releva la tête et la lumière se refléta sur ses cheveux châtains ainsi que sur la chemise blanche immaculée qu'il portait sous son manteau noir.

On aurait pu le confondre avec un membre de l'Échelon. Avec son foulard enroulé autour de son cou et ses gants d'un blanc impeccable qu'il était en train d'enfiler, Garrett ressemblait à n'importe quel jeune débauché pimpant de la cour.

Son corps, en revanche, semblait prêt à l'action. Il était un pilier pour Lynch, et celui-ci devait pouvoir compter sur lui à chaque instant. Garrett allait survivre. Il fallait bien qu'il s'en convainque. Lynch ne pouvait pas tous les protéger et cette fois-ci, c'était surtout lui qui avait besoin d'aide.

— Où est Perry ? demanda Garrett. Elle essaie toujours de trouver dans quel sens s'enfile sa robe ?

— Oh, j'ai trouvé, annonça Perry d'une voix traînante depuis le haut de l'escalier.

Quand il la vit, Lynch lui-même resta sidéré. Tout en agitant un éventail de manière langoureuse, Perry saisit ses jupes rouges de l'autre main et commença à descendre les escaliers. Sa grâce de prédatrice naturelle lui donnait un air menaçant, et un petit sourire triomphant apparut sur ses lèvres roses quand elle planta ses yeux bleus dans ceux de Garrett.

— Tu penses que ça fera l'affaire ? demanda-t-elle d'une voix étonnamment féminine alors qu'elle atteignait le pied des marches.

Elle jeta un regard en biais à Garrett et effectua une petite pirouette qui fit gonfler sa jupe autour de ses chevilles.

À côté de lui, Rosa posa ses doigts gantés sur sa bouche et toussota. Lynch baissa vivement les yeux. Cette toux ressemblait farouchement à un rire. Quand il aperçut le sourire qu'elle ne parvenait pas totalement à dissimuler, il haussa un sourcil interrogateur.

Perry inclina la tête vers Garrett, qui s'était figé en plein mouvement alors qu'il ajustait son manteau.

— Eh bien ? insista-t-elle en s'arrêtant, les joues légèrement empourprées.

Garrett se racla la gorge.

— Doux Jésus ! Madame Marberry, vous avez fait des merveilles.

— Je n'ai rien à voir avec ça, répondit Rosa. Peut-être que vous ne savez pas apprécier Perry à sa juste valeur. Il semble que tout ce temps, elle cachait plus qu'une lame ou deux sous son armure.

Le visage de Garrett perdit ses couleurs. Un doute semblait naître en lui. Rosa s'approcha de lui pour lisser les revers de son manteau. Elle lui fit un clin d'œil, comme si elle savait précisément ce qui lui passait par la tête.

— Ne gâchez pas tout, lui souffla-t-elle.

— En effet, dit Garrett d'une voix distante qui ne lui ressemblait pas, un air farouche sur le visage. Allons-y.

La lumière frappait les colonnes grecques qui soutenaient le portique de l'Opéra. Des douzaines de dames vêtues de couleurs vives occupaient les marches en marbre qui menaient aux portes, agitant leurs éventails comme autant de petites ailes fantomatiques dans la nuit.

Lynch descendit de la voiture noire à vapeur et parcourut la foule d'un regard impitoyable. L'endroit grouillait de sangs bleus, dont certains jetaient au fiacre des regards curieux, comme s'ils se demandaient ce qu'il faisait là. Il avait obtenu son titre de chevalier plus de vingt ans auparavant, après avoir retrouvé le cousin de la reine qui avait été enlevé, mais il passait rarement du temps parmi eux. Ils avaient beau l'appeler par son titre quand ils étaient en face de lui, ils ne lui accordaient pas plus de considération qu'à un renégat. Certains des membres les plus récents de l'Échelon ne prenaient même pas la peine de l'appeler « Monsieur », trop jeunes pour se souvenir d'une époque où il évoluait parmi eux avec les mêmes droits et les mêmes devoirs que les autres.

Il offrit sa main à Rosa, qui l'accepta avant de descendre du fiacre avec une grâce naturelle sans cesser de s'éventer. L'expression d'ennui qu'elle arborait s'accordait à la perfection à celles de toutes les autres dames présentes, comme si elle n'osait pas manifester trop d'émotion par crainte de paraître gauche.

Ses yeux, en revanche, balayèrent la foule avec la même attention pour les détails que celle de Lynch – on aurait presque dit qu'elle cherchait quelqu'un. Lynch glissa la main au creux de son dos et la guida vers l'entrée tout en se penchant vers elle pour lui murmurer :

— Ne soyez pas nerveuse. Je ne laisserai rien vous arriver.

— Je le sais.

Sous ses doigts, il sentait la réticence de Rosa rendre son dos dur comme de l'acier.

— Vous pensez que votre père sera là ?

Rosa s'arrêta net.

— Comment avez-vous...

Elle s'interrompit mais il n'eut aucun mal à déchiffrer ses pensées.

— Je sais qu'il fait partie de l'Échelon. Et je sais qu'il vous a fait du mal. Un de ces jours, vous me raconterez toute l'histoire... (En la voyant soudain relever la tête, il lui adressa un geste apaisant.) Pas maintenant. Soyez juste assurée qu'il ne vous arrivera rien. Si vous souhaitez attendre dans la voiture, vous le pouvez.

— Si je vois mon père, je sais qu'il ne m'arrivera rien. (Son expression se durcit.) Je ne peux pas garantir qu'il en ira de même pour lui.

Un frisson de crainte parcourut le dos de Lynch.

— Vous avez votre pistolet ?

— Bien sûr. Il est sanglé à ma cuisse. (Elle plaqua un sourire convaincant sur ses lèvres.) Ne craignez rien, monsieur, car je n'ai aucune intention de le pourchasser. (Elle leva son éventail et effleura les lèvres de Lynch.) Je n'ai pas non plus l'intention d'attendre dans la voiture.

Son sourire s'était adouci et semblait plus sincère.

— Ça valait la peine d'essayer.

Elle émit un rire discret qui lui fit l'effet d'une caresse soyeuse sur la peau.

— Vous voyez Garrett ou Perry ? demanda-t-il en fouillant des yeux les alentours. Je regrette de ne pas avoir mon appareil de communication auriculaire.

— Garrett a encore certainement la langue qui pend comme un nigaud, murmura Rosa en soulevant sa robe pour monter les premières marches. Ils ont sûrement laissé leur véhicule hors de vue pour venir à pied. Avec cette foule, nous n'allons pas les retrouver de sitôt.

De nombreux regards se tournèrent vers eux tandis qu'ils atteignaient le haut des marches et des murmures s'élevèrent.

Au niveau de la porte, deux gardes Coldrush leur adressèrent un regard gêné. Le prince consort et la reine devaient donc être présents. L'estomac de Lynch se noua. Comme si la soirée ne risquait pas d'être assez compliquée comme ça.

Il présenta ses billets, puis Rosa et lui pénétrèrent dans le hall en marbre. Le sol en damier s'étendait jusqu'à deux escaliers en colimaçon recouverts de dorures.

— Vers où ? chuchota Rosa avec un regard pour Lynch.

L'excitation la laissait pratiquement à bout de souffle et ses yeux étincelaient à la lueur des chandelles.

— À l'étage, répondit-il tout bas en l'abritant de la foule avec son corps.

Des drones de service plaqués or circulaient à travers la masse et il s'empara de deux verres sur le plateau posé sur la tête de l'un d'eux. La foule commençait à avancer et il aperçut Garrett, de l'autre côté du hall, qui introduisait Perry à l'intérieur d'un air protecteur.

Si les mécaniques étaient présents, ils reconnaîtraient Lynch immédiatement. En revanche, ils ne reconnaîtraient pas ses deux Engoulevents, à moins qu'ils attirent l'attention sur eux. Lynch détourna les yeux et se concentra sur les serveurs en livrée qui se mêlaient aux invités. Aucun d'entre eux ne semblait avoir mené une vie laborieuse et nulle part il ne distinguait la trace d'une quelconque prothèse métallique.

— Ne cherchez pas du côté des serveurs, murmura Rosa. Les mécaniques viennent des enclaves, il est impossible qu'ils circulent ici sans que l'Échelon les repère.

Elle avait raison. Ils devaient se trouver quelque part à l'intérieur du bâtiment et se faisaient certainement passer pour des ouvriers ou des hommes d'entretien. Un sang bleu passa devant eux d'un pas maniéré, accompagné d'une jeune femme pâle tenue en laisse, les yeux baissés, vêtue d'une robe blanche légère et transparente qui laissait apparaître des portions indécentes de chair. Rosa durcit le regard et Lynch l'attira sur le côté. D'un seul coup d'œil, il comprit qu'elle savait exactement de quoi il s'agissait ; l'espace d'un instant, il éprouva une bouffée de honte, comme s'il avait lui-même passé le collier doré autour de la gorge de la jeune esclave.

— Il n'y a rien que je puisse faire, lui dit-il. Et vous non plus.

— Alors on se contente simplement de l'ignorer ?

Elle avala son champagne et reposa brusquement sa flûte sur le plateau d'un drone qui passait par là, puis se dégagea de Lynch.

Il lui saisit le coude d'une poigne de fer et elle s'immobilisa, le dos raidi par sa fureur contenue. Lynch soupira tout bas et approcha ses lèvres de son oreille.

— Restons concentrés sur notre mission. Ici, je n'ai absolument aucune influence. Je suis aussi extérieur que vous, Rosa.

D'un regard noir, elle lui indiqua qu'elle n'était pas convaincue.

— Et si vous le pouviez, est-ce que vous l'aideriez ?

L'immobilité de sa silhouette lui montrait à quel point sa réponse était importante pour elle. Elle le regardait droit dans les yeux comme si elle cherchait à sonder son âme, comme s'il lui fallait absolument déceler quelque chose en lui.

— Vous faut-il vraiment poser la question ?

Sa main se détendit sur son bras. Bon sang, il n'arrivait pas à y croire. Elle avait avoué que son frère était un humaniste, et pire, son propre avis sur la question était dangereusement révélateur.

— Rosa, vous devez gardez vos pensées pour vous, surtout ici. Si quelqu'un vous entend...

Rosa déglutit, le corps frémissant au contact de Lynch.

— On penserait que j'ai des tendances humanistes. Eh bien, peut-être que je devrais m'exprimer, alors. Peut-être que c'est ce fichu silence perpétuel – cette menace de le payer de sa vie si on ne tient pas sa langue – qui fait que des femmes sont tenues au bout d'une chaîne. C'est à force de devoir nous taire que nous sommes là ce soir. Si nous pouvions parler, une guerre ne se déroulerait pas en secret sous le nez de l'Échelon.

Elle tremblait si violemment qu'il parvenait difficilement à la contenir. Après avoir jeté un œil pardessus son épaule, il la poussa contre le mur et se servit de son corps pour la dissimuler. Pour une fois, il bénissait les rires oppressants et les bavardages ambiants qui étouffaient les paroles de Rosa.

Leurs regards se croisèrent. Il ne comprenait pas tout à fait pourquoi elle était à ce point furieuse.

— Si j'intervenais...

— Vous signeriez votre arrêt de mort, et le mien avec, répliqua-t-il sèchement.

Rosa entrouvrit les lèvres et écarquilla les yeux. Il vit un flot d'émotions passer sur ses traits, comme un nuage qui jette son ombre sur le sol.

— Ils devraient d'abord me passer sur le corps, expliqua-t-il, mais je mourrais, et vous aussi, et peut-être qu'il y aurait quelqu'un pour crier au martyre, mais au final, ça n'aurait pas grande importance. Ça ne changerait rien. Cette fille rentrerait chez elle avec son collier et sa laisse, et son maître lui prendrait toujours autant de sang qu'il lui chante.

Il passa le dos de ses doigts gantés sur sa joue. Elle semblait perdue, abattue.

— C'est la raison pour laquelle je dois arrêter ces humanistes, ces mécaniques. Ils déclencheront une guerre et sèmeront la mort au sein de l'Échelon, mais ils piétineront également sur leur passage les innocents tout autant que leurs ennemis. Si on ne les retrouve pas, ils remporteront une brève victoire sans conséquence qui ne leur vaudra rien d'autre que la haine et la peur. Et quand l'Échelon craint quelque chose ou quelqu'un, il le détruit.

Elle frissonna et ferma les paupières, mais il eut le temps d'apercevoir l'éclat d'une larme dans ses yeux.

— Ils seront des milliers à mourir, reprit-il. Vous savez que je traque les humanistes, mais l'Échelon ne se montrera pas aussi discret. Il se contentera de rassembler tous ceux qu'il peut et de tous les exécuter jusqu'à obtenir ce qu'il veut.

— Ce n'est pas vrai, murmura-t-elle. Il doit y avoir un moyen. On doit forcément trouver une solution pour lutter…

La bouche de Lynch prit un goût de cendre. Ses pires craintes devenaient réalité. « *On…* » Elle s'était incluse parmi eux. Il fut brusquement assailli d'un doute, se demandant à quel point elle était impliquée et quels ennuis pourrait causer un espion humaniste au sein des Engoulevents.

Mais elle ne pouvait avoir tout simulé, si ? Elle ne l'aurait pas embrassé, elle n'aurait jamais…

Mercury, si.

C'était différent. Il s'agissait de désir, d'une braise brûlante entre eux. Une allumette jetée dans une flaque d'huile. Entre Rosa et lui, il y avait plus que ça, quelle qu'en soit la nature.

Du moins, il y aurait pu y avoir plus, s'il l'avait permis.

Malgré tout, il fallait qu'il sache. Il caressa son menton du pouce. Était-elle sincère ou était-elle la meilleure actrice au monde ?

Il posa ses lèvres sur les siennes, étouffant son hoquet. Rosa empoigna aussitôt les revers de son manteau et se pressa contre lui pour lui rendre son baiser. C'était de la folie de prendre de telles libertés dans un endroit pareil. Le coin était dissimulé dans les ombres et une faible lueur dorée caressait le papier peint rouge et blanc du hall, mais il savait que leur geste ne passerait pas inaperçu.

Le parfum de Rosa et le goût de son baiser firent rugir les ténèbres au fond de lui. Un besoin de la revendiquer, de la posséder… Fichue femme ! Il saisit d'une main la base de son élégant chignon. Il était en train de se laisser totalement aller malgré les promesses qu'il s'était faites.

Il maudit ses devoirs et ses obligations et les chassa de son esprit. Le Conseil pouvait aller se faire voir, et le prince consort pouvait griller en enfer. Il voulait Rosalind de tout son cœur. Une vie entière ne suffirait pas.

Et il n'avait plus qu'une nuit.

Lynch inspira, tremblant, le souffle court contre sa bouche. Il percevait le désir brûlant dans ses yeux. Il lutta pour se maîtriser et se lécha les lèvres. Il aurait été capable de tout abandonner pour elle, ici et maintenant, mais s'il la ramenait chez lui et laissait les mécaniques faire ce que bon leur semblait, il ne cesserait d'entendre son compte à rebours résonner lentement en arrière-plan malgré la fougue et le plaisir qu'il prendrait à l'embrasser.

— Il faut que vous sachiez quelque chose, souffla-t-il. Quoi qu'il arrive... il faut que vous le sachiez.

— Quoi ?

Elle s'accrocha à son manteau, comme saisie d'un pressentiment.

— Je vous ai menti quand je vous ai dit que je n'étais pas sûr de mes sentiments pour Annabelle. J'ai menti quand je vous ai dit que je n'avais pas une seule seconde envisagé de me venger, lui confia-t-il d'une voix éraillée. J'y ai pensé. J'ai tellement souffert quand je l'ai perdue que je me suis juré de ne plus jamais m'autoriser à éprouver de telles choses.

Lynch lui jeta un regard perçant pour la forcer à le regarder malgré sa crispation. Il se fichait qu'elle ait peur ; il fallait qu'elle sache avant qu'il soit trop tard.

— Vous, vous m'avez fait oublier ma souffrance. Vous me faites regretter de ne pas avoir plus de temps devant moi. Afin que nous puissions...

Rosa posa son doigt sur ses lèvres pour interrompre le flot de ses mots. L'horreur emplissait son regard.

— Non, murmura-t-elle avec un semblant d'hystérie dans la voix. Vous me connaissez *à peine* !

— Je sais que vous êtes effrayée...

— Vous ne savez rien du tout !

Elle se dégagea et appuya ses doigts sur sa bouche. Ils ne pouvaient pas se parler ici. Tous les yeux et toutes les oreilles se tournaient vers eux. Rosa s'éloigna et Lynch la suivit en ignorant la dispersion soudaine des débutantes indiscrètes.

Il lui saisit le poignet et sentit ses doigts se refermer sur une surface dure. Rosa fit volte-face comme un chat effarouché. Elle retira vivement son bras et serra sa main sur sa poitrine. Lynch frotta lentement ses doigts, pendant que son esprit cherchait à assimiler la sensation qu'il venait de ressentir.

Quelque chose de dur.

Comme du fer.

Rosa était figée comme un animal pris au piège, une expression haineuse et désespérée sur le visage.

— Et maintenant, *mon seigneur Engoulevent* ? Vous éprouvez toujours la même chose ?

Le bruit et les rires autour de Lynch s'estompèrent et le monde se rétrécit autour de la jeune femme devant lui qui le dévisageait, un air de défi dans les yeux. Il s'en rendit à peine compte. Tout son corps se transforma en plomb et les ténèbres assombrirent sa vision.

Non. C'était impossible.

Mon seigneur Engoulevent…

Tout ce qu'il savait d'elle – tout ce qu'elle lui avait si bien expliqué – se mit à tourbillonner dans sa tête avec fracas. Ses mains – *ne me touchez pas les mains* –, le pistolet qu'elle portait, son habileté à crocheter les serrures en un clin d'œil. *Non !* Il avait vu son bras, il avait vu Mercury dans le parc alors que Rosa était assise à côté de lui dans le fiacre… Ou alors ? La vérité le heurta comme un seau d'eau glacée en plein visage, chassant son aveuglement obstiné, et la duperie dont il avait été victime lui donna soudain la nausée. Elle l'avait dupé avec une telle facilité…

Mais peut-être devait-il avouer, pour être honnête, qu'il s'était laissé faire.

— Mercury, murmura-t-il en réalisant qu'elle avait dit vrai : il ne la connaissait absolument pas.

22

Rosalind sentit la panique monter en elle.

Qu'avait-elle fait ? La lueur dans ses yeux – *Oh, Seigneur, ses yeux...* –, comme emplis des étincelles noires d'une fureur déchaînée... Mais elle n'avait pas pu supporter le poids écrasant de ses déclarations sans intervenir. Il le fallait. Avant qu'il dise quelque chose qu'elle serait incapable d'oublier. Avant d'étouffer sous la culpabilité de ses propres secrets.

Rosalind ne pouvait plus lui faire face. Elle ne voulait pas regarder l'expression de son visage, comme si elle venait de le poignarder. La trahison. Voilà ce qu'elle y lisait, et c'était si douloureux qu'elle en avait le souffle coupé.

Le cœur battant à tout rompre, elle pivota et s'enfuit en courant vers les escaliers. Les perruques poudrées et les tenues extravagantes des sangs bleus fourmillaient autour d'elle.

Rosalind réprima un sanglot et la lueur des chandelles se brouilla pour envelopper le monde qui l'entourait d'une brume dorée. Pourquoi diable n'avait-elle pu se taire ? Elle pouvait aussi bien le laisser professer son amour latent pour elle, ça ne signifiait rien ! Ça n'aurait pas dû avoir la moindre importance.

Pourquoi avait-elle laissé la vérité éclater ?

Elle avait voulu qu'il sache. Pour qu'il cesse de l'aimer. Pour qu'il ne puisse plus la torturer. Pour qu'elle n'ait plus jamais à le revoir. Pour qu'elle puisse se débarrasser du secret qui la rongeait de l'intérieur comme une tumeur, et arrête d'espérer une chose qui était hors de sa portée…

C'était un vrai cauchemar. Les escaliers n'en finissaient pas, comme si sa course n'allait jamais se terminer. Elle s'attendait à tout moment à sentir une main la rattraper par la traîne de sa robe, la saisir par l'épaule et la forcer à se mettre à genoux. Enfin ! Le haut des marches. Elle repoussa deux sangs bleus et s'arrêta subitement, prise au piège par la foule. *Où était-il ?* Pourquoi ne l'avait-il pas encore rattrapée ?

Rosalind risqua un coup d'œil derrière elle. Elle croisa le regard de Lynch, d'un noir mêlé à un gris glacial. Elle ressentit un pincement dans sa poitrine quand elle remarqua la manière dont il la dévisageait, comme si elle lui avait arraché le cœur et s'était enfuie avec.

Elle sentait son pouls battre frénétiquement contre ses tempes. Puis, comme s'ils partageaient le même cauchemar, il secoua la tête pour se débarrasser de l'emprise du sortilège. Ses traits se durcirent et cette vision lui causa une douleur intense.

Pourquoi ? C'est ce que tu voulais !

Le premier pas de Lynch fut d'une lenteur délibérée. Le noir de son manteau absorbait toutes les ombres. La foule s'écarta sur son passage, sentant sans doute le danger qui rôdait parmi elle.

Les poumons de Rosalind se comprimèrent, l'empêchant de respirer. La panique la gagnait. Elle fit un pas en arrière tandis que Lynch ne la quittait pas des yeux. Il était furieux. Plus que furieux. Une terreur soudaine la fit pivoter sur elle-même et se fondre dans la foule.

Une élégante petite sonnerie retentit et les portes du théâtre s'ouvrirent. Des rires s'élevèrent de l'assemblée, si brusques et sonores qu'elle les sentit frôler sa peau. Les sangs bleus se pressèrent à l'intérieur pour prendre place et elle fut entraînée par le courant, prise au piège. Ballottée de toutes parts, paniquée, presque aveuglée, elle finit par se frayer un chemin en usant de sa force sans plus se soucier de ce qu'on allait penser. Le danger, c'était Lynch. S'il mettait la main sur elle…

Elle inspira profondément. Elle s'était presque dégagée du flot d'invités. Plus que trois marches et elle pourrait traverser les tapis rouge sang pour se diriger vers la sortie.

Deux marches. Une marche. Une main ferme l'attrapa par le coude et l'autre se posa sur sa taille. L'étreinte se resserra et la libéra de la foule.

Rosalind s'immobilisa, raide.

— Ne bougez pas, murmura Lynch en se penchant près de son oreille.

Il pressa son corps ferme dans son dos pour la guider jusqu'au mur.

Rosalind se retourna, la dague de son corsage serrée entre ses doigts. Lynch la poussa contre le papier peint à relief et examina le monde autour d'eux d'un long regard redoutable. Puis, comme s'il avait senti les yeux de Rosalind sur son visage, il tourna lentement la tête vers elle.

— Vous comptez vous en servir ?

Cette voix… glaciale.

— Me servir de quoi ? murmura-t-elle, incapable de se débarrasser de l'emprise de son regard.

Je suis désolée.

— De la dague, dit-il d'une voix tranchante. (Il la lâcha et gonfla les narines, l'air sombre.) Allez-y. Utilisez-la.

Il laissa retomber ses bras sur le côté et présenta son torse vulnérable.

Rosalind l'observa. Elle avait sorti son couteau de manière instinctive, sans vraiment en avoir conscience. Sauf qu'ici, il n'y avait aucun combat à mener. Aucune arme ne pouvait la préserver de la déchirure dans sa poitrine, ni de l'impression qu'elle avait de se noyer lentement. Ses doigts s'ouvrirent, sans vie, et la lame tomba au sol.

Les traits de Lynch se durcirent encore un peu plus.

La seconde suivante, il la traînait vers une volée de marches. Prise au piège de sa poigne de fer, Rosalind ne pouvait que le suivre en trébuchant. Son esprit s'était vidé. Aucune sortie de secours, aucune réplique spirituelle. Elle était totalement engourdie.

Ils débouchèrent dans le hall feutré qui conduisait aux loges. Chacune des colonnes était ornée de dorures et le plafond était recouvert de petits miroirs. L'image de leur couple, saisi dans une terrifiante étreinte, se refléta un millier de fois. Un serveur en livrée rouge fit un pas vers eux.

— Monsieur, vous ne pouvez pas monter ici…

Lynch lui jeta un regard menaçant et Rosalind s'agrippa à son bras avec désespoir quand elle vit les ténèbres y apparaître.

— Ne faites pas ça, dit-elle, secouée. Déchargez votre colère sur moi. Pas sur lui.

Le serveur déglutit et fila sans demander son reste. Lynch parcourut des yeux les sceaux dorés gravés sur chaque porte ; un griffon, un cygne, trois lions rugissants, un serpent… il ouvrit la porte et Rosalind eut l'impression que le reptile lui sifflait au visage quand Lynch la poussa de l'autre côté.

La loge de la Maison de Bleight. Vide, compte tenu de la mort récente du fils du duc.

Plongée dans l'obscurité, Rosalind heurta l'un des sièges et trébucha, se rattrapant tant bien que mal au dossier en velours. Le théâtre s'ouvrait devant elle. Une lumière dorée réchauffait les centaines de visages pâles des sangs bleus qui s'installaient à leur place. Le grondement sourd des conversations résonnait dans l'espace caverneux, bourdonnement monotone qui étouffait ses halètements rauques.

Rosalind pivota.

Lynch referma délicatement la porte et inclina la tête un instant, semblant lutter pour garder le contrôle. Il avait les épaules tendues à l'extrême. Il respira à fond et se tourna vers elle.

Il dévora son visage des yeux comme s'il ne l'avait jamais vue.

— Ça vous a plu ? De vous moquer de moi ? De rire dans mon dos ?

— Ça n'a jamais été...

— Ah non ?

Son ton cassant interrompit Rosalind. Elle releva le menton d'un air de défi.

— Peut-être qu'au début, ça m'a un peu amusée.

Un sourire amer flotta sur les lèvres de Lynch.

— Que s'est-il passé ensuite ? Allez, distrayez-moi un peu en me racontant comment ça a commencé à changer – comment j'ai commencé à avoir de l'importance pour vous. Combien de temps aviez-vous l'intention de continuer cette mascarade ? Jusqu'à me détruire pour de bon ? Jusqu'à remporter l'espèce de jeu auquel vous croyiez vous livrer ?

Il s'approcha, se dressa au-dessus d'elle, formulant ses phrases avec une précision tranchante.

— Vous auriez dû me laisser dans cette cellule, ma chère. Je suis sûr que les mécaniques se seraient occupés de moi et vous n'auriez pas eu à vous salir les mains, au bout du compte.

Rosalind serra les poings, saisie d'une vive amertume. Par instinct de protection, la colère commença à monter en elle.

— Vous n'aviez rien à voir avec ça. Je ne me serais jamais risquée à une telle mascarade si je n'y avais pas été obligée, si je… si j'avais pu retrouver mon frère. Espèce de fumier arrogant, arrêtez de penser que tout ça vous concernait ! Vous n'étiez pas censé y être mêlé, vous… (Elle manqua s'étouffer.) Vous avez tout gâché.

Un silence. Lynch ne bougeait plus et l'examinait, les yeux mi-clos.

— Vous voudriez que je croie à cette histoire concernant votre frère ?

— Je ne veux rien vous faire croire, je me fiche de ce que vous pensez. Ça n'a pas la moindre importance pour moi.

Ses paroles auraient été nettement plus crédibles si sa voix ne s'était pas brisée sur les derniers mots.

L'orchestre encouragea tout le monde à s'asseoir en entamant quelques notes légères bientôt accompagnées de quelques percussions.

— Votre frère était donc votre seule raison d'infiltrer la guilde ? N'aviez-vous rien d'autre derrière la tête ?

— Croyez ce que vous voulez, mais Jeremy était tout ce qui m'intéressait. Je n'ai pris part à rien du tout depuis qu'il a disparu.

— Et le condensateur des enclaves ?

— Sa construction avait été entreprise des années plus tôt !

Ce n'était pas précisément un mensonge.

— Fitz pense qu'il s'agit d'un modèle similaire à celui utilisé pour faire fonctionner les Cuirasses de l'Échelon. (Il plissa les yeux.) Qu'est-ce que vous préparez, Rosa ? Est-ce seulement votre vrai nom ?

Elle n'avait rien à répondre à ça. Tout ce qu'elle disait ne faisait que la condamner un peu plus.

— Bon sang ! jura-t-il en abattant sa paume sur le mur à côté de sa tête.

Rosalind tressaillit.

— Et votre mari ? demanda-t-il. Était-il réel ? Est-ce qu'un seul mot de votre histoire était réel ?

— Presque tout. (Elle baissa les paupières, incapable de supporter le poids de son regard.) Les meilleurs mensonges partent toujours de la vérité.

Il se pencha plus près et son souffle effleura sa joue. Rosalind cessa de respirer et s'arma de courage. Elle pouvait tolérer un coup. Mais pas ceci… pas ce genre de cruauté.

— Ne faites pas ça, murmura-t-elle en le regardant dans les yeux. S'il vous plaît.

— Pourquoi ? Est-ce que vous ne vous servez de votre corps que dans l'intérêt de la cause ? Vous m'avez embrassé, vous vous êtes offerte à moi. Et Mercury ? N'était-ce qu'une autre manière pour essayer de me mettre à genoux ? Ou était-ce réel ?

Il avait envie que ce soit le cas, elle pouvait le voir dans son expression. Rosalind tourna le visage sur le côté et s'appuya contre le mur en libérant l'air qu'elle avait retenu. Elle devait l'empêcher de la toucher. De la détruire.

— S'il vous plaît…

— Vous faites ça si bien. J'en arriverais presque à croire que cette situation vous embête. Mais comme vous l'avez dit, les meilleurs mensonges – surtout ceux-là – sont basés sur la vérité.

Il saisit son menton entre ses doigts et l'obligea à le regarder. Puis il se pencha plus près d'elle, une lueur froide et presque fanatique dans ses yeux noirs.

— Ne vous avisez pas de détourner les yeux. Vous me devez bien un peu de franchise.

Qu'elle lui doive de la franchise ou non, elle ne mentait pas. C'était sa seule vérité, mais elle ne pourrait jamais l'en convaincre, même si elle trouvait les mots justes. Elle n'avait jamais su comment s'y prendre avec les mots, mettre ainsi son âme à nu allait à l'encontre de toutes les leçons qu'elle avait apprises dans la vie ; mais avec sa bouche, ses mains et son corps, elle saurait lui exprimer ce dont son cœur était incapable.

Dans cette position, pourtant, Rosalind avait du mal à garder les idées claires. La colère intense qui irradiait de Lynch se répercutait sur elle. Il ne lui avait pas pardonné. Il n'y arriverait probablement jamais. Mais il était tout autant qu'elle pris au piège de la toile de leur désir. Dans l'obscurité des loges, avec les cordes de l'orchestre de plus en plus fortes en fond sonore, elle aurait pu croire qu'ils étaient seuls. Ailleurs. Quelque part où le parfum citron verveine de Mme Marberry flottait dans l'air et où les draps bruissaient sous leurs mouvements.

Rosalind regrettait amèrement de ne pas pouvoir revenir à ce moment-là. Redevenir Mme Marberry, une femme qui avait son admiration et son respect, une femme qui avait son amour.

Mais elle n'était pas Mme Marberry et il n'éprouvait rien pour elle. Voilà quelle était la vérité, si pénible à supporter qu'elle préférait encore le mensonge de ses caresses sur ses lèvres.

Rosalind releva les yeux. Le désir brut qu'elle lut dans les siens était alimenté par sa colère. Désormais, elle s'en fichait.

Ils se jaugèrent pendant un long moment. Lynch pencha légèrement la tête, baissa les paupières et retint son souffle. *Oui. S'il vous plaît.* Elle leva ses mains juste devant son torse sans vraiment oser le toucher.

Il arrêta son visage à quelques centimètres du sien et souffla son haleine froide sur ses lèvres humides. *Encore quelques centimètres*...

Elle se hissa sur la pointe des pieds.

— Je ne fais jamais deux fois la même erreur, murmura-t-il d'une voix dure avant de s'écarter, le regard sombre. (Il la dévisagea comme si elle lui était inconnue.) C'est douloureux, n'est-ce pas ? D'être prise pour une imbécile.

Meurtrie, Rosalind se laissa aller contre le mur et laissa ses espoirs s'envoler. C'était la fin. Elle l'avait perdu. Vraiment perdu.

— Salaud, murmura-t-elle sans passion.

— Ça, je ne peux pas le prétendre.

Le silence se fit dans le théâtre. Les rideaux de velours rouges s'écartèrent et un rond de lumière fut dirigé sur une bergère plantureuse au centre de la scène. Alors que la chanteuse entamait sa mélodie, un grondement sourd retentit dans la fosse. La bergère tressaillit et jeta un regard noir au chef d'orchestre avant de reprendre.

Une volute de fumée s'éleva vers la scène. Dans la foule, quelqu'un applaudit, pensant qu'il s'agissait d'un effet.

— Lynch, fit brusquement Rosalind.

Il s'approcha du bord de la loge et posa ses gants blancs sur la balustrade. Un nouveau grondement monta de l'assemblée. Un filet de fumée se déversait des gueules dorées des gargouilles qui jalonnaient les murs et jaillissait par-dessous les fauteuils. Plusieurs sangs bleus poussèrent des exclamations de surprise et jetèrent des regards curieux sous leurs sièges. L'un d'eux fut pris d'une violente quinte de toux et finit par tomber à genoux dans l'allée.

Le massacre allait commencer.

— Ils ont dû régler une minuterie, déclara Rosalind en examinant le théâtre.

Lynch lui jeta un regard avide, puis jura tout bas. Il se débarrassa de son manteau et tira sur son nœud papillon pour le dénouer. Un pistolet était calé dans la ceinture de son pantalon, au creux de son dos, mais il ne semblait porter aucune autre arme visible.

— Qu'allez-vous faire ? demanda Rosa.

Lynch jeta un coup d'œil à la foule et aux volutes de fumée.

— Ce que je fais toujours, répondit-il froidement. Mon devoir. Estimez-vous heureuse que les mécaniques soient la plus grande menace pour l'instant.

Rosalind déglutit. Il se retirait derrière son masque distant, des murs d'acier se refermant autour de son cœur déjà blindé. Le sentiment de honte de Rosa était si fort qu'elle manqua s'étouffer.

L'intérieur du théâtre ressemblait désormais aux entrailles de l'enfer et des hurlements résonnaient dans la salle engloutie par les ombres. La chanteuse s'approcha du bord de la scène, prenant le chef d'orchestre à partie.

Lynch monta sur l'un des fauteuils en velours puis bondit avec légèreté sur la rambarde. Rosalind se précipita sur lui pour le rattraper par le bas de son pantalon. Il lui jeta un regard surpris.

— Où est votre masque ?

— Est-ce qu'il servirait vraiment à quelque chose ?

Il était en colère, mais en réalité elle ne pouvait lui en vouloir. Elle lui avait menti depuis le début. Pourquoi lui ferait-il encore confiance ?

— Oui. Pourquoi vous aurais-je envoyé ici sans être bien préparé ? Je veux vous monter contre les mécaniques, vous vous souvenez ? Je voulais que vous les détruisiez.

Avec un petit sourire crispé, il se redressa et s'approcha du bord de la balustrade.

— Il est dans mon manteau.

Rosalind le récupéra sans attendre. Il hésita un instant et elle ne put se retenir :

— Si je voulais vous faire du mal, je vous aurais poussé de ce fichu balcon. Prenez-le !

Il s'empara de l'objet en cuir sombre.

— Vous devriez en profiter pour vous enfuir. Si je vous revois, je ne manquerai pas à mon devoir.

Puis il inclina légèrement la tête, comme un salut adressé à un adversaire – à une inconnue –, et recula le long de la balustrade.

23

Un cri effrayé déchira l'assemblée.

— Que se passe-t-il ? s'écria une femme d'une voix stridente. Robert, que se passe-t-il ?

Plus loin, au niveau de l'entrée, des exclamations retentirent.

— On est enfermés ! lança un homme. Quelqu'un a verrouillé les portes !

Les doigts de Rosalind se crispèrent sur la rambarde. C'était le moment pour elle de prendre la fuite… Mais dans ce cas, pourquoi la douleur dans sa poitrine s'intensifiait-elle ? Elle ne lui devait rien. Elle ne leur devait rien, à aucun d'entre eux, mais c'était pour Lynch qu'elle avait soudain peur.

Oui, fuis et tu pourras t'en sortir, murmura une petite voix. *Fuis tant que tu en as encore la possibilité…*

Une odeur douceâtre lui monta aux narines en même temps que la fumée. Des quintes de toux et des bruits d'étouffement commencèrent à retentir en contrebas. Rosalind hésita.

Des centaines de sangs bleus étaient présents dans le théâtre. Lynch lui-même n'avait pas une seule chance de s'en sortir. Et le connaissant, il ne reculerait pas devant ce défi. Il avait risqué sa peau de tout temps et aujourd'hui… aujourd'hui ne faisait pas exception.

Si elle l'abandonnait maintenant, elle ne se le pardonnerait jamais.

Rosalind ouvrit son réticule, en fouilla le contenu et trouva une paire de jumelles de théâtre. Elles avaient été modifiées et équipées de plusieurs lentilles, dont une qui rendait le monde en noir et blanc tel qu'il apparaissait à un sang bleu ; une autre réduisait les distances et pouvait lui donner l'impression de se trouver juste à côté de la soprano ; enfin, une troisième lentille phosphorescente amplifiait la lumière et rehaussait les visages de l'assistance, permettant de mieux voir dans le noir. C'était un équipement destiné aux amateurs de théâtre qui s'intéressaient plus à ce qui se passait dans l'obscurité de l'assemblée qu'à ce qui se déroulait sur scène.

Rosalind souleva sa jupe et retira la jarretière de sa cuisse. Elle l'attacha fermement aux poignées des jumelles puis les posa devant ses yeux et passa la sangle autour de son crâne. Grâce à la lentille phosphorescente, elle examina la salle par-dessus la rambarde.

Le théâtre était plongé dans un brouillard confus et verdâtre. Les femmes commençaient à perdre connaissance dans les allées et les sangs bleus se frayaient un chemin vers les portes, comme s'ils pouvaient encore s'échapper. L'un d'eux bondit sur la scène et plaqua la chanteuse au sol. Ses cris perçants dominèrent le brouhaha avant de cesser brusquement. La lumière qui provenait de la scène aveugla momentanément Rosalind.

Où était Lynch ? Sa vue se brouilla et son estomac se noua. Elle avait déjà ressenti cette impuissance, cette peur et cette culpabilité auparavant… enchaînée dans le noir, pendant que Balfour, agenouillé devant elle, lui expliquait qu'elle n'avait que cinq minutes pour sauver son mari.

Rosalind rassembla son courage, déchira le bas de sa robe pour se donner une plus grande liberté de mouvement et glissa ses jambes de l'autre côté de la balustrade. Elle s'agrippa à l'acajou verni, se retourna et se laissa tomber en se retenant par les mains. Si ce n'était qu'un simple petit saut pour Lynch, elle risquait de son côté de se tordre la cheville… ou pire.

Après un regard en contrebas, elle se laisser tomber et se rattrapa à la gargouille dorée située à la base du balcon. Ses lunettes faussaient les distances et ses doigts se mirent à glisser. Elle parvint à amortir sa chute en atterrissant sur l'un des fauteuils rembourrés. Déséquilibrée, elle dégringola dans l'allée et, voyant un sang bleu arriver en trombe, elle roula sur elle-même pour s'écarter de son chemin.

L'air était humide et l'odeur douceâtre plus intense que dans les loges. Elle se releva et se retrouva plongée dans une brume dense qui lui arrivait presque à la taille. Aucun signe de Lynch nulle part. Une foule de sangs bleus martelait les épaisses portes de bois et de bronze, les visages déformés par la peur et la soif. Ils avaient beau ne pas savoir précisément à quoi ils avaient affaire, ils en ressentaient néanmoins les effets. Certains d'entre eux avaient déjà succombé et pourchassaient des débutantes à travers les rangées de sièges.

Une silhouette en chemise blanche et veston de soie bondit sur le dossier d'un siège et plaqua un sang bleu enragé à terre, libérant ainsi sa proie paniquée. Lynch. Elle retint son souffle, mais hésita en jetant un nouveau coup d'œil vers les portes. La fumée continuait de monter. Si les sangs bleus ne sortaient pas de là, la folie s'emparerait inévitablement d'eux tous.

Pour l'instant, Rosalind devait faire confiance à Lynch pour se protéger tout seul. Mieux valait un unique sang bleu déchaîné qu'un théâtre entier rempli de ces créatures. Elle posa le pied sur un fauteuil et releva sa robe pour récupérer le pistolet sanglé à sa cuisse. Il n'était pas plus grand que sa paume, mais les missiles de feu contenaient une quantité suffisante de produit chimique pour faire exploser la tête d'un sang bleu.

Elle s'enfonça dans le flot de l'assemblée et se faufila vers la sortie sans craindre de jouer des coudes ou d'agiter son pistolet devant quelques visages. Trois hommes tiraient vainement sur les lourdes portes, les manches relevées.

— Écartez-vous, ordonna-t-elle en brandissant son arme. Vous voyez bien qu'elles sont verrouillées de l'extérieur.

Rosalind fixa des yeux les charnières, visa et tira deux coups. Les gonds et une grande partie du montant furent arrachés dans une pluie d'échardes et d'éclats métalliques.

Le visage couvert de sa manche pour contenir sa toux, l'un des hommes tenta d'enfoncer la porte d'un coup d'épaule. Quelqu'un avait placé une solide barre en travers des poignées de l'autre côté. Il n'y avait aucun moyen de faire céder les battants, mais deux sangs bleus parvinrent tant bien que mal à soulever le bord extérieur juste assez pour leur permettre de se faufiler dans l'ouverture.

— Hourra ! s'exclama un homme en lui donnant une tape dans le dos.

— Tous mes remerciements, déclara sincèrement un autre sang bleu, les yeux écarquillés par l'effroi.

Je ne l'ai pas fait pour vous. Puis elle se figea en le voyant aider une jeune femme paniquée à se glisser dans la brèche. Elle, plus que quiconque, aurait dû savoir que parfois les monstres étaient aussi humains qu'elle.

Rosalind ne s'attarda pas à regarder les premières personnes se faufiler dans l'ouverture. Elle devait trouver Lynch ou, à défaut, Garrett ou Perry.

Elle jeta un regard circulaire sur le théâtre plongé dans le noir et quelque chose attira son attention. Un homme de grande taille au visage taillé à coups de serpe apparut dans le voile verdâtre de ses jumelles ; il se dirigeait d'un pas menaçant vers un fauteuil.

Mordecai.

Son sang se figea dans ses veines quand elle comprit qui il regardait.

Lynch serra les dents et tordit brusquement le cou d'un sang bleu. Un craquement retentit. Puis sa victime cessa de lutter et son corps s'effondra au sol.

Une esclave toute de jaune vêtue gisait sur la moquette entre les sièges, le regard choqué, horrifié, fixé sur lui. Sa robe était maculée de sang et la morsure qui lui entamait l'épaule lui laisserait une cicatrice conséquente. Elle entrouvrit les lèvres en voyant le sang bleu s'écrouler, puis elle se précipita à ses côtés.

— Epson ? murmura-t-elle. (Ses mains se mirent à trembler et elle releva ses yeux bleus écarquillés vers Lynch.) Vous l'avez tué !

— C'était lui ou vous, répondit-il, luttant comme il pouvait pour apaiser la soif qui grondait en lui.

Le masque lui procurait une aide non négligeable. Chacune de ses inspirations lui apportait un goût de brioche sucrée, mais malgré l'accélération des battements de son cœur, il parvenait à se contrôler.

— Attention ! s'écria une femme.

Lynch se baissa et plongea entre les fauteuils tandis qu'un homme levait un pistolet. La balle siffla au-dessus de sa tête et un énorme morceau de plâtre explosa sous l'impact.

Lynch se releva et découvrit l'arme braquée sur lui. L'homme avait le visage mal rasé, des yeux froids et cruels. Il arma le chien de son pistolet.

— Adieu, seigneur Engoulevent.

Un mouvement flou surgit de l'ombre à l'instant précis où le coup partait, et les deux silhouettes disparurent de son champ de vision. Il ne l'avait pas vue mais il savait de qui il s'agissait aussi sûrement qu'il connaissait son propre nom.

Rosa.

Que diable fabriquait-elle ici ? Et où était donc passée la balle tirée ? Aucun signe de lutte, aucun mouvement… La colère amère que sa traîtrise avait provoquée en lui perdit de son intensité, tel un nœud qui se démêlait dans sa poitrine.

Une brute massive vêtue d'une chemise d'ouvrier tendue sur ses larges épaules sauta par-dessus la rangée de sièges et atterrit dans l'allée. L'étranger s'apprêtait à récupérer le pistolet tombé à terre avec une inflexible détermination lorsque Rosa parvint à se mettre à genoux. Elle se précipita sur l'arme qu'elle fit disparaître sous les fauteuils d'un coup de pied.

— Va au diable ! gronda l'homme en se remettant sur pied. Bon sang, dans quel camp es-tu ?

Rosa tourna un regard froid vers Lynch, un regard qui le transperça de part en part.

— Vous voulez savoir ce que je suis ? Qui je suis ? Alors restez en dehors de ça, lui lança-t-elle.

L'étranger jeta à Lynch un regard inquiet.

— Où est mon frère, Mordecai ? demanda-t-elle.

Elle avait donc dit la vérité.

Si elle pensait qu'il allait rester en dehors de ça, elle se trompait lourdement. Elle l'avait trahi, elle lui avait menti et lui avait laissé croire qu'il y avait quelque chose entre eux… mais la regarder se faire malmener était au-dessus de ses forces.

— Je l'ai pas vu, répliqua Mordecai en reculant de quelques pas afin de pouvoir les garder tous deux en vue. Sûrement au même endroit que le mien.

Rosa serra les lèvres. Son expression était tendue, concentrée, si éloignée de l'allégresse impertinente de Mme Marberry qu'il réalisa qu'il la voyait telle qu'elle était réellement pour la première fois. Ce n'était pas Mme Marberry. Peut-être même pas Mercury. Elle affichait une assurance et une détermination qui n'étaient que l'écho des deux femmes. Elle était elle-même.

— Tu m'en vois désolée, admit-elle. Mais Mendici allait tirer. J'ai été plus rapide.

— Ouais. (Le regard de Mordecai s'assombrit.) Mais est-ce que t'es plus rapide que moi ?

Il fendit l'air de son poing épais. Lynch bondit mais se stoppa aussitôt en voyant Rosa parer le coup en se baissant, comme si elle s'y était attendue. Elle bloqua le bras de Mordecai dans son dos et abattit brutalement sa main métallique sur son cou. Il hurla de douleur et, d'un coup d'épaule dans le ventre, la fit basculer contre les sièges.

Rosa leva un genou et enfonça son coude entre les omoplates de son adversaire. Chacun de ses gestes était précis, comme si elle les économisait. Elle ne se perdait pas en mouvements dispersés mais donnait des coups destinés à neutraliser, cherchant à en finir le plus rapidement possible.

Quelle maîtrise… Mordecai se releva en titubant et Rosa sauta d'un pas léger sur le fauteuil pour prendre de la hauteur, puis lui décocha un coup de pied en plein visage. Sa robe se déchira dans son élan gracieux. Mordecai chancela, le nez en sang, mais resta debout.

La vision de Lynch alternait entre la couleur et le noir et blanc. La fumée des Orbes de Doeppler s'était dissipée, mais il n'osa pas retirer son masque. Il voulait mettre un terme à la lutte même si Rosa avait la situation bien en main. Les ténèbres prenaient en lui la forme d'un orage menaçant. L'espace d'un instant, un voile se déposa devant ses yeux et une rage débridée monta en lui. *C'était sa femme.* La sienne. *Et il voulait tuer tous ceux qui la menaçaient.*

Leurs regards se croisèrent, juste assez longtemps pour laisser une brèche à Mordecai, qui en profita pour mener une nouvelle offensive.

Rosa recula de plusieurs pas dans l'allée, les dents serrées. Lynch enfonça ses ongles dans ses paumes pour réprimer ses instincts.

Mordecai balança l'énorme poing métallique de son bras droit. Rosa para le coup de sa propre main biomécanique, mais l'impact la fit vaciller contre les fauteuils. La lumière de la scène les éclairait. Lynch s'apprêta à intervenir puis se retint.

Mordecai plia ses doigts de métal.

— Tu frappes comme une fillette.

Rosa releva des yeux aussi noirs que la nuit. Elle lui donna un coup de pied et enfonça son talon dans sa rotule qui émit un craquement. Mordecai poussa un hurlement.

Le combat aurait dû prendre fin à ce moment-là. Mais Lynch lui-même fut surpris de voir le mécanique foncer maladroitement en avant pour jeter son corps démesuré sur Rosa.

Ils oscillèrent un instant au bord de la fosse. Les yeux écarquillés et surpris de Rosa croisèrent un instant ceux de Lynch avant de disparaître. Le bruit d'un choc sourd retentit au fond de la fosse. Lynch se précipita vers le rebord.

— Rosa ?

Étendue sur le dos au milieu de la section des instruments à cordes, elle grimaça. À tâtons, elle trouva le bord d'une cymbale en cuivre et en serra le bord comme une arme entre ses doigts d'acier.

Face contre terre à côté d'elle, Mordecai poussa un gémissement. Rosa lui grimpa dessus et enfonça son genou dans son dos. Elle lui tira la tête en arrière et appuya la cymbale contre sa gorge. Elle n'était pas véritablement tranchante, mais avec la force nécessaire…

Lynch atterrit à ses côtés et lui saisit le poignet.

— Ça suffit.

Elle releva ses yeux brillants vers lui et il y décela une intense froideur. Elle serait allée au bout de son geste. Non pas parce qu'elle en avait envie, mais parce que c'était la suite logique.

Il reconnaissait chez elle les caractéristiques d'une tueuse confirmée alors même que ses traits se détendaient et qu'une forme de détresse remplaçait son expression glaciale. À cause de lui. Il relâcha sa main, incapable de reconnaître en elle la femme qu'il avait côtoyée.

— Il me le faut en vie, dit-il.

Rosa lâcha la cymbale, comme si elle venait de la découvrir dans sa main. Ses joues se colorèrent et un flot d'émotions réchauffa ses traits. Il ne pouvait deviner ses pensées, mais au moins elle n'était plus l'assassin sans pitié dont il venait d'avoir un aperçu.

Elle le savait aussi. Elle lui jeta un bref coup d'œil et lut sur son visage toutes les pensées qu'il n'arrivait pas à cacher, puis elle se détourna.

— Bien sûr.

Elle arracha les cordes de plusieurs violons et attacha les mains de Mordecai dans son dos. L'homme gémit mais n'esquissa pas le moindre geste. À en juger par l'angle de son genou, il ne risquait plus d'opposer de résistance. Lynch s'accroupit et passa la main sur son visage.

Qu'allait-il faire ?

Sa fureur s'était apaisée. Il se sentait engourdi. Engourdi et tellement, tellement vieux, tout à coup. L'allégresse qu'il éprouvait auparavant chaque fois qu'elle était à ses côtés l'avait déserté, comme si elle l'avait vidé de toute sa vitalité.

Je t'aimais. Il l'observa, qui attendait patiemment à genoux, les mains serrées l'une contre l'autre, et il eut l'impression de lui avoir assené un coup mortel. Ses cils sombres papillotaient mais elle semblait incapable de le regarder, ou alors elle était bien décidée à s'en empêcher.

— Pourquoi ? demanda-t-il d'une voix rauque. Pour votre frère ? Uniquement pour votre frère ?

Avez-vous seulement ressenti quoi que ce soit pour moi ?

Elle tritura le bout de ses gants, et ce geste lui rappela tant Mme Marberry que ses poumons cessèrent un instant de fonctionner. Il s'efforça de chasser ce souvenir. Il ne pouvait continuer à courir après quelque chose qui n'existait pas.

— Je vous le jure, murmura-t-elle. Tout ce que je voulais, c'était retrouver mon frère.

Cette confession dissipa ses derniers espoirs. Il ne pouvait pas rester là. Il se releva et réprima ses sentiments. C'était encore pire que le moment où il avait réalisé qu'Annabelle l'avait trahi. Peut-être que toutes les années écoulées avaient atténué son souvenir, ou peut-être était-ce parce que c'était la deuxième fois que cela arrivait, alors qu'il avait fini par s'autoriser à éprouver de nouveau des sentiments pour une femme.

Il retiendrait la leçon.

Le visage dénué d'expression, il redressa le mécanique. Il tenait au moins un coupable, mais il savait que ça ne suffirait pas à apaiser le prince consort.

Non, le Conseil voulait du sang. Il voulait la femme qui se trouvait à ses côtés.

Il sortit Mordecai de la fosse, puis se hissa à son tour vers les gradins, ignorant le regard de Rosalind qui semblait attendre une parole de sa part.

Mais il n'avait plus de mots. *Il ne reste plus qu'une nuit.* Et il n'aurait plus aucun moyen de se sortir de là. Malgré tout le mal qu'elle lui avait fait, il ne pouvait se résoudre à la livrer au prince. Ses sentiments à lui, au moins, avaient été réels.

— Lynch, dit-elle tout bas. Je suis désolée. Je sais… je sais que rien de ce que je pourrais dire ne…

Mais il ne l'écoutait plus. Une silhouette émergea lentement de l'obscurité et se matérialisa dans l'allée ; un homme de grande taille qui s'appuyait sur une canne en ivoire. Des mèches blanches striaient ses cheveux cuivrés et des rides ornaient les coins de ses petits yeux noirs. Il portait une longue queue-de-pie noire et une chemise blanche qui se détachait dans l'ombre. La tenue typique d'un homme qui se rend à l'Opéra. Il était si quelconque que l'œil glissait sur lui sans s'arrêter.

Et c'était sans doute là son intention. Personne, en le voyant, ne pouvait deviner qu'il s'agissait de l'un des personnages les plus puissants œuvrant dans l'ombre du trône, la seule personne, après le prince consort, à pouvoir influer sur les événements du royaume. Lynch pinça les lèvres et offrit sa main à Rosa.

Il la sortit de la fosse à son tour sans se soucier une seconde de l'homme qui progressait dans l'allée. Le prince consort pouvait bien attendre. On l'avait suffisamment roulé pour la soirée.

— Merci, murmura Rosa, obligée de cligner des yeux face à l'éclat soudain du projecteur.

Lynch s'écarta du faisceau de lumière et croisa alors le regard de Balfour.

— Qu'est-ce que vous voulez ?

Mais ce n'était pas lui que Balfour observait.

Un frisson parcourut lentement son dos. Lynch avait déjà vu cette expression sur son visage – son faible sourire et la noirceur perçante de ses yeux plissés –, lorsqu'il s'apprêtait à mettre la main sur un ennemi.

Il suivit le regard de Balfour en tendant la main vers le couteau qui avait disparu de sa ceinture.

Rosa flottait à la lisière du faisceau du projecteur, immobile et tremblante, comme une biche prise dans le viseur d'un chasseur. Elle baissa les paupières sur ses yeux sombres, et la similarité de ses traits avec ceux de Balfour frappa Lynch maintenant qu'il les voyait réunis. Un millier d'émotions passa sur son visage. La haine, la peur, la rage… Des gouttes de sueur froide coulèrent le long de son dos. *Si je vois mon père, je sais qu'il ne m'arrivera rien… Je ne peux pas garantir qu'il en ira de même pour lui.*

Lynch se précipita vers Rosa avant qu'elle ait pu faire un geste. Il la saisit par la taille et la plaqua contre lui. Elle grogna en essayant de le repousser. Elle ne le regardait même pas, les yeux rivés sur Balfour.

— Lâchez-moi !

Lynch resserra ses bras autour d'elle.

— Non.

Il savait ce qu'elle ignorait. Il y avait une ombre derrière Balfour. L'un de ses faucons, sans doute, qui avait pris l'apparence d'un garde du corps. L'homme était entièrement vêtu de noir et attendait dans l'obscurité avec une apparente indifférence. Rosa ne pourrait jamais approcher Balfour, même s'il n'avait été en possession que de la moitié de ses capacités.

Pour la première fois, Balfour quitta des yeux le visage de Rosa pour les poser sur Lynch. Ce dernier leva le menton, le défiant en silence. *Rosa m'appartient...* Cette pensée le prit au dépourvu, mais il ne la repoussa pas. Pas maintenant. Son orgueil blessé n'était rien comparé à la crainte qui s'emparait de lui.

— Vous possédez quelque chose qui me revient, murmura Balfour avec un accent hautain. (Un léger sourire flotta sur ses lèvres.) Je te croyais morte, Cerise. Toutes ces années, je pensais t'avoir perdue.

Cerise.

Rosa tressaillit et tenta de se libérer.

— C'est le cas ! Je ne t'appartiens plus. Je ne t'appartiens plus depuis des années !

— C'est moi qui t'ai faite, susurra Balfour. Il suffit d'avoir vu ce combat pour comprendre que tu n'as rien oublié de ce que je t'ai enseigné. (Il fit un pas en avant.) Il m'avait bien semblé t'avoir aperçue, un peu plus tôt dans la soirée, mais tu as beaucoup changé. Ce n'est qu'en te voyant te battre que j'ai réalisé que je ne m'étais pas trompé.

Rosa se jeta sur lui mais Lynch la rattrapa et s'interposa entre eux. Il jeta un regard noir à la jeune femme.

— Restez en dehors de ça, siffla-t-elle. Vous n'êtes pas de taille.

Elle avait probablement raison. Si elle appartenait à Balfour – si elle avait un jour appartenu à Balfour –, alors elle avait été façonnée pour devenir une arme redoutable. Il baissa les yeux sur ses mains et un souvenir remonta à la surface. *Je n'aime pas qu'on me touche les mains.* Qu'est-ce que cet enfoiré avait bien pu lui faire ?

— Je ne peux pas le laisser s'en tirer comme ça, murmura-t-elle. Lynch, je vous en prie. Il m'a tout pris.

— Tu as fait tes choix, corrigea Balfour.

Rosa lui lança un regard meurtrier.

— J'ai choisi Nathaniel. Et tu l'as tué parce que tu ne pouvais pas supporter que je fasse preuve de loyauté envers quelqu'un d'autre que toi.

Un tic nerveux fissura son visage de marbre. Balfour retira lentement ses gants, l'air songeur. Ce geste rappela dangereusement Rosa à Lynch.

— Tu aurais dû savoir qu'il ne fallait pas me mettre dans cet état. Je t'ai *tout* donné... (Sa voix se durcit.) Et tu as tout détruit pour cet imbécile naïf. (Il serra ses gants entre ses doigts crispés et la dévisagea.) Au bout du compte, je t'ai offert une nouvelle main.

— Tu m'as enchaînée au mur, tu m'as donné une épée et tu m'as dit que j'avais cinq minutes pour le sauver.

Des larmes de colère brillaient dans ses yeux. Elle brandit son membre métallique.

— C'est *toi* qui m'as fait ça.

— Tu t'es fait ça toute seule, répliqua Balfour. Je n'ai fait que te donner un choix. Lui. Ou moi. Je ne t'ai forcée à rien.

Elle sortit le couteau de sa bottine.

— Tu n'as pas tenu ta parole. Tu as dit que si j'arrivais à temps, tu l'épargnerais.

Un silence. Lynch tendit la main pour la dissuader de l'attaquer.

— Tu étais en retard, finit par répondre Balfour. Je t'avais donné cinq minutes.

Lynch vit l'éclat rageur dans le regard de Rosa une seconde avant qu'elle se jette sur lui. Mais il la retint.

— Quinze secondes ! s'écria-t-elle en se débattant furieusement. J'avais quinze secondes de retard ! Tu l'as égorgé devant moi !

Balfour serra les lèvres.

— Tu es la seule à blâmer, Cerise…

— Je ne suis pas Cerise ! Je m'appelle Rosalind.

Balfour esquissa un sourire.

— Rosalind Hucker, la femme de l'humaniste ? Ce n'était qu'un rôle, ma chère. Une mission que je t'avais confiée.

Il s'approcha davantage, comme s'il sentait qu'il l'avait vaincue. Elle était terrassée par la colère et le chagrin, incapable d'accomplir ce qu'elle désirait désespérément. Et Balfour, cette vipère, le savait.

Lynch avança la main vers elle.

— Donnez-moi le couteau, murmura-t-il en s'en emparant.

Il la fit pivoter pour mettre de la distance entre elle et Balfour.

Le maître espion du prince consort s'en aperçut. Il posa sur lui ses yeux noirs et brillants de démon, comme s'il le classait en tant qu'adversaire potentiel.

— Ne faites rien que vous pourriez regretter, Lynch.

Il tenait toujours le couteau de Rosa dans sa main. Il l'installa dans un fauteuil, recroquevillée sur elle-même comme un enfant perdu. Lynch se redressa lentement.

— Je ne regrette jamais aucun de mes actes.

La seconde suivante, il tenait Balfour dos à lui et posait sa lame sur sa gorge. Le faucon s'élança, mais Lynch lui jeta un coup d'œil et il stoppa net.

— Vous bougez et je lui tranche la gorge.

— Ça ne suffira pas à me tuer, murmura Balfour.

Il augmenta la pression de la lame.

— Ne doutez jamais de moi, espèce ce fumier arrogant. Si je veux vous tuer, j'y arriverai.

— Et que dira le prince consort ?

Lynch se pencha suffisamment pour poser ses lèvres contre l'oreille du vieil homme.

— Je ne vois aucun témoin, vous si ?

— Il y a toujours des yeux sur nous, rétorqua Balfour.

Son petit réseau d'espions personnel. Lynch lança un regard à Rosa, qu'elle lui rendit en ouvrant de grands yeux brillants de larmes, comme si elle le voyait pour la première fois. Comme s'il était plus que l'homme qu'il était.

— Partez, lui dit-il d'une voix douce.

— Qu'allez-vous faire ? chuchota-t-elle.

Il n'avait pas le temps. Il observa le muscle palpiter dans la joue de l'homme de Balfour. Le faucon ne tarderait pas à lui sauter dessus.

— Allez-y, répéta-t-il sèchement.

Elle tressaillit et les regarda tous trois à tour de rôle.

— Je suis désolée, souffla-t-elle dans un murmure destiné à lui seul.

— Moi aussi, répondit-il sans émotion.

Puis elle disparut à l'arrière de la scène et ses pas résonnèrent dans le théâtre obscur.

— Je ne vous aurais jamais cru capable de faiblesse, murmura Balfour.

Lynch le libéra et lui donna un coup dans le dos.

— Je vous retourne le compliment.

Balfour ne prit pas la peine d'essuyer les quelques gouttes de sang qui perlaient sur sa gorge.

— Que voulez-vous dire ?

— Elle vous a peut-être appartenu autrefois, mais vous ne la remettrez jamais en laisse, Balfour. Elle est faite pour voler de ses propres ailes et elle ne se pliera plus jamais à votre volonté. Elle vous déteste. Vous êtes allé trop loin.

Les pensées se livraient bataille dans les pupilles de l'espion.

— Elle me ressemblait beaucoup, déclara-t-il avec une légère pointe de fierté.

— Non, répondit Lynch. Elle n'a rien à voir avec vous. Vous n'auriez jamais coupé votre propre main pour sauver quelqu'un.

Lynch rengaina le couteau avant d'être tenté de s'en servir.

— Laissez-la en paix. Si vous avez encore le moindre sentiment pour elle, laissez-la tranquille.

— Vous ne la posséderez jamais non plus, dit Balfour.

Il savait. Il savait que le lendemain Lynch serait convoqué devant le Conseil pour livrer Mercury ou, à défaut, se livrer lui-même.

Lynch hocha lentement la tête.

— Vous avez raison. Je ne la posséderai pas.

— Je pourrais intercéder en votre faveur.

— Mais à quel prix ? (Il savait que l'homme attendrait de lui qu'il lui donne Rosa.) Vous ne pouvez pas m'acheter, Balfour.

— C'est ce qui vous rend si dangereux.

Il baissa les yeux sur Mordecai qui gémissait aux pieds de Lynch.

— Vous avez bien conscience que tout cela n'a rien à voir avec les révolutionnaires ? soupira Lynch.

— Vous avez une armée de quatre cent cinquante Engoulevents, reprit Balfour dans un murmure. Et vous insistez pour faire ce qui est juste, qui que vous affrontiez. Certains diraient que c'est une fâcheuse association. Assez pour que certaines personnes… vous redoutent.

Le prince consort.

— Je n'aurais jamais rien fait contre lui.

Balfour sourit.

— *Moi,* je le sais. Je n'ai jamais eu peur de vous, Lynch. Vous êtes prévisible. Je sais quel sera votre prochain geste avant que vous le fassiez. L'honneur pèse lourd sur les épaules d'un homme.

Il lui adressa un signe de tête laconique et tourna les yeux vers la porte au moment où surgissaient Garrett et Perry. Balfour se crispa et fit signe à son garde du corps d'approcher.

— Même si vous pouviez mettre la main sur Mercury d'ici demain matin, il aurait une nouvelle exigence. Et encore une autre. Jusqu'à ce que vous finissiez par lui donner un prétexte. (Il s'inclina lentement.) Je vous vois donc dans la matinée ?

Pendant une seconde, Lynch envisagea sérieusement de se servir de son couteau.

— Vous serez présent ?

Dans un dernier sourire, Balfour lui tourna le dos et adressa un signe de tête à Garrett et Perry en passant près d'eux.

— Je ne manquerais ça pour rien au monde.

24

Lynch griffonna quelques mots avant de relever les yeux. La flamme de la bougie devant lui vacilla comme si un courant d'air avait traversé la pièce.

Il reposa son stylo, frotta ses sourcils tendus et jeta un œil à l'horloge posée sur la cheminée. Trois heures du matin. Inutile d'essayer de dormir. Il devait mettre ses affaires en ordre et veiller à ce que les événements se déroulent comme il le souhaitait.

Un bruit imperceptible retint son attention.

Il pencha la tête. Silence. Pourtant, il avait la sensation troublante d'une présence alentour. Lynch se leva et s'approcha de sa chambre d'un pas silencieux, la bougie à la main.

La fenêtre était entrouverte et les rideaux de sa chambre voletaient sous l'effet du vent. Avant qu'il ait pu faire un pas dans la pièce, il sentait déjà son parfum frais, mêlé à l'odeur douceâtre que les sphères avaient diffusée. Puis il la distingua, sa peau de porcelaine caressée par le clair de lune qui projetait sur elle une lueur dorée.

Rosa.

— Qu'est-ce que vous fichez là ? murmura-t-il d'une voix dure en levant la flamme devant lui.

Rosa redressa le menton et le dévisagea comme si elle-même n'avait pas la réponse à cette question. Ses longues mèches cuivrées encadraient son visage barbouillé de larmes et retombaient sur ses épaules. Elle portait toujours sa sublime robe désormais en lambeaux et la lueur de défi qui brillait dans ses yeux le laissa un instant interdit.

— Je voulais... Il fallait que je vous parle.

Lynch déglutit pour faire passer le nœud dans sa gorge, puis s'approcha de la fenêtre et plaça la bougie sur la commode à côté de son lit.

— Il me semble qu'on s'est tout dit.

Il jeta un coup d'œil vers l'extérieur et sonda les ombres à la recherche d'yeux indiscrets.

— Pensez-vous que je vous aie laissée vous échapper pour rien ? reprit-il. Bon sang, je n'ai aucun doute que Balfour a la guilde à l'œil. Il s'attend à ce que je fasse quelque chose cette nuit.

Il ferma la fenêtre, tira les rideaux d'un coup sec et prit une longue inspiration. Ça alors, il n'avait pas pensé qu'elle débarquerait ici. Ses doigts tremblèrent imperceptiblement sur les rideaux. Une partie de lui n'avait pas envie de l'affronter.

— Pourquoi cette nuit ? demanda-t-elle, soupçonneuse. Il vous a menacé ? Qu'a-t-il dit ? (Il l'entendit approcher, puis s'arrêter.) Il ne vous a rien fait, n'est-ce pas ?

Qu'est-ce que ça pouvait bien lui faire ? Il serra le rebord de la fenêtre entre ses doigts, puis s'en écarta lentement pour l'observer.

Elle baissa les yeux, les joues empourprées. Elle se mit à triturer le bout de ses gants, les épaules légèrement voûtées, puis elle sembla rassembler son courage.

— Vous n'auriez pas dû le laisser en vie murmura-t-elle. Si vous m'aviez lâchée, j'aurais pu...

— Vous faire tuer, finit-il à sa place avec un peu trop de vigueur.

Bon sang, si elle savait l'effet qu'elle lui faisait... Il parcourut sa fine silhouette de ses yeux avides. Son corps se languissait du sien malgré lui. Rien qu'une caresse… Il savait que s'il faisait le premier pas, elle lèverait impatiemment son visage vers le sien, mais cela signifierait-il quelque chose ? Il n'en savait rien. Il en mourait pourtant d'envie.

Arrête de lutter, chuchota son côté obscur. *Prends ce qu'elle t'offre. Tu n'auras plus d'autre occasion.*

Il se haïssait d'éprouver encore les mêmes envies, les mêmes sentiments, en dépit de sa trahison.

— Vous devriez vous en aller.

Elle releva la tête si brusquement qu'on aurait dit qu'il l'avait giflée. Elle affronta son regard avec détermination.

— Non, chuchota-t-elle. Je ne partirai pas. Je sais que je vous ai menti. Je sais que vous ne me le pardonnerez pas, mais je vous jure que ce que j'ai ressenti pour vous…

Il ne pouvait en supporter davantage. Il se détourna, s'approcha de l'âtre et plongea les yeux dans le tas de cendres froides. Sa lettre s'y trouvait toujours, un mot désespéré, froissé dans la fine cendre poussiéreuse.

— Ça ne voulait rien dire, et je saurai l'oublier. (Mensonge.) Et vous aussi.

— C'est faux.

Lynch jeta un regard sombre par-dessus son épaule.

— Ah oui ? Quelle partie ?

— L'ensemble. Vous avez envie de moi. Je le sais…

Il se retourna, le corps tendu comme une satanée corde de violon.

— Peut-être que vous vous trompez.

— Je peux faire en sorte que vous ayez envie de moi, déclara-t-elle, un petit frisson agitant les mancherons qui ornaient ses épaules. Vous aviez envie de moi, autrefois.

— Que j'aie envie de vous ou non, ça ne change rien au fait que je ne sais même pas qui vous êtes ! répliqua-t-il. Je pensais aimer une femme, mais je me suis rendu compte qu'elle n'existait pas. J'ai eu mon quota de trahisons pour une vie entière.

Rosa tressaillit mais ne flancha pas. Au lieu de ça, elle posa les doigts sur la petite rangée de boutons qui ornaient l'avant de son corsage. La lumière se refléta sur le métal de sa main gauche. Elle avait retiré ses gants, sûrement pour forcer Lynch à admettre qu'elle n'était pas Mme Marberry.

— Vous voulez me connaître ? demanda Rosa. Alors voilà. J'étais une voleuse. J'ai passé mon enfance dans les rues. Puis j'ai été l'espion de Balfour et ensuite… ensuite, son assassin. J'ai laissé mon mari mourir car je n'ai pas réussi à le sauver à temps et je ne peux pas dire à mes frères combien je les aime parce que je n'ai jamais trouvé les mots. Je ne trouve jamais les mots quand ils sont importants. (Elle s'humecta les lèvres avant de poursuivre.) Je ne suis pas bonne, je ne suis pas gentille, je semble incapable d'éprouver les choses que les autres éprouvent… comme si je pouvais verrouiller une petite boîte dans ma tête et y cacher toutes… mes émotions à l'intérieur. Mais aujourd'hui, je n'y parviens plus. Pas avec vous. Je *déteste* ressentir ça. Je déteste cette incertitude. Je déteste cette culpabilité, savoir que je me suis trompée et que j'aurais dû tout vous avouer. (Ses doigts tremblants l'empêchaient de pouvoir ouvrir son bouton et elle jura à voix basse.) Je ne sais pas quoi dire. La seule façon dont je sais m'exprimer, c'est ainsi…

— Je ne suis pas votre mari, siffla-t-il sèchement, ce qui lui rappela brutalement l'homme qu'elle avait effectivement aimé. Vous l'avez peut-être dupé, mais je ne tomberai pas à mon tour dans le piège.

Une nouvelle flèche décochée dans l'ombre. Elle pâlit, mais ses doigts continuèrent leurs mouvements. Et malgré ses propos, il ne parvenait pas à détourner les yeux.

— Vous avez raison. C'est une erreur que j'ai faite, *moi*. Faire semblant d'être quelqu'un que je n'étais pas. Deux fois. (Ses doigts se figèrent.) Je l'aimais, mais… il ne me connaissait pas. Pas avant la fin, du moins, quand Balfour lui a révélé la vérité, révélé ce que j'avais fait. (La peine voila son regard.) Je ne pouvais pas aller le trouver. Je n'en ai jamais eu l'occasion. C'est la raison pour laquelle je suis là maintenant. (Elle se raidit, comme si elle s'était attendue à un coup.) Vous avez dit que votre cœur m'appartenait, mais vous ne me connaissiez pas vraiment. Maintenant, vous savez. Dites-moi que vous ne pouvez plus m'aimer et je partirai… je partirai pour de bon. Dites-moi que je ne suis pas la femme à laquelle vous teniez. Que rien chez moi ne sera jamais digne de votre amour.

Ses doigts tremblants se déplacèrent sur le bouton suivant et elle l'observa, dans l'attente que le couperet tombe.

Il ne pouvait s'y résoudre. Il avait tellement envie de la croire. Il avait tellement envie d'*elle*.

En deux enjambées, Lynch se posta devant elle et posa les mains sur ses joues. Il se maudissait, maudissait sa faiblesse qui le faisait tant espérer. Il caressa sa nuque et ses cheveux soyeux enveloppèrent ses doigts. Puis elle approcha ses lèvres et il capitula.

— Seigneur, murmura-t-il en la plaquant contre lui. Rosa… je regrette… (Elle inséra sa langue chaude et humide dans sa bouche et l'attrapa par l'avant de sa chemise pour l'empêcher de s'échapper.) Je regrette de ne pouvoir vous donner toute ma vie.

— Cette nuit m'ira déjà très bien.

Puis elle l'embrassa de nouveau et les pensées de Lynch se dispersèrent, et seul subsista son désir désespéré de la posséder.

Pendant une seconde, Rosalind avait pensé qu'elle allait échouer, qu'il allait la repousser, qu'il ne voudrait pas d'elle. Mais à cet instant, il s'était approché et avait capturé ses lèvres. Le baiser était dur, farouche. Pour la première fois, plus rien ne se dressait entre eux et elle s'autorisa à s'accrocher à lui, le cœur battant à tout rompre, ivre d'espoir.

Il avait toujours envie d'elle malgré ce qu'elle avait fait. Malgré les mensonges, la trahison… À la nouvelle lumière des événements, son désir était resté intact. C'était précisément ce qu'elle n'avait jamais eu la chance de voir dans les yeux de Nate. Non, il était mort avant qu'elle puisse lui demander pardon.

Avec Lynch, la rédemption ne lui serait pas accordée aussi facilement. Elle lui avait fait tant de mal… Mais c'était au moins un début. Il ne l'avait pas jetée par la fenêtre comme elle l'aurait sûrement mérité.

Rosalind s'écarta le temps de reprendre son souffle et ses doigts s'insinuèrent sous sa chemise. Elle voulait sentir sa peau, son corps… afin de lui montrer avec des gestes ce qu'elle ne parvenait pas à exprimer avec des mots. Il glissa une main dans sa chevelure, lui pencha la tête en arrière et posa ses lèvres froides sur sa gorge, que Rosalind eut l'impression de ressentir entre ses cuisses. Son dos heurta le mur et, de son autre main, Lynch s'empara de ses fesses et plaqua son érection contre son ventre, se pressant entre ses jambes avec abandon.

Rosalind gémit et enfonça ses ongles dans la peau douce de son dos avant de caresser ses muscles lisses. Leurs mains se rencontrèrent. Elle l'incita à faire descendre la sienne contre son ventre, puis plus bas, et le désir envahit tout son être.

Elle entrouvrit la bouche tandis qu'il parvenait à son entrejambe et glissait ses doigts sous sa culotte humide. Elle rejeta la tête en arrière en se mordant la lèvre. Il savait exactement où la toucher, comment la faire crier de plaisir. De ce point de vue-là, elle ne lui avait d'ailleurs jamais menti. Dans ce domaine, il la connaissait. Il connaissait toutes les manières pour la rendre folle.

Il inséra ses doigts fermes en elle et frotta du pouce l'épicentre de son plaisir. Rosalind ne pouvait plus formuler la moindre pensée. Son corps se mouvait contre le sien, désespéré d'assouvir la douleur dans sa poitrine et maintenant les palpitations entre ses cuisses. Elle en avait tellement envie, elle était tellement soulagée qu'il ait encore envie d'elle et qu'il lui procure ce dont elle avait besoin que le plaisir la submergea avec une rapidité foudroyante.

Son cri résonna dans la pièce et son corps se mit à convulser. La pureté, la douceur de cette vague de bonheur surpassait tout ce qu'elle avait connu jusque-là, comme si la purge de toutes les émotions qui l'avaient étouffée avait permis à son corps de s'exprimer.

Elle sentit ses dents effleurer la veine qui battait dans sa gorge. Rosalind ouvrit de grands yeux, bien consciente de ce qu'il voulait, des sombres appétits qui l'animaient. Mais étant donné l'audace dont elle avait fait preuve en lui demandant de lui faire confiance, elle devait à son tour lui accorder la sienne. Jamais il ne la forcerait à le laisser s'abreuver directement à sa veine. Ça n'était jamais arrivé.

À cette pensée, ses yeux s'agrandirent et la peur lui serra la gorge. Elle ne pouvait pas faire ça. Si ?

La fine lame effleura ses cheveux. Plus elle s'efforçait de ne pas y penser, moins elle pouvait s'en empêcher. L'idée de donner un tel contrôle à une autre personne, même à Lynch, la terrifiait. Son cœur palpitait dans sa poitrine. Lynch releva la tête, les paupières mi-closes, comme hébété, son désir transparaissant dans la rougeur de ses joues. Il avait perçu son léger mouvement de recul et en cherchait la cause.

Tentant de ne pas paniquer, Rosalind passa la main dans ses cheveux et l'embrassa. Elle ne pouvait le laisser lui échapper. Pas maintenant. Elle fit glisser le bout de ses doigts sur son torse et sentit le manche dur du couteau pressé contre sa nuque.

— Rosa ?

Elle s'était emparée de la lame avant même d'avoir réfléchi à son geste. Elle avala sa salive, saisit le poignet de Lynch et serra ses doigts autour du manche.

Lynch se figea. Il planta ses yeux gris et voilés dans les siens, puis une flamme s'y alluma et son désir finit par noircir ses pupilles. Il laissa son regard tomber sur sa gorge et entrouvrit les lèvres. Il en avait tellement envie ! Trop peut-être.

Il ferma les paupières pour s'efforcer de calmer ses ardeurs, et Rosalind vit plusieurs émotions se succéder sur ses traits.

— Non, dit-il à voix basse. Non, tu as peur… Je ne…

Elle porta la main de Lynch sur sa gorge et appuya le bout de la lame contre la veine palpitante. Leurs regards se croisèrent de nouveau.

— Je *veux* que tu me revendiques. Je veux être à toi.

Il y eut un moment de flottement. Puis elle sentit une petite brûlure à l'endroit où la lame entaillait sa peau. L'objet retomba au sol dans un tintement métallique et Lynch plaqua Rosa contre lui en même temps que ses lèvres sur sa gorge.

La sensation se répercuta aussitôt entre ses jambes et enflamma son corps entier. Chaque succion chatouillait son clitoris comme s'il avait la bouche posée directement dessus. Agrippée à ses épaules, elle jouit en haletant et frotta ses hanches contre lui, désormais désespérée de le sentir au fond d'elle... Elle inséra ses mains entre leurs corps, déboutonna son pantalon et sentit son membre chaud se dresser dans sa paume avant de le presser contre sa peau luisante. Elle poussa de nouveaux gémissements incontrôlés... Elle avait l'impression que son pouls battait en rythme avec les mouvements de sa bouche tandis qu'il absorbait son sang dans son propre corps, dans ses propres veines.

Il imprima un brusque coup de reins et Rosalind écarquilla les yeux, stupéfiée, la lueur des bougies ne formant plus qu'une flaque dorée autour d'eux. Il s'empara de sa poitrine de ses mains fermes, ôta les boutons que Rosa avait maladroitement tenté de défaire quelques instants plus tôt... Puis il glissa ses doigts sur un mamelon, le tira, le pinça, sans jamais cesser ses coups de butoir.

Lynch jura d'une voix éraillée et lécha la plaie pour la refermer, tandis que ses mouvements de hanches plaquaient Rosa contre le mur. Il fourra ensuite sa langue dans sa bouche et elle goûta à la saveur cuivrée de son propre sang.

Le cœur de Rosalind battait directement dans ses oreilles. *Je t'aime.* Les mots résonnaient sous son crâne, là où il ne pouvait pas les entendre, et son regard s'enflamma. Pourquoi était-elle incapable de l'exprimer ? Pourquoi était-ce à ce point difficile pour elle de se confier ? Les choses auraient dû être différentes. Il méritait bien mieux, mais elle avait si peur qu'en la regardant il ne trouve rien en elle qui mérite qu'elle prononce ces trois petits mots...

— Seigneur, Rosa… j'ai tellement besoin de toi, dit-il d'une voix haletante en empoignant ses hanches, les traits tendus. Tu as… si bon goût…

Elle saisit son visage et l'embrassa. Elle sentait la tension qui montait en lui, en elle. Elle avait envie d'exploser, mais elle devait faire sortir ces mots avant qu'il soit trop tard.

— Je t'aime, éructa-t-elle dans un souffle.

Ce n'était pas la façon dont elle l'avait envisagé, mais… ça suffisait.

Il se jeta brutalement sur sa bouche, capturant ses mots tout en la pressant contre le papier peint à motifs. Rosa poussa de petits cris en se raccrochant à la sensation de ses mains sur sa taille, sentant les frissons qui parcouraient le corps de Lynch collé au sien.

Une vague de chaleur se répandit en elle. Elle maintint son visage calé contre son épaule et glissa ses mains dans ses cheveux. La bouche entrouverte pour tenter de reprendre son souffle, elle sentit chacun des frissons qui parcourait son corps.

Il lui appartenait.

Elle comprit alors pourquoi il avait éprouvé un tel désir pour son sang. Elle éprouvait la même chose. Ce n'était pas dans le but de le posséder, de le lier à elle de manière indéfectible, mais pour exister, dans cet instant où tous deux ne faisaient qu'un. Pour donner… et recevoir.

Être revendiquée.

De manière totale et absolue.

Elle savait que beaucoup de mots restaient inexprimés, mais pour la première fois ce soir, elle sentait une minuscule bulle d'espoir gonfler dans sa poitrine. Elle déposa un léger baiser sur sa gorge.

Elle n'allait plus jamais le laisser partir.

25

Lynch roula au bord du lit, se redressa et se frotta le visage. La faible lueur de l'aube filtrait par la fenêtre et il entendait les pigeons roucouler sur le toit.

Pris de panique, il porta sa main tremblante à sa bouche. Il y avait tant de choses qu'il avait été incapable de surmonter, la veille. Et tant d'autres, au contraire…

Il observa la femme endormie à ses côtés. Le corps de Rosa réchauffait le lit, son souffle agitant légèrement le drap en coton enveloppé autour d'elle qui embrassait la courbe douce de ses fesses. Son cœur palpita dans sa poitrine. Les souvenirs de la nuit passée défilaient dans son cerveau comme autant d'images incandescentes. Tout ce qu'elle avait admis, tout ce qu'elle avait dit, ces derniers mots prononcés dans un murmure, qu'il avait fait mine de ne pas entendre… Ceux qui avaient fait tant de ravages dans son cœur.

Il aurait souhaité qu'ils soient sincères. Il voulait au moins que tout cela en vaille la peine. Mais pouvait-il les croire ? La croire, elle ?

La réponse à cette question était simple ; s'il les avait crus sincères, alors il ne se serait pas interrogé une seule seconde.

Lynch se sentait vidé de son énergie. À en juger par l'horloge posée sur la cheminée, il ne lui restait que trois heures avant de devoir se présenter à la cour. Saisi par un profond sentiment de terreur, son cœur manqua un nouveau battement. Il ne pouvait plus respirer. Ses poumons refusaient simplement de s'ouvrir. Il attrapa la main de Rosa et sentit ses doigts chauds serrer les siens tandis qu'elle s'étirait avec un grognement. Il ne voulait pas être seul. Pas ce matin.

Il parvint à prendre une goulée d'air. Avec sa main dans la sienne, il lui devenait plus aisé de respirer, mais pas suffisamment. Lynch passa son autre main sur son postérieur et déposa un baiser sur son épaule. Les cils de Rosa papillotèrent et elle retint son souffle.

C'était un adieu. Elle ouvrit les yeux, croisa son regard sombre, puis glissa ses doigts d'acier dans les cheveux de Lynch pour l'attirer à elle et l'embrasser, comme si elle avait ressenti le besoin et la frénésie qui l'habitaient.

— Jasper ? murmura-t-elle, mais il ne souhaitait pas lui parler.

Pas pour l'instant.

Il l'allongea sur le dos et se dressa au-dessus d'elle. Il s'enfonça en elle et sa chaleur chassa ses résidus de peur. Il trouvait force et refuge dans chacun de ses petits halètements. S'il pouvait la protéger, si elle pouvait vivre grâce à ce sacrifice, alors ce serait suffisant pour lui.

L'acte fut rapide, intense et désespéré. Quand il eut fini, elle releva vers lui un regard ébloui, une main dans la sienne, l'autre caressant tendrement sa joue. La poitrine de Lynch se comprima de nouveau. Il enfouit son visage dans le creux de son épaule et la serra contre lui le temps de lutter contre une nouvelle vague de panique.

— Lynch ? murmura-t-elle en remuant pour le regarder. Est-ce que tout va bien ?

Il avait la gorge sèche.

— Ça va.

Il cacha son visage dans ses flamboyants cheveux roux.

— Rendors-toi.

Elle leva leurs mains jointes près de sa bouche et embrassa ses articulations blanchies.

— Oui, je crois… dit-elle tout bas de la voix rauque de Mme Marberry. Tu m'as épuisée.

Son rire léger résonna à travers lui. L'espace d'un instant, tout parut à sa place dans ce monde. Il inspira le parfum de ses cheveux, à la fois familier et unique.

Les minutes s'écoulèrent. Chaque tic-tac de la pendule résonnait comme le claquement métallique d'une porte de cellule. Le corps de Rosa fléchit dans ses bras, sa respiration se fit lente et régulière. Il aurait voulu rester là toute la journée. Toute la vie. Mais la petite aiguille atteignit le chiffre neuf et il savait qu'il avait beaucoup à faire s'il voulait la protéger.

Il s'écarta, se leva avec prudence et se dirigea vers la porte.

Il ne lui dit pas au revoir.

Il ne laissa pas même un mot, bien qu'il ait hésité un long moment devant son bureau.

Au final, ils s'étaient déjà tout dit.

On frappa un coup à la porte. Rosalind leva sa tête de l'oreiller et ressentit brusquement les conséquences de sa chute dans la fosse de l'orchestre. Elle grimaça, puis se rendit compte qu'elle était seule.

Elle remonta vivement le drap sur sa poitrine, jeta un regard autour d'elle tandis que son cœur s'emballait. Il n'y avait aucun signe de Lynch et, à en juger par les rayons du soleil qui pénétraient dans la pièce, elle avait dormi une bonne partie de la matinée. Pas étonnant, compte tenu de l'état de fatigue physique et émotionnelle dans lequel la nuit précédente l'avait plongée.

— Madame Marberry ? lança Perry. Puis-je entrer ?

Rosa répondit par l'affirmative après avoir lissé ses cheveux derrière ses oreilles. Elle avait les traits tirés et les yeux gonflés. La vanité l'obligea à admettre qu'il valait probablement mieux que Lynch soit parti tôt.

Elle ne pouvait s'empêcher de se sentir nerveuse. Il s'était passé bien des choses entre eux depuis la veille, mais tout n'était pas résolu. Lui avait-il pardonné ?

Perry entra, la robe verte de Rosalind sur les bras. Des cercles noirs s'étiraient sous ses yeux azur ; elle avait l'air aussi souffrante que Rosalind se sentait l'être.

— Tenez, dit Perry en lui tendant ses vêtements. Garrett dit qu'il est temps de vous lever. Il veut vous parler.

Le ton brusque qu'elle employa noua la gorge de Rosa. Ils n'étaient pourtant pas au courant de sa trahison. Ils ne pouvaient pas être au courant…

— Est-ce que Lynch est là ? demanda-t-elle. Est-ce qu'il… a demandé à me voir ?

Perry se raidit, planta brièvement ses yeux dans ceux de Rosalind avant de les détourner.

— Il faudra poser la question à Garrett.

Perry la laissa s'habiller. Rosalind enfila à la hâte sa robe et ses bas, un nœud au ventre. Son instinct – une véritable malédiction – lui dictait que quelque chose clochait. Perry s'était montrée chaleureuse la veille, mais ce matin, c'était comme si elles n'étaient que deux étrangères.

Lorsque Rosalind ouvrit la porte des appartements privés de Lynch, elle trouva Garrett en train de pianoter sur son bureau. Ses doigts s'immobilisèrent et il l'examina d'un regard en biais qui ne lui parut pas normal. Il suffisait généralement d'un coup d'œil à son visage pour deviner ses pensées. Mais il n'y avait aucune trace de son habituel sourire teinté d'autodérision.

— Que se passe-t-il ? demanda Rosalind.

Il se leva, les traits tendus.

— Madame Marberry, dit-il posément. Je suis chargé de vous emmener aux cachots.

Rosalind sentit le sang quitter son visage.

— Quoi ?

Il ne ferait pas ça ! Pas Lynch. Bon sang, la nuit qu'ils avaient passée ensemble devait bien représenter quelque chose ! Elle lui avait tout donné, jusqu'à son épuisement total. À moins… à moins qu'elle lui ait fait si mal qu'elle avait détruit jusqu'à la moindre étincelle d'affection qu'il avait pu avoir pour elle.

Garrett désigna la porte d'un geste.

— Si vous voulez bien ?

Elle n'allait pas s'effondrer ici. Ni devant Garrett ni devant aucun des Engoulevents qu'elle risquerait de croiser sur le chemin des cellules. Le regard voilé par la stupeur, elle le précéda hors de la pièce et n'accorda aucune attention aux nombreux virages qu'ils empruntèrent. Puis, bien trop vite, elle se retrouva devant ce qui ressemblait à des doubles portes entièrement faites de rouages de laiton emboîtés les uns dans les autres.

Garrett la dépassa et manipula l'appareillage. Chaque rouage qu'il tourna émit un cliquetis, bien qu'elle n'ait rien saisi de l'ordre dans lequel il les avait maniés. Puis il fit un pas sur le côté et appuya sur un petit bouton dissimulé dans le mur.

L'ensemble se mit à bouger, les mécanismes du centre à grincer, puis tout s'activa et très vite, la porte entière trembla. Un bruit mat retentit à l'intérieur. Puis un autre. Enfin une dernière vibration secoua le bas du battant. Les rouages s'arrêtèrent, et la légère fente au milieu commença à s'écarter.

— Une porte à mécanisme d'horlogerie, murmura Garrett. Il faut actionner les pièces correctement dès la première fois, ou alors le mécanisme se bloque et ne peut être remis en mouvement sans réinitialiser toute la machine. Ce sont Lynch et Fitz qui ont eu cette idée. Personne ne peut entrer sans la première pièce du puzzle – et personne ne peut en sortir.

Les portes s'ouvrirent et révélèrent l'intérieur d'un ascenseur. Rosalind déglutit et pénétra dans la cabine.

— Il possède un esprit extraordinaire, dit-elle d'une voix calme.

Garrett monta à ses côtés puis actionna un bouton. L'ascenseur s'ébranla et le grincement du treuil en acier résonna au-dessus de sa tête.

— Il possède un cœur extraordinaire, corrigea-t-il. (Des ombres vinrent assombrir ses yeux.) Il m'a raconté qui vous étiez et ce que vous aviez fait.

Les mots restaient polis, mais le ton était dur comme de l'acier.

Chaque tressaillement de la cabine lui rappelait qu'elle n'avait aucune issue. Le regard rivé sur ses gants, elle tenta de maîtriser sa respiration. De petits points blancs dansaient déjà devant ses yeux.

— A-t-il l'intention de venir me parler ?

Elle sentait son regard brûlant posé sur elle.

— Vous me laissez perplexe, madame Marberry – ou quel que soit votre nom…

— Rosalind. Je m'appelle Rosalind.

— Rosalind. (Il sembla réfléchir un instant.) Je ne sais pas vraiment si vous jouez à un jeu ou s'il a réellement de l'importance pour vous. Je vous croyais amoureuse de lui.

Elle garda le silence, la nature de sa question ne lui inspirant que du mépris.

Il poussa un long soupir.

— Aussi impénétrable qu'un fichu sphinx. Je vois. Vous vous fichez royalement de ce que je pense de vous, c'est ça ?

La cabine s'arrêta et une autre porte à mécanisme apparut. Rosalind croisa son regard.

— Pas du tout, monsieur.

Après tout, en son temps, elle avait été haïe et crainte, voire pire. Elle s'était habituée à cette sensation, à sa propre dureté qui semblait être sa seule forme de protection.

Dans le passé, du moins.

La seule personne dont l'opinion lui importait n'était pas présente.

Garrett actionna plusieurs rouages dans la porte – cette fois-ci, elle y prêta plus attention – et le mécanisme entreprit de nouveau une danse vertigineuse et tournoyante.

— Les prisonniers sont rares, ici, déclara-t-il en lui faisant signe d'avancer. (Il ne la quittait pas des yeux, comme s'il cherchait à déchiffrer en elle un quelconque mystère.) Seuls les cinq d'entre nous qui composent la Main de Lynch sont au courant de l'existence de ces cellules – et du code des portes.

— Essayez-vous d'insinuer que personne ici ne pourra m'aider à m'échapper ?

Il s'arrêta au milieu du couloir, et une série de lampes à gaz se reflétèrent sur son armure en cuir noir. Il parut surpris un moment, puis il pencha la tête.

— Toutes mes excuses. Je n'avais pas réalisé que vous vous étiez méprise sur ses intentions. Nous ne sommes pas là pour vous enfermer dans une cellule, Rosalind.

— Même si vous ne partagez pas son avis.

— Non, répondit-il.

Il parut de nouveau sur le point d'ajouter quelque chose, puis il secoua la tête avec frustration.

— J'espère que je ne me suis pas trompé. J'espère que quelque part au fond de vous, vous éprouvez quelque chose pour lui.

Il s'approcha de la porte d'une des cellules. Elles étaient toutes équipées de mécanismes similaires.

Garrett mit l'une d'elles en action et recula. Rosalind retint son souffle et observa les rouages effectuer lentement leur rotation. Ce qui se trouvait derrière cette porte allait changer sa vie, elle en avait la certitude.

Les verrous cliquetèrent. Rosalind se retrouva face à une cellule sombre dépourvue de fenêtre, illuminée par une unique lampe à gaz qui éclairait son occupant. La lumière soudaine fit tressaillir le garçon assis sur le petit lit de camp et il leva un bras devant son visage. Le cœur de Rosalind cessa de battre. Elle le connaissait. Elle le connaissait à la perfection pour l'avoir pratiquement élevé seule.

— Jeremy… murmura-t-elle.

Elle sentit des mains la rattraper par les épaules pour l'empêcher de défaillir. Agrippée à Garrett, elle cligna des yeux pour tenter de garder l'équilibre, mais le monde tournoyait autour d'elle et elle avait l'impression que ça ne s'arrêterait jamais.

— Rosa ?

Jeremy baissa son bras et son visage perdit ses couleurs. Il bondit sur ses pieds, une expression d'horreur sur les traits.

— Merde, je leur ai rien dit ! Qu'est-ce qui s'est passé ? Comment ils t'ont attrapée ?

Elle fit un pas vers lui. Puis un autre. La seconde suivante, il la serrait dans ses bras et l'écrasait contre sa poitrine. Les larmes chaudes de Rosa imbibèrent la chemise de batiste qu'on avait dû lui fournir. Il était si grand ! Mais dégingandé et tellement pâle...

— Oh, Seigneur, murmura-t-elle. Tu es vivant. Tu... tu n'as rien.

Elle s'accrocha à lui, palpa son torse, ses épaules, puis essuya ses larmes avec ses gants. Elle n'arrivait pas à s'arrêter de pleurer. Il était là. Bel et bien là. Tout ce temps... toutes ces heures à se faire un sang d'encre et à le chercher ! Il était vivant.

— Que s'est-il passé ? (Elle hoqueta.) Depuis quand es-tu là ?

Il jeta un regard noir par-dessus son épaule.

— Ils m'ont attrapé juste après la tour. L'Engoulevent m'a assommé de questions, mais je jure que je lui ai dit que dalle. Il vient plus très souvent, maintenant. Seulement ce matin. Il a pas dit grand-chose, mais cette fois il connaissait mon prénom. J'ai même pas imaginé qu'ils avaient pu te mettre la main dessus. (Il la saisit par le haut des bras.) Qu'est-ce qui s'est passé ? Comment tu t'es fait prendre ?

— Ce n'est pas ça. Je ne suis pas... (Elle jeta un coup d'œil à Garrett, appuyé contre le chambranle, les paupières mi-closes.) Et maintenant ?

— Je vous raccompagne à la sortie et vous partez.

— Quoi, comme ça ? fit-elle en essuyant ses joues.

À ce rythme, il n'allait bientôt plus lui rester beaucoup de larmes, mais, tandis qu'elle serrait la main de son frère dans la sienne, elle les sentit monter de nouveau : de colère, de joie, d'incrédulité... Comment ? Comment cela avait-il pu arriver ? Elle se souvenait de cette nuit dans la ruelle, de la réticence de Lynch lorsqu'il avait découvert le penchant humaniste de son frère.

Il savait déjà.

Il était au courant, et il lui avait promis qu'il ferait tout son possible pour lui ramener son frère. Il avait dû combattre ses propres convictions, sachant que Jeremy avait participé à l'attentat, et se demander quelle était la meilleure chose à faire. Son cœur se gonfla… puis se brisa. Malgré sa trahison, il lui avait accordé ce qu'elle désirait le plus au monde.

— Où est Lynch ? demanda-t-elle. Je voudrais… le remercier. S'il vous plaît ?

— Il est parti à la cour. (Garrett s'écarta de la porte.) Je vous propose qu'on sorte votre frère de là. Et vite. Avant que quelqu'un avec des intentions moins nobles que les miennes réalise ce qui se passe.

Elle se pressa à sa suite en traînant Jeremy dans son sillage.

Garrett les poussa dans la cabine de l'ascenseur.

— Vous ne devez pas oublier qu'il nous a sortis de la rue, ou sauvés de l'exécution, et qu'il nous a fourni une vie décente, reprit-il. Nous ne sommes pas tous d'accord pour dire que vos actes devraient rester impunis.

Les portes se refermèrent et la cabine commença son ascension.

— Byrnes, devina-t-elle.

— Byrnes est notre plus gros problème, admit Garrett. Mais pas le seul. Doyle pense que vous devriez être fouettée.

— Quelle chance que vous obéissiez toujours aux ordres de Lynch !

Il croisa son regard.

— J'hésite encore.

— Rosa ? intervint Jeremy. Qu'est-ce qui se passe ?

D'un geste de la main, elle lui intima le silence. Un sentiment d'urgence pesait sur ses épaules. Il fallait qu'elle sorte Jeremy d'ici. Ensuite, elle pourrait s'occuper de Lynch. Tout ça commençait à l'embrouiller. Ses nerfs – qui auraient dû se calmer – se tendaient de plus en plus. Qu'est-ce que Garrett ne lui disait pas ?

Une fois qu'ils eurent atteint le rez-de-chaussée de la guilde, Garrett les fit traverser plusieurs couloirs et vestibules plongés dans l'ombre. Elle s'attendait à chaque virage à voir surgir des Engoulevents, mais les lieux étaient étrangement silencieux.

— Perry essaie d'occuper les autres, murmura Garrett en marquant une pause devant une porte épaisse, renforcée à l'acier.

Dès qu'elle s'ouvrit, ils furent inondés par le soleil. Ils avaient débouché dans une ruelle située à l'arrière de la guilde.

Le moral de Rosalind remonta aussitôt. Elle se tourna vers Jeremy et croisa ses yeux stupéfiés avant de serrer timidement sa main. Elle était libre et Jeremy, sain et sauf. Jack et Ingrid allaient être fous de joie. Et elle… son allégresse déclina légèrement. Elle devait parler à Lynch. La nuit dernière devait forcément signifier quelque chose, non ? Elle ne laisserait pas les choses se terminer ainsi.

Jeremy fonça à l'extérieur en l'entraînant avec elle.

— Viens, Rosa. Fichons le camp d'ici.

Mais elle stoppa sa course pour se retourner vers Garrett. Les doigts de Jeremy lui échappèrent.

— Dites-lui que je suis désolée, dit-elle. Et remerciez-le.

— Je ne peux pas.

Garrett croisa les bras sur sa poitrine et la fixa. À en juger par son expression désespérée et avide, elle devina soudain que c'était le moment qu'il avait attendu.

Les poils se dressèrent sur sa nuque. *Quelque chose clochait.*

— Pourquoi ?

Ce regard… Comme s'il essayait de percer la carapace dont elle se protégeait.

— J'ai promis de ne rien vous dire. Mais je pense que vous devez savoir. Il y avait un prix à payer pour ça, Rosalind. Et c'est lui qui va le payer.

— Je ne comprends pas. Qu'est-ce qu'il a fait ? Quel prix ?

— Le Conseil lui a donné trois semaines pour retrouver Mercury.

Le monde se figea autour d'elle. Elle eut l'impression de vaciller, mais elle n'en était même pas certaine. Non. *Non !*

— Quand ?

— Aujourd'hui. (Garrett était impitoyable.) C'était lui. Ou vous.

Ce ne fut qu'à ce moment-là qu'elle remarqua la présence des galons étincelants du maître de la Guilde sur ses propres épaules.

26

Jamais Rosalind ne s'était évanouie, mais elle n'en était pas loin, ce jour-là dans la ruelle. La déclaration de Garrett lui avait fait l'effet d'un harpon tiré en pleine poitrine.

C'était lui. Ou vous.

Maudit soit-il, cet idiot ! C'était précisément ce qu'elle avait redouté. Non pas d'aimer – il était bien trop tard pour ça, et ce depuis longtemps – mais d'être aimée au point qu'un autre homme puisse perdre la vie pour elle.

Elle ne pouvait pas le supporter. Pas une seconde fois. Elle plaqua sa main sur sa bouche, poussa un gémissement de douleur et se plia en deux. C'était sa faute. Sa fichue faute. Elle ne pouvait accepter qu'un autre homme meure à cause d'elle. Elle ne le laisserait pas faire.

Ne sois pas faible. Lynch avait besoin de toute sa force, maintenant plus que jamais.

Elle mordit son poing serré, avala sa salive pour faire passer la boule de panique qui grossissait dans sa gorge. Elle réalisa vaguement que Jeremy lui tapotait le dos en lui demandant d'une voix forte ce qu'il lui prenait. Elle éprouva soudain une immense gratitude de le savoir en vie et bien portant, que Lynch le lui ait rendu. C'était une dette supplémentaire qu'elle avait envers lui.

Son frère était en sécurité. Elle avait accompli sa mission. Et Jack… Ingrid… c'était leur tour de veiller sur lui.

Elle regarda Garrett, la gorge sèche. *Concentre-toi.*

— Qu'allez-vous faire pour le libérer ?

— Rien. (Garrett changea de position.) Si ça ne tenait qu'à moi, je prendrais le risque. Mais on m'a très clairement fait comprendre que si je bougeais un orteil, chaque Engoulevent sous mes ordres serait abattu par les Cuirasses. Tous les jeunes encore en formation… Doyle, Byrnes… Perry. (Sa voix s'adoucit sur ce dernier nom et elle sut immédiatement qu'il se représentait son visage dans sa tête.) Je ne peux annuler quoi que ce soit. Pas sans déclarer une guerre entre les Engoulevents et l'Échelon. En plus, le temps presse. Ils menacent de l'exécuter aujourd'hui.

— Depuis quand est-il parti ? demanda-t-elle, les questions se bousculant dans son esprit.

— Une heure. Je suis venu vous réveiller dès qu'il est parti.

Bien sûr. Parce que Garrett avait les mains liées, mais pas elle.

Elle savait ce qu'il lui demandait implicitement. Tout ça n'avait été qu'un stratagème pour tester ses sentiments à l'égard de Lynch, savoir jusqu'où elle serait prête à aller pour lui sauver la vie.

— Je veux que tu rentres chez Jack, dit-elle à Jeremy. (Les mots lui venaient mécaniquement.) J'ai quelque chose à faire.

Jeremy lui prit les mains, paniqué.

— Mais qu'est-ce qui se passe, Rosa ?

— Votre sœur va m'aider à délivrer Lynch, répondit Garrett en laissant ses épaules retomber, soulagé.

Jeremy secoua la tête.

— Ça non. Vous imaginez pas que je vais vous laisser faire. Vous allez vous attaquer à l'Échelon, c'est ça ?

— Tu ne peux pas m'en empêcher, souffla-t-elle d'un air las. S'il le faut, je demande à Garrett de te remettre en cellule jusqu'à ce que ce soit fini.

— Que quoi soit fini ?

Elle ne pouvait pas lui expliquer. Elle croisa le regard de Garrett et lui fit les gros yeux. *Ne vous avisez pas de lui dire.*

— Je vais libérer Lynch, déclara-t-elle.

Sa vie ou la mienne. Qu'il aille au diable, l'imbécile ! Pourquoi ne lui avait-il donc rien dit ? Avait-il anticipé sa réaction ?

Il doutait d'elle, de tout ce qu'il y avait entre eux. Et la seule raison pour laquelle il ne l'avait pas prévenue, c'était parce qu'il craignait qu'elle n'ait pas menti sur ses sentiments.

— Comment ? demanda Jeremy en plissant les yeux. (Il semblait soudainement si mature, si adulte.) Et pourquoi ?

— Peut-être que si je leur donne ce qu'ils veulent… suggéra-t-elle en plaquant un sourire sur ses lèvres. Ou au moins une partie. Nous avons capturé Mordecai, hier soir. Après l'attaque de l'Opéra, je suis sûre qu'ils seront assoiffés de sang. On va leur donner ce qu'ils veulent.

Ça ne suffirait pas, sans compter que Lynch avait sans doute déjà essayé. Mais les sourcils froncés de Jeremy se détendirent légèrement. Il la croyait. Le mensonge faillit l'étrangler.

— Je vais y aller, acquiesça-t-il. Je vais dire à Jack ce qui se passe.

Jack n'était pas aussi facile à duper que Jeremy. Rosalind parvint à conserver son sourire.

— Bien sûr, dit-elle. Embrasse... Embrasse-le pour moi. Et Ingrid aussi.

Elle caressa doucement le bras de Jeremy couvert de poils fin et roux. *Demande-leur de me pardonner.*

— Je suis si heureuse de t'avoir retrouvé.

Puis elle ne put s'empêcher de l'attirer contre elle et de le serrer fort dans ses bras, et son sourire disparut quand elle pressa son visage contre son torse.

— Je t'aime, murmura-t-elle.

— Je t'aime aussi, répondit Jeremy avant de se racler la gorge et de jeter un regard gêné à Garrett.

Rosa recula.

— Tu ferais mieux d'y aller. Avant qu'un des Engoulevents remarque ta disparition.

— Je vais ramener Jack, répéta-t-il d'un ton d'avertissement.

Peut-être n'était-il pas totalement dupe, après tout. Il recula et observa le bâtiment lugubre avant de pivoter en direction de la ruelle.

Elle le suivit des yeux tandis qu'il s'éloignait, les poings serrés. Un flot d'émotions la submergea, jusqu'à son point de rupture.

Quand elle estima avoir repris le contrôle, elle se tourna vers Garrett.

— Alors ?

— Merveilleuse prestation. (Il inclina lentement la tête.) Je ferai en sorte que l'Échelon lâche sa piste.

— Merci. (Elle avait la bouche sèche.) Vous jouez un jeu dangereux.

— Je n'étais pas totalement sûr, avoua-t-il, que vous teniez suffisamment à lui.

— Et maintenant, vous savez.

Garrett passa la main dans ses cheveux.

— Maintenant, je sais. Et il le saura aussi.

Elle déglutit. Elle n'avait pas pensé à ça. Lynch serait furieux.

— Il va vous détester.

— Je sais. (Garrett lui offrit son bras.) C'est le prix que j'aurai à payer. J'avais l'intention de livrer Mordecai à l'Échelon, mais... je ne pense pas que ça suffira. Je suis désolé de vous demander ça.

— Vous n'avez pas à me le demander, répondit-elle. Dites-lui que j'ai pris ma décision seule, à la seconde où j'ai appris. Dites-lui... Dites-lui que ce que je lui ai dit la nuit dernière... que chaque mot était sincère.

Le chariot de la prison était bourré de paille et un froid mordant soufflait entre ses moindres fissures. Rosalind fut poussée sans ménagement à l'intérieur et se retourna pour fusiller Byrnes du regard. Il haussa froidement un sourcil, croisa le regard défiant de Garrett et disparut hors de sa vue.

— Désolé, murmura Garrett en l'aidant à se relever. Il est sans pitié, mais il considère Lynch comme son frère.

Rosalind haussa les épaules et se laissa tomber sur la planche étroite qui faisait office de siège. Elle releva lentement les yeux sur l'homme assis en face d'elle. Mordecai, le visage tuméfié, tira sur ses chaînes et lui jeta un œil mauvais. Puis il vit ses poignets non liés. Il ne comprenait pas bien ce qu'elle faisait là.

Garrett referma la porte et la lumière faiblit. Lorsque la voiture à vapeur s'ébranla, sa vue s'était suffisamment adaptée pour qu'elle distingue l'expression lugubre de Mordecai.

— Alors comme ça, on sera deux à tomber aujourd'hui. (Son sourire révéla une lèvre fendue.) J'imagine qu'on va vite découvrir si ton frère est encore en vie.

Elle ne prit pas la peine de le corriger. Elle préféra joindre ses mains sur ses genoux et les contempler. Elle n'était plus qu'une boule de nerfs. La perspective d'être exécutée la terrifiait. L'espace d'un instant, elle crut qu'elle allait se sentir mal et remua sur son siège, incapable de rester immobile. Ses poumons se comprimaient.

N'y pense pas. Fourre le tout dans ce joli coffre-fort, là où tu ne seras plus obligée d'y penser.

Les yeux perçants de Mordecai ne la lâchaient pas.

— Comment ils t'ont chopée ?

Elle n'avait pas particulièrement envie de lui parler, mais c'était une manière comme une autre de ne pas penser à ce qui l'attendait. La voiture tressauta et Rosa s'accrocha à son siège.

— Mes émotions les plus faibles et les plus imprudentes ont eu raison de moi.

Il laissa échapper un rire faible.

— Des émotions ? T'en éprouves aucune. T'es la garce la plus impitoyable que je connaisse.

— J'aurais préféré que ce soit le cas.

Un silence.

— Alors ils nous tiennent tous les deux. Il reste qui ? Je suppose qu'aucun de mes gars n'est ressorti vivant de l'Opéra ?

— Quelques-uns, avoua-t-elle. Mais les Engoulevents ont fait encercler le périmètre.

Il grogna.

— Et ton autre frère ?

Elle ne voulait pas penser à lui non plus car ça ne servait qu'à lui rappeler son échec. Il y avait une bonne raison pour que ce fût elle qui dirige la cause et non Jack.

— Ingrid et Jack sont toujours portés disparus par les Engoulevents.

— Ça veut dire que dalle, railla-t-il. Les négociations de Jack sont un régal, mais je sais qu'il se cache un peu derrière son accoutrement. Il n'a mené aucune action, à ce que j'ai vu.

— Il ne peut pas, dit-elle. Son corps entier a été brûlé à l'acide.

Par Balfour. Quand elle avait choisi Nate plutôt que lui. Lorsqu'elle s'était réveillée, avec de la fièvre et une nouvelle main, il était trop tard. Balfour s'était calmé et avait même avoué avoir quelques remords, mais le mal était fait.

— Sa peau est trop tirée maintenant. C'est douloureux pour lui de se déplacer rapidement. Il en est quand même capable, mais il ne le fait qu'en cas de besoin.

— Tu penses que lui et cette loup-garou arriveront à continuer la lutte ?

Rosalind leva les yeux.

— Je croyais que tu les détestais ?

Il haussa les épaules.

— Je t'ai jamais beaucoup aimée. Pas plus aujourd'hui. Mais on est bien assis là tous les deux, pas vrai ? Et j'ai plus de mécaniques. On a attaqué fort, plus fort que tu l'as jamais fait, mais la vérité, c'est la vérité. Tous les humanistes restants t'appartenaient et je déteste l'Échelon encore plus que je te déteste.

Elle s'était si souvent disputée avec cet homme !

— On a tous les deux commis des erreurs, admit-elle. J'aurais dû vous inclure dans mes plans, ton frère et toi, quand vous me l'avez demandé. (Elle inspira profondément.) J'ai laissé ma fierté et ma méfiance guider mes décisions, au lieu d'y réfléchir de façon rationnelle.

Une lueur d'intérêt s'alluma dans ses yeux sombres.

— C'est des excuses ?

— Les seules que tu auras jamais, répondit-elle d'un ton aigre.

Il laissa échapper un faible rire.

— Et maintenant, tu voudrais que je reconnaisse que j'aurais pas dû m'opposer à toi ? Merde alors.

— Je comprends pourquoi tu l'as fait.

— Toutes ces années… (Il ferma les yeux et posa la tête contre les lattes de bois du mur.) Enfermé dans les enclaves à trimer pour rembourser un membre que j'avais même pas voulu. (Il brandit son poing d'acier, le serra et l'observa.) Ils disaient que je leur devais quinze ans pour ça. Quinze ans dans cet enfer. (Il lâcha un rire acerbe.) Et puis toi, avec tes jolies promesses. Tout ce que je voulais, c'était un peu d'action. Trouver un moyen d'égaliser le score. Et t'arrêtais pas de nous dire d'attendre pendant que tu construisais une putain d'armée de métal. (Il cracha sur le côté.) J'ai travaillé le métal pendant plus de dix ans. Pour ce que tu voulais, il aurait fallu en rajouter au moins trois. Je pouvais pas attendre aussi longtemps.

— Si tu l'avais fait, peut-être qu'on ne serait pas assis ici aujourd'hui.

— Ouais. (Il frotta l'hématome sur son visage d'un air absent, puis grimaça.) Tu m'as fait un méchant crochet du droit, tu sais. Je t'avais jamais vue te battre comme ça avant. T'aurais pu faire de sacrés dégâts. (Il parut songeur un instant, tout en passant son pouce sur ses lèvres.) L'Échelon, ils veulent Mercury à tout prix, non ?

Elle confirma d'un signe de tête.

— Alors explique-moi : pourquoi tu te livres ?

Une lueur étonnamment rusée brillait dans son regard.

— Je ne comprends pas ce que tu veux dire.

— J'ai vu comment le dandy t'a poussée dans le chariot. Je sais pas ce que tu trafiques, mais ça lui plaît pas. (Il plissa les yeux.) Qu'est-ce que tu mijotes ?

Il pensait qu'il s'agissait d'un stratagème. Rosalind détourna les yeux.

— Je prévois de me livrer en échange de Lynch. C'est Mercury qu'ils veulent, alors je vais leur donner Mercury.

— *Quoi ?*

Mordecai sembla incrédule un instant, puis il afficha un air malin et un sourire.

— Je t'avais dit qu'une femme était mal placée pour cette responsabilité. Finalement, c'est tes faiblesses et tes émotions qui t'ont perdue.

— Je sais.

Il secoua la tête.

— Un sang bleu, hein ? Un fichu Engoulevent…

— Pas *un,* mais le maître, corrigea-t-elle.

— Ouais. Ça reste un suceur comme les autres.

— C'est ce que je croyais aussi. (Elle ferma les yeux et appuya sa tête contre le mur.) Ils ne sont pas comme ceux de l'Échelon.

— Ah non ?

— Non. (Un sourire flotta sur ses lèvres.) Si ça peut te rassurer, j'ai comme l'intuition que la plus grande menace pour l'Échelon, ce n'est ni toi ni moi. Ce seront les Engoulevents. Ils possèdent déjà leur armée ; ils n'ont pas besoin d'en monter une.

Un silence accueillit cette déclaration. Quand elle rouvrit les yeux, il la dévisageait.

— Tu y crois, toi ?

Malgré ses airs de fanfaron, elle percevait chez lui le désir de savoir qu'ils n'avaient pas fait tout ça pour rien.

— Oui.

— T'es pas trop mal, murmura-t-il, quand t'es pas si froide. Dommage. On aurait pu bien travailler, ensemble.

Une expression maussade passa sur le visage de Rosalind.

— J'ai lancé les Engoulevents à tes trousses, lui rappela-t-elle.

Il parvint à lui sourire malgré ses bleus.

— C'était malin. Je m'en serais jamais douté.

Le silence s'étira et tous deux regardèrent par la fenêtre munie de barreaux située au fond du chariot. Son estomac se noua. Ils approchaient. Ils arrivaient à la tour. Elle pouvait presque sentir son ombre qui se profilait au-dessus de la voiture.

— Qu'est-ce que t'aurais fait, si c'était pas arrivé ? demanda soudain Mordecai. Si sa seigneurie l'Engoulevent était libre et que tu risquais pas la décapitation ?

Voilà une question qui méritait réflexion. Mais elle avait eu tant de temps pour réfléchir, récemment… notamment à ses erreurs et à tout ce qu'elle aurait pu faire autrement.

— Je ne déclencherais pas une guerre, répondit-elle. Pas dans les rues, et pas de la façon dont je l'avais prévu. Il y a quelque chose que Lynch a dit… comme quoi la guerre n'est pas la bonne manière de vaincre. Si l'Échelon est aussi puissant, c'est parce qu'il est redouté de tout le monde, parce que personne n'ose s'opposer à lui.

— Toi, tu t'opposerais à l'Échelon ?

— Je trouverais un moyen, reprit-elle. Je rejoindrais peut-être le parti des Humains d'Abord.

— Le rejoindre ? (Il éclata d'un rire rauque.) Tu ne resterais pas longtemps à suivre le mouvement. Tu voudrais prendre les commandes.

— Peut-être que j'ai retenu la leçon, répliqua-t-elle. Ou peut-être pas. Qui sait ? C'est un point discutable.

Le chariot ralentit et quelqu'un cria quelque chose. Puis la voix de Garrett perça à travers le brouhaha :

— Des prisonniers. Pour la tour.

Leurs regards se croisèrent. Mordecai pâlit sous sa couche de crasse.

— Tu crois qu'on parlera de nous en héros dans les rues ?

— Tout est possible.

Rosalind retint son souffle. Elle percevait sa peur, elle la décelait dans ses yeux et savait qu'il la voyait aussi dans les siens.

— J'ai toujours voulu être un héros. (Il inspira profondément en entendant le verrou de la porte grincer.) Faut croire que c'est le moment. Quelle fichue honte… après tout ce qu'on a fait… que ça finisse comme ça.

— Sans avoir rien gagné, confirma-t-elle d'une voix brisée.

Mordecai la regarda, hocha lentement la tête, l'esprit surchauffé.

— Ils se fichent de moi en plus, non ? Tout ce qu'ils veulent, c'est Mercury.

Rosa acquiesça.

Mordecai humecta ses lèvres et remua sur son siège.

— J'imagine que je suis mort, alors, et ces fumiers se souviendront même pas de mon nom. Ils peuvent tous aller au diable.

27

— C'est totalement ridicule, lâcha Barrons en se dirigeant vers l'avant de l'estrade, plus près qu'il ne l'avait jamais été de braver le prince consort.

— Vous osez défier votre prince ? demanda le duc de Bleight.

Il n'avait pas douté un seul instant de la présence de ce vautour. Ils étaient tous là, Balfour occupant la place laissée vacante par la disparition de la Maison de Lannister. Il pianotait sur son siège, ce qui constituait son seul mouvement à l'exception de celui effectué par ses yeux de rapace qui furetaient autour de lui.

Lynch se tenait debout, les épaules redressées, la tête bien droite. Il ne parvenait pas à contrôler le rythme frénétique de son cœur. Jamais la mort n'aurait été son choix, mais ce choix, il ne l'avait pas. Il aurait pu livrer le meneur des mécaniques dans l'espoir d'influencer l'opinion du prince consort, mais c'était risqué. De trop nombreuses personnes connaissaient l'identité de Mercury, et Mordecai était le seul dont il ne parvenait pas à contrôler la langue.

— Je propose un conseil, répliqua froidement Barrons, alors que vous tous, vous préféreriez vous mordre la langue et hocher la tête par peur de choquer. (Il tourna un regard noir vers le prince consort.) Je sais que je ne suis pas le seul à trouver cela grotesque. Seulement, je suis le seul à oser l'exprimer.

Le prince consort lui jeta un regard tranchant.

— Vous êtes à deux doigts de dépasser les bornes, Barrons.

— Et alors nous aurions deux sièges vides. Peut-être souhaiteriez-vous carrément une dictature ? répliqua-t-il.

C'était une manœuvre risquée. Mais Lynch perçut une lueur songeuse apparaître dans les yeux de plusieurs conseillers. Ils se cramponnaient au pouvoir et ils le savaient. Il leur suffirait de tous s'unir contre lui pour anéantir l'emprise du prince consort. Mais tant que chacun des membres du Conseil faisait passer ses propres intérêts avant tout, une telle chose ne risquait pas d'arriver.

Lynch se concentra sur Bleight. Le duc vieillissait, perché tel un vautour sur son siège, son regard noir dirigé vers Barrons. Définitivement acquis à la cause du prince consort. Pour la première fois, Lynch se demanda ce qui se serait passé s'il n'avait pas refusé d'affronter son cousin en duel. Si c'était lui, assis à sa place, tentant de raisonner le prince consort.

Son pouls s'accéléra. Il ne regrettait rien, malgré le chagrin que les tromperies à la fois d'Annabelle et de Rosalind lui avaient causé. Si les choses s'étaient passées différemment, il aurait aussi été un autre homme.

Pourtant, peut-être cela aurait-il mieux valu pour certains ; pour les humains, les mécaniques et les renégats, ceux que l'Échelon ignorait et considérait comme dénués de la moindre importance. Il aurait pu occuper un poste d'influence.

C'était ce manque de pouvoir qui l'irritait à cet instant – que sa vie et sa mort dépendent des caprices de cet homme.

Finalement, le prince consort reporta son attention sur Lynch, ignorant les regards interrogateurs que les conseillers échangeaient entre eux. Peut-être n'était-il pas pleinement conscient de leurs coups d'œil. La reine se tenait debout à ses côtés, sa main pâle posée sur son épaule, ses yeux errant dans la pièce d'un air absent. Le seul fait qu'elle se tienne debout tandis que son mari, lui, était assis, révélait le basculement du pouvoir qui avait opéré entre eux. Elle posa lentement son regard sur Lynch.

D'une marionnette impuissante à une autre.

— Pensez-vous que cela soit très judicieux ? demanda-t-elle d'une voix contenue. Sir Jasper nous a bien servis pendant toutes ces années... Vous souvenez-vous quand il a retrouvé mon cousin Robert ?

Le prince consort l'écarta d'une secousse.

— C'était il y a près de deux décennies. Et depuis, on ne peut pas dire qu'il nous ait si bien servis que ça. Cette ville est presque envahie par les humanistes. (Il jeta un regard noir en direction du Conseil.) Quelqu'un a-t-il oublié le grabuge d'hier soir ? N'y a-t-il plus aucun lieu sûr ? Je ne peux même plus signer un fichu traité entre ces murs ou aller à l'Opéra en paix ! Non. (Il se tourna de nouveau vers Lynch.) Je vous ai donné une chance et vous avez échoué. Je vous avais promis le même sort qu'à Mercury, et c'est ce qui va arriver. Gardes !

Sir Richard Maitland se fit un plaisir, d'un coup à l'arrière des jambes, de mettre Lynch à genoux. Il avait été dépouillé de son autorité pour avoir lui aussi échoué à débusquer Mercury, et il ne portait plus que les épaulettes d'un lieutenant ordinaire.

Lynch heurta violemment le sol en marbre. Une main le saisit par les cheveux, lui bascula la tête en arrière et lui posa la lame contre la gorge. La lumière filtrait à travers le plafond de verre. Soudain, Lynch ne parvenait plus à respirer.

On y était.

Les portes s'ouvrirent à la volée.

— Attendez !

Son cœur bondit dans sa poitrine. C'était la voix de Garrett. Que faisait-il ici ? Lynch faillit perdre l'équilibre tandis que Maitland pressait un peu plus la lame sur sa gorge. Au moins, il n'était pas le seul à voir cette interruption d'un mauvais œil.

— Qui est-ce ? demanda le prince consort.

— Le second de Lynch, Votre Grâce, répondit Barrons, l'air presque soulagé. Le maître temporaire de la Guilde, Garrett Reed.

— Et vos compagnons ? grogna le prince d'une voix menaçante.

— Vous lui avez donné trois semaines pour livrer Mercury, annonça Garrett. Laissez-le se relever. Je suis venu vous apporter ce que vous vouliez.

Non. Non. *Non.* Lynch se saisit de la lame pour l'écarter et s'entailla la main. Mais il fallait qu'il regarde. Il retomba à quatre pattes et riva ses yeux vers l'entrée.

Garrett s'écarta et laissa apparaître deux silhouettes hésitantes sur le seuil. Lynch vit à peine le grand mécanique menotté, le genou équipé d'une fixation en acier pour lui permettre de marcher. Tout ce qui l'intéressait, c'était Rosa qui se tenait là et qui déglutissait péniblement tout en scrutant la pièce. Leurs yeux se croisèrent et ne se lâchèrent plus. Belle et fière, elle le défiait d'un air entendu.

Ne fais pas ça.

Mais il était trop tard. Le Conseil semblait retenir son souffle comme un seul homme.

Une seule raison pouvait expliquer sa présence ici. Elle l'aimait. Elle l'aimait vraiment. Il percevait son amour dans son regard. *Non !* L'ironie de la situation le transperça comme une flèche. Elle était en train de lui accorder tout ce qu'il avait attendu d'elle – sauf que c'était désormais la dernière chose qu'il souhaitait.

— Où est Mercury ? demanda froidement le prince consort.

— Juste là, répliqua Garrett.

Et Rosa, après avoir pris une profonde inspiration, esquissa un pas en avant.

28

— Vous vouliez Mercury ?

Stupéfaite, Rosa vit Mordecai la devancer et l'écarter sans ménagement, affrontant le Conseil avec arrogance.

— Eh bien, le voici.

Sous le choc, Rosalind resta figée sur place. Elle ne voyait plus que le regard furieux que lui jetait Lynch. Lui aussi était cloué sur place et observait le robuste mécanique.

— Effrayé par un pauvre homme seul, railla Mordecai. Regardez-vous ! Perchés dans votre Tour d'Ivoire. Et moi, j'arrive encore à vous atteindre, même ici.

Le prince consort bondit sur ses pieds, les yeux brillants de rage. Au moins, ils n'étaient plus rivés sur Lynch.

— Je veux sa tête, lança-t-il sèchement. Rapportez-moi sa *tête* !

Le maître des gardes Coldrush resta bouche bée et observa Lynch d'un air déçu. Tandis que Maitland esquissait un pas vers Mordecai, Garrett s'interposa.

— Vous tiendrez votre parole ? se permit-il de demander. Lynch a livré Mercury. Vous avez dit que c'était sa vie ou celle du révolutionnaire.

Il semblait nerveux ; il avait de bonnes raisons. Aucun d'eux ne s'était attendu à ça.

— Alors faites-le sortir d'ici, déclara le prince sans quitter Mordecai des yeux.

Lynch se releva lentement. Garrett s'inclina, s'écarta et, dans l'ombre formée par son corps, il saisit la main de Rosalind, qui la serra en retour.

Mordecai jeta un coup d'œil derrière lui. Elle le dévisageait, parcourue par une sorte d'inexplicable tristesse. Comme elle l'avait sous-estimé !

Il lui adressa un vague haussement d'épaules avant de se tourner de nouveau vers le Conseil.

— Bon alors, tuez-moi maintenant. Et sachez que je mourrai en héros. Là dehors, dans les rues, personne ne m'oubliera. Ils finiront ce que j'ai commencé, ce que nous, les humanistes, on a commencé. Vos jours sont comptés, espèces de petites larves cadavériques. (L'écho de son rire se répercuta sur le dôme en verre.) Vous croyez vraiment que c'est la fin ? éructa-t-il. Vous pensez que ma mort nous empêchera, nous les humains, de nous insurger ? Ce n'est que le début !

— Emparez-vous de lui ! s'écria le prince consort.

Les mots de Mordecai résonnaient dans la vaste salle, mais elle savait à qui ils étaient destinés. *Vas-y. Saisis ta chance. Fais ce qu'aucun d'entre nous n'a réussi jusque-là.* Son sacrifice la laissait perplexe. Il était déjà mort, mais au moins, de cette façon, il leur donnait une chance de continuer.

Les gardes Coldrush le saisirent par les bras et le traînèrent jusqu'au cercle de laiton incrusté dans le sol en marbre. On le mit à genoux d'un coup de pied et on lui pencha la tête en arrière. Rosalind tressaillit et serra la main de Garrett. Elle était incapable de détourner les yeux, de faire appel à cette froideur intérieure qui la protégeait dans des moments pareils. Elle eut l'impression d'entendre la lame érafler la gorge de Mordecai et avala sa salive pour faire passer le nœud qui obstruait la sienne.

— Empalez sa tête sur le mur de la tour, ordonna froidement le prince. Que les masses voient ce qui arrive à ceux qui osent me défier. (Il éleva la voix.) Laissez-les venir jusqu'à moi et voyons un peu à quoi aboutit un tel acte de défi ! Personne ne m'abattra. Surtout pas vous. Ni cette horde d'humains répugnants ! Vous n'êtes que du bétail !

Puis la lame s'abattit. Le corps de Mordecai fut agité d'une secousse tandis que le sang jaillissait de sa gorge telle une fontaine sur le sol en marbre.

Tout s'était passé si vite ! Sans la moindre formalité. Rosalind vit la flaque vermillon s'agrandir sur les carreaux d'albâtre, puis son corps fut emmené. Ça aurait dû être le sien. Sans cet ultime acte de miséricorde – d'héroïsme –, ça aurait *été* le sien. Elle sentit les larmes lui monter aux yeux.

On ne t'oubliera pas, se promit-elle. Et son propre engagement non plus ne tomberait pas dans l'oubli. Il ne lui avait pas donné cette chance pour rien.

Garrett lui serra les doigts. Elle tremblait si violemment qu'elle tenait à peine debout. Mais Lynch était en vie. Elle aussi. Et, d'une certaine façon, ils avaient embobiné le prince.

Le nœud dans sa gorge menaçait de l'étouffer. C'est alors qu'elle aperçut Balfour. Il l'observait de son regard noir et impassible. Ses cils incolores paraissaient presque blancs. Il n'était pas idiot. Il ne l'avait jamais été, et il *savait*. Elle le voyait. Lui seul au sein du Conseil l'avait vue s'avancer pour se livrer. Elle avait vu son expression se modifier quand il avait fait le rapprochement. C'était lui qui l'avait envoyée espionner les humanistes, espionner Nathaniel. Après des années à l'avoir crue morte, elle était soudain réapparue précisément à l'époque où le nom de Mercury était sur toutes les lèvres.

Un seul mot de sa part suffirait à tous les condamner.

Mais il se tut. Le moment s'étira, puis il finit par baisser les yeux sur la chevalière avec laquelle il jouait à son doigt. Ses traits étaient tendus. Jamais il n'avait trahi son prince, mais à quel prix le ferait-il cette fois ? Qu'exigerait-il d'elle ?

Effrayée, incertaine, elle chercha Lynch des yeux. Quand elle le trouva, elle sut qu'il partageait ses craintes.

— Vous avez de la chance que vos hommes aient à cœur de défendre vos intérêts, déclara le prince à Lynch avec un sourire mielleux, avant de se rasseoir.

Une minute plus tard et il aurait été en mesure de remplacer l'appellation maître de la Guilde *temporaire* par *permanent*.

— Peut-être ne comprenez-vous pas le concept de loyauté, Votre Grâce ? intervint Garrett.

Lynch lui jeta un regard aiguisé et secoua la tête en guise d'avertissement.

Pendant une longue et pénible minute, le prince consort se contenta d'observer Garrett.

— Oh, je comprends la loyauté. Lynch, vous pouvez disposer.

Rosalind soupira. *Pitié. Faites qu'ils sortent tous sains et saufs de cet enfer.*

Mais Lynch se tourna vers le Conseil, les pieds au bord de la flaque de sang laissée par le corps de Mordecai.

— Il me semble que vous aviez fait une autre promesse, Votre Grâce. Une récompense au cas où le révolutionnaire serait livré à la justice.

Silence total.

Barrons fit un pas en avant, entièrement vêtu de velours noir, un rubis à l'oreille.

— Vous avez juré de révoquer le statut de renégat de Sir Jasper et de le faire membre de l'Échelon.

Le sourire du prince consort s'envola.

— En effet. Merci de me le rappeler, Barrons.

— Le plaisir est pour moi.

— J'en fais donc l'annonce. Sir Jasper Lynch, je révoque officiellement votre statut de renégat et je vous fais membre de l'Échelon. (Un rictus mauvais étira le coin de ses lèvres.) À ce titre, je vous décharge de votre qualité de maître de la Guilde des Engoulevents. Aucun membre de l'Échelon ne peut cohabiter avec les renégats.

— J'y consens, répondit Lynch en se redressant.

Il mijotait quelque chose.

Ayant attiré tous les regards sur lui, Lynch recula d'un pas et le talon de sa botte mordit le cercle de laiton. Un autre pas puis il se retrouva entièrement à l'intérieur. Il croisa le regard du duc de Bleight et, avec un geste railleur de la main, déclara :

— J'ai longuement attendu ce jour, mon oncle. Je vous défie pour le duché de Bleight. Au premier sang.

Le prince consort s'agrippa aux accoudoirs de son fauteuil et pâlit de fureur. Rosalind comprit ce que Lynch avait planifié. Son cœur bondit dans sa poitrine. S'il gagnait ce duel, il deviendrait duc et entrerait au Conseil. Et elle n'aurait pas sa place à ses côtés.

Mais il serait ainsi libéré de la domination abusive du prince. Plus en sécurité, aussi. Elle ne pouvait pas lui retirer ça.

Le duc de Bleight se redressa lentement sur ses pieds, son visage âgé dénué d'expression. La plupart des duels étaient des duels à mort et tous savaient combien l'affrontement serait inégal. Non seulement Lynch avait été gracié, mais il insultait l'Échelon en défiant Bleight.

L'ensemble du Conseil attendait sa réponse en retenant son souffle.

— J'accepte, espèce de sale petit cabot.

29

Trois jours plus tard...

Un vent vif souleva les cheveux de Rosalind lorsqu'elle sortit sur le perron du manoir de grès brun, et elle dut retenir son chapeau pour l'empêcher de s'envoler. Son cœur battait toujours la chamade dans sa poitrine. Elle avait réussi. Sans proférer un seul mensonge et sans omettre le moindre détail. Tout ce qu'elle venait de gagner, elle l'avait gagné avec la vérité.

Ses jupes bordeaux flottant autour de ses chevilles, elle se dirigea vers le fiacre à vapeur noir qui l'attendait sur le trottoir. C'était évidemment une location. Jack l'y attendait, soufflant de l'air chaud sur ses mains à travers l'ouverture de son masque filtrant. Il avait relevé le col de son manteau pour le camoufler, mais les passants le dévisageaient malgré tout, et les femmes éloignaient les enfants comme si elles redoutaient une possible contagion.

Rosalind lui saisit la main et la serra dans la sienne. Lui demander de sortir des ombres dans lesquelles il s'était caché pendant les huit dernières années était une folie dont elle n'avait pas pris la mesure.

— Alors ? demanda-t-il sans prêter attention à la foule.

— Sir Gideon a accepté de déjeuner avec moi vendredi au Metropolitan Hotel. Il est prudent, mais il a eu l'air intéressé par ce que j'avais à lui dire. (Elle fut saisie d'un élan d'excitation.) Oh, Jack, tu devrais entendre certaines de ses idées. J'ai toujours cru que le parti des Humains d'Abord ne faisait que brasser de l'air, mais ce n'est pas le cas. Gideon est même plutôt intelligent.

— Alors tu penses que ça va marcher ?

Pour la première fois depuis des jours, son sourire s'adoucit et perdit son air forcé. Elle n'avait pas réalisé combien son rêve était devenu flou ces derniers temps. Elle n'avait fait que réagir aux événements récents au lieu de prendre des initiatives. Elle avait agi de façon mécanique, sans véritablement y mettre du cœur. Comme un travail de routine. Comme quelque chose qu'elle devait à Nate. Mais à présent, un millier d'idées jaillissaient dans son esprit.

— Oui. Vraiment, oui. Je pensais qu'il me serait pénible d'abandonner mes projets, mais ce n'est pas le cas. Je vais soumettre un projet de loi au Conseil concernant les droits des mécaniques. La Loi Mordecai. C'est un début.

— Tu penses qu'ils vont l'adopter ?

Elle afficha un sourire ironique.

— Bien sûr que non. Pas au début. Mais malheureusement pour le Conseil, je n'abandonnerai pas. Je continuerai à m'acharner jusqu'à ce qu'ils soient épuisés d'entendre ma voix.

Une lueur malicieuse illumina l'œil gris de Jack. L'autre était couvert par un bandeau.

— Je pense que tu auras au moins un vote du Conseil dans la poche.

Ce rappel fit disparaître son sourire. Elle s'était efforcée de ne pas y penser depuis que Lynch avait remporté le duel. Au vu du chaos qui avait suivi le rapide combat, elle avait préféré s'éclipser. Depuis le seuil, elle avait vu Barrons aider Lynch à se redresser en lui donnant une tape dans le dos, puis elle avait quitté les lieux. Il avait gagné. Il était sain et sauf, et le duc de Bleight avait été exilé à la campagne, dépouillé de ses titres. Si Lynch avait souhaité la voir, alors elle n'aurait pas passé les trois dernières nuits assise, seule, à regarder sa bougie brûler tandis que les heures s'écoulaient lentement.

— Je n'en suis pas si sûre, répondit-elle avec raideur.

— Moi, si. (Jack pencha la tête vers le fiacre et lui ouvrit la portière.) Tu ferais peut-être mieux de monter.

L'expression sur son visage balafré était indéchiffrable, mais elle décelait de fines ridules autour de ses yeux. Un sourire, peut-être. Elle observa le véhicule avec un léger pincement au cœur. La sensation de picotements s'intensifia dans son ventre, à tel point qu'elle redoutait que tout le monde puisse s'en apercevoir.

— Jack, qu'est-ce que tu as fait ?

Il leva les mains d'un air de capitulation et monta sur le trottoir.

— Rien du tout, Rosa. Une certaine personne m'a approché et nous avons eu une petite discussion.

À en juger par l'éclat dans ses yeux, elle comprit que cette discussion avait dû durer au moins l'une des nombreuses heures qu'elle avait passées chez elle.

C'est alors qu'elle remarqua le chauffeur à l'intérieur du fiacre. Perry lui jeta un rapide regard sous son chapeau enfoncé sur ses yeux. Rosalind déglutit. Elle avait désespérément envie de voir Lynch, mais elle redoutait ce moment.

— Sois courageuse, dit Jack à voix basse en lui prenant la main pour l'aider à monter. Tu mérites d'être heureuse. (Il eut une légère grimace.) Même si c'est *lui* qui te rend heureuse.

Elle le trouva quelque peu présomptueux. Il s'était passé beaucoup de choses entre Lynch et elle au cours de la semaine écoulée, pourtant rien n'avait été résolu. Aujourd'hui, il était duc. En tant que maître des Engoulevents, il était encore en quelque sorte à sa portée, mais l'Échelon exigerait de lui qu'il se choisisse une épouse convenable ou qu'il signe des contrats d'esclavage. Malgré tout l'amour qu'elle éprouvait pour lui, elle ne comptait pas devenir son esclave.

— Comment vas-tu rentrer ? demanda-t-elle.

— J'ai envie de marcher, répondit Jack avec un geste désinvolte. Je vais voir si je peux convaincre Ingrid d'arrêter de bouder.

Tout le monde n'avait pas été ravi d'entendre ses confessions, autant à propos de ses sentiments envers Lynch qu'en ce qui concernait l'abandon de leur cause.

— Ça s'arrangera, reprit Jack en voyant l'expression de sa sœur. Elle t'aime. Seulement, elle n'aime pas le changement. Et elle a peur qu'à l'extérieur, dans la lumière, il n'y ait pas de place pour elle.

Rosalind hocha la tête. La portière ouverte du fiacre ne lui révélait rien d'autre que l'obscurité de l'habitacle. Rosa se ressaisit, déposa un baiser sur la joue de son frère, souleva ses jupes et grimpa à l'intérieur.

Jack referma la portière et Rosa se retrouva aveuglée par la pénombre. Elle trouva son siège à tâtons, puis la forme de deux longues jambes se matérialisa petit à petit devant elle. Elle remonta le long de la silhouette, distingua la redingote que portait Lynch ainsi que son foulard blanc. Ce n'était pas sa tenue habituelle. Ça ne faisait que lui rappeler la distance qui existait entre eux mais une soudaine euphorie fit renaître son espoir.

Rosalind finit par trouver son regard et lissa ses jupes. Les yeux de Lynch brillaient d'une intense lueur grise – attentifs, ils ne laissaient rien transparaître. Seules la contraction du muscle de sa cuisse et la crispation de son corps prouvaient que sa présence ne le laissait pas indifférent. Rosalind avait l'impression qu'une main comprimait son cœur. Elle faillit perdre le contrôle et abandonner ses bonnes manières. Elle avait envie de se jeter sur lui et de l'embrasser. De le toucher. De s'assurer qu'il était bel et bien là.

Mais justement, que faisait-il ici ?

— Bonsoir, Votre Grâce, dit-elle d'une voix égale.

Lynch grimaça.

— J'ai assez entendu cette expression pour toute une vie.

— Tu ferais mieux de t'y habituer, car il me semble qu'elle va te durer toute la vie.

Il soupira puis l'observa prudemment.

— Tu as eu fort à faire.

Rosalind joignit les mains sur ses genoux. Rien. Ce maudit homme ne lui donnait rien. Elle était si tendue qu'elle craignait de voler en éclats d'un instant à l'autre.

— Je n'ai rien eu à faire au cours des trois derniers jours. (Une nuance d'accusation transparaissait dans ses mots.) Quelqu'un m'a dit un jour que je ne remporterais jamais une guerre si je la menais dans les rues.

Le fiacre s'ébranla et Lynch tourna les yeux vers la fenêtre. Ses doigts pianotaient à un rythme lent et régulier sur sa cuisse.

— Alors maintenant, tu vas les poursuivre sur leur propre territoire. Tu te jettes dans la gueule du loup ?

— Je vais me lancer dans la politique, répondit-elle. Sir Gideon s'intéresse à plusieurs de mes idées et je… (Son rythme cardiaque s'accéléra.) Je dois admettre que certaines des siennes ont éveillé mon intérêt. Il n'est pas l'imbécile que je pensais, et il sait jusqu'où il peut aller à chaque étape.

— C'est une voie dangereuse, déclara-t-il sans ménagement.

— Moins que la précédente. (Elle inspira.) Tu te souviens du condensateur que j'essayais de faire sortir des enclaves ?

Il hocha la tête.

— Il est conçu pour faire fonctionner un automate. On les appelle les Cyclopes. Leur taille permet d'accueillir un homme pour les manipuler de l'intérieur, et leur puissance de feu équivaut à quatre Cuirasses.

Lynch plissa les yeux.

— De combien en disposes-tu ?

— Trop peu pour l'instant, admit-elle. Mais je ne vais probablement pas poursuivre le projet. Tu avais raison. On ne pourra pas gagner avec une guerre ouverte.

Il passa une main sur sa nuque.

— Ça ne me rassure pas une seconde.

— Et que proposes-tu ? Que je fonde un foyer, peut-être que je me mette au tricot ?

Elle fut déstabilisée par l'intensité soudaine de son regard.

— Ce n'est pas exactement ce que j'avais en tête. En plus, tu serais capable de tuer quelqu'un avec tes aiguilles.

Rosalind tenta vainement de contrôler la brusque accélération de son rythme cardiaque. Elle tortillait ses doigts inutilement et baissa les yeux dessus. Fichues mains. Il fallait toujours qu'elles la trahissent.

— Et donc, qu'avais-tu comme projet pour moi ?

— Bon sang, Rosa. Toute cette cérémonie est-elle vraiment nécessaire ?

Elle fut de nouveau submergée par l'incertitude. Elle l'observa et remarqua qu'il avait la mâchoire crispée. Il n'avait jamais été homme à laisser libre cours à ses émotions, mais elle les percevait dans l'éclat de ses yeux pâles, dans la façon qu'il avait de pincer ses narines. Il était plutôt enclin à se contenir si sévèrement qu'il redoutait de lâcher prise.

Il fallait pourtant que l'un des deux y parvienne s'ils ne voulaient pas rester coincés dans cette ambiance d'exquise politesse jusqu'à leur arrivée ; il l'aiderait alors à descendre et la gratifierait d'une platitude quelconque, puis elle le regarderait s'éloigner…

Ce pas à franchir l'effrayait. Mais elle n'avait plus aussi peur qu'auparavant. Elle avait cru un jour qu'aimer à nouveau serait la pire chose qui pouvait lui arriver, mais ce n'était pas le cas. Depuis qu'elle avait failli perdre Lynch, elle avait réalisé à quel point cette peur pouvait être insignifiante.

— Je t'ai attendu ces trois dernières nuits, déclara-t-elle d'une voix étouffée. J'étais sûre que tu viendrais… Mais tu n'es pas venu. Il fallait bien que je trouve de quoi m'occuper. Je commençais à devenir folle…

— Ah, Rosa… Je voulais venir. Je pensais… tu n'étais plus là. Je me suis retourné, tu étais partie et… il y avait deux ou trois choses dont je devais absolument m'occuper.

— Ah oui ?

— Balfour, précisa-t-il d'un ton bourru. (Elle se crispa et il lui prit la main.) Il ne t'ennuiera plus, Rosa. Il n'a aucun désir de te faire du mal. Il n'est pas plus disposé que moi à ce que le prince consort découvre l'identité de Mercury.

— Pourquoi ?

— Il semble regretter ce qui s'est passé. Quoi que tu ressentes, il a l'air plutôt fier de toi.

Rosalind retira sa main.

— C'est une ruse.

Lynch avança le bras pour la toucher de nouveau, mais elle était trop agitée. Que racontait-il ? Que Balfour s'était emporté et qu'il regrettait son geste ? Elle secoua la tête. *Non.* Il avait tué Nate et estropié son frère. C'était impardonnable.

— Si c'est une ruse, alors je suis prêt, dit Lynch d'une voix égale. Tu m'avais signalé qu'il t'avait demandé d'assassiner plusieurs personnes pour son compte. J'aimerais connaître les détails, quand tu seras prête. Je vais monter un dossier complet contre lui, au cas où il manigancerait quelque chose. J'en ai parlé à Barrons et il est disposé à plaider ma cause.

— Du chantage ? fit-elle en s'efforçant de faire passer la boule dans sa gorge. Je n'y aurais jamais songé.

— Une certaine pression, corrigea-t-il. Balfour m'a dit que j'étais prévisible. Je l'étais peut-être. Mais plus maintenant. (Il s'assombrit.) J'en ai assez de me faire manipuler par les gens de pouvoir. On ne me trahira plus – et je ne tolérerai pas non plus que l'on menace ceux que je considère comme les miens.

Le regard qu'il lui jeta ne laissait planer aucun doute quant à l'identité des personnes concernées.

— Et nous ? demanda-t-elle dans un murmure. Qu'en est-il de nous ? Tu as dit…

— Je sais ce que j'ai dit. (Le désir et la passion voilèrent son regard.) Rosalind… quand tu es entrée dans cette salle…

Il frissonna. Il prononçait chaque mot avec une telle précision que sa lutte pour garder le contrôle était flagrante.

— Je savais quelles étaient tes intentions. Je les lisais sur ton visage. Ne t'avise plus *jamais* de faire ça.

— Que fallait-il que je fasse ? Que je te laisse mourir à ma place ? Quand Garrett m'a expliqué ce que tu projetais de faire, ça a bien failli me tuer.

Tout ce qu'elle retenait en elle depuis ces derniers jours remontait à la surface en bouillonnant. Ses yeux s'animèrent.

— Espèce d'imbécile ! Tu aurais dû me mettre au courant de ce que le prince consort avait exigé de toi ! Je n'arrive pas à croire que... Tu... tu ne m'as même pas dit au revoir.

C'était plus fort qu'elle. Elle était furieuse. Ou blessée. Ou... submergée par un sentiment qu'elle ne pouvait définir. Rosa bondit vers lui le poing serré et lui donna un coup dans le bras. Lynch lui saisit le poignet et l'attira vers lui.

— Tu es infernal, eut-elle le temps de dire avant qu'il plaque ses lèvres sur les siennes.

Il saisit son visage entre ses mains pour le rapprocher du sien. Sous les doigts de Rosa, les muscles de ses bras vibraient d'une violence contenue. Mais elle ne voulait pas qu'il se contienne ! Elle détestait cette distance polie, ce nœud compact que ses émotions formaient au creux de sa poitrine. Elle se laissa aller et lui mordit la langue.

Comme si ce geste l'avait poussé à l'action, un grognement monta au fond de sa gorge. Il agrippa sa chevelure et bascula sa tête en arrière. Les genoux de Rosalind s'enfoncèrent dans le siège en cuir et, quand il l'attira vers lui, les jupes de Rosalind formèrent un paquet entre eux deux. Ces fichues jupes. Elle les écarta sur le côté et sentit aussitôt son érection entre ses cuisses, uniquement séparée d'elle par sa fine culotte en soie et par le pantalon de Lynch.

Ce dernier balaya de la main son jupon puis glissa ses doigts sur la courbe délicate de ses fesses, puis sur le tissu collé à sa peau. Rosalind tourna la tête et laissa échapper un gémissement entre ses lèvres gonflées.

— Oh, Seigneur, murmura-t-elle en se pressant contre lui.

Elle ne put se retenir davantage. Elle voulait le sentir contre elle, sentir sa peau fraîche, le goût de sa langue… Elle posa ses doigts tremblants sur les boutons de son gilet, puis les retira sans attendre.

Lynch, lui, continuait de caresser ses cuisses et sa culotte, puis sa chair humide. Elle gémit, saisit les pans de son gilet à pleines mains et l'ouvrit d'un coup sec.

— Doucement, mon amour, doucement…

Rosalind embrassa le sourire sur ses lèvres. Elle ne voulait pas aller doucement. Elle voulait tout, tout de suite. Elle écarta sa chemise et déposa une série de baisers le long de sa gorge puis mordilla légèrement son téton. Lynch lui attrapa une mèche de cheveux en haletant. Il avait toujours la main sous ses fesses. Elle avait besoin de répit. Cette fois, elle voulait qu'ils soient en osmose tous les deux, et s'il continuait ainsi, elle allait jouir d'une seconde à l'autre.

Rosalind inséra sa main entre eux et s'empara de son sexe à travers son pantalon. Elle descendit sans cesser de l'embrasser, puis tira sur les cordons de sa ceinture. Ses lèvres frôlèrent la ligne de poils qui partait de son nombril…

— Stop, dit Lynch en l'attrapant par les hanches pour la faire pivoter et la positionner à l'envers sur ses genoux.

Il enfouit la main sous les pans de sa jupe et éprouva l'humidité de son désir. Il lui retira sa culotte d'un geste rapide. Puis il effectua quelques mouvements et elle sentit soudain son sexe ferme et doux contre elle. Il la tira en arrière et s'enfonça en elle d'un ferme coup de reins.

Rosalind rejeta la tête en arrière et se mordit la lèvre jusqu'à en souffrir. Les fesses nichées contre son aine, elle sentait le souffle froid et irrégulier de Lynch sur sa nuque. Il la maintint fermement par les hanches et lui fit adopter un mouvement de bascule. Puis il posa les mains sur sa poitrine.

— Plus vite, murmura-t-elle, les cuisses brûlantes.

Elle laissa sa tête retomber en avant et ses mèches cuivrées dissimulèrent son visage. Elle se mordait toujours la lèvre.

Lynch posa les doigts sur son point le plus sensible et elle poussa un petit cri. Elle ralentit les mouvements de son corps, frémissante. Les sensations étaient trop intenses. Elle s'agrippa aux genoux de Lynch tandis qu'il continuait ses va-et-vient… créant une lente et exquise torture… comme s'il voulait en savourer chaque seconde.

Le monde se brouilla autour de Rosalind. Elle se crispa nerveusement et son corps se colla avidement à celui de Lynch tandis qu'une vague de plaisir déferlait en elle.

Elle n'était plus capable de conserver son équilibre. Tout ce qu'elle voulait, c'était s'effondrer sur lui, pantelante, désarticulée, et savourer sa béatitude. Mais il ne la laissait pas faire. Elle tendit la main devant elle et écarta le rideau de la fenêtre, puis sentit le contact du verre froid et chercha une prise, n'importe laquelle.

— Tu m'as manqué, lui murmura-t-il à l'oreille. J'étais tellement en colère contre toi ! Et pourtant, la seule idée de t'avoir perdue… ça a déclenché quelque chose en moi, comme une profonde déchirure.

Ses paroles provoquèrent une nouvelle cascade de plaisir, cette fois dans son âme.

— Tu m'as manqué aussi, admit Rosalind. Mais je n'en pouvais plus, il fallait que tu saches la vérité.

— Ouais… (Il embrassa son épaule et reprit ses mouvements de bassin.) Je suis content que tu m'aies tout dit. (Elle sentit ses lèvres s'étirer contre sa peau.) Même si le timing aurait pu être meilleur.

Il lui donna un nouveau coup de reins, d'une lenteur exquise. Rosalind changea légèrement de position et fit rouler ses hanches. Elle s'écarta de la fenêtre, cambra le dos, s'adossa contre son épaule et fit remonter ses doigts dans le cou de Lynch. Elle contracta ses muscles internes et l'entendit jurer tout bas.

— Ça te plaît ? murmura-t-elle.

— Petite coquine.

Ses mains semblaient frémir sur le corps de Rosalind, qu'il encouragea à accélérer ses mouvements. Chacune de ses contractions lui arrachait un halètement.

— Tu me rends fou.

Il gémit, commença par embrasser son épaule avant d'y enfoncer légèrement les dents, puis lui donna de puissants coups de butoir.

— J'ai tellement envie de toi…

Il la pressa contre lui et posa sa paume sur son ventre, les lèvres entrouvertes, le souffle court. Rosalind resserra ses muscles et sentit le corps de Lynch se mettre à trembler à l'approche de l'orgasme. Elle adorait la sensation de détenir le pouvoir, l'impression que le monde n'appartenait plus qu'à eux deux.

Avec un grognement, Lynch se laissa retomber contre le dossier, l'attirant à lui. De longues minutes s'écoulèrent sans qu'ils esquissent le moindre geste.

Rosalind aurait voulu que cet instant ne s'arrête jamais.

— Je n'aurais jamais cru que le masque me manquerait, murmura Lynch en déposant un baiser entre ses omoplates. Mais comme ça, ça me plaît aussi, de te sentir si vulnérable sous moi... ou plutôt sur moi. En sachant que c'est toi, que c'était toi depuis le début.

Rosalind ressentit un léger malaise.

— Ce n'était pas toujours moi. Pas... pas mon vrai moi.

— Tu crois que je ne sais pas la voir ? murmura-t-il en enfouissant ses lèvres dans son cou. La vraie Rosalind ? Cerise ?

Rosalind se dégagea et pivota sur les genoux de Lynch pour lui faire face.

— Je ne suis pas Cerise.

— Elle fait autant partie de toi que Mme Marberry. Ou Mercury. Tu as un peu de tous ces personnages en toi. Tu ne dois pas en avoir honte.

Il posa la main sur sa joue et caressa ses lèvres de son pouce. Il suivit son geste de ses yeux gris pétillants. Comme s'il envisageait d'y goûter de nouveau.

— Toutes ces différentes facettes font partie de toi, Rosa. Elles font de toi celle que tu es. Même Cerise... la fille qui faisait du mal... la fille qui ne voulait plus exister... Sans elle, tu ne serais pas la femme que tu es aujourd'hui.

Sa clairvoyance fit monter les larmes aux yeux de Rosa. Elle avala péniblement sa salive. Elle voulait l'embrasser de nouveau. Mais c'était l'issue la plus lâche, un moyen de se cacher, de s'exprimer sans parler.

— Je voulais la détruire, dit-elle tout bas. Elle ne méritait plus de vivre après ce qu'elle avait fait. Je voulais être Rosalind. Je voulais un nouveau départ, loin de la culpabilité qui me rongeait. Loin de la souffrance. En finissant ce que Nate avait commencé… je pensais arranger les choses, me racheter, trouver… le pardon.

Les mains froides de Lynch encadrèrent son visage, lui procurant un sentiment de sécurité. Rosalind pencha la tête pour presser sa joue contre sa paume tel un chat. Rien n'avait jamais été aussi doux que de se trouver dans ses bras. Une larme coula sur sa joue.

— Il t'a pardonné, dit Lynch avec tendresse.

— Tu n'en sais rien.

— Si, insista-t-il. Le fait que tu en aimes un autre, c'est ce que ça signifie.

Elle eut le souffle coupé. Puis une bulle d'espoir se forma dans son cœur. Il la serra ensuite contre lui, si fort qu'on aurait dit qu'il craignait de la voir disparaître dans un nuage de fumée.

Des mots montèrent dans la gorge de Rosa et lui chatouillèrent le palais. Elle s'agrippa à la chemise déchirée de Lynch et colla son visage contre sa gorge dénudée. Mais, comme si une part d'elle estimait encore qu'elle en était indigne, elle se révélait incapable de s'exprimer à voix haute. Elle s'écarta et releva les yeux.

— Je t'ai menti…

— Avec ta bouche, oui. (Il baissa les paupières, mais continua de lui caresser la joue.) J'aurais dû me fier davantage à mon instinct, à ce que me dictait ma part de ténèbres.

Il immobilisa son pouce au centre de ses lèvres et captura son regard.

— *Elle* savait qui tu étais quel que soit l'habit que tu portais, reprit-il. *Elle* t'a revendiquée bien longtemps avant moi. (Il marqua une pause pour prendre une profonde inspiration.) M'as-tu déjà menti… d'ici ? souffla-t-il en posant timidement le bout de son doigt sur son cœur battant.

Rosalind secoua la tête en déglutissant.

— Tu sais bien que non, murmura-t-elle en lui prenant la main pour la presser contre sa poitrine. (Elle sentait son pouls battre sous sa paume.) Il t'appartenait déjà bien avant que j'en prenne conscience. (Il fallait qu'elle le dise. Il le méritait, et elle voulait qu'il le sache.) Je t'aime.

— Je le sais.

Il avait dit la seule chose qu'elle voulait entendre par-dessus tout. Cette fois-ci, il la croyait. Un sourire s'afficha lentement sur les lèvres de Lynch. Elle songea qu'après la joie que cette image suscita en elle, elle pouvait bien être foudroyée sur place. Son sourire, une chose si rare, était une merveille pour les yeux.

— Je l'ai su à la seconde où tu es entrée dans l'atrium, ajouta-t-il, tandis que son sourire s'effaçait lentement de son visage.

Rosalind posa son index dessus comme pour le retenir.

— Ne pense pas à ça.

Lynch embrassa le bout de ses doigts et se mit à frémir.

— Non. C'est du passé. En revanche, il y a un dernier point dont on doit discuter.

— Quoi encore ?

Lynch entremêla ses doigts à ceux de la main métallique de Rosa.

— J'ai demandé à Fitz de mettre au point un objet spécial pour moi.

Il fouilla dans la poche de son gilet et en sortit un petit écrin de velours rouge.

— Étant donné qu'aucune bague classique ne conviendrait…

Rosalind se redressa vivement. Son cœur battait si vite qu'elle faillit chanceler, étourdie.

— Qu'es-tu en train de dire ?

— J'ai demandé à ton frère la permission de t'épouser. (Il ouvrit la petite boîte.) Je veux que tu partages ce monde avec moi. Pour toujours, Rosa. Sans plus de secrets entre nous. Rien que toi et moi, jusqu'à ce que la mort nous sépare.

Nichée dans l'écrin de velours, une bague sertie d'un énorme diamant carré étincelait de mille feux, munie d'un lacis d'argent en filigrane pour la maintenir en place. Aucune femme de l'Échelon ne la porterait mais elle lui irait à merveille, à tel point qu'il était évident qu'il l'avait conçue sur mesure pour elle. Et la demande qu'il avait faite à Jack – qui lui avait donné sa bénédiction – signifiait bien plus pour elle que n'importe quel diamant au monde.

— Oui, murmura-t-elle en tendant sa main tremblante.

Lynch sortit la bague de l'écrin.

— Tu ne pourras jamais l'enlever, Rosa. J'ai l'intention de demander à Fitz de la souder à ton doigt.

— Jamais je n'aurai envie de la retirer. (Elle fit de petits bonds, impatiente.) Dépêche-toi de me la passer.

Il la fit glisser sur son doigt de fer.

— Eh bien, duchesse… comment vous sentez-vous ?

— C'est comme si tu venais de m'offrir la lune.

Elle le regarda, la gorge sèche et nouée. Comment pouvait-on éprouver un tel flot d'émotions sans se noyer ? Elle allait devoir apprendre à s'y faire.

— J'aurais aimé pouvoir te donner au moins à moitié autant.

— Tu l'as fait. (Il embrassa ses mains.) Tu m'as donné un avenir, et un avenir heureux. Avant de te rencontrer, je ne faisais qu'exister. Ces dernières semaines... si tumultueuses qu'elles aient été, au moins, je me suis senti vivre.

Il déposa un léger baiser sur ses lèvres.

— En plus, murmura-t-il contre elle, on a tant à faire ensemble, toi et moi. Un monde tout entier à transformer. (Rosa retenait son souffle.) Il n'y a qu'à toi que je fais confiance pour surveiller mes arrières.

— Eh bien, c'est *presque* la partie que je préfère surveiller chez toi, dit-elle dans un murmure.

Lynch sourit.

— Et voilà le retour de cette malicieuse Mme Marberry. Il me semble pourtant que j'ai une dernière requête... Quelque chose que j'aimerais te demander en échange de la bague.

— Tout ce que tu veux, promit-elle en souriant à cet homme extraordinaire qui représentait son futur, ses espoirs, son cœur...

— Garde le masque, chuchota-t-il avant de se pencher pour l'embrasser de nouveau.

AVENTURES & PASSIONS

17 août

Kate Noble

Mensonge et trahison

Inédit

Veuve, Leticia doit assurer son avenir et cherche un époux. Pourquoi ne pas séduire lord Asbhy, aristocrate séduisant et fortuné ? Mais, lorsqu'elle découvre que lord Asbhy et son chargé d'affaires, Ned Turner, ont interverti leurs rôles, elle est désespérée et accepte de se marier avec sir Babcock, charmant mais vieux et impotent. Quelque temps avant le mariage, elle fait la connaissance de l'un de ses voisins, un certain Ned Turner…

✦

Theresa Romain

Les secrets d'une provocatrice

Inédit

C'est plus fort qu'elle. Où qu'elle aille, Augusta Meredith, riche héritière, provoque les commérages. Pour avoir la paix, elle se rend dans la ville de Bath et se fait passer pour une charmante jeune veuve, jusqu'à ce que Joss Everett, cynique homme d'affaires, perce son secret.

✦

Julia Quinn

La chronique des Bridgerton - Hyacinthe

Hyacinthe, la cadette des Bridgerton, est-elle condamnée au célibat ? Trop fine mouche, trop directe, elle rebute les hommes de la bonne société. Lorsqu'elle rencontre Gareth Saint-Clair, ce n'est pas le coup de foudre, mais la traduction à quatre mains d'un journal intime italien va jouer un rôle qui n'était pas du tout prévu…

✦

Sylvia Day

La série Georgian - Si vous me provoquez

Simon Quinn a un charme redoutable. Ses sourires promettent monts et merveilles, cependant gare à celle qui s'attacherait à lui ! Car Simon se prête souvent, mais ne se donne jamais. Or Lysette Rousseau n'est pas comme les autres. Tantôt c'est la plus adorable des femmes, tantôt la pire des pestes. C'est à n'y rien comprendre.

24 août

Victoria Morgan

La fille d'un comte

Inédit

Après le décès de son fiancé aux Indes, lady Emily Chandler est déterminée à prouver qu'il a été assassiné. Même si Brett Curtis n'a pas bonne réputation, il est exactement celui qu'il lui faut pour son enquête, à condition qu'elle parvienne à le convaincre d'accepter sa dangereuse proposition.

✦

Sarah MacLean

La famille St. John - L'amour en 9 défis

Inédit

Calpurnia Hartwell s'est toujours comportée en parfaite lady. Mais lasse de suivre les règles de la bienséance, elle n'aspire qu'à goûter aux plaisirs défendus. Embrasser un homme avec passion, par exemple ! Elle conclut donc un marché avec Gabriel St. John, séducteur notoire : si elle aide sa demi-sœur à faire son entrée dans le monde, il lui fera découvrir mille plaisirs défendus.

✦

Gaelen Foley

L'inferno club - Caresses diaboliques

Selon la rumeur, l'Inferno Club est une bande de débauchés assoiffés de plaisirs. En réalité, ce sont des guerriers de l'ombre au service de leur patrie. Max St. Albans a consacré vingt ans de sa vie à l'Ordre. Aujourd'hui, il entend mener une existence respectable et se marier. Une seule femme le subjugue : Daphné Starling. Mais, alarmée par sa réputation, elle lui tient tête, tandis que les ennemis de Max ne semblent pas disposés à le laisser profiter d'une retraite méritée.

CRÉPUSCULE

24 août

Sylvie Barret

Les terres du Dalahar

Inédit

Ébranlée par une histoire malheureuse, Éléonore gagne Montréal afin d'y poursuivre ses études. Là-bas, elle découvre qu'elle marche involontairement sur les traces d'une jeune fille assassinée quelques mois plus tôt et dont elle rencontre l'étrange frère. Aussi sublime que taciturne, Mathias Gardner la trouble plus que de raison. Jonathan, le charismatique capitaine de l'équipe de hockey de la fac ne la laisse pas non plus indifférente… jusqu'à ce qu'elle tombe par hasard sur un mystérieux objet d'argent. Un objet qui la conduira sur des terres inconnues.

PROMESSES

24 août

Tracy Brogan

De tout nos cœurs

Inédit

Delaney Masterson, célèbre vedette de la télé-réalité, fuit la douce Californie pour le glacial Michigan : la diffusion d'une sex-tape lui a infligé une terrible humiliation médiatique. Elle est pourtant tout sauf l'écervelée que dépeignent les paparazzis et veut se faire oublier, dans la bicoque de Bell Harbor qu'elle vient de louer à une certaine Donna Beckett. Dans ce refuge idéal elle attend que cesse l'agitation des journalistes. Jusqu'au jour où ... elle découvre un homme nu dans sa douche ! Grant Connelly affirme être le propriétaire des lieux et semble bien décidé à s'incruster.

Passion intense

24 août

Shayla Black

Voluptés - Effrontée

Inédit

Pour plaire à son amour de jeunesse, Kimber est prête à tout, y compris à découvrir de nouvelles formes de plaisir au sein d'un trio amoureux. Pour l'initier à ce genre de pratiques voluptueuses, elle fait appel à Luc et Deke, deux hommes particulièrement expérimentés. Mais si l'un est doux et attentionné, l'autre se révèle impulsif et fougueux. Pourtant c'est entre leurs bras que la jeune femme va se découvrir des plaisirs insoupçonnés…

Romantic **Suspense**

24 août

Linda Howard

Obscure prémonition

Spécialiste en langues anciennes, Grace St. John se voit confier la traduction de la copie d'un manuscrit du XIVe siècle. Ce dernier révélerait le lieu d'un trésor légendaire. La vie de Grace se retrouve menacée par ceux qui veulent à tout prix lui dérober l'ouvrage. S'enfuyant, elle l'emporte avec elle, déterminée à percer son secret. Et pour ce faire, une seule solution s'offre à elle : remonter le temps à la recherche d'un certain Niall d'Écosse...

Et toujours la reine du roman sentimental :

Barbara Cartland

« Les romans de Barbara Cartland nous transportent dans un monde passé, mais si proche de nous en ce qui concerne les sentiments. L'amour y est un protagoniste à part entière : un amour parfois contrarié, qui souvent arrive de façon imprévue.
Grâce à son style, Barbara Cartland nous apprend que les rêves peuvent toujours se réaliser et qu'il ne faut jamais désespérer. »

Angela Fracchiolla, lectrice, Italie

Le 17 août
Menace au château

11496

Composition
FACOMPO

Achevé d'imprimer en Italie
Par GRAFICA VENETA
le 6 juin 2016.

Dépôt légal : juin 2016.
EAN 9782290093870
OTP L21EPSN001256N001

ÉDITIONS J'AI LU
87, quai Panhard-et-Levassor, 75013 Paris

Diffusion France et étranger : Flammarion